김구용과 한국 현대시

― 타자와 주체의 관계 양상을 중심으로 ―

김구용과 한국 현대시

― 타자와 주체의 관계 양상을 중심으로 ―

이수명 저

한국학술정보[주]

머리말

　1994년 한 계간지를 통해서 시인으로서의 활동을 시작하는 기회가 주어졌을 때 나는 나에게 영감을 주었던 작가와 예술가들을 열거하는 것으로 소감을 대신했다. '유서같이 이상한 글'이라고 표현했던 그 소감에서 한국 시인으로서 언급되고 있는 사람은 이상(李箱)과 기형도, 두 명이었다. 이미 훨씬 전부터 이상은 내게 문학의 출발점으로서의 의미를 가지고 있었으며 그리고 그런 의미 부여는 단 한 번도 변하지 않았다. 이상 안에서, 나는 문학이 제기할 수 있는 문제성에 대한 사유와 감각들을 계속 유지할 수 있었다. 물론 한국 시문학사에서 이상과 비견되는, 혹은 그 이상의 위치에서 논의되는 김수영과 김춘수의 역할에 대한 거의 공식적인 담론에 이의를 제기하지는 않지만, 나는 이들의 작품에 대해서는 어느 정도 유보적이었고 내심 일정한 거리를 느끼고 있었다. 따라서 이상은 내게 더욱 강렬한 중요성을 가진 인물이 되었다. 그리고 한편으로 우리 시사에서 이상을 상대화시킬 수 있는 어떤 입지가 있을 수 있는지에 대해 관심과 의문을 가지고 있었다.

　2000년 전6권의 『김구용 전집』이 간행되어 수중에 들어왔을 때 나는 물론 한국 현대시사에 대한 평소의 의문을 해결할 수 있을 거라는 기대는 전혀 하지 않은 상태였다. 하지만 그의 시를 처음으로 진지하게 검토하게 된 뒤 나는 김구용에 완전히 매료되었다. 그리고 다소 무모하게도 석사 논문의 주제로 택하기에 이르렀다. 하지만 쉽지 않았다. 학과의 선생님들이 읽는 것만으로도 장하다(?)는 말씀들을 하실 때, 그것은 물론 나에 대한 이야기가 아니라 김구용의 난공불락의 시세계를 표현한 것임을 읽을수록 체감했다. 2000년에는 여름에 첫 아이가 태어나고, 겨울에 남편이 과로로 입원까지 한 상태여서, 나의 김구용 읽기는 그야말로 산 넘어 산이었다. 그러한 가운데 병원 침대 머리맡에서 읽은 김구용의 <소인>은 나에게 잊을 수 없는 정전(正典)이 되었다. 그것은 문학의 형체와 질감과 탄도가 변하는 경험이었다. 나는 충격을 받았지만 석사 논문은 그의 시를 읽어 냈다는 단순한 표시에 머물러야 했다. 당시에도 그것을 알고 있었다.

석사 논문이 아웃라인에 그쳤기에 나는 김구용의 시세계를 본격적으로 이해하고픈 욕심을 박사 논문으로 미루어 놓았다. 그리고 5~6년에 걸쳐 김구용의 시를 읽으면서, 무장해제를 한 채로 그의 사유와 탐험에 동참하고자 했다. 두툼한 산문과 일기를 읽을 때에는 어떤 향기를 느껴 보고자 했다. 즉 그의 시의 근간을 이루는 다채로운 생각들을 향유해 보고자 했던 것이다. 무엇보다 한 시인을 예각화시키는 내밀한 지대들을 궁구하고 품고 지냈다. 그의 사유의 방식에 친숙해지면서 나는 김구용의 시가 어떤 하나의 방법론이나 입장을 대변하지 않는다는, 매우 평범하지만 절대적인 사실에 부딪쳤다. 그에게는 대립적 요소들이 항상 공존했다. 이 대립을 통하여 그는 깊어지고 풍부해지고 명확해졌다. 일면적인 방법론을 무용지물로 만들어 버리는 이 대립과 다면성은 분석과 해명을 불가능하게 만들어 버리는 것으로 보였다. 사소한 기구나 열쇠를 동원하는 일은 처음부터 포기해야 했다.

한편 라캉 등 정신분석 문헌에 계속 관심을 가지고 있던 나는 주체나 타자의 문제가 한국 현대시에도 일정한 자장을 형성하고 있는 모습을 흥미롭게 지켜보고 있었다. 이러한 자장을 형성하는 인물로서 레비나스도 추가해야 한다. 주체에서 타자로 이동하는 철학에서의 커다란 지각 변동은 혁신적이고 혁명적으로 보였지만, 이러한 변화의 핵심적 내용들은 김구용에게서 이미 사유의 전제로 자리하고 있던 것이었다. 현대 철학에서의 주요 쟁점들이, 인간과 세계에 대한 탐사라는 문학적 사명에 의해 선취되고 있음을 그의 시에서 확인할 수 있었던 것이다. 실제로 주체를 좌우하는 타자의 의미나, 분열되고 욕망하는 언어적 주체의 복잡한 양상들은 김구용의 가장 중요한 작품들에서 1950년대에 이미 집중적으로 나타나고 있었다. 나는 김구용의 꿈과 환상의 패턴의 철학적 등가물을 찾아보기 위해 사르트르, 레비나스, 라캉의 저작들을 검토해야 했고, 이들이 고심한 사안들을 김구용의 주체에게서 찾아낼 수 있었다. 그리고 이들 이전의 데카르트에서 헤겔에 이르는 근대 주체 철학의 동향들을 조감하는 것도 필수적으로 느껴졌다. 철학에서 타자와 주체의 다양한 양상과 관계들이 다면적인 김구용의 시세계를 이해하는 데 총체적으로 작용했기 때문이었다. 한마디로 중장비를 동원했던 것이다.

나는 이 과도해 보이는 작업을 지금도 당연하다고 생각한다. 김구용에게로 가는 길은 멀고 험하기만 한데 길은 닦여 있지 않으므로, 이것은 최소한의 준비에 지나지 않은 것이다. 나는 나의 작업으로 인해 김구용이라는 현대적 극지에 이르는 소로가 생겨나기를 바라 마지않는 심정이다. 그의 시는 내용면에서나 형식면에서 모두 한국 문학사가 부단히 재탈환해야 하는 문제성의 산실이다. 그것은 현대성의 다른 이름이다. 이제 박사 논문을 이렇게 책으로 펴내게 되니, 다른 길로 김구용에게 도달하고픈 새로운 욕망이 생긴다. 그는 한 번에 이르지 못할 시인인 것이다. 그러면서도 이러한 굽이굽이의 길들과는 대조적으로, 위대한 문학은 인간에 대한 지름길을 내는 것임을 다시 한 번 확신하게 된다. 그것은 시대를 초월하고, 시대를 관통하는 것임을 김구용의 시는 보여 준다. 시대가 시인을 만드는 것이 아니라, 시인이 시대를 만들어 내는 것이다.

나는 김구용과 함께 하면서 내내 문학이 기나긴 잠행이라는 생각을 하였다. 그의 선구성은 역설적으로 이 잠행에서 나온 것이다. 문학은 비상이기도 하고, 동행이기도 하지만, 교란이기도 하지만, 이 모든 것을 위해서 오랫동안 잠행하여야 함을 그는 보여 주었다. 그리고 이를 통해 많은 것을 비축하고, 아주 멀리 나아갔다. 그의 작품 중에 난해성의 주범으로 지목되는 40여 페이지에 달하는 중편 산문시들은 이 잠행의 긴 호흡을 잘 느낄 수 있게 해주는 특별한 작품들이다. 본문에서 집중적으로 분석되고 있는 두 편의 중편 산문시 <소인>과 <꿈의 이상>을 부록으로 실었다. 게재를 허락해 주신 솔출판사에 감사 드린다.

이 글을 쓸 수 있기까지 도와주신 많은 분들에게 감사드린다. 문예창작학과의 선생님들은 내가 김구용론을 쓸 수 있게 용기를 북돋워 주시고, 이러저러한 관점을 입안할 수 있도록 조언해 주셨다. 박사 논문 심사를 해주셨던 선생님들은 크고 작은 오류들을 검토할 수 있는 기회를 만들어 주셨다. 나는 누구보다도 남편에게 감사한다. 전체적인 구도를 잡는 것에서부터 세세한 논점에 이르기까지 남편은 대화와 토론의 상대가 되어 생각의 가닥들을 잡아 나갈 수 있게 해 주었다. 외국 문헌을 구하고 중요한 자료를 조사하는 일도 많은 부분 그에 힘입었다. 논문을 쓰는 동안 밤 12시에나 집에 돌아오는 며느리를 위해 집안을 이끌어 주신 시어머님께 이 자리를 빌어 큰 절 올린다. 어머님의 노동 위에서 작업은 가능했다. 저녁이나 주말이나 엄마와 함께 하지 못해도 불평 한 번 안했던 성훈, 성현, 두 착한 아들에게도 고맙다는 말을 전한다. 그리고 딸의 일에 언제나 노심초사하시는 어머니와, 논문을 썼던 박사 과정 열람실에서 밤늦게까지 혼자 남아 작업하는 나를 위해 가습기의 물을 갈아주며 뒷정리를 하던 이름도 모르는 열람실 관리 대학원생에게도 감사의 마음을 전한다.

2008년 1월

이수명

차 례

I

서 론

1 문제 제기 및 연구 목적

나의 사색은 해답을 내리지 않는 과정으로 이루어진다. – 「육체의 명상」[1]

김구용은 『신천지』 1949년 10월호에 산문시 「산중야」를 발표하면서 문단에 나왔다. 1922년생인 그의 본명은 김영탁이고 필명 구용은 공자의 이름 구(丘)와 중용(中庸)의 용(庸)에서 온 것이다. 전쟁이 끝나고 산문시 「탈출」(『문예』 1953. 2)로 본격적인 활동을 재개하여 1956년에는 「위치」(『현대문학』 1955. 2), 「슬픈 계절」(『현대문학』 1955. 6), 「잃어버린 자세」(『사상계』 1955. 8) 등 여섯 편의 산문시로 현대문학사 제정 제1회 신인문학상 시 부문을 수상하였다. 2001년 타계할 때까지 쓴 시들은 전집에서 네 권 분량을 차지한다.

김구용의 시세계에는 다양한 주제와 시 형상화의 방법이 얽혀 있다. 전쟁과 기아, 가난, 매춘과 같은 현실적 주제들과 이에 속박당한 존재들의 실존적인 문제가 각인되어 있는가 하면, 의식의 과잉과 더불어 출몰하는 몽상과 환상의 세계, 이를 절연시키는 침묵과 전환, 존재의 수금(囚禁)에 대한 강박이 들어 있다. 불가피한 현실에 내몰리는 삶의 행로와 이러한 상황에 내던져진 인간의 존재론적 질문들과 나란히, 부조리하고 허구적인 인간을 지배하는 불가항력적인 상황들이 제시되는 것이다. 또 이러한 내, 외적 소용돌이로부터 초연한 불교적 섭리와 무아의 세계가 한 축을 이루고 있다. 이러한 다성적인 세계는 그의 시를 일괄하기 어렵게 만든다. 현실이 있지만, 그 현실은 직접적으로 발설되지 않고 복잡한 의식의 경로를 우회하기에 이를 제대로 이해하려면 리얼리즘이니 모더니즘이니 하는 편리한 장치가 아닌 보다 세밀한 시각

---

1) 이하 김구용의 작품 인용은 저자 표시 없이 제목만 표기하기로 한다.

이 필요하다.

형식상에 있어서도 그의 시는 다채로운 탐구의 장이다. 그는 우선, 기존의 순응적인 언어의 질서를 그대로 수용하지 않는다. 잘 사용하지 않는 추상명사와 한자어의 과도한 사용은 사유를 보다 철저하게 감행하려는 의지의 소산이다. 문장 성분들이 제대로 호응하지 않거나 순서나 역할에 있어 뒤틀려 있는 경우, 정상적인 통사 구문의 해체, 말들의 부단한 대체, 환유의 발달, 이미지들의 폭력적인 결합 등은 복잡한 현대의 삶을 바라보는 형식적이고 미학적인 자의식의 발로다. 역설로 가득찬 문장과 상황은 부정과 회의의 정신을 보여준다. 그것은 일반적인 접근을 허용하지 않는다. 말들은 언어 체계에 속해 있기보다는 체계밖에서 체계를 와해시키고 있는 듯이 보인다. 그래서 일탈과 충돌이 편재한다. 그의 시가 읽기 어렵고 난삽하다는 인상을 주는 것은 이러한 과격한 언어 사용의 결과이다.

김구용은 주제 면에서나 방법론적인 구성의 원리에서나 이해와 해답의 열쇠를 쥐려는 것에 목적을 두지 않았다. 그는 시로써 확고한 세계를 정초하려고 한 것이 아니라 정신의 탐구와 실험의 과제를 설정하고 그 영역을 넓혀 보려 하였다. 그 과정을 통해서만 독자적인 자신의 세계가 창조될 수 있다고 생각했다.

우리들은 항상 과거의 작품과 위대한 시인들을 생각할 때마다 자기의 위치를 돌아보게 된다. 과연 시란 무엇이며 시인은 무엇을 할 것인가 하는 문제이다. 그것은 이 현실에 있어 자기 세계의 창조에 있다. 그것은 극도로 냉정한 폭(幅)에 건축되며 아름다운 평화의 심도를 수반하고 나타난다. 비평가가 비록 절찬한다 할지라도 자기 작품에 스스로 불만을 느낄 때마다 그 공허감은 메워질 수 없다. 시는 독자를 위한 생산품이 아니며 어디까지나 자아에의 집중이며 극복인 것이다……(중략) 그러면 작품 목적을 위한 방법은 어디서 시작되는 것인가. 이것이 몹시 중요한 문제라고 생각된다. 부동(浮動)하는 자기 위치의 설정, 즉 극난(極難)한 시 정신의 탐구에서 방법론은 자연 발생적으로 동시에 요청된다.(「눈은

자아의 창이다 - 시를 위한 노트」, 1957)[2]

시가 독자를 위한 생산품이 아니라는 것은 시가 이해와 대화를 위해 존재하는 것이 아니라는 생각이다. 시는 밖을 향해 무언가를 구애하는 것이 아니다. 그와 반대로 자아로 집중하는 것이며, 동시에 자아를 극복하는 것이다. 바로 자신을 사색의 근거로 삼아 스스로의 한계를 인식하고 이를 벗어나 보려는 의지의 기획이다. 이것은 안정된 자리에서 이루어지지 않는다. '부동'하는 위치에서나 가능한 것이다. 그는 이 과정에서 시란 무엇인가에 대한 탐구와 실험을 통해 사유와 정신의 극한을 추구한 것으로 보인다.

'부동하는 자기 위치'라고 김구용이 언급한 부분은 그를 이해할 때 중요하다. 움직이고 있을 때의 모습은 쉽게 포착되지 않는다. 그가 자신의 전 작품을 통해서 시 정신의 탐구로 움직이고 있을 때, 그를 어떠한 문학적 경향으로 분류하기는 난감한 일이다. 난해하고 난삽하다는 말을 할 수는 있어도 제대로 된 문학적 자리매김을 하기가 어려운 이유가 이것이다. 사실 그의 시는 많은 요소들이 함께 작동하는 용광로이다. 동양적 침묵과 불교의 초월이 있는가 하면, 자의식적이고 자아 중심적인 대립과 이반이 있다. 생존에 강박된 현실이 있는 이면에, 현실로부터 떨어져 나온 환상이 있다. 자유와 생성으로 생동하는 긍정적 세계와 함께, 근거를 찾기도 어려운 수금 의식이 자리하고 있다. 그는 현실로부터 사유한 전통적인 시인인가? 새로운 형식과 방법론으로 무장한 시대를 앞선 시인인가?

김구용 시인을 한국 문학사의 맥락 안에서 이해한 연구로는 1970년 한국적 쉬르리얼리즘의 역사를 검토하는 가운데 그의 시세계를 살펴본 장백일의 논문이 있다. 그는 김구용이 특유의 편집광적 비판 분석법[3]

---

2) 김구용, 『인연』(솔출판사, 2000), 429면.
3) 현실의 세계를 일차적으로 해체한 연후에 다시 그것을 편집광적인 연상과 구성에 의하여 재구성하는 초현실주의의 기법, 달리에 의해 창안되었다.

과 몽타주 수법에 의해 "하나의 시행에서 다음 시행으로 옮아가는 그 시적 이미지는 극히 비약적이면서도 상호 간 이미지의 결합"[4]을 이루고 있다면서 한국적 초현실주의의 한 페이지를 그에게 할애하고 있다.

하지만 김구용 본인은 생전에 쉬르, 초현실주의에 대해 비판적이었다. "잠재의식과 몽환으로 인상적 효과를 노린 초현실주의자들의 현란한 손재주가 얼마나 위대한 낭비였던가를 알 수 있다."(「눈은 자아의 창이다 – 시를 위한 노트」, 1957)[5] "쉬르레알리즘은 획기적인 공헌을 했으나 반면 애초부터 문제점을 안고 있었다. 그래서 그 공과(功過)를 세분하는 일은 견딜 수 없을 만큼 혼선을 일으킨다. 불가피한 추종이었건 불가피한 경이였건 불가피한 피해였건 간에 동양의 쉬르레알리즘은 서양의 쉬르레알리즘과 다르다."(일기 1967년 3월 20일자)[6] "쉬르레알리즘은 비판 대상이지 오늘날의 명제는 아니다. 한때 쉬르레알리스트로서 자부했던 시인들 스스로가 그 이상 타락하지 않기 위해서 생전에 여러 방면으로 전신(轉身)했던 사실을 우리는 알고 있다."(일기 1967년 3월 29일자)[7] 이런 발언들이 초현실주의를 부각하여 그의 시세계를 해명할 가능성을 완전히 봉쇄하지는 않는다. 그러나 그런 시도는 저자의 완강한 반대를 무화시킬 수준 정도로는 심화되어야 타당성이 인정될 수 있다. 그를 초현실주의 시인으로 규정하는 곤란한 시도에 앞서, '부동(浮動)하는 위치'에서 태어난 시세계의 다각적 면모를 고찰해 보는 일이 필요하다.

김구용은 한국의 시사에서 제대로 평가받지 못한 시인이다. 문학사적인 평가도 이루어지지 않았지만 무엇보다 작품 세계 자체가 드러나 있지 않은 실정이다. 반세기를 헤아리는 문학 활동으로 볼 때, 그가 이룩한 문학적 성취를 고려해 볼 때 이것은 지나친 홀대이다. 1985년 하

---

4) 장백일, 「한국적 쉬르리얼리즘의 비평」, 『현대시학』, 1970년 6월호. 국어국문학회 편, 『현대시연구』(정음문화사, 1984), 126면.
5) 김구용, 앞의 책, 430면.
6) 김구용, 『일기』(솔출판사, 2000), 519면.
7) 김구용, 위의 책, 522면.

현식은 김구용이 40여 년간 우리 시의 활성화에 기여한 바는 그 누구
도 부인할 수 없을 것이라 하면서도 그가 이렇게 비평가들로부터 경원
된 것이 지나친 난삽성 또는 난해성의 연고에 따라, 첫째는 용이하게
시인의 진실에 접근하기 어려운 점에서 그 이유를 찾을 수 있고, 둘째
는 주로 현실과 전통적 방법에 익숙한 입장에서 수용 자체를 거부하고
자 한 것으로 설명하고 있다.8)

　이 난해성의 문제에 대해 김구용 본인은 여러 번에 걸쳐 언급하고
있다. "시의 심도와 중압성은 난해성으로 나타난다. 이것은 난해한 현
실을 이해한 까닭이라 할 수밖에 없다. 이미 재래의 일반적 관념과 이
론으론 분별할 수 없으리만큼 모든 사물은 변모한 까닭이다."(「눈은 자
아의 창이다 - 시를 위한 노트」, 1957)9) "현대문학은 독자로부터 난해
하다는 말을 듣고 있다. 우리가 살고 있는 이 현실보다 난해한 것은
없다는 정신적 체험을 안다면 독자는 현대문학에서 많은 흥미를 느낄
것이다. 현대문학의 난해성은 옛날 귀족의 전유물이었던 예술이 상인에
게 있어 난해하였던 것과는 그 성질을 달리하고 있다. 현대문학의 난
해성은 현대에서 인간이 공동 책임을 벗어날 수 없다는 고백인 것이
다."(「현대문학과 체험」, 1959)10) 문학의 난해성이 문학의 미학적 성격
이라기보다 현실의 난해성에 원인이 있다는 것은 현실을 바라보는 태
도를 재고하게 한다. 복잡하게 변화해 가는 현실의 양상들을 '재래의
일반적 관념과 이론'으로 고정시키는 습속들이 문학에 팽배해 있기 때
문이다. 그것은 현실을 관념적으로 단순화시킨다. 문학의 난해성을 탓
하는 태도는 문학이 아니라 현실을 진지하게 이해하려는 노력이 부족
한 것이다.

　김구용은 몰이해와 비판의 근거가 되는 시의 난해성을 문제 삼지 않
는다. 그는 단도직입적으로 "난해성은 문제가 되지 않는다. 그것은 일

---

8) 하현식, 「선적 인식과 초현실 의식」, 『현대시학』, 1985년 4월호, 112면.
9) 김구용, 『인연』, 432면.
10) 김구용, 위의 책, 396면.

시적인 것에 불과하다. 어느 시대고 간에 성격은 다르지만 그런 것은 늘 있어 왔다. 우리나라 사가시(四家詩)나 두보(杜甫)나 『신곡(神曲)』이나 『파우스트』는 오늘날도 독자가 없기로 유명한 시다. 그런데도 전시대의 작품이 난해하다는 소리는 들어본 적이 없다. 오늘날 소위 난해시라는 것도 백 년이 못 가서 저절로 쉬운 시가 되고 말 것이다"(「시에의 관심-시론」, 1975)[11]라고 이야기하고 있다. 한마디로 말해서 그는 난해성을 과도하게 대우하지 않는다.

김구용의 견해를 종합해 보면 이전의 난해성과는 달리 현대문학의 난해성은 현대의 산물이다. 개인이 취사선택하거나 만든 것이 아니다. 그러므로 그것을 탓하기 전에 수용해야 할 필요가 있다. 현대문학의 난해성을 개인적인 문학적 취향으로 취급하지 않고 난해한 현실에 원인이 있는 것으로 진단함으로써 그는 현대를 이해하는 것이 난감한 것임을 토로한다. 뿐만 아니라 그것은 '현대에서 인간이 공동 책임을 벗어날 수 없다는 고백'이기조차 하다. 현대문학이 현대라는 시대 속에서 생장해 가야 하는 한 난해성은 어쩔 수 없는 것이다. 현실에 대한 진지한 태도가 불가결하게 난해성으로 인도되는 시대에 대한 인식은 난해성 운운으로 그의 시를 폄하하는 태도를 무색하게 만든다.

따라서 김구용이 제대로 평가되지 못한 것이 하현식의 견해대로 난해성 때문이라면, 그것은 연구자들이 난해성을 개인적 취향 정도로 생각하거나, 아니면 '난해한 현실을 이해한' '시의 심도와 중압성'을 외면한 데 기인한다. 사실 연구자들은 전통적 방법에 익숙한 입장에서 시를 수용해 오는 경향이 있다. 이미 많은 평가가 내려지고 동어 반복적인 논의들이 계속되는 시인들의 연구에 동조하는 일이 적지 않은 것이다. 김구용 연구는 바로 이러한 풍토에 대한 반성의 계기가 될 수 있다. 시사적 의의를 가지고 있으면서도 이러저러한 이유로 조명되지 않은 시인들을 연구하는 것은 시문학사의 영역을 넓히고 그 갈래들을 풍

---

11) 김구용, 위의 책, 367면.

성하게 하는 길이기 때문이다.

김구용 연구의 다양한 후속 작업들이 이어지기를 기대하면서 본 연구는 그의 시를 이해하기 위한 하나의 방법론을 제시하고자 한다. 타자와 주체라는 인식틀에 의해 그의 시세계를 살펴보는 것이다. 철학에서 뜨거운 논의가 이루어지고 있는 타자와 주체의 문제는 문학의 긴요한 구성 요소이다. 세계를 바라보는 눈이 되는 시적 주체는 자신의 외부에 있는 사물, 대상, 존재, 세계와 같은 타자들과 일정한 관계를 맺으면서 그 관계의 과정이나 결과물로서 자신을 제출한다. 주체는 타자와 마주칠 수밖에 없고 타자에 대한 반응으로 자신을 형성해 나간다. 따라서 타자가 어떠한 성격을 가지고 있느냐에 따라 주체의 모습은 달라질 수밖에 없다. 타자와의 갈등이나 대립, 조화, 동화 등은 주체의 성격을 규정짓고, 주체를 형성시켜 나간다.

본 연구는 결코 단일한 어조나 동일한 모습으로 나타나지 않는 김구용 시 속의 타자와 주체의 복잡한 관계가 이제까지 전반적인 해석을 불가능하게 했던 그의 시의 난해성의 핵심임을 입증하려 한다. 그의 시에는 여러 가지 성격을 띤 타자와 주체가 함께 얽혀 있다. 주체는 타자들을 제압하고 자신의 인식의 영역으로 대상화하기도 하고, 타자를 환대하면서 그에 의해 자신을 구성해 나가기도 한다. 또한 이와 같은 외부적, 대칭적 구도가 아니라 타자가 주체의 내면으로 들어와서 타자 중심의 질서를 전개하고 주체는 이에 의해 여러 양상으로 존재하기도 한다. 그 밖에도 김구용의 시에서는 타자나 주체라는 구분과 구도가 무의미한 불교적 세계가 있다. 이 세계 속에서는 타자뿐만 아니라 주체 역시 무화된 존재이다.

이 연구는 다성적인 목소리를 내는 김구용의 시 속의 여러 타자와 주체의 모습들을 추적함으로써 시세계를 입체적으로 조망할 것이다. 복잡하게 대립적이거나 불일치와 배합의 묘를 이루는 그의 작품 속에서 타자와 주체들은 선명하게 이질적이고, 역동적으로 분산되어 있다. 본 연구는 타자와 주체의 방법론으로써 이를 포괄적이고 구조적으로 이해하고 이들의 관계에서 가장 핵심적인 양상을 포착하여 김구용 시의 본질을 해명할 것이다. 이것은 한국 현대시사에서 김구용의 위치를 설정하기 위한 예비적인 작업이 될 것이다.

2 연구사 검토

1) 김구용 시에 대한 연구

김구용에 대한 연구는 거의 이루어지지 않았다. 그의 시나 시집에 대해 촌평, 한두 편의 서평, 짧은 인상 비평이 있을 뿐이고 본격적인 평문은 몇 편에 지나지 않는다. 따라서 연구사 검토는 그러한 짧은 언급들을 인용하는 데 불과하다. 40여 년을 헤아리는 문학 활동 기간으로 볼 때 이것 자체가 주목할 만한 일이다.

먼저 짧은 인상 비평류의 글들을 살펴보면, 1959년 김춘수는 김구용의 시 「꿈의 이상」(1958)에 대해 "(산문시가) 이렇게까지 된다면 곤란할 것 같다"면서 "시 형태의 한도를 한 번 생각해보지 않을 수 없다"[12]고 하였다가 1971년에는 "이상 이후 산문시에 손을 대어 몇 편의 성공한 작품을 남긴 최초의 시인"[13]이라고 평가했다.

1973년 정한모는 『현대시론』에서 김구용이 "과거의 한국시에서 보기드문 시의 모습을 보여주었다…… 김구용의 시에서 현대인의 자의식의 도저를 구명하려는 강인한 노력을 엿볼 수 있거니와 이러한 강인성이

---

12) 김춘수, 「언어 - 신년호 작품평 시부문」, 『사상계』, 1959년 2월호, 370면.
13) 김춘수, 『시론 - 시의 이해』(송원문화사, 1971). 『김춘수 전집 2 - 시론』(문장사, 1982), 308면.

아슬아슬한 선에서 시를 지탱"14)해 주고 있다고 두세 줄로 요약했다.

김구용의 시 한 편만을 대상으로 분석을 시도한 예로는 「삼곡」에 관한 1964년 김종길의 평문이 있다. 그는 「삼곡」이 '의식의 심층을 자동기술이나 의식의 흐름의 수법으로 파헤친'15) 문제작이며, 이렇게 함으로써 대담하게 문명 비판적인 작업을 진행시켰다고 의미를 부여하고 있다.

1965년 김현도 「삼곡」에 관심을 보였다. 시의 여러 부분을 인용하면서 해설을 하고 김구용 시의 난해성에 대해서도 부정적으로만 생각하기보다는 그 원인에 대해 숙고하는 모습을 보이고 있다. 여기서 그는 김구용 시의 놀람, 경악, 사고의 혼돈에 주목하면서 그의 모든 작품은 '낡고 닳아진 언어로는 도저히 표현하지 못할, 언어 없이 경험된 어떤 의식의 질을 언어로써 표현'16)하려 한 것이었다고 평했다.

하지만 1978년 『구곡(九曲)』이 나왔을 때 김현은 매우 부정적인 평가를 내린다. 1979년 그는 서평에서 "『구곡』은 쉽게 읽히지 않는다. 그것은 우선은 지나치게 많은 한자어 때문에 저항감을 불러일으키고, 그 다음은 지나치게 말을 비트는 데서 그러하다. 말을 비트는 것은 대개 놀람, 충격을 불러일으키기 위해서이다. (중략) (『구곡』에서) 놀람은 놀람을 위한 놀람으로 그치고 있다. 지나치게 긴 아홉 개의 노래가 깊은 충격, 독자의 삶을 고칠 수 있는 변화의 계기를 이루기에는 그것이 주는 놀람이 너무 장식적이다"17)라고 하여 이전의 자신의 견해를 뒤집으면서 김구용 시의 특성을 다소 피상적으로 비평하고 있다.

「삼곡」 외에 「탈출」(1951)을 분석한 글도 있다. 1978년 김재홍은 「탈출」이 "전쟁 체험의 비극적 상황을 살아가는 개인적 삶의 어려움과 초라함,

---

14) 정한모, 『현대시론』, 민중서관, 1973, 231면.

15) 김종길, 「김구용의 「三曲」」, 『주간한국』, 1964년 12월. 『시에 대하여』(민음사, 1986), 280면.

16) 김현, 「현대시와 존재의 깊이 ― 김구용의 「삼곡」에 대하여」, 『세대』, 1965년 3월호. 『상상력과 인간 / 시인을 찾아서』, 김현 문학전집 3(문학과 지성사, 1991), 216 ― 217면.

17) 김현, 「놀람과 주장의 세계」, 『문학과 지성』, 1979년 봄호, 320면.

그리고 물질이 지배하는 현실에 대한 날카로운 비판과 풍자가 짙은 니힐리즘을 바탕으로 묘사되고 있다"면서, 김구용이 "재래시의 전통적 수사법과 형식을 거부하고 현실적인 일상어를 대담하게 산문시적인 구성으로 개방함으로써 인간을 부정하고 상상력을 말살하는 전쟁의 거대한 폭력에 전신적인 저항을 시도"[18]했다고 고평했다.

성기조도 「탈출」에 대해 분석했다. 그는 「탈출」이 김구용의 초기 시이지만 그 속에는 시인으로서의 언어 감각, 사상적 방향 등이 뚜렷하게 나타나 있다면서 "6·25전쟁의 원인과 그 현실, 그리고 시인 자신의 내성적 목소리와 피난의 참상이 잘 묘사되어 있다"[19]고 언급했다. 성기조의 글은 「탈출」이라는 작품에 집중하여 김구용의 시세계를 분석해 나가기보다는 6·25의 실상을 들추어내는 등 다소 산만하게 이루어져 있다.

김구용의 시집에 대한 서평도 매우 짧다. 1969년 그의 첫 시집 『詩集 1』이 나왔을 때 두 편의 서평이 실렸는데 두 편 모두 두 페이지 분량이다. 고은은 김구용이 "철저한 동양주의자이고 그의 저축력이 있는 문사 기질과 동양적 도락들이 어떻게 서구의 초현실주의들과 무의미의 세계에 이입되는가를 추구하는 것이 김구용 시의 비밀을 터득하는 일"이라면서 "그의 언어는 너무나 광대한 영역에서 임의로 습득한 것들이며 언어의 압축된 선택을 완전하게 방기해 버린 나머지 그 언어의 대이동은 하나의 확산을 실현하는 것"[20]이라는 다소 장황하지만 김구용 시의 한 측면을 비교적 정확하게 지적했다.

성찬경은 김구용 시의 두 극을 인간의 실존과 불교적 예지로 파악하면서 이 두 극을 하나로 관통하려는 것이 그의 시의 의의이며, 시대적 의의라고 평했다. 김구용의 "관념의 범람과 미로도 결국 그가 추구하는

---

18) 김재홍, 『한국전쟁과 현대시의 응전력』(평민사, 1978), 59-60면.
19) 성기조, 「김구용론-「탈출」과 6·25의 실상」, 『한국현대시인론』(한국문화사, 1997), 198-210면.
20) 고은, 「존재의 해체」, 『현대시학』, 1969년 7월호, 73면.

실험에서 오는 거의 숙명적인 과정"21)이라는 것이다.

1976년에 출간된 두 번째 시집 『시(詩)』에 대해서는 그다음 해에 김규동이 한 페이지 분량의 서평을 쓴 것이 문단의 유일한 반응이었다. 김규동은 김구용의 시집을 시로 쓴 소설의 느낌이라 이야기하면서 "그 감동의 질은 다분히 내성적인 것이어서 사고 세계를 훈훈하게 물들여 주는 야릇한 매력과 흥미를 가지고 있는 것"22)이라 술회하고 있다.

서평이나 촌평 외에 김구용 시에 대한 본격적인 평문은 몇 편 되지 않는다. 1984년 이동이의 석사 논문은 『송백팔』(1982)이 불교의 영향 아래 쓰였음을 밝히고 있다. 그는 "종교의 경험은 주관과 객관이 합일되는 경험이기 때문에 이 경험의 시적 표현은 인생과 사물 사이의 합리적인 관계를 전제로 하는 일상 언어로는 불가능하고 부득이 역설적 언어의 사용이 불가피"해진다고 하면서 『송백팔』의 시세계가 불교의 존재론적 역설이 주조를 이룸으로써 역설의 언어로 이루어진 작품이라고 결론짓고 있다. 김구용이 『송백팔』에서 상반되는 관념과 이미지를 역설로써 조화시켜, 서로 대립되는 존재의 양면을 모두 수용시킨 것이 그 문학적 성과라는 것이다.23) 이 논문은 『송백팔』을 불교의 영향 아래 역설이라는 개념을 가지고 분석한 점이 눈에 띈다.

1985년 하현식은 김구용 시의 난해성이나 산문시에 대해 주의하면서 전체적으로 그의 시세계를 "비논리성을 특색으로 하여 경이적인 정신 세계를 표출한다는 것, 무의식적 영감을 바탕으로 환상적인 이미지를 추구한다는 것, 역설적 언어를 구사함으로써 언어적 효용성을 창출한다는 것, 의식 작용의 한계를 깨뜨려 상상력을 무한하게 확대한다는 것, 의미와 논리를 철저하게 소멸하고 배제함으로써 이에 대한 비판과 풍자의 역할을 수행한다는 것, 언어를 폭력적으로 총합하고 충돌시킴으로

21) 성찬경, 「김구용 시집 『시집 1』 북리뷰」, 『월간문학』, 1969년 8월호, 170면.
22) 김규동, 「김구용 시집 『詩』」, 『한국문학』, 1977년 9월호, 258면.
23) 이동이, 「『송백팔』의 불교적 영향－역설적 기법을 통한 조명」, 전북대학교 석사 논문(1984).

써 언어 의미를 새롭게 창조하는 차원을 숙고하게 한다는 것"으로 요약하고 다시 이를 정리하여 크게 선적 직관과 의식, 비논리성과 정신적 경이, 언어의 결합과 효용, 이미지의 환상성[24] 등으로 세분하여 살펴보고 있다. 그의 글은 『구곡』과 『송백팔』의 일부를 예로 들어 특정한 시각에 입각해서 작품을 해석하는 것이 아니라 김구용 시의 일반적 특징을 추출해 내는 것으로 평문의 초점이 맞추어져 있는 만큼 개략적인 성격을 띤 것이다.

홍신선은 간략하게나마 김구용에 대한 글을 가장 많이 썼다. 그는 김구용의 전기에도 관심을 가져 초기부터 『구곡』이나 『송백팔』로 시세계가 전개되어 나간 양상에 대해 밑그림을 그려보기도 하고,[25] 그의 시가 "유동하며 변태적인 말들의 사용을 통한 극단의 실험의 문채"를 사용함으로써 해체된 일상, 전쟁의 내면화를 보여준다고 하면서 독특한 내면 심리의 묘사[26]에 주목하기도 하였다. 또한 2000년에 김구용 전집이 간행되었을 때는 『시(詩)』의 해설에서 김구용 시의 산문 지향성, 성의 상품화, 불교적 특성, 난해성과 실험적 기법들에 관해 두루 언급하고 있다.[27] 김구용 시의 내용뿐 아니라 시를 이루고 있는 원리에 대해 다각도로 고찰한 글이다.

1994년 이건제의 글은 김구용의 첫 번째 중편 산문시[28]인 「소인」 전까지의 작품들 중 「뇌염」, 「다방」, 「탈출」, 「육체의 명상」, 「빛을 뿜는 심장」, 「벗은 노예」 등등을 분석 해명하고자 한 것이다. 그는 정신의 기하학과 공의 명상을 말하면서 플라톤이나 보들레르를 떠올리기도 하고,

---

24) 하현식, 앞의 글, 112-125면.
25) 홍신선, 「한 초월론자의 꿈」, 1987. 『상상력과 현실』(인문당, 1989), 130-132면.
26) 홍신선, 「실험의식과 치환의 미학」, 1994. 『한국시의 논리』(동학사, 1994), 168-172면.
27) 홍신선, 「현실 중압과 산문시의 지향」, 김구용, 『시』(솔출판사, 2000), 406-440면.
28) 김구용의 중편의 길이에 육박하는 산문시를 두고 이건제가 중편 산문시라는 말을 사용하였다. 본 논문도 「소인」, 「꿈의 이상」, 「불협화음의 꽃 II」를 중편 산문시라 부르고 있다.

투명화의 욕망과 유리 인간의 여성주의라는 매우 의욕적인 설정 부분에
서는 이상을 떠올리거나, 여성·모성·매음 등의 문제를 연관시키기도
한다.29) 김구용의 시세계가 난해한 만큼 그와 연관된 듯이 보이는 외부의
정신세계를 접맥시키는 것이 간단한 일은 아니지만, 이건제의 시도는 야심
찬 것이기는 하되 지나치게 현학적으로 흘러서 시 이상으로 이해하기 어렵
다. 그가 사용한 '부인하는 공', '용납하는 공', '반야직관', '기하학적 환원',
'투명화 욕망' 같은 용어들은 충분한 설명과 의미 체계가 필요한 것들
이다. 시보다 이해하기가 더 어려운 글이다.

2004년에 발표된 박선영의 글은 불교적 색채가 가미된 무한과 생명,
생성이라는 틀 아래 김구용 시에서 보이는 존재의 다양성과 풍요로움을
카오스의 풍성함으로 전개해 가고 있다.30) 신인 작품 공모 당선작으로
뽑힌 이 글은 의욕은 높지만 초점이 없고 장황하게 이루어져 있다.

김구용 시에 대해 비판의 목소리를 높인 글도 있다. 1957년 유종호
는 김구용이 '산문에 무조건 항복'하고 있다면서 이것은 시인으로서의
무력을 실토한 것이며, "산문에의 절대적 굴종은 시의 영토를 확대해
보자는 의욕이 결국은 시 자체를 부정해 버리고 만 전형적인 예"31)라
고 주장하고 있다. 그는 여기서 더 나아가 반미적, 반예술적 성분을 운
운하면서 김구용의 산문은 산문으로서도 실격이라고 강하게 비판한다.
하지만 그가 예술성의 기준으로 내세우는 것이 음악성이기 때문에 이
러한 비판은 애초에 김구용 시와 별 관련이 없어 보인다.

1964년 김수영은 김구용과 전봉건을 한꺼번에 비판하면서 "시의 기
술이란 양심을 통한 기술인데 작금의 시나 시론에는 양심은 보이지 않
고 기술만이 보인다. 아니 그들은 양심이 없는 기술만을 구사하는 시

---

29) 이건제, 「공의 명상과 산문시의 정신 - 김구용의 초기 산문시 연구」, 송하
  춘 이남호 공편, 『1950년대의 시인들』(나남, 1994), 215 - 244면.
30) 박선영, 「생성의 축제, 무한생명을 향한 길 - 김구용론」, 『현대시학』, 2004
  년 10월호.
31) 유종호, 「불모의 도식 - 상반기의 시단」, 『문학예술』, 1957년 7월호. 『비순
  수의 선언』(민음사, 1995), 308 - 311면.

를 주지적이고 현대적인 시라고 생각하고 있는 모양이다. 사기를 현대 성이라고 오해하고 있는 모양이다"32)라고 하면서 원색적인 비난을 가 한다. 김수영의 글은 양심이라는 다소 문맥 외적인 기준을 동원함으로 써 논리적 성격을 결여하고 있다.

1970년 주성윤은 여섯 줄의 글로 "본래적으로 개념어란 시에 있어서 감각의 사고화나 감각의 개념화에 사용할 수 있게 되어 있는 것인데도 불구하고 오직 말초적 감각만을 기록할 때에도 함부로 개념화를 사용 한 데서 온 실패"33)의 경우가 김구용이라고 잘라 말하고 있다. 그러나 말초적 감각이라는 표현은 김구용을 비판하는 데에는 그리 적절해 보 이지 않는다.

이 밖에 찬반을 넘어서 김구용의 시작업 전체의 의미와 위치를 조망 해보려 한 것으로는 타계하기 1년 전인 2000년에 김구용 문학전집이 나왔을 때 김동리, 전봉건, 이상과의 연관으로 김구용을 들여다본 김윤 식의 글이 있다. 그는 김구용의 김동리, 전봉건과의 개인적, 문학적 친 연성을 살펴본 뒤 특히 이상과의 문학사적 조응을 찾아낸다. "씨(김구 용)의 「생명의 능각」(1952), 「시각의 결정」(1952) 등은 이상의 「선에 대 한 각서」, 「삼차각 설계도」에 엄밀히 대응된다. 그 연장선상에 「뇌염」 (1952)이 놓여 있지만 동시에 「뇌염」은 한 발자국 깊이에로 나아갔다. 난해시로 될 수밖에 없는 필연성이 거기 있었다"34)고 하면서 김윤식은 "「오감도」이래 이 나라 시문학사는 또 한 번의 존재의 깊이에로 하강 해 갔다"35)고 진술하고 있다. 그의 글은 김구용의 시를 이상 시의 연 장, 깊이로 파악함으로써 김구용의 문학사적 의의를 최초로 진단하는 것이어서 주목된다.

---

32) 김수영, 「난해의 장막」, 1964. 『김수영 전집 2 산문』(민음사, 1981), 209 – 210면.
33) 주성윤, 「한국시의 새판도」, 『시인』, 1970년 1월호, 27면.
34) 김윤식, 「「뇌염」에 이른 길」, 『시와 시학』, 2000년 가을호. 『거리재기의 시학』 (시학, 2003), 169면.
35) 김윤식, 「6·25와 시적 대응의 표정들」, 『거리재기의 시학』, 157면.

2) 타자와 주체의 담론에 대한 연구

타자36)와 주체,37) 주체와 타자의 문제는 철학에서 사유의 기본 구도를 형성하는 중요한 문제틀이다. 누가 사유하는가, 누구의 관점에서 세계를 바라보는가, 인식의 대상은 무엇인가, 인식 주체와 인식 대상 간의 관계는 어떠하며, 그 내용은 어떻게 채워지는가 하는 등등의 근본적인 문제들은 철학의 핵심을 이루고 있다. 무엇보다 이 세계가 타자와 주체로 구성되어 있다는 사실은 주체와 타자의 문제를 떠나서 사유할 수 없는 인간의 정황을 시사해 준다. 타자와 주체라는 이원론이 잠정적이고 일시적인 것이든, 절대적이고 불가피한 것이든 철학자들은 이 자장 안에서 사고하고 탐구했다. 타자의 성립과 분리 불가능한 주체의 입지, 또주체의 위상과 필연적으로 연관된 타자의 성격은 존재론과 인식론의 기초를 이루면서 사유 체계의 지배적인 틀을 형성해 온 것이다.

타자와 주체에 대한 사유를 발전시켜 온 철학의 역사에서 두드러진 점은 서구 철학이 주체를 중심으로 하는 동일성의 철학에서 점차 무게중심이 타자 쪽으로 옮겨져 왔다는 점이다. 주체의 위치에서, 주체의

---

36) 타자와 주체라는 말은 매우 광범위하고 포괄적으로 사용되어 왔다. "일반적으로 타자란 자아 밖의 모든 외재성을 의미한다. 그러니까 타자는 나밖의 다른 사람, 익명적으로 나타나는 요소적 환경의 타자성, 무한한 시간성, 신등을 총칭한다." 김연숙, 『레비나스 타자 윤리학』(인간사랑, 2001), 13면. 타자라는 말은 쓰임새에 따라 주체 밖에 존재하는 존재자들, 상황, 환경, 그 모든 것을 총괄하는 말로 사용될 수 있다.

37) 주체 역시 매우 포괄적으로 정의된다. 주체란 "예컨대 개인, 전기의 '주인공', 해석학적 주체(의미 구성적 주체), 인식 주체, 인식 대상, 정치적 주체(권리 행사의 주체, 신민), 도덕적 주체, 인격, 인격성, 자기, 자아, 인간, 자기의식, 자기반성, 의지로서의 주체 등등 여러 가지를 뜻할 수 있다." 강영안, 『주체는 죽었는가』(문예출판사, 1996), 74면. 이렇게 다양하게 쓰일 수 있기 때문에 타자나 주체라는 용어는 모두 어떤 시대에, 어떤 상황에서, 어떤 의미로 사용되는가가 중요하다. 현대에 올수록 주체라는 말을 많이 쓰고 있기는 하지만 철학에서는 주체와 자아라는 말은 광범위하게 혼용된다. 정신분석학이나 심리학에서는 자아를 많이 사용한다.

관점으로, 주체의 영역으로 포섭될 대상을 철학의 주요 내용으로 하던 일련의 시기를 거친 후, 주체 중심의 시각에서 벗어나 주체 밖에 존재하는 타자의 자리를 인정하고, 타자가 주체와 결코 동일화되지 않는 전적으로 다른 존재임을 분명히 하면서, 오히려 이 타자에 주권을 양도하는 차이의 철학 쪽으로 방향을 전환하게 된 것이다. 이것은 패러다임의 큰 변화라고 볼 수 있다. 모든 대상이나 현상들을 주체의 자리를 위임받은 것으로, 주체라는 궁극적인 존재에로의 환원의 과정으로 인식하는 동일성의 철학은 현대 철학의 다양한 장소에서 터져 나온, 주체와 타자의 문제를 둘러싼 차이와 분리, 분열, 해체론적 관점과는 확연히 다른 철학적 지반을 가지고 있는 것이다.

이와 같은 상황이 전개된 과정에 좀 더 주의를 기울일 필요가 있다. 서구의 근대 철학에서 탄생한 근대적 의미의 주체 개념은 현대의 철학사에 이르기까지 타자와 주체를 둘러싼 다양하고도 논쟁적인 테제를 제공해 주었다. 중세의 신의 절대적 자리를 대신하여 세계의 중심에 서게 된 근대의 주체는 데카르트의 코기토에서 확고한 발판을 마련한다. 인간이 자신의 사유와 의식에 의해 존재하는 것으로 간주되는 이성 우위의 철학은 사유하는 주체의 권능에 초점을 맞춘 것이었다. 사유의 능력에 의해 인간은 외부의 세계와 사물을 자신의 지평 안으로 끌어들일 뿐만 아니라 자신 외의 다른 인간 역시 객체, 타자로 규정하여 인식의 대상으로 삼을 수 있었다. 이러한 데카르트적 자기 동화의 주체는 칸트를 거쳐 헤겔에 이르러 그 정점을 맞이하게 된다. 헤겔은 변증법을 통해 절대적 주체를 성립시키는데, 이것은 완전한 자기 인식을 통해 세계에 대해 자기 동일성을 확립한 주체이다. 이 주체는 외부에 존재하는 것들을 통해 자기에게로 복귀하는 동일자의 운동을 하고 있는 것으로, 대상의 역사와 인식이 곧 정신의 역사와 인식으로 환원되는 중심에 서 있다. 그의 방법론은 세계가 '우리 자신을 발견하는 거울'이어서 대상지가 곧 자기지가 되는 인식의 귀환 지점을 가리키고 있으며 주체의 외부에 나타나는 타자라는 존재는 주체의 지평 안으로,

주체에 동화될 운명으로 그려진다. 세계를 근거 짓는 주체와 그 대상으로 정복된 타자의 세계, 이것이 근대의 타자와 주체의 그림이다.

그러나 이렇게 강력하고 절대적인 주체와, 타자가 존재하되 주체의 동일성 안으로 환원될 괄호 안의 타자로 구성되는 동일성 철학은 이후 그 제국주의적 성격으로 말미암아 비판의 표적이 된다. 20세기를 관통하는 인문학의 주된 흐름은 바로 이러한 주체 개념을 비판하고 해체하는 것이었다. 유대 철학자 레비나스가 보기에 "서양의 존재론은 타자를 동일자로 환원하는 전체성의 철학"[38]이다. "서양철학은 다른 이(타인, 타자)에 대해 거의 체질적으로 거부 현상을 보이는 철학으로 '다른 이'와 '다른 것'을 나(자아[39])로 환원하거나 동화"[40]하고자 한 것이다. 제국주의와 양차 대전은 타자의 타자성을 존중하지 않고 오로지 자신의 영역화 대상으로만 이해하는 이 전체성의 주체가 지배했던 사유 방식의 결과이다. 그리고 이에 대한 비판 위에서 사르트르와 레비나스는 타자가 주체에게 동화되는 것이 아니라 타자성을 상실하지 않은 채 주체의 외부에 존재한다고 생각한다. 사르트르에게는 주체와 동등한 힘을 가진, 그의 시선으로 인해 주체를 '보는 주인'에서 단번에 '보이는 대상'으로 만들어 버리는, 주체를 수단화시킬 수 있는 타자라면, 레비나

---

38) 서동욱, 『차이와 타자』(문학과지성사, 2000), 140면.

39) 자아에 대한 정의를 살펴보면 다음과 같다. "데카르트적 전통에서 중요한 것은 인간을 인간으로서 특징짓는 조건은 다름 아니라 자신과 스스로 관계를 가질 수 있다는 것이다. 책상, 컴퓨터, 책, 이와 같은 사물은 공간을 차지하고 있지만 자기와 스스로 관계할 수가 없다. 사물로서의 동일성을 지니지만 '자기'로서의 동일성을 지니지 못한다. 그런데 사람은 자기 자신에 대한 의식을 통해 '자기'와 관계를 가질 수 있다는 것이다. 이때 자기와 관계 맺는 당사자를 일컬어 '자아' 또는 좀 더 현대적인 용어로 '주체'라고 부른다." 강영안, 앞의 책, 53면. 라캉에 이르러 자아와 주체가 분리되어 자아는 상상계에서 주로 언급되고, 주체의 성립과 분열을 상징계에서 이야기하고 있지만, 라캉 이외의 철학자들은 자아와 주체를 혼용하고 있다. 본 논문도 별도의 구별 없이 자아와 주체를 함께 사용하고 있다.

40) Emmanuel Levinas, *Le temps et l'autre* (Paris: PUF, 1985); 국역 『시간과 타자』, 강영안 옮김(문예출판사, 1996), 6면.

스에게는 주체의 무한으로 향하는 욕망을 현현시키는 형이상학의 대상, 절대적 타자인 신의 모습을 하고 있는, 우리가 환대해야 할 타자이다. 이들의 입장에서는 근대 동일성 철학과는 근본적으로 다른 타자와 주체, 주체와 타자의 모습이 발견된다. 여기서는 타자가 주체에 종속되는 것이 아니라 타자가 주체를 가능케 하고, 타자가 존재함으로써 비로소 주체가 성립되고 있다.

'타자의 철학'이 눈길을 끌고 타자의 중요성에 대한 인식과 관심의 증대와 함께 현대 철학에서 주체는 점점 더 자신의 위치를 잃고 축소되어 왔다. 이른바 포스트모더니즘이나 해체 철학이 유럽 철학을 통과하는 동안 주체는 위기와 죽음 속에서만 논의되는 듯이 보였다. 주체를 중심과 근본으로 절대화시켰던 근대의 관점과 달리, 푸코와 데리다, 라캉에 이르면 주체는 "세계의 근원 또는 근거가 아니라 오히려 사회적 관계와 언설, 욕망을 통해 생산된 생산물에 불과"[41]하다. 주체가 생산자가 아니라 생산물이라는 것, 다양한 인간과 세계의 현상들을 결정하고 근거 짓는 초월적 존재가 아니라 지식이 권력으로 작동하는 사회적 관계(푸코)나, 인간을 둘러싼 언설(데리다)을 통해, 또 언어와 무의식에 의해 배태되는 욕망(라캉)을 통해 형성된다는 것, 이렇게 주체를 주도적 존재가 아니라 파생적 존재로 보는 입장은 주체의 해체와 죽음이라는 최근의 논쟁들을 발생시키는 진원지가 되고 있다.

이 중 라캉의 타자론은 기존의 타자론과 근본적으로 구별되는 것이다. 이전의 철학자들이 대상화된 것으로든, 절대적으로든 타자를 모두 주체의 외부에 있는 어떤 존재로 생각했다면, 라캉에게 타자는 밖에 있는 것이 아니라 안에 있는 어떤 것이다. 그는 주체 안의 이질적 요소, 즉 무의식을 타자로 생각했다. 여기서 유명한 라캉의 "무의식은 타자(대문자로 표시되는)의 담론"[42]이라는 정의가 도출된다. 물론 이때의

---

41) 강영안, 앞의 책, 62면.
42) Jacques Lacan, "L'instance de la lettre dans l'inconscient ou la raison depuis Freud", *La Psychanalyse* (1957), 국역 「무의식에 있어 문자가 갖는

타자란 개별적인 차원의 타인, 낯선 존재를 가리키지 않는다. 인간이 태어나자마자 포위되는 언어 체계, 언어로 구성되는 아버지의 법, 사회를 이루고 있는 상징 질서를 의미한다. 주체는 주체를 이루고 있는 이 타자에 속해 있는 것이다.

이처럼 역사적으로 주체는 점점 축소되고 지위를 잃고, 타자는 그 영역과 중요성이 확대되면서 주체를 형성시키는 데 결정적인 근거가 되고 있기 때문에 현시점에서는 주체─타자 논의보다는 타자─주체의 논의가 더 적절하고 설득력이 있다고 할 수 있다.

타자를 둘러싼 논의는 문학에도 중요한 논점을 제공한다. 철학이 논리와 이성을 위해 복무한다면 "문학은 본질적으로 타자를 드러내는 감성의 영역"43)이다. 플라톤이 『공화국』에서 시인을 추방해야 한다고 한 이유는 그의 공화국을 특징짓는 동일성의 세계에서 시인은 이성이 아닌 감성의 세계에 속하기 때문이다. 감성은 억누르고 배제시킨 타자를 기억하고 있고, 언제든지 이를 출현시킬 준비를 하고 있다. 따라서 타자에 대한 논의의 전개는 문학에서 활성화되고 구체화될 소지를 충분히 지니고 있다.

타자에 대한 관심과 논의가 확대되면서 주체의 축소와 죽음과 관련된 철학적 논점들은 국내에서 타자와 주체, 주체와 타자에 대한 문학적 관심과 수용을 낳았다.44) 하지만 대개 주체나 타자 어느 한쪽에 편

권위(주장) 또는 프로이트 이후의 이성」, 『욕망 이론』, 권택영 엮음(문예출판사, 1994), 89면.

43) 권택영, 「현대문학과 타자 개념」, 『현대시사상』, 1996년 겨울호, 98면.

44) 타자와 주체의 문제들에 대한 문학적 연구는 크게 세 가지로 분류해 볼 수 있다. 첫째, 주체 쪽에 중심을 둔 것이다. 민승기는 후설과 하이데거의 현상학적, 해석학적 자아, 라캉의 분열된 자아, 데리다의 산종된 자아로 주체를 분류하고 있다. 둘째, 타자를 중심으로 한 것이다. 주로 레비나스의 타자론을 문학 연구에 적용하여 김수영, 고정희, 조병화, 윤동주를 분석한 글들이다. 셋째, 타자와 주체의 상호 연관을 살펴본 것이다. 최은주는 사르트르와 라캉의 응시 이론에 기대어 타자와 주체의 관련을 시각과 욕망의 정치학으로 풀어내고 있다. 민승기, 「문학비평에 있어서 주체의 문제」, 경희대학교 석사 논문(1986), 김효곤, 「김수영시의 타자 현상 연구」, 부산대학교

향된 연구이며, 타자와 주체의 관계가 역동적으로 제시되지 못했다는 아쉬움을 가지고 있다. 또한 단일한 성격의 타자나 주체를 선보임으로써 문학 작품 속에 내재되어 있는 복합적이고 상반된 성격의 타자와 주체가 함께 본격적으로 논의된 연구는 아직 나타나지 않았다. 본 연구는 이것을 시도해 보고자 한다.

3 연구 방법 및 범위

타자와 주체 관계는 문학에서 포괄적으로 다양하게 나타난다. 타자란 주체 외부의 인간뿐 아니라 주체와 관련을 갖는 모든 대상을 가리킬 수 있으며 문학 작품이 타자와 주체와의 관계를 다루는 것은 인간의 삶이란 것이 대상, 즉 세계와 접촉하고, 대립하고, 갈등하는 산물로 나타나기 때문이다.

사람은 만물을 사고와 행위의 대상으로 삼는다. 한쪽은 사고와 행위의 주체이고 다른 쪽은 그 대상이다. 심(心), 신(身), 인(人)이 주체이면 물(物)이 대상이다. 심(心), 신(身)이 주체이면 인(人), 물(物)이 대상이다. 심(心)이 주체이면 신(身), 인(人), 물(物)이 대상이다. 그러나 대상은 언제나 대상으로 머무르는 것이 아니다……주체와 대상은 상대적일 수 있다. '나'라고 생각하는 것이 주체이다. 그러니 주체의 본질은 '나'라는 개념에서

석사 논문(1998), 이명규, 「고정희시 연구─타자 / 근대성 이론을 중심으로」, 명지대학교 석사 논문(2000), 김혜강, 「조병화시에 나타난 타자 인식 연구」, 인제대학교 석사 논문(2002), 이혜련, 「윤동주시에 나타난 타자 인식 연구」, 경성대학교 석사 논문(2003), 최은주, 「바라보는 주체와 보여지는 타자」, 건국대학교 박사 논문(2002).

발견되어야 한다. 주체를 자아라고 부르는 것이 적절할 것 같다.45)

　주체와 대상이라는 대칭 구도는 인간의 삶의 기본을 이룬다. 인간이 사고하고 행위하기 위해서는 대상이 존재해야만 한다. 인간은 대상과 갈등하거나 조화를 이루며 삶을 영위해 나간다. 하지만 양자는 고정적인 것이 아니라 상황에 따라 변해 간다. 대상, 즉 타자는 사물만을 지칭할 수도 있지만 경우에 따라서 타인과 사물을 가리킬 수도 있고, 더 나아가 육체, 타인, 사물 모두를 포괄할 수도 있다. 한마디로 상황의 변수에 따라서 주체의 대상이 될 수 있는 것은 모두 타자가 된다. 주체는 이 가변적인 대상을 상대로 인식과 행위를 발전시켜 나가는 것이다. 이것을 존 듀이의 용어로 경험이라고 부를 수 있다.

　　경험이 진실로 경험인 한 경험은 활력으로 고양되는 것이다. 경험은 개인적인 감정과 감각 안에 갇혀 있는 것을 의미하지 않고, 세계와의 활발하고 민첩한 교제를 의미한다. 그리하여 최고의 경험은 자아와, 대상과 사건의 세계 사이의 완전한 상호 침투를 의미한다……경험은 한 생명체가 사물의 세계 내에서 투쟁하고 성취함으로써 실현하는 것으로, 예술의 맹아이다.46)

　주체가 세계와 활발하고 민첩하게 교제하고 상호 침투하는 삶의 경험이 바로 생명체의 자기실현이며, 이 실현의 최고의 경지는 예술에서 가능한 것으로 존 듀이는 미적 경험을 설명하고 있다. 유기체와 환경의 활발하고 충만한 융합을 삶과 예술, 미의 본질로 파악한 것이다. 따라서 만물을 상대로 사고하고 행위하는 인간 주체와 그 대상이 되는 세계, 즉 주체와 타자와의 관련은 문학에서 특별히 관심을 끄는 부분

---

45) 조동일, 「자아와 세계의 소설적 대결에 관한 시론」, 『한국소설의 이론』(지식산업사, 1977), 86면.
46) John Dewey, *Art as Experience* (New York: Minton Balch, 1934), 국역 『경험으로서의 예술』, 이재언 옮김(책세상, 2003), 42면.

이 될 수밖에 없다.

> 시인이 이 세상에 내놓은 창조된 것은 우리가 알고 있는 다른 형식과
> 는 판이한 종류의 형식을 나타내고 있다. 그 특징은 자아가 이 세계와
> 특별히 전폭적인 관련을 맺고 있다는 사실에 기인한다. 작품의 형식은
> 이 세계를 어떻게 다루고 있는가 하는 문제뿐만 아니라 자아에 대해서
> 어떤 모험을 하고 있는가 하는 문제를 밝혀 주고 있다.[47]

인간이 이 세상에 만들어 놓은 많은 생산의 형식들 중에서 시는 다른 무엇보다도 자아(주체)가 세계(타자)와 특별한 관계를 맺고 있는 것이며, 따라서 이 각별하고 전폭적인 관련을 드러내는 것이 바로 시라는 것이다. 세계와 주체는 어느 한쪽을 조명할 때 다른 쪽도 함께 밝혀질 수밖에 없으므로 문학 작품을 이해하는 것은 이 관련 양상을 살피는 일이다. 철학에서 논의되어 온 주체와 타자의 문제가 문학에서도 핵심적인 사안이 되고 있음을 알 수 있다. 주체는 세계와의 관련을 통해 관계의 다양한 양상들 즉 대립, 갈등, 동화, 지배, 소외의 각 국면을 형성해 나가는 것이다.

그런데 무엇보다도 우선 생각해볼 수 있는 것은 시에서의 주체는 기본적으로 타자를 자신의 영역으로 동화시키고 세계를 지배하려는 성격을 가지고 있다는 점이다. 시는 정서로 대상을 표현하는 것이기 때문에 시적 대상은 주체의 정서에 함락된 상태로 드러난다. 문학이 일반적으로 주체와 세계의 밀접한 관련을 추적하는 것이라면 시는 여기서도 특별히 주체 쪽에 치중된 장르이다. "시는 자아 개념의 활기찬 긍정이면서 동시에 반영이기 때문이다……창조된 사물, 즉 시와 예술 작품은 체계화된 자아의 모델"[48]이다. 따라서 자아(주체) 쪽에서 세계(타

---

47) Robert Penn Warren, 「시와 자아」, 이태주 옮김, 『문학사상』, 1977년 1월
호, 323면.
48) Robert Penn Warren, 위의 글, 321면.

자)를 대상으로 삼아 일체의 감각과 인식과 행위를 전개해 나가는 양상이 시작품의 주요한 구도를 형성한다. 이를 조동일은 세계의 자아화라고 표명했다.[49]

조동일이 나눈 문학작품의 네 개의 장르 가운데 서정은 시를 말한다. 그에 의하면 시에서 주체는 세계를 세계인 채로 두지 않고 지배하며 자신을 위해 복무하도록 만든다. 세계는 대상화되어 주체를 위해 존재하며 세계의 의미는 주체화되어서만 나타나는 것이다.

시는 기본적으로 세계의 독립성을 인정하지 않고 자신의 영역 안으로 동화시켜 버리는 절대적인 주체가 활동하는 장이다. 그것은 근본적으로 타자를 지배하고 초월하고 자신과 동일시하는 주체 중심의 구조물이다. 다시 말해서 시는 근본적으로 객관 세계와 타자를 규명하고 밝히기 위해 존재하지 않는다. 타자는 주체와의 관계하에서만 존재하는 것이다. 타자는 타자의 모습을 유지하지 못하고 주체에 의해 대상화되고 인식되고 변형된 모습으로 나타난다. 주체에 의해 포착되고 포괄된 사물로 존재하는 것이다.

여기서 자기중심적으로 세계와 합일을 이루는 시적 주체의 모습을 자세히 살펴볼 필요가 있다.

세계를 자아화하고 있는 작용 자체는 주관적이고 감정적인 것이라고 할 수 있을 것 같다. 주관적이고 감정적인 작용이 있으므로 세계의 자아화는 세계를 객관적인 것이나 이성적인 것으로 두지 않는다. 시인이 노래하는 꽃은 꽃 그 자체가 아니고, 시인이 노래하는 사랑은 사랑이라는 개념이 아니다. 그러나 세계의 자아화는 주관적이고 감정적인 것만은 아

---

49) 조동일, 「자아와 세계의 소설적 대결에 관한 시론」, 101면. 이 논문에서 조동일은 문학 작품이란 자아와 세계의 대립 관계의 구조로 되어 있다는 사실을 밝히고 문학의 장르 간의 차이를 논하고 있다.
서정: 작품 외적 세계의 개입이 없이 이루어지는, 세계의 자아화.
교술: 작품 외적 세계의 개입으로 이루어지는, 자아의 세계화.
서사: 작품 외적 자아의 개입으로 이루어지는, 자아와 세계의 대결.
희곡: 작품 외적 자아의 개입 없이 이루어지는, 자아와 세계의 대결.

니다. 시인이 노래하는 꽃은 꽃 그 자체는 아니지만 다른 사람에게도 객관적으로 인정될 수 있는 것이고, 시인이 노래하는 사랑은 사랑이라는 개념이 아니지만 이성적인 타당성이 인정될 수 있는 것이다. 이와 같이 될 수 있는 근거는 세계의 자아화를 담당하고 있는 서정적 자아의 본질에서 찾아야 할 것이다. 서정적 자아는 객관과 맞서 있는 주관도 아니고, 이성과 구별되는 감정도 아니다. 서정적 자아는 주관과 객관, 이성과 감정의 구분이 일어나지 않은 상태의 것이라고 보아야 문제가 해결된다. 또한 서정적 자아는 세계와 접촉해서 세계를 자아화하고 있는 작용을 지칭하는 것이 아니고 세계와의 접촉 없이도 존재하는 자아라고 보아야만 주관과 객관, 이성과 감정의 구분이 일어나지 않은 상태가 인정될 수 있다.[50]

서정적 자아(시적 주체)가 '주관과 객관, 이성과 감정의 구분이 일어나지 않은 상태의 것'이라고 하는 것은 이 양자를 모두 가능케 하고 포괄하는 근원이라고 말하는 것과 다름없다. 또한 시적 주체의 본질을, '세계와의 접촉 없이도 존재하는 자아'라고 한 부분은 칸트의 순수 통각[51]을 연상하게 한다. 칸트의 순수 통각이 초월적이고 보편적인 것으로서 외적 세계와 내면세계 모두를 가능하게 하는 근거로 주객의 구분을 넘어선 것이므로 두 개념은 같은 의미를 지녔다고 볼 수 있다. 칸트의 초월 자아가 세계와의 경험을 전제로 했던 경험자아와 구분되듯이 서정적 자아도 세계와의 접촉 이전에 존재하면서 그 접촉을 가능하게 하는 근원적 활동성으로서의 주체인 것이다.

하지만 시적 주체에 대한 이러한 설명은 원론적인 처리에 지나지 않는다. 시적 주체가 주관과 객관의 세계 이전에 존재하는 것으로 양자를 가능하게 하는 것이라는 설명은 주체와 세계가 동일하고 통일된 원리로 구성되어 있다는 것을 전제하는 것이다. 주체와 세계가 동일한 이치와 성격을 가지고 있을 경우에 주체와 세계는 이미 통일되어 있으

---

50) 조동일, 「시조의 이론, 그 가능성과 방향 설정」, 『고전문학을 찾아서』(문학과지성사, 1976), 190면.
51) 본문 Ⅱ장의 칸트 부분에서 논의하고 있다.

므로 세계에 대해 말하는 것은 주체에 대해 말하는 것과 같다. 이러한 설명은 예컨대 자연과 조화를 이루거나 합일의 경지에 도달한 경우, 물아일체를 읊은 시편들에서 찾아볼 수 있다.52) 소박한 자연시들은 갈등 없이 주체와 세계의 동일성, 일체감을 노래할 수 있었다. 하지만 문명이 발달하고 사회가 복잡해지면서 차이와 분별에 의한 대립과 갈등이 나타나게 되고, 주체는 이를 극복하여 세계와의 합일을 추구하게 된다. "다시 말하면 세계와의 갈등을 인위적으로 극복하여 합일의 경지를 몽상"53)하게 되는 것이다. 그것은 전형적으로 타자를 동화시키는 절대적 주체의 모습을 낳는다. 주체는 동화나 투사를 통해 세계와의 동일화를 꾀하게 된다. 이와 같은 전략을 통해 주체는 타자의 이질성을 극복하고 타자와의 연속성을 이루는 것이다. 하지만 동화나 투사를 통해 타자와의 동질성을 이루려는 주체의 의도가 언제까지나 지속될 수 있는 것은 아니다. 타자의 성격도 변하고, 이에 따라 주체의 상황도 변화를 겪는다. 주체가 타자를 적극적으로 자신에게 끌어들일 수 없을 때 주체는 혼자만의 유일하고 폐쇄된 주체가 되거나, 또는 그 속에서

---

52) 조동일은 주관과 객관, 이성과 감정의 구분이 일어나지 않고 세계와의 접촉이 일어나지 않은 근원적 상태의 서정적 자아를 성(性)이라 부르고, 이를 본연지성(本然之性)과 기질지성(氣質之性)으로 나누었다. 본연지성은 성이 이미 갖추어져 있고 천지의 성이 사람의 성과 다르지 않음으로 천리가 인성이며 천인합일이 이루어질 수 있는 근거가 된다. 반면 기질지성은 차이와 분별을 만드는 기의 작용에 따라 달라지는 것이어서 천인합일을 파괴하여 인간이 자연의 순조로운 질서를 거역할 수 있게 하고, 인간의 행위가 악할 수 있게 한다. 본연지성의 견지에서는 자아와 세계 사이에는 아무런 분별이나 대립이 없으므로 세계의 자아화는 이미 이루어져 있다. (조선 전기 사대부 시조에서 나타나는 자연미, 몰아의 일치) 기질지성도 성이므로 세계의 자아화를 가능하게 하는 것이지만 기질지성은 본연지성과 달라서 순리(純理)가 아니고 이기(理氣)가 합쳐진 것이므로 기질지성에 의해 자아화된 세계는 세계 그 자체와 갈등을 일으킨다. 다시 말하면 변하는 세사에, 자연에 굴복하기를 거부함으로써, 자기의 뜻을 이루고자 기질지성에 의한 세계의 자아화로 천인합일을 요구하는 것이다(평민의 시조). 조동일, 앞의 글, 190-204면. 기질지성에 의한 세계의 자아화는 본문에서 분석될 동화, 투사와 같은 맥락을 가지고 있다.

53) 김준오, 『시론』(문장사, 1984), 28면.

자신을 대상화시키거나 이중적인 모습을 보여주게 된다. '서정적 자아'
는 변모[54])되기에 이르는 것이다.

이렇게 주체가 타자를 동일화시키는 존재로, 시적 주체가 중심에 서
서 두드러지게 강조되는 전형적인 모습은 김구용 시의 한 부분만을 이
룬다. Ⅲ, Ⅳ, Ⅴ장에서 다루어지는 주체는 전혀 다른 국면을 가지고
있다. 이것은 흥미로운 부분이다. 그의 많은 시편들에서 주체는 다른
모습을 하고 있는 것이다. 그의 시는 "상반한 극점의 교류"(「과정」)의
세계다. 예컨대 "생명에 적합하려는 현실에의 탐구"(「충실」)가 있는 반
면, 그 현실의 밑바닥에는 현실이 증발해 버리는 환상이 있다. "무아
(無我)에서 정확한 동화(同化)의 세계로 들어가"(「불협화음의 꽃 Ⅱ」)는
불교적 무아가 있는가 하면, "성스러운 자아에게 손을 모"(「불협화음의
꽃 Ⅱ」)으는 자아에의 집중이 있다. 대립은 그의 시의 전형적인 특징이
다. 그는 한 단면 속으로 고립되지 않는다. 어떠한 감정이나 사유도 그
반대의 것을 동반함으로 완성된다. 사유의 회의와 명확함이 동시에 포
진하는 것이다. 그것은 타자와 주체의 문제에서도 마찬가지다.

김구용 시에서는 타자와 주체가 단일한 한 가지 모습으로만 나타나
지 않는다. 타자와 주체의 담론의 역사에서 살펴본 타자, 그리고 주체
의 세 가지 측면이 모두 나타난다. 세계의 자아화로 언급된 대상화된
타자와 강인하고 절대적인 주체가 있는가 하면, 이와 완전히 반대되는,
타자성을 잃지 않는 절대적인 타자와 이에 의해 구성되는 주체의 모습
이 있다. 이 두 상반된 타자와 주체의 모습은 김구용의 시세계를 복잡
하게 중층적으로 만든다. 또 이 두 관점과는 다른 모습도 나타나는데
그것은 바로 라캉적 의미에서의 타자와 타자의 지배를 받는 주체이다.

---

54) 김준오는 세계와의 동일성, 통일성이라는 시적 비전이 추방되어 주체와 세
　　계가 합일되지 못하고 인간이 세계로부터 소외되면서 서정적 자아가 변모
　　되어 가는 양상을 기술하고 있다. 예를 들면 "자아가 탈을 쓰고 세계와
　　거짓 동화"하는 대결 의식을 보여준다든가, "인간적인 것을 배제시키는 비
　　인간화를 지향"한다든가, "세계 상실의 고립주의 자아"가 된다든가 하는
　　것이다. 김준오, 위의 책, 29－38면.

이것은 앞의 두 관점과는 여러 가지 점에서 뚜렷이 구별된다. 또한 타자와 주체의 확연한 구분을 거절하는 불교적인 무아도 나타난다. 이렇게 그의 시에 등장하는 타자와 주체는 여러 얼굴을 가졌다 할 수 있다. 그리고 타자와 주체가 다양하고 복잡하게 나타나기에 그의 시는 이해하기 쉽지 않고 일관된 분석을 하기가 어렵다.

따라서 본 연구는 그의 시의 중요한 특징인 대립을 희생시키지 않으면서 상반되게 나타나는 타자와 주체의 면모를 세밀하게 살피고자 한다. Ⅱ장에서는 대상으로서의 타자와 이를 포획하는 절대적 주체의 성격이 두드러지는 경우를 분석할 것이다. 타자를 동일화시키는 주체의 절대성은 주체 중심의 세계를 만들어 낸다. 주체는 타자를 자신의 영역 안으로 끌어들여 타자를 자신의 욕망과 감정에 적합한 것으로 만들어 버린다. 이때 타자는 주체의 인식의 대상으로 존재하거나 존재하더라도 별 의미가 없는 경우가 많다. 이를 세분해 보면 우선 동화와 투사에 의해 타자를 자신과 동화시키는 주체가 되거나(1절), 주체 중심의 세계 속에서 대상이 사라진 유일 주체, 혹은 자신의 세계 안에 스스로 갇혀 버리는 폐쇄된 주체가 되거나(2절), 이러한 상황하에 자신을 타자로 대상화시키는 이중적인 모습을 보여주는 주체로 나타난다(3절). 주체의 자신에게로의 몰입은 다양한 변화와 경과들을 거치게 된다.

Ⅲ장에서는 Ⅱ장의 타자와는 다른 타자, 자신의 타자성을 잃지 않고 주체에 영향력을 행사하는 타자와 이러한 타자에 의해 구성되는 주체를 분석할 것이다. 타자가 주체에 대해 우위를 갖는 타자 중심의 세계에서 주체는 확고한 자신의 정체성을 갖지 못하고 타자와의 거리를 좁히지 못한다. 주체는 자신의 기원과 근거를 가지고 존재하는 것이 아니라 타자에 의해 새로이 구성되고 성립되는 존재로 태어난다. 따라서 주체가 타자를 대상화하는 것이 아니라 낯선 존재인 타자가 주체를 바라보고 대상화하는 이 관계에서 주체는 수동적으로 움직이고 구성된다(1절). 또는 자기 동화적인 전체성의 주체와 철저히 대비되는 이 주체는 절대적이고 무한한 타자를 수용하고 환대하는 감수성을 가진 주체

로 태어난다(2절).

Ⅳ장은 위의 두 타자와는 전혀 다른 타자, 사회를 이루고 있는 상징 질서라는 대타자와 이 속에서 주체의 모습이 어떻게 나타나고 있는지 추적할 것이다. 주체를 지배하는 타자는 무의식으로 주체의 내부에 깊숙이 들어와 있다. 인간은 자신의 내부를 점령하고 있는 타자에 둘러 싸인 존재이다. 언어적 존재인 인간 주체는 의식 / 무의식, 기표 / 기의의 틈에서 분열되고 불완전한 모습으로 나타난다(1절). 불완전하게 떠밀려 다니는 주체가 어떤 순간, 어떤 상황에 표상되는 즉시, 그는 움직일 수 없이 수금된다. 주체는 자신의 의지와는 관계없이 예측될 수 없는 운 명을 겪는다(2절). 하지만 주체는 이렇게 대타자의 상징체계 속으로 완 전히 흡수되지 않고, 그로부터 자신을 분리할 수 있는데 그것은 욕망 으로 인해서이다. 주체는 욕망하는 주체로 탄생하게 된다(3절). 김구용 의 작품에서 가장 독특하고 문학적인 중편 산문시들이 이 장에서 분석 될 것이다. 그의 작품의 불가해성과 현대성이 드러나는 부분이다. 그의 문학의 정점이 기록되는 부분이라 할 것이다.

Ⅴ장은 지금까지 논의한 타자와 주체, 주체와 타자의 여러 양상들이 갖는 현격한 차이가 무의미해지는 부분이다. 타자도 주체도 어떠한 근 거나 존재의 뚜렷한 의미를 갖지 못한 채 흩어져 존재하거나 변화하는 가운데 사라진다. 궁극적으로 타자라고 이야기할 수 있는 것도, 주체라 고 정의할 수 있는 것도 존재하지 않는다. 불교적 색채가 두드러진 김 구용의 시가 이 부분에 해당된다. 불교의 가장 중심 되는 특징인 무아 (無我)와 연기설적 태도는 그의 시에 도처에 깔려 있다. 소재 면에서뿐 아니라, 주제 면에서도 불교적 사고와 명상이 많은 시에서 발견된다.

본 연구는 김구용의 시에서 다양하게 나타나는 타자와 주체의 관계 양상을 살피는 것에 목적을 두고 있다. 하지만 작품 속에서 문학적 형 상화가 되어 나타나는 타자와 주체는 단순히 예술적, 미학적 존재인 것만은 아니다. 이 존재들의 출현과 성립은 그 근저에서 철학적, 인식 론적 사유 체계의 핵심과 변화에 연결되어 있다. 그러므로 상이하게 나타나는 김구용 시의 타자와 주체를 본격적으로 분석하기 전에 각 장의 서두는 그 관계 양상의 철학적 배경을 세밀하게 살펴보는 것에 할애하고자 한다. 이러한 과정은 시에 출현하는 타자와 주체의 존재의 의미를 포괄적이고 심도 있게 이해하도록 해줄 것이다. 다양한 철학자들의 성향을 타자와 주체라는 일관된 관점에 입각해 재구성함으로써, 타자-주체론이라는 방법론의 토대와 배경을 이해하는 데 적절한 도움을 구할 수 있기 때문이다.

김구용의 작품집으로는 시집 『詩集 Ⅰ』(삼애사, 1969), 『詩』(조광출판사, 1976), 『九曲』(어문각, 1978), 『頌百八』(정법문화사, 1982)과 『九居』가 있다. 그는 50년대에 산문시를 많이 썼고 「九월 九일」(1962)을 끝으로 산문시는 더 쓰지 않았으며 이후에는 행과 연의 구분이 있는 자유시를 썼다. 첫 시집 『詩集 Ⅰ』은 두 번째 시집 『詩』에 전재되었는데 산문시는 모두 여기에 수록된 것이다. 『九曲』, 『頌百八』과 『九居』는 장편 연작 자유시이다. 1979년부터 시작하여 1990년대 초까지 쓰인 『九居』는 4행시로 구성되어 있다. 이러한 시집들과 산문, 일기가 2000년 솔출판사에서 6권의 전집으로 간행되었다. 본 연구는 솔출판사에서 간행된 시집 4권을 모두 연구 대상으로 하며 산문과 일기에서도 필요한 부분은 참조를 하고 있다.

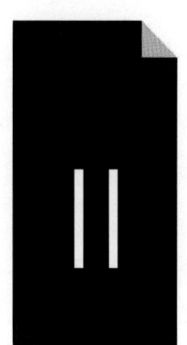

II

대상으로서의
타자와 주체

1 대상으로서의 타자와 절대적 주체

근대 서구인들의 형이상학적 사유를 대변하는 데카르트(1596~1650)의 *cogito ergo sum*(나는 생각한다. 고로 나는 존재한다)은 사유와 존재를 동일시한 것이다.

> 여기서 나는 발견한다. 사유(cogitatio)가 바로 그것이다. 이것만이 나와 분리될 수 없다. 나는 있다. 나는 현존한다. 이것은 확실하다. 그러나 얼마 동안? 내가 사유하는 동안이다. 왜냐하면 내가 사유하기를 멈추자마자 존재하는 것도 멈출 수 있기 때문이다……그러므로 나는 정확히 말해 단지 하나의 사유하는 것, 즉 정신, 영혼, 지성 혹은 이성이며……나는 참된 것이며, 참으로 현존하는 것이다.[55]

불확실하고 의심 가능한 감각적 인식에 대한 논의를 거친 후에 데카르트가 그 의심과 감각의 주체에로 물음을 돌려 사유하는 존재로서의 나를 정초하는 과정은 주체의 확실성을 토대로 확립하는 것에 다름 아니다. 이 과정에서 다른 무엇보다 우선 내가 존재한다는 것, 내가 사유로서 존재한다는 것이 그가 찾아낸 제1의 원리이다. 이것의 의미를 후설은 『성찰』이 사유하는 주체, 순수한 사유하는 자아에로 되돌아간 것에서 찾는다. 이로써 철학은 "소박한 객관주의로부터 선험적 주관주의에로 철저하게 전환"[56]하게 되었다는 것이다. 이와 같은 주관주의의

---

55) René Descartes, *Méditations métaphysiques*(1647), 국역 『성찰』, 이현복 옮김(문예출판사, 1997), 46–47면.

56) Edmund Husserl, *Méditations cartésiennes*(Paris: A. Colin, 1931), 국역 『데카르트적 성찰』, 이종훈 옮김(철학과 현실사, 1993), 40면. 후설은 이를 다음과 같이 설명하고 있다. "(데카르트에게) 세계는……'나는 생각한다' 속에서 의식되어 존재하고 나에게 타당한 세계 이외에 결코 다른 것이 아니다. 세계는 그것의 일반적이고 특수한 의미 전체와 그 존재 타당성을 오직 그와

관점에서 보면 인간은 스스로가 주체이며, 인간과 세계의 관계는 세계를 근거 짓는 인간의 사유에 의해 규정된다. 이때 사유의 주체인 인간과 달리 주체의 외부에 존재하는 세계는 사유를 잃어버린 대상으로 존재한다. 사유성이 아니라 연장성으로 이해되는 이 대상은 관념적이고 주관적인 표상인 것이다. 이렇게 데카르트가 "사유 주체와 사유된 물질 객관을 이분화함으로써 결국 시공 안에 존재하는 모든 자연물은 활동성이 없는 죽은 기계, 연장적 실체일 뿐이라는 근대의 자연과학적 자연 개념이 성립하게 된다."[57] 인간은 연장성의 세계, 이 외부의 자연 세계를 지배하는 주인이 된 것이다. 주체와 대상이라는 이원론[58]과 더불어 주체의 사유 작용 속에서 의미를 갖는 포획된 대상의 설정은 이후 주체의 초월적 성격을 논하는 많은 철학자들에게 반복적으로 재현된다. 데카르트는 주체 중심의, 의식 중심의 철학을 탄생시킨 선구자가 된 것이다.

같은 사유 작용으로부터만 갖는다……나는 내 속에서 그리고 나 자신으로부터 의미와 타당성을 갖는 세계 이외에 다른 어떠한 세계 속으로 들어가 살고, 경험하고, 생각하고, 평가하며, 행위할 수는 없다……데카르트는 자아를 사유 실체, 곧 분리된 인간의 정신, 즉 영혼으로 만들고, 인과 원리에 따른 추론의 출발점으로 만든다. 간략히 말하자면 이 전회를 통해 데카르트는 불합리한 선험적 실재론의 시조가 되었다." 위의 책, 61-66면.

57) 한자경, 『자아의 연구』(서광사, 1997), 36면.

58) 이원론은 이후 많은 철학자들에게 반복되고 변주되어 나타난다. "자아와 세계의 관계를 이와 같이 주객 분리의 도식에서 이해한 것은 칸트의 말을 따르면 '경험적 관념론' 혹은 '초월적 실재론'이다. 데카르트 이후의 주체성의 형이상학은 그것이 비판적 관념론(칸트)이나, 주관적 관념론(피히테), 혹은 객관적 관념론(헤겔) 중 어떤 모습을 취했건 간에 주관과 객관의 분리, 자아와 세계의 분열을 문제로 의식했고, 주체성의 원리를 더욱 강화함으로써 이 분열을 해소해 보려고 노력하였다. 그것은 데카르트가 허용했던 주체 바깥의 공간을 주체의 절대 자유(피히테, 초기 셸링) 혹은 절대 정신의 자기 정립(헤겔)을 통해 주체 안으로 되돌리는 작업으로 나타났다. 이 작업의 승패는 결국 인간이 신적인 힘을 가진 주체가 될 수 있느냐 없느냐에 달려 있을 수밖에 없었고, 독일 관념론으로 통칭되는 주체성의 철학은 어떤 방식으로든 철학적 신학(혹은 존재 신학)의 그늘을 완전히 벗어날 수 없었다." 강영안, 앞의 책, 96-97면.

데카르트의 이원론을 극복하고자 한 시도로 칸트(1724~1804)의 작업
을 들 수 있다. 칸트는 실재론과 관념론을 둘 다 부정함으로써 종합의
체계를 성립시킨다. 우선 반실재론의 입장에서는 세계란 그 자체로 실
재하는 것이 아니다. 그것은 우리의 범주59)에 따라 해석되어 우리에게
알려지는 현상일 뿐이다. "소박한 실재론이나 경험론, 또는 과학주의의
잘못은 바로 이 현상에 불과한 것을 마치 물자체인 것처럼 여기는 것,
즉 사고 주관의 단지 표상에 불과한 연장적 실체를 마치 독립적으로
존재하는 사물인 것처럼 여기는 것"60)이다. 이를 칸트는 다음과 같이
말하고 있다.

　　우리의 모든 직관은 현상에 대한 표상에 지나지 않는다는 사실, 우리가
직관하는 사물은 그 자체로서는 우리가 그것을 직관하는 그대로의 것도
아니며 이들의 사물의 관계들도 그 자체로서는 그것들이 우리에게 현상
되는 그대로의 성질을 갖는 것이 아니라는 사실, 만일 우리가 우리의 주
관을, 또는 감관 일반의 주관적 성질만이라도 제거한다면, 공간과 시간에
있어서의 대상의 모든 성질, 모든 관계는, 아니 공간과 시간까지도 소멸
하여 버릴 것이며, 그들은 현상에 불과하므로 그 자체로서는 존재할 수가
없고 오로지 우리 속에 있어야만 존재할 수 있을 뿐이라는 사실이다.61)

---

59) 인간 오성이 대상을 판단함에 있어 전제하는 사유의 틀, "이것은 오성이
선천적으로 그 속에 포함하고 있는 종합에 관해 근원적으로 순수한 개념
전체를 표시한 것으로서, 이것이 있기 때문에 오성은 바로 순수오성일 수
가 있는 것이다. 오성은 이런 순수개념에 의해서만 직관의 다양한 것에 대
하여 무엇인가를 이해할 수가 있으며, 즉 직관의 대상을 사유할 수가 있기
때문이다." Immanuel Kant, *Kritik der reinen Vernunft*(1781); 국역 『순수이
성비판』, 이명성 옮김(홍신문화사, 1987), §10. 순수오성개념 즉 범주, 111
면. 칸트는 경험에 대한 오성의 선험적 기여를 검토하고 선험적 종합 형식
인 범주가 인간의 오성 능력에 기본이 되고 있다는 근거에서 순수한 개념
으로서의 범주를 정당화하려고 시도했다. T. E. Wilkerson, *Kant's Critique
of Pure Reason: a commentary for students* (Oxford: Clarendon Press,
1976), 국역 『칸트의 순수이성비판』, 배학수 옮김(서광사, 1987), 72면.
60) 한자경, 앞의 책, 125면.
61) Immanuel Kant, 앞의 책, 81면.

사물은 우리에 의해서만, 우리의 주관과 인식 능력에 의해서만 포착될 수 있는 것이다. 더 구체적으로 말하면 시간이나 공간, 범주와 같은 인간의 사유의 형식에 의해서 사물은 인간에게 직관될 수 있는 것이다. 우리의 사물에 대한 이러한 수용 능력을 넘어서서 사물이 그 자체로서 어떻게 존재할 수 있을지 우리는 전혀 알 수 없다. 우리는 이미 우리의 사유 능력에 의해 직관되거나 인식되는, 우리 안에 존재하는 사물만을 대상으로 삼을 수 있기 때문이다. 우리는 사물에 대한 우리의 이러한 독특한 방식에 의해서만 사물과 관계할 수 있을 뿐이다.

이렇게 객관적으로 존재하는 세계의 실재성을 거부하고 그것이 인간의 '사고 주관의 표상'에 불과하다는 반실재론은 칸트를 데카르트적인 관념론으로 몰고 갈 우려가 있다. 하지만 칸트는 데카르트적인 주관주의도 부정한다.

> 이 상주 불변한 것의 지각은 오로지 나의 외적인 사물에 의해서만 가능한 것으로, 나의 외적인 사물의 단순한 표상에 의해서 가능한 것은 아니다. 그러므로 시간에 의해 나의 현존재가 규정된다는 것은 내가 나의 외부로부터 지각하는 현실적인 사물의 실제적 존재에 의해서만 가능한 것이다……관념론이 상정하는 바에 의하면 유일하고도 직접적인 경험은 내적 경험이며, 이 내적 경험으로부터 외적인 사물로 추론될 뿐이지만……이 추론은 아무런 신뢰의 근거가 없는 것에 불과하다는 것이다……여기에서 증명되는 바와 같이 외적인 경험이 본래 직접적인 것이며 이러한 외적 경험을 통해서……시간에 있어서의 우리 자신의 실제적 존재의 규정이, 즉 내적 경험이 가능한 것이다……내적 직관은 시간에 대하여 주관이 한정되어야만 하며, 그러기 위해서는 절대적으로 외적 대상이 필요한 것이다. 따라서 내적 경험 자체는 간접적인 것으로만, 즉 외적 경험을 통해서만 가능하게 되는 것이다.[62]

칸트의 반관념론에 의하면 데카르트가 생각했던 것처럼 우리의 의식

---

62) Immanuel Kant, 위의 책, 216-217면.

세계는 그 자체로 확고하고 안정된 확실성을 주는 것이 아니다. 우리의 의식 세계도 그 자체로 실재하는 것이 아니라 '오로지 외적인 사물에 의해서만 가능'한 것이다. 외적 경험을 통해서만 내적 경험이 가능하다는 것은 내적 세계에 우위와 실재성을 부여했던 관념론에 대한 부정이다. 더불어 나의 존재를 규정하는 것도 선험적인 인식에 의한 것이 아니라 시간 안에서 가능한 것이다. 내가 나의 본질로 확실하게 이해했다고 생각하는 것 역시 하나의 사유의 형식에 불과한 '시간에 있어서의 우리 자신의 실제적 존재의 규정'에 지나지 않으며 이러한 나의 본질은 내가 외적으로 지각하는 사물의 존재를 통해서만 가능한 것이다.

칸트는 이렇게 외적 세계와 내적 세계 모두가 그 자체로는 실재하는 것이 아니며 우리의 사유의 형식에 의해 포착될 뿐이고, 또 서로의 존재를 근거로 해서만 성립 가능하다고 설명하고 있다. 그리고 이와 같은 상황에서 보다 근원적인 것, 외적 대상도 아니고 내적 세계도 아니며 이 둘을 가능하게 하는 보다 근원적인 활동성이 무엇일까로 논의를 진전시키고 있다. 그것은 바로 순수 통각, 근원적 통각, 초월 자아이다. "'나는 생각한다'는 인식이 모든 나의 표상에 수반되어야 한다……그러나 이 표상은 자발성의 작용인 것이다. 즉 그것은 감성에 속하는 것으로 볼 수는 없다. 나는 이것을 경험적 통각과 구별하기 위하여 순수 통각이라고 하겠다. 또한 이것을 근원적 통각이라 부르고자 한다……나는 또한 선천적 인식이 가능함을 예시하기 위하여 이 통각의 통일을 자각의 선험적 통일이라고 부른다."[63]

칸트의 순수 통각(초월 자아)은 표상의 자발성을 가능하게 하는 것이다. 그것은 외적 세계의 경험을 전제로 해서만 가능했던 경험자아처럼 시간이나 공간에 의해 규정되거나 제약되는 것이 아니다. 반대로 경험적 대상물들을 규정하기 위한 조건인 시공간과 범주의 근원이며, "모든

---

63) Immanuel Kant, 위의 책, 126면.

현상—공간 내의 외적 현상 및 시간 내의 내적 현상—을 가능하게 하는 제약이면서 그 자체는 제약된 현상이 아니라 무제약적 활동성"64) 인 것이다. 칸트가 현상을 가능하게 하는 근본적인 원리로서 초월 자아를 말할 때에는 그것은 내적 현상 및 외적 현상 둘 다를 포괄하는 것으로 주객의 구분을 넘어선 것이다. 즉 초월 자아는 물리적 외적 세계뿐만 아니라 범주에 의해 지속적으로 규정되는 인식 대상으로서의 경험자아, 내면세계 모두를 가능하게 하는 초월적이고 보편적인 의식이라 할 수 있다. 그것은 외적 세계를 전제로 해서만 성립할 수 있는 인식 주관으로서의 경험자아로부터 더 높은 추상으로 돌입한 자아이다. 현상적인 주체와 객체의 구분의 전제가 되는 근원적인 활동성으로서의 이 초월 자아와 초월 철학은 독일 관념론으로 이어지고 발전해 나간다.

셸링(1775~1854)의 절대 자아는 칸트 철학의 초월 자아를 더 극단적으로 밀고 나간 것이다. 절대 자아는 "그것의 무제약성이 창조될 그때 창조되는 것이다. 다시 말해 자아는 어떤 다른 것으로부터가 아니라 오직 자기 힘으로부터 순수 자아로 정립하는 것"65)이다. 무제약자라는 것은 어떤 것에 의지하지 않고 스스로 자기를 실현해야 하며 스스로 산출되어야 하기 때문에 스스로를 실현할 수 없는 객관이나, 객관과 상호 규정하고 상호 정립하는 주관에서 찾을 수가 없다. 오직 "사물이 될 수 없는 것, 그러면서도 다른 것을 사물이 되게 하는 것", 현상도 물 자체도 아닌, 모든 비아를 배제하는, 어떤 개념을 통해서도 주어지지 않는 절대 자아 속에서만 찾을 수 있다.66)

셸링의 절대 자아는 모든 경험의 대상이나 경험자아와 다르며, 대상의 표상에 있어 통일성의 근거를 가지고 있다는 점에서 칸트의 초월 자아와 인식을 같이 한다. 칸트와 셸링의 차이는 칸트가 초월 자아의 인식 불가능성을 선언한 점이다. 칸트는 인간의 직관은 항상 감성적일

---

64) 한자경, 앞의 책, 135면.
65) 강영안, 앞의 책, 117면.
66) 강영안, 위의 책, 113－117면.

뿐이기에 유한적으로 사고하는 인간에게 지적 직관은 불가능하다고 보았다. 따라서 그의 자기의식의 자발적 활동성(초월 자아)이 그 자체로는 불변하고, 근원적이며, 초월적이라고 하더라도 그것은 지적 직관이 거부된 인간의 유한한 자기의식에 불과[67]하다.

> 칸트에 의하면 감각적 직관 없이 인식은 존재하지 않는다. 즉 단지 감각을 통해 우리에게 주어진 대상들만이 인식될 수 있다. 칸트는 직관시 우리에게 공간과 시간이 주어진다고 하였지만, 독일 관념론은 옳게도 공간과 시간은 감각적이지 않으며, 감각이 아니라―칸트 자신이 말하는―'순수한', 즉 비감각적 직관임을 제시하고 있다.[68]

칸트는 유한한 인간에게서 '비감각적 직관', 즉 지적 직관이 불가능하다고 보고 있지만 정작 자신이 제출한 사유의 형식은 지적 직관일 수밖에 없는 모순을 내포하고 있는 것이다. 이에 비해 셸링은 지적 직관을 모든 선험적 인식에 관계시킨다. "지적 직관은 그(셸링)에게 있어서는 내관(內官)을 의미하는데 이 내관을 통하여 의식의 자기 자신의 활동성에 관한 모든 반성이 성립한다. 지적 직관은 자아의 행위 또는 산출 방식을 자각적으로 만드는 모든 것이요, 생산의 근원에로 향하게 된 모든 반성 작용이다……의식이 현실적으로 자기의 자발성을 의식하는 그곳에서 의식은 이 자발성에 부착해 있는 내적 필연성을 파악한다. 그리고 이때 이 필연성이 파악되면 지성은 동시에 이 필연성에 대립하여 의식의 자유를 파악한다."[69]

셸링의 절대 자아는 지적 직관을 통하여 초월적이고 통일적인 자기의

---

67) 강영안, 위의 책, 122 ― 124면.

68) Martin Heidegger, *Schellings Abhandlung über das Wesen der menschlichen Freiheit*(Tübingen: M. Niemeyer, 1971), 국역 『셸링』, 최상욱 옮김(동문선, 1997), 68 ― 69면.

69) Nicolai Hartmann, *Die Philosophie des deutschen Idealismus*(Berlin: W. de Gruyter, 1923~1929), 국역 『독일 관념론 철학 Ⅰ』, 이강조 옮김(서광사, 1989), 175 ― 179면.

식의 활동성을 자각하고, 이 자각에 기초하여 자유를 얻는 단계로 나아
가는 무한히 활동하고 확대되는 자아이다. 이 무한성은 칸트의 유한한
자기의식을 뛰어넘는 것으로, 절대 자아는 인간의 인식과 행위가 절대
자와 완전히 합일되는 경지를 궁극적으로 제시하기에 이른다. 즉 자아
의 절대 권력을 주장함으로써 "유한한 자기의식을 벗어나 무한한 절대
자에서 인식과 존재의 궁극적인 합일점이 실현되는 상황"70)을 나타낸
것이다. 이것은 대상과 세계를 제약할 뿐, 자신은 이들에 의해 결코 제
약되지 않는 무제약자의 활동성과 자유를 일컫는 것에 다름 아니다.

셸링의 선험적 관념론에서 이제 대상으로서의 대상은 자취를 감추고
오직 인식이 성립하는 활동만이 남는다. "선험적 의식은 그것이 순수히
주관적인 한에서 인식의 인식 내지는 지(知)의 지(知)(자기의식)라고 할
수 있다……(이때의) 자아란 언제나 자기 자신에만 사로잡혀 있는 것이
다. 의식은 언제나 자기에 대한 반성이다."71)

헤겔(1770~1831)의 관념론은 이와 다른 차원으로 진행된다. 셸링의
의식이 대상, 자연, 세계, 즉 의식의 대상이 되는 그 무엇이든 그 속에
서 스스로를 발견할 뿐 결국 대상을 소멸시키고 마는 것이라면 헤겔은
대상이나 현존재를 결코 지워 버리지 않는다. 그에게 "철학의 요소나
그 내용이 될 수 있는 것은 추상적이거나 비현실적인 것이 아니라 오
직 현실적인 것, 자기 자신을 정립하는 것, 더 나아가서는 자체 내에
스스로의 생명을 지니고 있는 것, 따라서 자기의 개념을 지니고 있는
현존재일 뿐이다."72) 그러므로 스스로 생명을 지니고 있으며, 자기 개
념을 지니고 있는 현존재를 통해 어떻게 정신의 운동이 실현될 수 있
는지가 그의 관심사가 된다. 그는 이 문제를 "존재자의 운동이란 한편

---

70) 강영안, 앞의 책, 125면.
71) Jean Hyppolite, *Genèse et structure de la Phénoménologie de l'esprit* (Paris: Aubier, 1946), 국역 『헤겔의 정신현상학 Ⅰ』, 이종철, 김상환 옮김 (문예출판사, 1986), 27-28면.
72) G. W. F. Hegel, *Phänomenologie des Geistes*(1807), 국역 『정신현상학 Ⅰ』, 임석진 옮김(지식산업사, 1988), 105면.

으로는 그 스스로가 타자가 되면서 바로 그 자신 속에 내재하는 내용으로 되는가 하면 또 다른 면으로는 그와 같이 전개, 발양된 내용이나 또는 일정한 자기 충족에 도달한 현존재를 자체 내로 귀환시키는 것"[73])이라는 명제로 풀어 나간다.

헤겔에게 있어 정신이 스스로를 타자화하고 대상으로 존재해야 한다는 생각은 이전의 철학자들과 구별되는 혁신적인 측면이라 할 수 있다. 정신이 직접적이면서 생명을 지니고 있는 현존재로 존재한다는 것은 정신의 외화(外化)의 형식을 긍정하는 것이다. 아울러 다른 한편에서는 현존재가 정신으로 복귀함으로써 양 방향의 운동이 이루어지는데 이것이 개별적으로 진행되는 것이 아니라 양자가 서로에게 속하는 통합적 형태로 전체를 이루어 나간다는 점이 중요하다. 이 양자의 통합에서 그는 정신과 본질의 우위와 권력을 위해 추상적 공간을 설정하지 않는다. 이러한 헤겔의 객관적 관념론은 셸링의 주관적 관념론과 구분된다. 그에게 인식은 그 자체로 대상이나 세계, 자연과의 관계로서 설정되지 선험적인 인과율을 따르지 않는 것이다.

대상을 넘어서는 것이 아니라 대상과의 관계를 통해 대상이라는 물질, 소재 속으로 편입해 들어가 그 운동에 편승해 가면서, 또는 그 운동을 맞아들이면서 자기 자신에게로 복귀하는 헤겔의 인식론은 다른 성격의 동일성을 담보하고 있다. 정신이 바로 그 자신의 대상적 요소로 되면서 그 스스로의 현존성을 확보하도록 하는 것이다. 현존재와 대상성에 대한 헤겔의 생각은 대상과 의식에 대한 그의 고유한 사유 지점과 연결되어 있다.

---

73) G. W. F. Hegel, 위의 책, 112면. 이것을 헤겔은 다음과 같이 언급하고 있다. "철학적 인식에는……내면으로부터의 실체의 발생이나 그 생성은 곧바로 외적인 것 혹은 현존재에로 이행되는, 즉 대타적인 존재가 되는가 하면 이와 반대로 현존재의 생성은 스스로 본질 속으로 귀환하기에 이른다." 헤겔에 의하면 이와 같이 이중적인 과정은 양자가 서로를 받아들이면서 하나의 전체를 형성하고 완전히 통합되기에 이른다. 위의 책, 101면.

물론 이 타자지(知)가 자기지(知)라는 것은 참이다. 그러나 이 자기지(知)가 타자지(知)나 세계지(知)라는 것도 그에 못지않게 참이다. 따라서 우리는 의식의 여러 대상들 속에서 그 의식 자체의 본성을 발견한다. '세계는 우리가 우리 자신을 발견하는 거울인 것이다.' 그러므로 지(知)의 지(知)를 타자지(知)에 대립시키는 것이 문제가 아니라 이 둘 사이의 동일성을 발견하는 것이 문제이다……우리는 대상 속에서 의식 자체를 객관적으로 발견하게 될 것이며 의식 자체의 역사를 그 대상들의 역사 속에서 읽게 될 것이다……의식은 이 대상의 역사가 자신의 것이며 자신의 대상을 파악하는 가운데 자기 자신을 파악한다는 것을 발견하여야 한다. 이 현상학적 전개의 마지막 단계에서는 지(知)의 지(知)란 그 어떤 것과도 대립하지 않는다. 사실 의식의 진보 자체에 따를 것 같으면 지(知)의 지(知)란 결국 자기지(知)이면서 동시에 대상지(知)인 것이다.[74)]

대상은 개별성으로 도구화되거나 사유의 전제 조건하에 보편성 속으로 추락하지 않는다. 대상은 의식과 대립되지 않는다. 정신은 "자기 현존성 속에서 바로 그 자신을 내적으로 반성함으로써 얻어진 대상"[75)]이므로, 대상의 역사는 정신의 역사이고, 대상에 대한 인식은 정신의 인식이며, 대상은 곧 정신이다. 자기지(知)와 대상지(知)가 다르지 않음을 통찰하는 그의 방법론은 세계가 '우리 자신을 발견하는 거울'인 것이다.

물론 여기서 중요한 것은 세계와 대상이 거울이지, 주체는 아니라는 것이다. 대상지는 자기지(知)와 동일시됨으로써 궁극적으로 의미를 갖는다. 고립된 대상지라는 것은 존재하지 않는다. 대상에 대한 의식은 곧 자기 자신에 대한 의식이 되는 것이다. 대상의 역사라는 것도 마찬가지로 이야기될 수 있다. 헤겔에게 역사라는 것은 의미를 지녀야 하는 것이며, 역사는 인류의 역사를 말하는 것이다.

이성이 오직 물성 속에서 자기 자신의 의식만을 보아 알아차리고자

---

74) Jean Hyppolite, 앞의 책, 28-29면.
75) G. W. F. Hegel, 앞의 책, 83면.

한다는 것을 뜻한다. 이럼으로써 마침내 이성은 세계에 대한 보편적인 관심을 지니게 되는바 왜냐하면 이것은 이성이 세계 속에 스스로 현재화되어 있다는 것, 다시 말하면 이러한 현재가 곧 이성적이라는 데 대한 확신을 지니고 있기 때문이다. 또한 여기서 이성이 자기와는 다른 타자를 추구하기는 하되, 그러나 이것은 어디까지나 바로 그 타자를 통해서 자기 이외의 어떤 타자를 소유하는 것이 아님을 깨닫는 가운데 행해질 뿐이어서 결국 이성은 오직 자기 자신의 무한성만을 추구하는 것이 된다.76)

이성이 모색해 온 것은 결국 자기 자신이었다는 것이 분명해진다. 타자로의 침투라는 것은 타자를 통해서 자기 자신을 발견할 것을 깨닫는 가운데 이루어지는 것이다. 자기 자신의 무한성을 실현하려는 이성이 세계정신, 학적 인식, 절대지라는 개념들을 포괄한다. 그의 의식은 "대상의 인식에 있어 자기의식이며 또 자기 자신의 인식(자기지)"이다. "이 변증법의 운동은 감성적 의식 - 지각 - 오성의 세 단계로 시행되는데 결국 의식에서 자기의식으로 나아가는 변증법이라고 할 수 있다……(하지만) 피히테나 셸링과의 차이점은 헤겔이 자기의식, 자아=자아로부터 출발하는 것이 아니라 비철학적 의식의 진행 과정 자체를 추적하고 나서야 거기에 도달한다는 점에 있다. 따라서 자기의식은 전제로서가 아니라 결과로서 판명될 것이다."77)

대상의 인식이 자기의식이고 자기지라 말하고는 있지만 헤겔의 자기의식이 전제가 아니라 결과라는 것은 셸링과 중요한 대조를 이룬다. 셸링에게는 모든 것을 제약하는 무한자로서의 절대 자아가 선험적으로 존재하는 것이다. 또한 셸링과 달리 헤겔의 자기 자신에 대한 고찰과 추구는 어디까지나 세계라는 거울을 통해서 가능해진다. 따라서 이성이 자기 자신과 정신, 인류의 역사를 모색하며 자신을 추구하고 판명하는 방향으로 나아가면서도 대상의 역사를 필연적으로 성립시키고, 이를 통

---

76) G. W. F. Hegel, 위의 책, 323면.
77) Jean Hyppolite, 앞의 책, 97면.

해 자신을 확립하는 것이 헤겔의 동일성 철학의 특징이라 할 것이다.

　이렇게 17세기에 접어들면서부터 독일 관념론을 지나는 동안 서구 사상은 주체를 확고히 하고 주체 중심의 철학을 다져 나갔다. 여러 사상가들을 거치면서 주체는 유사하게, 때로는 상이한 방식으로 자명하고, 초월적인 존재로, 필연적인 존재로 부각되었다. 일원론 내에서 혹은 이원론 내에서 보편성을 부여받은 주체는 여러 양상으로 대상을 경계 짓고, 객관을 가능케 하며, 세계를 자신에게 동화시키는 절대적 주체의 위상을 갖추었던 것이다. 다양하게 전개되었던 이 논의들을 압축해 보면 다음과 같이 표현될 수 있다.

　　동일성은 유일한 자체태로서 그 폐기는 불가능하다. 따라서 동일성은 모든 차별화 속에 보존되어야 한다. 그러므로 어떤 유한적인 존재자가 단순히 주관적이거나 단순히 객관적이라는 것은 불가능하다. 모든 존재는 동일성의 법칙에 따라서 주관－객관의 형식을 가진다. 물론 차별화는 사물의 본질이 아니라 단지 사물 속에 있는 '존재의 양'에만 관계하는 것이다. 사물 속의 관념적 요인과 실재적 요인은 서로 엄밀한 보완적 관계에 있다……동일성은 유한자 속에 변양(變樣)되어 있다. 모든 양태는 동일성의 존재 방식이다. 그리고 이 존재 방식들은 양적으로 차별되어 있기 때문에 절대자의 전상을 이룬다.[78]

　모든 존재의 양태는 동일성을 내포하고 있으므로 어떠한 차별화를 겪더라도 결국 이 동일성의 본질이 보존되어야 한다는 것이 동일성 철학의 공통된 인식 지반이다. 이러한 인식에서는 주체는 이질적인 것, 객체, 세계를 동화시킴으로써 자신을 실현해 나간다는 전제가 깔려 있다. 그리고 이렇게 주체 중심적인 생각은 주체가 타자를 자신의 영역으로 동화시킴으로써 주체 위주의 세계를 전개해나가는 시편들과 접속되는 부분이다.

---

78) Nicolai Hartmann. 앞의 책, 190－191면.

2 타자의 동일화와 주체 중심의 세계

1) 세계를 동일화하는 주체

문학 작품에서 고전적인 주체는 자신과 외부에 존재하는 대상이나 타자와의 거리를 그대로 두려 하지 않는다. 타자와의 단절을 극복하고 자신과의 연속성을 이루려고 하는 것이다. 주체가 자연이나 대상을 동일화하여 세계와의 연속성을 이루는 것은 두 가지 방향으로 나타난다. 바로 동화(同化)와 투사(投射)이다. 동화는 주체가 세계를 자신의 내부로 끌어들여서 자신의 상태로 변형시키는 것이며, 투사는 주체가 자신을 세계에 일체시키기 위해 동일시와 감정이입을 하는 것이다.

  낭만주의자들은 자아와 비아 간의 틈을 메우고, 인간과 자연과의 관계를 재건하려 했다. 르네상스 시대에는 '자연(외부 세계)'은 그 자체로서도, 그리고 모방의 주체로서도 시인에게 중요했다. 낭만주의자들에게 중요했던 것은 자연 그 자체가 아니라 자연에 대한 시인의 관계였다. 낭만주의 철학자인 헤겔은 서정시인이란 자연을 내면적이고 개인적인 것으로 만들어서 취하는 사람으로 간주했다. 같은 맥락에서 워즈워스의 '현명한 수동성'은 오감을 통해서보다는 '살아 있는 영혼 속에서' 시인을 자연에 동화시키는 정신적인 전제조건을 묘사하는 것이다. 키츠 또한 시인과 자연의 관계를 강조한다. 그러나 그는 그 관련을 동화의 일종으로 보지 않는다. 그보다 그는 동일시와 감정이입을 통해서 자연과 결합되기를 바란다. 그래서 그는 시인을 '정체성을 가지지 않은 채 끊임없이 대상을 채우는', 다시 말하면 그 자신을 상상적으로 자연에 투사하는 존재로 간주한다.79)

---

79) James L. Calderwood & Harold E. Toliver, *Forms of Poetry* (Englewood Cliffs, New Jersey: Prentice-Hall, Inc, 1968), p.9.

60

워즈워스의 동화나 키츠의 투사와 같은 예들은 시인이 세계와의 연속성을 이루기 위해 자신을 외부 세계와 합일시키는 방법들을 보여주고 있다. 이 구체적인 양상들을 김구용의 시에서 찾아볼 수 있다. 세계는 시적 주체의 정서적 대상으로 나타나는 것이다.

(1) 동 화

철학에서 데카르트나 셸링의 주관적 관념론을 떠올리게 하는 동화[80]는 세계를 지배하는 주체가 세계를 상대로 권력을 행사하는 기본적인 방식이다. 주체는 자연(외부 세계)을 실제 있는 그대로 내버려두는 것이 아니라 자신의 감정과 사고의 영역 속에서 재편하고 재구성한다. 주체는 세계와의 일치를 확보한다. 세계가 주체에 적대적이고 불일치한 상황 속에 있다면 주체는 이를 극복하고 원하는 동화를 이루고자 한다. 세계는 자신만의 독립적인 존재 이유를 상실하고 주체에 의해 '내면적이고 개인적인 것'으로 변모되기에 이른다. 워즈워스가 말한 인간의 '살아 있는 영혼' 속으로 끌려 들어와 타자로서의 독립성을 잃고 주체에 의해 변형, 재생되어 주체와 합일되는 것이다. 김구용은 이러한 동화의 전략을 이용한 시들을 몇 편 남기고 있다. 시적 주체가 대상들을 자신의 영역으로 영입하는 것이 뚜렷하게 나타난다.

> 보기보다 고운 옥(玉)은
> 나의 죄 많은 손에

---

80) 동화란 "시인이 세계를 자신의 내부로 끌어들여서 그것을 내적 인격화하는, 소위 세계의 자아화다. 다시 말하면 실제로는 자아와 갈등의 관계에 있는 세계를 자아의 욕망, 가치관, 감정에 적합한 것으로 만들어 동일성을 이룩하는 작용"이다. 김준오, 앞의 책, 28면. 시에서 보편적인 전략으로 구사되는 동화란 시인이 자연이나 대상을 자신의 안으로 끌어들여 인간화하는 것으로, 자신의 밖에 존재하는 타자와의 이분법적인 구분을 해소하는 것이다. 김구용의 시에서는 자연물뿐 아니라, 책이나 선율 같은 인공물들, 타인들도 동화의 대상으로 나타난다.

이마를 맡기고
미안해하네.

사랑을 위해서 눈은 내리며
감시를 위해서 밤은 오는가.
새는 울건마는
나에게는 노래로 들린다.
　　　　　　　－「옥(玉)」 부분

　　주체에 의해 동화된 대상들이 시 속에 나타나 있다. "옥(玉)"은 특유
의 광물성을 찾아볼 수 없게 인간화되어 있다. "나의 죄 많은 손"에 몸
을 맡기고 있기에 "옥"은 "미안해하"는 존재가 된다. 옥이 미안해하는
것은 옥에서 비롯된 것이 아니라 주체에게서 연원된 것이다. 주체의
논리가 적용된 것이다. "눈"이나 "밤", "새"도 마찬가지이다. "눈"은
"사랑"의 눈이고, "밤"은 "감시"의 밤이며, "새"들은 "노래"하는 것으로
나에게 들린다. 이 대상들은 주체의 외부에, 주체와 무관하게 존재하지
않는다. 모두 객관성, 물질성, 타자성을 잃고, 주체의 정서에 맞게 동화
되어 나타난다. 주체와의 거리가 사라진 것이다. 이러한 예들을 더 찾
아볼 수 있다.

언제인가 창에 고이는 눈물은
우리의 침묵을 듣게 하소서
……
꿈에 모국으로 돌아온 한 쌍 새는
나의 휴식인 것이다.
……
모든 책에 있는 말은
내가 일상 사용하는 낱말인 것이다.
　　　　　　　－「아리랑 Ⅱ」 부분

선율은 슬픔 없는 눈물이 되어 골목과 창에 번지고
당신의 영락(瓔珞)들로 드리워져 빛난다……
녹음의 모발이
소(沼)를 안고, 슬픔의 발끝까지 노래로 애무한다.
―「관음찬 Ⅱ」 부분

　동화가 구사되고 있는 시편들이다. 창에 맺히는 물방울은 빗물이 아
니라 "눈물"이 되어 "우리의 침묵을 듣"고 있고, 자신의 비상을 하고
있는 것이 아니라 "한 쌍 새는 / 나의 휴식"이 되어 머무르고 있으며,
"모든 책에 있는 말은 / 내가 일상 사용하는 낱말인 것이다." 그것은 나
의 언어로서만 존재한다. "선율"은 음악에 속하는 것이 아니다. 장신구
로 변하여 "당신"의 목이나 팔에 걸려 있음을 "선율은 슬픔 없는 눈물
이 되어 골목과 창에 번지고 / 당신의 영락(瓔珞)들로 드리워져 빛난다"
에서 알 수 있다. 그것은 추상적인 소리나 음이 아니라 "당신"의 소유
물로 당신을 치장하고 있다. 못에 드리운 "녹음" 역시 자연의 녹음이
아니다. 마치 "당신"의 "발끝"을 "애무"하듯 "노래"하고 있다. "녹음의
모발이 / 소(沼)를 안고, 슬픔의 발끝까지 노래로 애무"하는 것이다. 여
기에 등장하는 대상들의 공통점은 그들이 하나같이 주체에게 주목하고
주체 위주의 일체감으로 묶여 있다는 점이다. 대상들은 주체와 이분법
속에 존재하는 것이 아니라 주체와의 연속성 속에 존재한다. 세계는
주체에게 수렴된다.
　대상을 이렇게 불러들이는 방식은 시로서는 아주 익숙한 패턴이다.
시적 주체는 타자로서의 타자를 보지 못한다. 타자는 주체 속에 들어
와 주체의 정서와 일치되어 있다.

　슬픈 기둥과 조대(彫臺)에 얹혀 있는 서책들은 말한다. "전쟁은 앞으
로도 있을 것이다"……웃음은 쓰러진 자 위에서 웃었다. 하반신으로 성
격된 본능만이 움직이었다. 열리지 않는 국회는 대기 속에 동결되어 서
있었다. 창들은 시위 행렬을 굽어보았다. 계단은 검문으로 통하였다. 신

문들은 아우성을 친다.

―「불협화음의 꽃 Ⅱ」 부분

어디를 가나 그는 기아와 외면하지 못하고 기름때 묻은 거리를 헤매었다. 어느 날이었다. 그의 눈은 태양도 식료품으로 보였다. 육신으로부터 벗어날 길은 없었다.

―「꿈의 이상」 부분

사물들은 주체와의 연관을 보여줄 뿐만 아니라 스스로 주체의 편이되어 그 내면 상태를 직접적으로 구술해 주기도 한다. 앞날을 비관하고 있는 주체의 눈에 서책들은 "전쟁은 앞으로도 있을 것"이라면서 전쟁을 예고한다. 주체는 객관 세계를 장악하고 대상들에게 자신의 존재의 옷을 씌우는 것이다. 타자는 이 옷을 입고 나타난다. 옷을 입지 않은 타자는 존재하지 않는다.

김구용의 시에서 주체는 때로 현실적인 모습을 띠기도 한다. "창"은 정치적 현황들에 관심을 보여 "시위 행렬을 굽어보"며, "계단은 검문으로 통하"고, "신문"은 현실과 세속의 번잡한 얼굴을 하고 "아우성을 친다." 또 헐벗고 굶주린 주체는 기아라는 적대적 상황을 벗어나기 위해 "태양"을 "식료품"으로 바꿔 놓는다. "태양"을 먹을 것으로 만들어 버렸을 때 그것은 멀리 떨어진 의미 없는 사물이 아니라 주체에게 와서 주체의 배고픔을 해결해 줄, 주체와 통합될 사물로 변형된다. 세계와의 불일치는 해소된다. "식료품"이 된 "태양"은 주체와의 연속성 속에서 주체에게 동화된 존재로 태어난다. 주체는 적극적으로 타자를 자신의 관점으로 변형, 동화시키는 것이다.

이 밖에도 명료하게 동화의 양상을 보여주는 구절들이 있다. 연작 장시에서는 이러한 상황이 보다 직접적이고 선언적으로 제시된다.

전주(電柱)에서 무성하는 잎은
나의 신앙

사진에서 내온 술은
나의 종교
우리들은 버리면서 들어간다.
늙지 않는다.
                    ─「2곡」 부분

이것이 너의 재산
이것이 너의 태양
이것이 너의 사랑
이것이 너의 숨결
사랑과 허물과 고통의 반면은
기쁨으로 들어가는 강,
절벽은 주저하는 돛대를 격려한다.
……
세상이 사랑하는 나의 세계
세상이 고마운 나의 세계
세상이 묘한 나의 세계
분노가 봄날하는 나의 세계
판단이 미소하는 나의 세계
큰 일은 한 가지도 없는 나의 세계
배는 표리(表裏)를 지나간다.
                    ─「7곡」 부분

네가 태어났듯이
미래에 태어난 아이들아
누구나 나이기에
네가 바로 나인 것이다.
                    ─「3거」 부분

　　인용된 구절들은 직설적인 동화의 예들이다. 대상들은 모두 주체나
시적 자아의 내면, 상황에 복속된다. 그들은 주체의 상황을 진술하기

위해 출현하고 반복하고 재현된다. 등치의 서술 형태는 이를 명료하게
제시해 주고 있다. A(대상, 타자)=B(자아, 주체)라는 선언은 A의 다양
성이라는 것이 B에게로 수렴되기 위한 가능성과 조건으로 기능하고 있
음을 보여준다. A는 A', A'' A'''로 변용되어 나가더라도 B에 속하게 되
므로 B에 일치되는 조건으로서의 A를 벗어나는 것이 아니다. 어떠한
변주를 하더라도 A에 지나지 않는 것이다. 따라서 이러저러한 사물들,
사물의 변화는 주체를 제시하기 위한 것이다. 그들은 "나의 세계", 즉
주체를 위해 "사랑"하고 "분노"하고 "판단"하고 "지나간다." "누구나
나"이고, "네가 바로 나"라는 이 절대적 위용이야말로 시적 주체의 강
력한 힘인 것이다.

> 불이 거울 안에서 타오른다.
> 기적 소리는 물 속으로
> 가라앉는 접시들,
> 시간은 정지해 있었다.
> 열차는 가는 것이 아니며
> 우리에게 달리는 것으로 보일 따름이다.
>   ―「5곡」 부분

> 너는 세계를
> 만들어 산다.
> 너는 시간을
> 만들어 쓴다.
>   ―「송11」 부분

> 나의 생각은
> 모든 나라
> 잎들 사이에서
> 자라 오른다.
>   ―「1곡」 부분

중요한 것은 주체가 타자를 주체화할 때 타자를 있는 그대로 자신의 내부로 들여오지 않는다는 점이다. 그는 순수한 타자를 만나는 것이 아니다. 주체는 타자를 변모시킨다. "시간"이라는 타자의 물리적 속성과 상관없이 주체는 자신의 특정한 상황에 따라 시간을 멈춘 것으로 경험하여 "시간은 정지해 있"다고 선언한다. 달리는 "열차"도 달리지 않는 것으로, 그러면서 달리는 것으로 착각될 뿐이라 하여, 이중으로 부정된 열차의 주행을 창출해 낸 것이 "열차는 가는 것이 아니며 / 우리에게 달리는 것으로 보일 따름이다"이다. 시간이나 열차의 진행은 본래의 속성과 상관없이 주체가 이를 어떻게 수용하느냐에 따라 다르게 나타난다.

주체가 자신이 원하고 움직이는 방식으로 세계를 변형시켜 동화하는 것은 시에서는 보편적인 것으로 이해된다. 그리고 주체에 의한 세계의 변형은 적절히 표현하자면 시적 주체에 의한 세계의 창조라 할 수 있다. 주체가 특히 발달한 시에서는 주체에 의한 타자의 지배가 주체의 세계의 발견이라는 형국으로 탄생한다. "세계를 만들어 산다"는 것과 "시간을 만들어 쓴다"는 것은 주체의 이러한 창조적인 면모를 잘 드러낸 것이다. 세계와 시간은 주어진 것이 아니라 주체가 만드는 것이다. 이렇게 함으로써 "나의 생각은 / 모든 나라 / 잎들 사이에서 / 자라 오"를 수 있다. 물론 이때 동화된 타자는 주체에게 반응하고 주체에게 속한다. 따라서 "창들은 나를 보며, 합창"(「오후의 기류」 부분)하는 것이다. 주체는 자신에게 불복하는 타자를 알지 못한다.

(2) 투 사

세계의 자아화의 또 다른 방식인 투사[81]는 동화와 방향이 다르다. 동

---

81) 시인이 세계와의 단절을 극복하고 의식적으로 세계와의 연속성을 꾀하는 것으로 동화와 함께 투사도 사용된다. 하지만 투사는 동화와는 반대의 방향으로 작용하는 것이다. "투사에 의한 동일성의 획득은 자신을 상상적으로 세계에 투사하는 것, 곧 감정이입에 의해서 자아와 세계가 일체감을

화가 세계를 주체 쪽으로 끌어오는 것이라면 투사는 주체를 세계에 대입하는 것이다. 키츠가 생각한 시적 주체는 '끊임없이 대상을 채우는, 다시 말하면 그 자신을 상상적으로 외적 세계에 투사'하는 존재이다. 주체는 세계를 주체의 내면의 지형도로 들여오는 것이 아니라 반대로 세계와 대상에서 주체를 발견한다. 대상을 바라보면서 주체를 이입하는 것이다. 물론 이 경우에도 세계는 주체와 동일하다는 전제에는 변함이 없다.

투사는 철학 쪽에서 헤겔의 객관적 관념론과 관련지을 수 있다. 앞에서 살펴본 것처럼 헤겔은 셸링과 달리 대상을 주관적이고 선험적인 주체 속으로 끌고 와 완전히 소멸시켜 버리지 않는다. 대신 그의 이성은 "오직 물성 속에서 자기 자신의 의식만을 보아 알아차리고자 한다." 왜냐하면 "이성이 세계 속에 스스로 현재화되어 있다는 것, 다시 말하면 이러한 현재가 곧 이성적이라는 데 대한 확신을 지니고 있기 때문이다."[82] 대상에서 자기 자신을 알아차리는 이성은, 대상에서 자기 자신을 발견하고 이를 동일시하는 시적 주체와 유사하다. 주체는 이 대상에 감정이입을 하게 된다. 투사는 이렇게 첫째, 동일시 그리고 둘째, 감정이입을 통해 구체화된다. '세계는 우리 자신을 발견하는 거울'인 것이다.

동화와 마찬가지로 투사도 김구용의 시에서 찾아볼 수 있다. 김구용은 주체가 강조되는 시에서 동화보다는 투사를 더 많이 구사하고 있다.

　　그는 팔을 어제와 내일로 뻗고
　　간혹 방황한다.
　　한밤중에 눈뜬 그림자였다.

　　자기 몸을 애무하듯
　　서로의 가지(枝)에 기대어보아도

이루도록 하는 것"인데 이는 "세계 속에서 자아를 발견하는 방법"이다. 김준오, 앞의 책, 28면. 투사는 자신을 상상적으로 대상에 투여하는 것으로서 시인이 자신을 대상에 대입하는 외형을 갖는다.

82) 주 76 참조.

우리는 휴지 조각이며
기생충이었다.

누구나 소용이 없는 일이라지만
그는 알 수 없는 일을 근심한다.

빼앗긴 그릇과
열리는 사장(沙場)에서
그의 말씀은 푸르렀다.
　　　　　－「선인장」 전문

소망은 잎들을 무슨 근심으로 다 날려버리고 고전(古篆)에 익었나뇨.
너는 하나 남은 주인(朱印)을 가슴에 안고, 눈바람에 서 있는가. 또는 침
묵한 산곡을 한 장 하늘 너머로 넘기며 절하는가.
　　　　　　　　　　　　　　　　　　　　　　－「과목(果木)」 전문

잊으면 얼마만한 안정인가. 마루에 앉은 대로 보는 동안, 잎사귀와 잎
사귀에서 호흡이 일어난다. 녹소(綠素)의 불꽃은 점점 사라진다.

잎사귀는 스스로를 지우며 광명을 편다. 눈을 닫으면 내부에도 해와
잎이 나타난다.

잎사귀는 나비도 날지 않는 벽돌빛 더위에 힘을 빨아 올리며, 열매의
중량을 시간에 반영한다.

나를 잊으며 본연의 모습이 된다. 잎사귀는 무엇으로……무엇은 모든
것으로……
　　　　　　　　　　　　　　　　　　　　　　－「녹엽(綠葉)」 전문

눈물은 괴로움을 씻어버리지 못한다. 서운자병에 핀 동백꽃이 원고지
에 일제히 그림자 진다. 내가 왜 혼란을 느끼는가. 원래 악독할 수 있는

기쁨은 없다. 괴질 같은 고독을 걸머질 선심은 없다. 불안은 눈먼 나비
가 되어 두뇌의 꽃들 사이로 기어간다.

- 「나비」 부분

　　열 마리, 백 마리, 천 마리 제비들이 막막한 해면 위로 뭍의 향훈을
꿈꾸며, 이 공포를 횡단하고 있다. 나의 어지러움이 어느 바다에 부침하
는 제비의 유해와 같을 숙명이라 하여도 좋다. 그러나 제비들이 단 한
송이의 장미와 녹음과 첨하(檐下)를 삽입할 여백도 없이 말아 오르는 성
난 파도 위를 날으며 있다. 그것은 노력이 반요(反要)하는 무형의 바탕
에서 나의 제비가 나는 힘이라고 하자.

- 「제비」 전문

　　나는 이 유리창이라고 생각한다. 이처럼 계절마다 가지가지로 변하는
벽화는 없을 것이다. 전등을 죽여도 해와 달과 별들이 창에 끓어올라 심
심하지 않다. 당신이 날씨를 살피며 기다리던 사람이 오후의 길을 오는
것이 보이는 나는 이 유리창이라고 생각한다. 왜 이러한 생각을 하느뇨.
암만하여도 나는 그 순수한 투명이 좋은가 보다……이 유리창과 나를 분리
할 수는 없다. 눈보라 칠 때 유리는 추위가 방 안을 침범하지 못하도록
막아주건만 방 안의 나는 젊은 소경이 피리를 삐이삐이 불며 지나가는 것
을 무심히 듣는 나를 슬퍼한다. 그러나 유리창이 맑음을 잃고 추위에 복
잡한 꽃무늬로 동결한 모양이 내 아름다운 슬픔의 형상임을 보기도 한다.

- 「나는 유리창을 나라고 생각한다」 부분

　동일시가 주로 사용된 시들이다. 시적 주체는 구체적인 한 대상을
상세하게 묘사하고 진술하면서 자신을 거기에 투사한다. 주체는 자신을
선인장, 과목, 녹엽, 나비, 제비, 유리창으로 동일시[83]하고 있다. "방황"

---

83) 정신분석학에서는 동일시(同一視, identification)가 "어떤 주체가 다른 사람
　의 모습이나 특성이나 속성을 동화시켜, 전체적으로나 부분적으로 그 사람
　을 모델로 자신을 변화시키는 심리 과정"이며 인격은 이와 같은 일련의 동
　일시에 의해 형성되고 분화되어 나간다고 설명하고 있다. Jean Laplanche
　& J.-B. Pontalis, *Vocabulaire de la psychanalyse* (Paris: PUF, 1967); 국역

하고 "근심"하는 "눈 뜬 그림자"의 존재인 선인장, 잎들을 "근심으로 다 날려 버리고" "눈바람에 서 있는" 과목, "스스로를 지우며 광명을 펴"는 녹엽, "혼란"과 "불안"으로 "눈 먼 나비", "어지러움"으로 "부침" 하면서도 "성난 파도 위를 날"아오르는 제비, "순수하"지만 "추위에 복잡한 꽃무늬로 동결"하고 마는 "슬픔의 형상"인 유리창은 주체가 자신을 발견하게 되는 세계이다. 세계를 보면서 주체는 자신의 내력과 본질을 깨닫게 된다. 그것은 주체의 역사이며 현존이다. 이러한 발견의 현장은 그의 또 다른 시에 보다 구체적으로 나타난다.

> 궂은 비가 내리는 날
> 그녀가 열차로 떠나기 직전에 써서 보낸 내용에서
> 그가 사가지고 온 철사 새장 안의
> 가을 하늘빛 잉꼬 한 쌍에서
> 시장의 미군 양말 한 켤레를
> 훔쳐 달아나던 소년이, 한 주먹에
> 일곱구멍으로부터 쏟는 피에서
> 사람들이 강변에 모여 폭발물들과 함께 놀더라는 소문에서
> 가지가지 사물과 표정에서
> 나를 발견한다.
>
> 물은 흐르듯
> 가죽 구두가 변하듯
> 살구꽃들이 새들의 노래를 모으듯
> 그러하듯이
> 나를 발견한다.
>   ―「아리랑 Ⅰ」부분

『정신분석 사전』, 임진수 옮김(열린책들, 2005), 118면. 문학에서는 감정이입에서와 마찬가지로, 시적 주체가 다른 사람뿐 아니라 생물, 무생물을 막론하고 시적 대상에 자신을 투사시켜 대상과 동일성을 이루는 것을 말한다. 감정이입과 동일시는 투사의 방법들이며 명백하게 구별되는 것은 아니다.

불은 시계(視界)에서 개성적인 권태로 보일지라도 그것이 규격의 우물
에 비쳐질 때 저면(底面)에서 떠오르는 영상(映像)처럼 우리는 모든 자
신을 주위로부터 발견하는지 모른다.

-「소인(消印)」 부분

주체는 대상들, 타자들에서 자신을 발견한다. 김구용은 발견한다는
말을 여러 번 에누리 없이 사용한다. 편지나 잉꼬, 소년이 "쏟는 피"와
같은 "가지가지 사물과 표정에서 / 나를 발견"하는 것이다. 이 발견은
대상들뿐만 아니라 벌어지는 사건과 정황들에서도 이루어진다. 그것은
"물이 흐르듯 / 가죽구두가 변하듯 / 살구꽃들이 새들의 노래를 모으듯"
필연적이며 자연스럽고 집중된 것이다. 주체는 본질적으로 그 성향이
"모든 자신을 주위로부터 발견하는지 모른다." 자신을 사물들에서 발견
한다는 것은 사물과 자신을 동일시하는 가장 기본적인 태도이다.[84] 이
동일시는 연작시로 가면 보다 직접적으로 이루어진다.

너는 황금빛 가로수 사이로
은행을 오가는 전차들이다.

---

84) 동일성과 연속적 세계관에 대한 다른 견해도 존재한다. 이에 의하면 동화
와 투사 같은 동일성 전략들은 오히려 주체와 객체를 분리하여 보고자 하
는 데서 나왔다는 것이다. 자연이 이상향, 도와 같은 이념적 근거, 즉 보
편적 질서를 구현해 주던 시대에는 자연에의 귀의, 물아일체를 통해 인간
이 자연과 합일하는 것이었다면, 자연이 세속화, 탈이념화되면서 개인은
여기에 자신의 정서를 '투사'하여 주관적인 감흥을 노래한다는 것이다. 이
것은 '물아일체'가 아닌 '물아분별'의 의식이다. 엄경희, 유정선, 「고전시와
현대시의 세계관적 연계성과 차이성」, 『한국시의 미학적 패러다임과 시학
적 전통』(소명출판, 2004), 568-575면. 여기서 말하는 주관적 감흥은, 자
연을 내면적 동일시로서가 아니라 '일시적 향유의 대상'으로 놓았을 때 발
생한다. 이 글에서는 인간이 자연에 속하는 것이 아니라, 주체적 입장에서
인간 존재의 삶을 스스로 구성해 나가는 것에 초점이 맞추어져 있다. 따
라서 자연과의 분리는 그 기본 전제가 되고 있다. 하지만 주관적인 감흥
이라는 것도 엄밀히 말해 분리보다는 자연과의 주관적, 정서적 동일성과
다르지 않음을 강조할 필요가 있다.

너는 풀들이 파도치는 폐허이다.
약속시간이 지난 다방에서
너는 기다리는 안정(安定)이다.
너는 책을 꽂아두고
제자리로 돌아온 거리(距離)이다.
너는 철사(鐵砂) 항아리를
소리내어 웃기는 영산홍이다.
열아홉살 난 발가숭이를
끼고 누웠으나
너는 매춘녀의 부모가
몰아쉬는 한숨이다.
……

그는 앞에 가는 사람에서
자기를 본다. 그는 점점 내일이 된다.
그는 안개 속을 걷다가
어느 사이에 황혼의 나무가 된다.
돛대를 제거하자
그는 중립한 수평선이었다.
망연히 퇴근한
그는 육수점(肉獸店)을 등지고 서서
소낙비를 피하며
양화점 진열장에
비쳐진 해외 잡지의 많은 나녀(裸女)들과
우그러든 자기 얼굴을 더듬는다.
그는 꿈에 돛대가 되어,
장난감들 앞에 섰다가
맨 손으로 돌아가는
젊은 부부를 본다.
　　　　－「1곡」 부분

나는 썩은 바위
숨쉬는 무감각
보살의 목을 붙인 접착액
길은 손가락에 열리네
열 개의 귀가 달린 사람
이백 개의 눈을 가진 사람
삼천 개의 입이 있는 사람
사만 개의 팔을 놀리는 사람
오억 개의 머리를 가진 사람
암만 봐야 분명한 나로세.
버리는 힘으로서 나를 조성한다.
버리면서 속력을 낸다.
　　　　－「3곡」부분

나는 섬들에서 나를 찾았다.
　　　　－「9곡」부분

　여기서는 주체가 대상들에서 자신을 발견하는 것보다 더 신속하게 주체와 대상의 등치(주체＝타자)가 이루어진다. 주체는 전차, 폐허, 안정, 거리, 영산홍, 한숨이 되거나, 내일, 나무, 수평선, 돛대로, 혹은 바위, 무감각, 접착액이 된다. 주체는 이 모든 것들이다. 주체는 자신의 모습을 하고 있는 이들과 자신을 일치시키고 의미를 부여한다. 대상들의 전개는 주체가 자신을 발견하고 찾아가는 과정에 다름 아니다.
　동화가 A(대상, 타자)＝B(자아, 주체)라면, 투사는 B(자아, 주체)＝A(대상, 타자)의 관계로 설정된다. 부연하면 동화가 A', A", A'''……＝B라면 투사는 B＝A', A", A'''……이다. 동화가 대상을 귀납적으로 주체에 귀속시킨다면 투사는 주체를 병렬적으로 대상에 투영시키는 것이다. 동화가 안정적이고 확고하다면 상대적으로 투사는 진행적이고 열려 있다. 앞에서 살펴본 것처럼 동화란 시인이 '자연을 내면적이고 개인적인 것으로 만들어서 취하는' 것이라면 투사는 시인이 '정체성을 가지지 않은 채 끊임없이 대상을 채우는' 것이기 때문이다. 물론 외면상 대립적으로 보이는 이 차이는 실제로는 미묘하고 미미한 것일 수 있다.

　김구용은 동화보다는 투사를 더 많이 구사하였다. 투사를 사용하고 있는 작품과 구절이 절대적으로 더 많기도 하지만 동화를 할 때도 투사 쪽으로 기우는 경향이 많다. 이것은 그가 절대적이고 초월적 주체를 작품 속에 설정하고는 있지만 사물에 대한 배려 쪽으로 기울고 있음을 시사한다. 투사는 동화에 비해 사물과의 교류 가능성을 높이고 있는 것이다. 주체는 사물의 현존을 어느 정도 존중할 수밖에 없다. 김구용은 이를 정확하게 포착하고 있다. "좁은 내가 사물의 모양으로 충만한다."(「2거」부분)
　이 밖에도 감정이입[85]에 의존하여 투사를 구사하는 시들이 많이 있다.

　　불안은 그러하듯 씨앗으로부터
　　음악의 묘지에도 무성하는 기쁨을 보았다.
　　그러나, 겹겹으로 싸인 철조망에서
　　죽음은 맹목을 부릅뜬다.

---

85) 일반적으로 감정이입(empathy)은 "관찰자가 한 인물이나 대상과 자신을 동일시함을 의미하는데, 이 속에서 그는 그가 지각하고 있는 신체 상태나 움직임의 감각을 같이 느끼고 있는 듯이 보인다. 감정이입은 흔히 '무의식적으로 자기 자신을 대상 속에 투사하는 것'이라고 기술되며, 일반적으로 관찰자 측의 '내적인 모방'의 결과라고 설명된다. 즉 관찰자는 자신의 감각으로써가 아니라 외부 대상의 속성으로 경험하는 최초의 근육 운동을 겪는다. 대상은 사람일 수도 있고 아닐 수도 있으며, 생명이 없는 것일 수도 있다. 완전히 응시에 몰두하고 있을 때 우리는 발레 댄서와 함께 급선회하며, 매와 함께 솟아오르고, 바람 속에서 나무가 움직이는 것과 같이 휘어지며, 심지어는 잘 균형 잡힌 아치가 다리에게 제공하는 듯이 보이는 그 힘과 편안함 및 우아함도 같이 나눈다. 키츠가 자신은 '자기가 보는 모든 것의 부분'이 된다고 했을 때, 그리고 '만약 참새가 나의 창문 앞에 나타나면 나는 그것의 존재에 참여하여 자갈을 쫀다'고 했을 때, 그는 자신이 강렬한 감정이입적 본성을 습관적으로 경험하고 있다는 것을, 이 단어가 생기기 훨씬 전에 기술하고 있었던 것이다." M. H. Abrams, *A Glossary of Literary Terms* (New York: Holt, Rinehart and Winston, 1981, 4th edition), 국역 『문학비평용어사전』, 권택영, 최동호 편역(새문사, 1985), 14면.

……
소망의 기선(汽船)이 미망(未亡)한 가슴을 반쯤 넘어
안개 낀 침묵으로 사라져 간다.
　　　　　　　　　　－「심장 있는 인형」 부분

　죽음의 달은 왜 저리도 아름다운가. 달은 가슴속 밤하늘의 사리(舍利)
만 하였다……그래서 배들은 절망과 욕구의 접선에 떠간다. 그들은 보이
지 않는 목적을 향하여 간다. 굴뚝 연기의 그림자가 밭고랑 진 갑판에
서 있는 그들 주위에 황량이 흩어진다. 그림자는 열심히 그림자를 지우
며 나아간다……나무들은 일제히 그들을 반기며 손을 흔든다. 참아왔던
여러 가지 고민들이 나뭇가지마다 밤하늘의 별들로 주렁주렁 열리기 시
작하였다……밤에 장미는 자라난 추억에 머리를 박고 있었다. 장미는 갈
수록 상하였다. 장미는 쌓아올린 정욕에 수금되어 마르고 있었다. 그러나
창 밖의 소나무는 노경(老境)에 서 있었다. 서로가 대조적인 반면을 보
였다……목적 없는 풍경에서 행복은 물결치고 있었다. 소망을 끊은 해변
에서 나무들은 속삭임을 나눈다……그는 손들과 무관하였다. 공은 가지
고 놀도록 속이 비어 있었다. 공은 싸움도 인종도 아니었다. 그것은 가
지지 아니한 희망이었다……감정은 창변(窓邊)마다 지혜를 결정(結晶)하
였다. 판단은 그러한 음영과 광점(光點)을 대문 사이로 보였다……사내
가슴에 부란(腐爛)한 향내를 풍겨놓은 능금은 병상으로 돌아갔다……
　　　　　　　　　　－「불협화음의 꽃 Ⅱ」 부분

　강물은 착한 불행을 씻으며 산과 희생을 비친다. 연극은 없는 목적을
향하여 표정을 지었다.
　　　　　　　　　　－「말하는 풍경」 부분

구름이 오는 곳으로, 그 곳으로
한계를 어루만지며
기둥처럼 일어서는
성난 파도의 침묵을 듣는다.
　　　　　　　　　　－「입맞춘 침묵」 부분

수건도 괴로워하고 있다. 정밀한 무기는 눈물을 흘리지 않는다. 눈물
은 밥을 먹는 더러운 손을 적시고 있다……여기 산다는 일에도 싫증이
난 나의 의자가 비어 있다.

—「잃어버린 자세」 부분

그러기에 구형(矩形)의 창 너머 바쁜 시민들이 지나다니는 반쯤 열린
유리에 외로운 황혼이 고요히 스며도 물체와 공간과 동작은 혼연히 결구
(結構)되어 모두가 나의 명확한 사상을 노출하고 있는 것이다.

—「빛을 뿜는 심장」 부분

위의 예들은 감정이입에서 나타나는 대상 속으로 들어간 시적 주체
의 감정들을 보여준다.[86] 대상과 인간의 감정이 완전하게 결합되어 있
는 것이다. "음악의 묘지"는 음악이라는 대상과 인간의 죽음의 결합이
며, "철조망에서 / 죽음은 맹목을 부릅뜬다" 역시 철조망과 죽음의 결합
이다. "소망의 기선", "죽음의 달"에서도 결합은 마찬가지로 나타난다.
이하의 구문들도 같은 양상을 보여준다. "배들은 절망과 욕구의 접선에
떠"가며, 소멸에의 욕망으로 "그림자는 열심히 그림자를 지우며 나아간
다." 그리고 "고민들이 나뭇가지마다 밤하늘의 별들로 주렁주렁 열리기
시작"한다. 모든 사물이 인간의 감정과 결합된 상태로 제시된다.

또한 "장미는 쌓아올린 정욕에 수금되어 마르고 있"고, 소나무는 초
월의 경지, "노경(老境)에 서 있"다. "목적 없는 풍경"과 "소망을 끊은
해변"은 목적과 소망이라는 인간의 내면의 목록이 투사된 것이다. "가

---

86) 감정이입은 비유의 토대로 생각되어 왔다. 비유의 요소가 되는 주지(主旨,
tenor)와 매체(媒體, vehicle) 사이에서 발생하는 것이다. 주지가 기본적인
생각이요, 주지를 구체화하거나 변용, 전달하는 데 사용되는 말들이 매체
일 때, 주지와 매체 사이에 감정이입과 감정이출이 일어난다. 이것은 인간
이 아닌 사물이나 대상에 인간적인 요소를 투사하거나 동일시함으로 가능
한 것이다. 이로써 시인은 자연 세계, 타자에게 자신의 감정이나 생각을
부여하게 된다. 김용직은 특히 은유에서는 주체와 주지 사이에 다시 한
번 감정이입과 감정이출이 이루어진다고 설명하고 있다. 김용직, 『현대시
원론』(학연사, 1988), 110-112면.

지고 놀도록 속이 비어 있”는 공은 주체가 자신을 발견하는 대상이다. 주체는 어떠한 “싸움”에도, “인종”에도 속하고 싶지 않은 것을 공을 빌어 말하고 있다. “착한 불행을 씻”는 강물, “성난 파도의 침묵”, “괴로워하”는 수건, “눈물을 흘리지 않는” 무기, “산다는 일에 싫증이 난 의자”, “외로운 황혼”들은 모두 주체가 자신의 감정을 투영시켜서 바라본 대상들이다. 이들은 객관적으로 존재하지 않는다. 주체는 대상을 통해서, 대상 안으로 들어서서, 대상의 속성으로 자신을 경험한다. 대상과 감정의 결합은 대상과의 동일성을 획득하는 보편적인 방식이다.

동화와 투사는 언제나 명백하게 구별되는 것은 아니다. 결과적으로 볼 때 동화는 곧 동일시이고 감정이입이며, 그 역도 성립한다. 이것은 주체가 타자를 자신 쪽으로 끌어들이든, 타자에 자신을 동일시하든 관계없이 주요 관심은 자신의 무한성을 추구하는 것이기 때문이다. 주체는 자신의 내면적 상태가 타자에게서도 연속성을 이루기를 바라며, 타자를 인정할 때도 여기서 벗어나지 않는다. 그는 내면의 지형도를 버리지 않는 것이다. 이렇게 주체가 세계와의 연속성, 통일을 추구하고 그 결과 세계를 동일화하는 절대적인 모습을 취하는 것은 전통적으로 쓰여 왔고, 지금도 많이 생산되는 시작품의 전형적인 모습이다.

하지만 주체가 타자를 동일화하는 전체적인 틀 안에서일지라도, 타자의 존재를 어느 정도로 인정하느냐의 차이는 지적될 필요가 있다. 동화와 투사는 방향이 다르고 대상에 대한 관계에 있어서도 다소의 차이가 있어 차별적으로 검토될 필요가 있는 것이다. 김구용은 타자를 주체 쪽으로 끌어오는 동화보다 주체를 타자에 대입하는 투사를 더 많이 활용하였다. 투사는 타자의 속성을 제거하지 않고 이에 기반을 둔다는 점에서 김구용의 주체를 파악하는 데 시사하는 바가 크다고 할 수 있다.

2) 유일한 폐쇄된 주체

(1) 주체의 유일성

타자를 자신의 관점에서 수용하여 세계를 동일화하는 주체는 목적의 식적인, 안정된 동화와 투사만을 계속 구사하지 못한다. 절대적인 주체 는 동화가 작동하지 않는 자신만의 전일적인 영역 속에 거주하게 되는 것이다. 그것은 타자와의 관계나 타자의 존재를 자신의 힘 속으로 흡 수해 버린 것에서 비롯된다. 미미했던 타자의 존재가 사라짐으로써 남 는 것은 주체뿐이다. 이제 주체는 직선적으로 자신에게 집중하고 충실 할 수 있다. 혼자 남은 주체, 대상이 사라진 곳에서 김구용의 주체는 어떤 모습을 하고 있을까?

그는 저녁노을 길을 무성한 지식 사이로 걸으며 생각하였다. "알 수 없다. 그것이 나의 모습이다. 무엇의 노예인가. 그럼 주인은 누구일까. 누가 어떠한 증언을 할 수 있다는 것인가. 나 이외의 신을 인정하여서는 안 된다. 의식은 뿌리를 뻗어 너의 발을 휘감을 것이다. 세탁물들은 나 의 목을 졸라맬 것이다. 쇠사슬은 목적을 버렸을 때 빛을 발하며 끊어진 다. 발은 탈출의 첫걸음을 내어 디딘다. 돌이나 총이 되는 것은 아니다. 나와 너는 비로소 동작할 수 있을 따름이다. 아무도 원하지 않고 버린 물건들을 본다. 손은 병든 과실들을 가꾼다. 수피(樹皮)는 우리를 분별하 지 않았다. 그러므로 바탕은 단념과 이유가 없다. 해를 삼킨 구름과 폭 풍우와 뇌성벽력이 산과 길을 희미하게 가릴 때마다 대답을 듣는다. 그 러나 있는 것은 너와 나의 침묵과 동작이다. 알 수 없다는 것이 내 본시 의 고향인 것이다"……그는 투명을 더럽히지 않고자 수전노마냥 자아 세 계에 애착하였다……머리 속에서 "나를 돌려 달라, 나를 돌려 달라"는 광 야의 반향이 일어났다. 고막이 울린다. 휘황한 전등이 꺼졌다. "나라는 너는 어디에 있느냐. 무엇을 돌려 달라는 거냐"가 어둡기만 하였다. 범람 한 달빛이 실내를 엄습하였다……그는 자기의 손금 위를 걷고 있었다. 그는 이성의 현미경에 빙글빙글 돌아가는 기계를, 꼬무락거리는 자기 자신을 확대시켰다. 그는 거기에 나타난 것이 자기의 기저(基底)며 초점이며 식료품이며 육신임을 보았다……그는 자기 외에 기도드릴 대상을 인정하려 않았다. "내가 없다면 신은 없는 것이다. 그러므로 무엇이건 다 긍정한다"고 묵도하였다.

-「꿈의 이상」 부분

　성인의 말씀은 들을 때뿐이었다. 경전을 덮고 나면 그는 벽에 홀로 남은 자기 그림자를 보았다. 그는 공자처럼 실직자가 될 자격이 없었다. 그는 석가처럼 걸인이 될 소질이 없었다. 그는 예수처럼 피살될 용기가 없었다. 그에게는 언어가 없었다. 그는 찾기 전에 있었던 것이다……그가 한밤중에 깨었을 때마다 그의 돛은 혼자였다. 그는 그것이 무엇인지 알 수 없었다. 그는 모르는 것을 신앙하였다. 죽음은 수벽(囚壁)에서 자유로이 나온다. 생존의 피땀은 녹슨 그림자에 흘러내린다……그는 "나는 다른 사람들보다 많은 일을 합니다. 그런데 수입은 다른 사람들의 절반도 못 됩니다." 하고 말하였다. 웃음소리가 어디선지 일어났다. 그는 '과보(果報)'라는 버림인지 "요령이 없다"는 훈계인지 만발한 웃음을 듣고 아득하였다. 그것은 거울의 웃음이었다……거울 속의 눈동자 안에서 거울을 들여다보는 그의 얼굴이 그를 보고 있었다……청년이 무어라 대답하건 그는 이미 그가 아니었다. 그제야 청년은 자기 자신과 죽음의 철창 너머로 재회하였던 것이다……역시 대단한 내용은 없었다. 청포도는 주렁주렁 달린 태양의 하나로서 서로 돌았다. 모두가 무진장한 형상 속에서 무한히 퍼졌다. 그는 일어섰다. 그는 산 너머와 결별하였다. 너는 하품을 하였다. 그는 밟히지 않는 자기 자신의 그림자를 따라갔다.

-「불협화음의 꽃 Ⅱ」 부분

　대상이 사라져 버리고 혼자 남은 주체는 평화롭고 안정되어 있지 않다. 외부와의 관계에서는 강력했지만 내면에 있어서는 확신을 갖지 못하고 불가해한 질문들에 매달린다. 절대적 주체의 위용을 갖추고 있다기보다는 확대되고 위태로운 모습을 하고 있는 것이다.

무엇보다도 주체는 독백을 한다. 때로 제3자가 말을 하는 것처럼 보여도 그것은 자신의 내면의 음성이다. 주체는 세계를 향하여 말하지 않는다. 자신에게 말하고 자신이 듣는다. 스스로 묻고 답함으로써 주체는 다른 존재가 필요 없는 유일한 주체가 된다. 이 유일한 존재가 던지는 질문은 자신에 대한 것이다. 자신의 본질에 대한 질문을 던지고 답을 찾으려는 집요한 몸짓이 진행된다. 이러한 상황을 주체는 다음과 같이 표현한다. "의식은 뿌리를 뻗어 너의 발을 휘감을 것이다." 자신의 근원이 무엇이며 정체가 무엇인지 의심하는 질문의 연쇄는 끝이 없다. 하지만 답을 내릴 수 없다. "알 수 없다. 그것이 나의 모습이다." "주인이 누구"인지, "무엇의 노예인"지 알 수 없는 가운데 "수벽(囚壁)" 속에서 "닻"을 내릴 곳도 자신밖에 없는 주체의 운명이 전개된다. "알 수 없다는 것이 내 본시의 고향"인 것이다. 주체가 자신의 근원과 본질을 회의하는 이러한 장면은 주체를 인식과 사유의 토대로 의심치 않았던 절대적 주체와 거리가 있는 것이다. 이와 같은 내면의 상태는 주체를 압박하고 절박한 독백을 내뱉게 만든다. 독백과 더불어 머리 속에서 일어나는 "광야의 반향"은 혼란스러운 명상의 형태로 주체를 흔들어버린다.[87]

---

87) 독백에는 몇 가지의 유형이 제시될 수 있다. "위기의 순간에 감정상의 압박을 순간적으로 토로하는 정열적인 말로서의 유형이 있으며, 혹은 행동상의 특별한 딜레마나 선택이 숙고되고 결정되는 신중한 말로서의 유형이 있는데, 이러한 유형 중 어느 것이라도 자연스럽게 다른 한 가지의 유형으로 이행될 수 있기 때문에 이 두 가지가 결합된 형식으로 될 수도 있다. 그리하여 가장 효과적인 독백은 관련되는 인물이 절박한 상황에 처하게 된 순간에 소개되며, 특별히 열정이나 논리적 판단의 공적 표출에 대한 동기보다는 사적이고 은밀한 일에 대한 동기가 존재할 때 소개된다." 김윤식 편, 『문학비평용어사전』(일지사, 1976), 44면. 한 인물이 스스로에게 말을 건네는 것이라는 점에서 독백은 위의 어떠한 경우가 되었든 개인의 주관적인 진술이다. 따라서 명상도 독백으로 이해될 수 있다. 명상은 일반적으로 독백의 형태로 진행되기 때문이다. 김구용의 시에서 명상과 독백은 타자가 사라진 가운데 주체가 유일하고도 유한한 자신과의 대면을 표현할 때 사용된다.

하지만 주체는 결과적으로 자신에 대한 회의 속으로 침몰해 가지는 않는다. "나를 돌려 달라, 나를 돌려 달라"는 외침은 자신의 '노예'적 상태에 대한 자각과 거부를 분명하게 보여준다. 그는 어느 외부의 힘에 의해서가 아니라 스스로가 자신의 동력이어야 함을 지나칠 정도로 확고하게 되새기는 자이다. 그가 "이성의 현미경에……꼬무락거리는 자기 자신을 확대시켰"을 때, "거기에 나타난 것이 자기의 기저(基底)며 초점이며 식료품이며 육신임"을 보았다는 것은 자기 자신이 모든 것의 '기저'임을 확인했다는 것이다. 그는 결국 "나 이외의 신을 인정하여서는 안 된다", "내가 없다면 신은 없는 것이다"와 같은 진술을 통해 자신의 삶에서는 자신이 신과 같은 존재임을 선언한다. 회의와 부정 속에서 그는 자신의 주체성을 불러들이며 나아가 "그에게는 언어가 없었다. 그는 찾기 전에 있었던 것이다"에서는 단순히 의지가 아니라 주체에 대한 선험적 확신을 보여주고 있다. 주체는 탐구와 탐색 이전에 존재하는 것이다.

주체가 자신을 들여다보고 자기 자신과 독자적인 대화를 전개하는 데 사용되는 장치는 그림자와 거울[88]이다. "벽에 홀로 남은 자기 그림자를 보았다", "그는 밟히지 않는 자기 자신의 그림자를 따라갔다"에서 주체는 자신의 외화된 실재로 그림자를 대한다. 그림자는 자신의 본질을 추적하는 주체의 상이다. 거울도 마찬가지이다. "거울 속의 눈동자 안에서 거울을 들여다보는 그의 얼굴이 그를 보고 있었다"와 같은 복잡한 반영의 이미지는 주체가 오로지 자신을 들여다보고 동시에 들여다보이는 중첩된 의식의 경로를 포착하고 있다.

　　　내가 자신에 갇힌

---

88) 문학에서 거울(mirror)은 중요한 상징적 의미를 지니고 있다. 거울은 반성과 성찰의 도구로뿐만 아니라 자의식, 자아 분열을 암시하거나 드러내 준다. 대개의 경우, 전자와 후자는 동시에 작용한다. 김구용의 시에서도 이러한 양상이 나타나며 그림자는 거울 이미지 군에 속한다고 볼 수 있다. 둘 다 자신을 반성하고 의식하는 소재로 활용되고 있다.

벽에 구름은 떠오른다.
......
사람들은 길을 걷다가
한낮의 자기 그림자로
정확히 투신한다.
......
아들은 자기 그림자를 건너
제 집으로 돌아온다.
　　　　　　－「5곡」 부분

그림자들은
어둠에서
그림자를 본다.
　　　　　　－「송 39」 부분

나는 유리에 비친
수많은 나의 눈동자들에서
너를 본다.
　　　　　　－「6곡」 부분

　그림자와 거울 속의 상은 독립적인 것들이 아니다. 존재의 반영이다. 존재는 자신의 그림자를 바라봄으로써, 거울 속의 제 모습을 응시함으로써 스스로를 의식한다. 타자처럼 형상을 갖추고 있으되 자신에게 속해 있으며 자신의 움직임을 기록하고 있는 그림자와 존재를 구체적으로 직접 비춰 주는 거울은 주체가 자신을 상대로 사고할 수 있는 좋은 조건을 갖추고 있다. 존재와 그림자, 존재와 거울의 관계는 타자가 개입하지 않는 주체의 내면세계를 반추한다. 거기에는 주체만이 유일하게 존재한다. 이 밖에 "내가 자신에 갇힌 / 벽", "유리에 비친 / 수많은 나의 눈동자들"에서와 같이 벽, 유리도 주체의 탐색의 소재로 활용되고 있다.

나의 기도만은 신도 못 알아듣네.
　　　　－「3곡」 부분

시간 이전에도
시간 이후에도
나는 있었다.
　　　　－「7곡」 부분

김구용 시에서 혼자 남은 주체는 자신의 근원에 대해 불안한 물음을 제기하는 위태로운 모습을 하고 있으면서도 한편으로는 "내가 없다면 신은 없는 것이다"와 같이 자신 이외에는 어떠한 유효한 존재, 신도 인정 않으려는 절대적 주체의 모습을 잃지 않는다. 이렇게 자신이 유일신이라는 인식은 "신도 못 알아듣"는 기도를 하는 초월적 주체를 만들어낸다. 나는 신과 다르거나 신보다 더 중요하다. 기준은 신에게 있는 것이 아니라 나에게 있다. 나는 보편이다. 상대적인 모든 것들 너머에 주체는 근원으로 존재한다. "시간 이전에도 / 시간 이후에도 / 나는 있었다." 나는 "찾기 전에 있었던 것"이다. 나는 다른 누구에게, '신'에게가 아니라 "성스러운 자아에게 손을 모"(「불협화음의 꽃 Ⅱ」 부분)으는 자이다.

(2) 주체의 폐쇄성

유일 주체는 주체가 극단적으로 강화된 것이다. 그리고 대상을 배제하는 주체는 그 배타성으로 인해 고립되기에 이른다. 주체는 폐쇄를 자초한다. 교환과 공유를 거부한 결과이다. 절대성과 폐쇄성은 밀접한 관계를 가지고 있다. 하지만 절대적 주체가 폐쇄를 느꼈을 때 주체는 이를 벗어나려 한다. 김구용의 시적 주체는 폐쇄성에 저항하는 쪽으로 움직인다.

쥐는 실내에 부풀어오르는

제 그림자에 포위되어
구멍을 찾아 미쳐 날뛴다.
……
자아여.
이러히 과오는 많나이다
자아여.
……
사로잡히지 않아야
문은 열릴텐데
……
어린이는 달아나는데
범과의 거리는 역시 그대로였다.
사슴밥잎들이 좌, 우로
무섭게 지나간다.
젖빛 안개는 어린이를 감싸
물소리가 점점 높아진다.
피안은 안개에 숨어 있었다.
　　　　　　　　－「1곡」부분

　폐쇄된 주체가 스스로의 결박을 푸는 일은 쉽지 않다. 쥐는 폐쇄된
주체의 전형적인 이미지이다. "구멍을 찾아 미쳐 날뛰"지만 탈출에 성
공할 수 없다. 자신의 그림자인지도 알지 못하고 무언가에 포위되어
있다고 생각하기 때문이다. 무지로부터 오는 공포는 과장과 왜곡을 낳
는다. 이를 극복하고 탈출하는 것은 불가능하다. 하지만 그것이 자신의
그림자인 것을 알았다 하더라도 결과는 마찬가지이다. 오히려 상황은
더 불리하다. 자신의 그림자로부터 벗어날 수는 없는 것이다.[89] 자신에

---

89) 레비나스는 이를 다음과 같이 표현하고 있다. "주체는 자기로부터 존재하며
　　이미 자기와 함께 또는 자기에게 대항하며 존재한다." 따라서 주체는 결코
　　스스로에게서 벗어나지 못한다. 주체가 자신에게 대항하고 벗어나려는 것
　　조차 자신에게 내재되어 있는, 주체의 존재 방식에 지나지 않기 때문이다.
　　다시 말하면 주체는 "자기로부터 벗어날 때……자기를 데리고 가기 때문이

게서 달아날 수 있는 길은 없다. 그림자가 "부풀어오르는" 것은 쥐의 내면에 공포와 절망이 자라고 있음을 시사한다. 그것은 자의식[90]의 확대이다. 자의식에 포위된 주체는 놓여날 길이 없다. "사로잡히지 않아야 / 문은 열릴텐데", 쥐는 자신에게 온전히 사로잡혀 있는 것이다.

똑같은 상황이 어린이에게도 벌어진다. 아무리 "달아나"도 범에게서 벗어날 수는 없다. 범과의 긴장이 어린이가 처해 있는 상황의 모든 것인 까닭이다. 어린이는 범과 폐쇄된 공간에 존재하고 있는 것이다. 둘 간의 거리도, 관계도, 아무것도 변화하지 않는다. 주체는 자신의 의식에 포획되고 의식의 대상에 포획된다. 주체가 의식하고 있는 대상은 의식으로 말미암아 확대된다. 어린이를 둘러싸고 있는 "물소리"는 "점점 높아지"는 것이다. 도망치려 해도 성공할 수 없다. 그 대상과의 "거리는 역시 그대로였다."

폐쇄된 주체가 갖는 절망은 죽음에 닿아 있다. 출구를 찾아 헤매는 필사적인 노력은 수포로 돌아간다.

> 그는 출입구를 찾아 기어다닌다.
> 속이 빈 피리에서
> 소리가 나도록
> 죽음을 한 번 다시 죽여보아라
> 이나저나간에

다." 이렇게 숙명적으로 자신의 존재 속에 사로잡혀 있는 주체를 해방시켜 줄 수 있는 것은 레비나스에게는 에로스이다. 에로스는 자기에게로 회귀하는 주체에게 다른 것을 가져다줄 수 있고, 주체를 자신의 그림자로부터 해방시켜 줄 수 있다. Emmanuel Levinas, *De l'existence à l'existant*(1947), 국역 『존재에서 존재자로』, 서동욱 옮김(민음사, 2003), 149 – 163면. 결국 주체는 스스로에 의해서는 결코 자신의 그림자로부터 벗어날 수 없으며, 에로스와 같은 이타성에 의하지 않고는 불가능한 것으로 설명된다.

90) 자의식은 외적인 것과의 관계가 아닌 주체가 스스로에 대해 갖는 의식이다. 인용 시에서 쥐는 모든 것과의 관계가 단절된 채, 자신에 대한 의식에 사로잡혀 있다. 부풀어 오른 자신의 그림자에서 탈출하지 못함으로써 자의식, 내면 의식에 갇혀 있는 것이다.

다시 한 번 죽음을 죽여 보아라
　　　　　－「2곡」부분

어떻거면 나는 시간처럼
남이 될 수 있을까
부재의 시여
나는 흙 없는 발이었다.
　　　　　－「4곡」부분

　"속이 빈 피리"는 진공의 공간, 폐쇄된 상태의 은유이다. 죽음의 공
간이다. 주체가 머무는 곳이 바로 여기이다. 이 진공 상태를 뚫기 위해
"출입구를 찾아 기어다니"는 것은 죽음을 극복하려는 것이다. "소리가
나도록 / 죽음을 한 번 다시 죽여보"는 것이다. 하지만 이와 같은 몸부
림은 출구를 찾지 못한다. 주체가 자신의 포위에서 벗어나려는 모색[91]
은 "어떻거면 나는 시간처럼 / 남이 될 수 있을까" 자문하게 한다. 그러
나 내가 남이 될 수 있는 자유, 자의식의 폐쇄로부터 벗어날 수 있는
길은 제시되지 않는다. 김구용은 이를 명확히 "부재의 시"라 칭한다.
그것은 가능하지 않다. 그의 주체는 "속이 빈 피리"에 머물러 있고, 발
은 진공 속의 "흙 없는" 발인 것이다.

　그러나 나는 지저분한 셋방에서
　등불을 밝히고, 수렁길을 걷는
　군중 속의 나를 헛되이 바라본다.
　　　　　－「아리랑 Ⅱ」부분

---

91) 주체는 자기에게 결부되어 있다. 주체는 "자기를 처치해 버리는 일이 불가
　능하다." 이것을 레비나스는 묶여 있는 죄수에 비유한다. 주체가 자기에
　대해 뒤로 물러설 수 있다 하더라도 그것은 어떤 해방이 될 수 없다. 죄
　수를 놓아주지 않고 그를 묶고 있는 밧줄만 느슨하게 해주는 것과 다를
　바 없기 때문이다. 자기와의 결부, 그것은 자신을 처치할 수 없는 주체의
　운명이다. Emmanuel Levinas, 앞의 책, 148면.

김구용 시에서 고독하게 폐쇄되어 있는 유일한 주체의 모습을 압축적으로 잘 보여주는 부분이다. 군중 속을 걸어가고 있지만 나는 군중에서 고립되어 있다. 군중 속에서 군중이 되지 못하고 "군중 속의 나"가 되어 있는 것이다. "수렁길"은 고립과 폐쇄를 부각시킨다. 그러므로 나는 유일한 존재이다. 나라는 존재를 주체는 바라보고 의식한다. "수렁길을 걷는 / 군중 속의 나"를 바라보는 일은 "헛되"기만 한 것이다. 수렁길에서 벗어날 수가 없기 때문이다. 출구는 역시 보이지 않는다.

동화와 투사를 통해 세계와의 동일시를 이루려던 절대적인 주체는 한편으로 주체 중심성으로 인해 이렇게 타자를 배제하고 홀로 남게 된다. 홀로 남은 주체가 던지는 시선은 자신에게로 향한다. 이 시선은 자신에 대한 긍정과 옹호가 아니다. 의문과 회의, 초월적 확신, 폐쇄성의 각성과 저항으로 나타난다. 자신의 정체에 의문을 제기하고, 해답을 얻지 못한 채 선험적인 자기 확인을 하고, 혼자만의 폐쇄된 현존을 탈출하려는 헛된 시도를 하는 것이다. 이러한 과정들은 주체가 타자를 생략하고 자신을 유일하게 만든 결과이다. 주체는 자신만이 독거하는 세계에서 자유를 누리지 못한다. 그는 고립무원의 상태로부터 탈출을 시도하지만 실패하고 만다. 주체의 독무대는 주체를 해방시키지 못했음이 드러난다. 이것은 김구용의 주체가 안정과 폐쇄가 아닌 탈출과 모색을 시도하기 때문이다.

3) 주체의 대상화와 이중성

(1) 대상화된 주체

자신에게서 벗어나려는 시도가 곤경에 빠졌을 때 주체는 새로운 모색을 하게 된다. 자신의 폐쇄성을 전면적으로 돌파하여 탈출하려는 의지가 좌절되었을 때, 전혀 다른 전환을 하게 되는 것이다. 주체는 이제 스스로를 대상화[92]시켜 타자로 만든다. 주체가 자신을 인식이나 행위의 재료로 삼아 대상화하는 것은 자신을 주체의 지위에서 끌어내리는 것이다. 대상화된 존재는 주체에게는 타자이다. 주체는 자신을 타자로 만들어 거리 두기를 하고, 이 타자 아닌 타자와의 관계에 몰두하게 된다. 이제 주체는 대상을 바라보는 주체와 대상으로 나뉘게 된다.[93] 그리고 우선 타자가 제거된 세계에서 자신이 만든 이 타자를 구경하는 일로 소일을 한다.

> 인생에는 작자의 이야기 줄거리가 없었다. 시비는 끝이 없었다. 그는 분별을 버렸다. 자기 자신이 어떻게 되어가는가를 구경하였다.
>
> ―「불협화음의 꽃 Ⅱ」 부분

> 태양을 볼 수 없는 곳에 전락한 경위를 생각하다가는 자살이라도 하고야 말았을 것이다. 석연치 못한 수인(囚人)을, 자기 자신을 흥미 있는 소설 읽듯이 대하는 것이 연명책이라고 생각하였다……자기 자신이 어떻게 되어가는가를 타인 보듯이 구경하였다. 관객에게는 슬픔도 감옥도 환희도 연애도 역정도 죄수도 모험도 재미있었다.
>
> ―「소인」 부분

---

92) 사유하는 주체에 의해 사유되는 것이 대상이라면, 대상화는 주체가 사유를 위해 대상으로 삼는 것이라 할 수 있다. 김구용은 스스로를 대상화하여 자신을 사유와 행위의 대상으로 놓고 객체로 만들어 버리고 있다.

93) 김준오는 현대사회에서의 역할의 다양성이 역할의 모호성으로, 역할의 상실로 이어져 일관된 주체의 의식을 찾아볼 수 없게 됨을 주체 분열의 원인으로 설명하고 있다. 세계와 동일성을 이룰 수 없을 때 주체는 분열적으로 세계의 요구에 자신을 맞추게 된다. 이것은 복잡한 현대 세계에 대처하는 적당한 가면, 적당한 자아를 제조하는 일이다. 그리고 이런 탈을 쓰는 한 주체는 자신을 총체화하지 못하고 부분적 존재로 남게 되며 분열의 현상은 악화된다. 김준오, 앞의 책, 52면. 이렇게 현대 세계의 복잡성에 적응하려는 인간의 전략으로 김구용의 시적 주체를 분석하는 것은 적절해 보이지 않는다. 김구용의 시에서 주체의 이중성은 세계와의 긴장으로 인한 것이라기보다는 세계가 사라진 가운데 주체의 독거가 불러일으킨 현상으로 보이기 때문이다. 그의 시에서는 대상화된 주체와 그를 대상화시키는 주체 간의 거리와 관계가 드러날 뿐 세계는 어떠한 개입도 하지 않는다.

물고기들은
내 그림자만 보아도 달아난다.
그림자는 구두 소리 높이
시가(市街)를 걷는다.
나는 나의 그림자를 피해
간판 아래로 들어가서
내가 없던 나의 경험을 구경한다.
                    －「3곡」부분

　인용된 시들은 모두 주체가 구경하는 주체와 구경되는 주체로 이분
되고 있다. 자신을 구경한다는 것은 자신을 타자로 만드는 것이다. 타
자를 사라지게 한 절대적 주체는 자신을 타자로 만들어 버림으로써 스
스로 권력을 붕괴시킨다. 주체는 한낱 구경거리가 되거나 그것을 구경
하는 자에 지나지 않는다. 주체는 이제 자신에게서 탈출을 기도하지
않는다. "자기 자신이 어떻게 되어가는가를 구경"할 뿐이다. 주체는
"분별을 버렸다." 독점적이고 지배적이던 주체는 자기 동일성을 이루지
못하고 자신을 "타인 보듯이" 하는 것이다. 관객이 되는 것, "슬픔도
감옥도 환희도 연애도 역정도 죄수도 모험도 재미"있다는 것은 관객이
란 극의 전개와 아무런 상관이 없다는 것이다. 주체는 대상화된 주체
와 관련이 없다. "내가 없던 나의 경험"이라 함은 나와 무관계한 나의
경험을 일컫는다. 주체는 이렇게 구경꾼과 대상으로 나누어지는 것이
다. 그리고 주체가 나누어지는 것은 주체가 이중성을 갖게 되는 원인
으로 작용한다.

(2) 주체의 이중성

　주체가 자신을 대상으로 만들어 버렸을 때 주체는 통일된 상태로 존
재하지 않고 이중적으로 존재하게 된다. 바로 주체의 이중성이다. 김구

용의 시에서는 여러 양상으로 주체의 이중성이 나타난다.

첫째는 육체와 정신의 이중성이다. 주체는 육체적 주체와 정신적 주체로 존재한다. 그리고 어느 쪽에서 존재하든 주체는 다른 쪽을 대상화시켜 바라보고 인식한다.

어느 날, 내 몸이 나의 우상임을 보았다. 비가 낙엽에 오거나 산새의 노래를 듣거나 마음은 육체의 노예로서 시달렸다.

−「반수신(半獸身)의 독백」 부분

너는 네 능금 같은 몸을 파먹는 벌레가 나 자신인 것을 몰랐으리라. 네가 웃을수록 내 살도 흐물어진다. 꽃다운 허영이었다. 너는 관 안에서 나와 이별할 때가 왔다. 나는 너를 찾는다. 너의 형태인 울음이 미웁다. 누구나 몸을 떠나면 순화하리라……나는 나의 그림자를 안고 쓰러진다.

−「내일」 부분

이중성의 가장 기본적인 양상이 육체와 정신으로 분리된 이중성이다. 육체와 정신의 불협화는 주체를 내분하고 밀폐시킨다. 한편으로 "몸"이 "우상"이요, "마음"은 "육체의 노예"로서 육체의 요구에 평생 부응해야 하는 정신의 시달림이 있다. 다른 한편으로 정신은 "능금 같은 몸을 파먹는 벌레"이다. 여기에는 "관 안에서"야 "몸"을 놓아주는, 그렇게 함으로써 자신이 움켜쥐었던 "몸을 떠나면 순화"되는 정신의 당착이 있다. 육체와 정신의 어느 쪽이 상대를 공략하든 충돌을 겪는 주체는 자신을 통일성을 가지고 감각하거나 행위의 주체로 자각할 수 없게 된다.

둘째는 공간적 이중성이다. 주체는 서로 다른 공간에 동시에 존재한다.

나는 언제나 생각도 못한 진리와 나처럼 가치 없는 우상 밑으로 성장(盛裝)하고 지나다니는 여자의 타락을 결부시켜 본의 아닌 영혼을 팔아먹으며, 나무와 화초가 들여다보는 실내를 그리워하고 있다. 그러한 실내에 있는 자기를 도리어 눈먼 우상으로부터 발견하는 동시, 저 창 바깥

대위점에 서 있는 나의 자세는 망연히 폐허에 넘쳐흐르는 종소리의 울음
을 듣는 것이다

－「위치」부분

바라보는 나와 바라보이는 나는 실내에 있는 나와 "창 바깥"의 실외
에 있는 나의 분리로 설정된다. 주체의 '위치'는 어디일까? 이 시에서
는 주체가 서 있는 곳이 정확히 드러나지 않는다. "실내를 그리워하고
있"으므로 나는 실외에 있는 듯 보이지만 "저 창 바깥 대위점에 서 있
는 나"라는 진술에서 알 수 있듯이 나는 실내에 있다. 다시 말하면 나
는 실외에서 실내를 보고, 동시에 실내에서 실외를 보고 있는 중이다.
실내 / 실외, 보는 나 / 보이는 나의 겹침과 착란은 이분화된 주체의 상
반성과 공존을 노출한다. 주체는 어느 한쪽으로 귀착되지 않는다. 어느
쪽에 있든 자신으로부터 대상화된 또 하나의 주체와 마주하며, 이것은
역전되는 것이다.

셋째는 거울의 이중성이다. 주체의 이중성과 상반성을 표현하는 데
거울 모티브[94]는 자주 동원된다.

거울의 실내에 돋아나는 수많은 나의 분신들

－「오후의 기류」부분

파열하는 석경 앞에서 나는 피할 것을 의식적으로 단념한다. 조각들이

---

94) 거울을 이용하여 주체의 분열과 이 분열된 주체들 간의 대립적 성격을 보
여준 예로는 이상의 시가 있다. 이상의 거울 모티브는 분리된 주체들 간
의 날카로운 대립을 묘사하는 데 유용하게 도입된다. 정귀영은 거울 속의
나는 심판자이고 거울 밖의 나는 범죄자라고 분석하고 있고, 이승훈은 거
울 속의 나를 이상적 자아로, 거울 밖의 나는 일상적 자아로 설명하고 있
으며, 김윤식은 거울을, 대상을 본질이 아니라 가짜이고 착각으로 보게 만
드는 수은 칠이 된 거울로 보아 본질과 가짜를 대립시키고 있다. 정귀영,
「이상 문학의 초의식 심리학」, 『현대문학』, 1973년 7월호; 이승훈, 「이상
시의 자아 분석」, 『이상시 연구』(고려원, 1987), 김윤식, 「이상론의 행방」,
『심상』, 1975년 3월호.

난 나의 전부는 조각마다 명멸하며, 무수한 각도에서 대소원근(大小遠近)! 무수한 생각의 위치로 산재하여, 거울 조각들은 눈을 반짝이며, 모든 의문의 시선을 나에게 집중하다. 초목 사이에 쓰러진 광경의 착잡(錯雜), 정신적 율격의 이상도 타버린 파옥(破屋)들 위로 구름이 깊은 하늘 아래서 굶주린 창서(蒼鼠)들이 공포를 잊고 구석마다 널려 있는 시체를 씹고 있다. 과연 너는 생사의 어디에 있는 것인가. 아아 나는 아무 데도 없는 것인가, 너와 같이……나는 반사적으로 잃었던 자기를 의식하기 시작하다. 헤아릴 수 없는 심연! 나의 거울 조각들 안으로 더 침몰할 수는 없었다. 정확히 사물을 말할 수 있음은 자아에 충실하는 일이라는 것을 느꼈던 것이다. 나는 견해를 잃은 기계가 되어 스스로 비바람에 돋는 독을 참을 수 없어 또 다시 부정과 긍정을 되풀이하다. 하루면 천만 번도 더 되풀이하는 나의 희망과 절망 사이에서 이 변함 없는 음영이 움직이고 있다.

－「산재(散在)」 부분

　내가 볼 적마다 놈은 흘끔흘끔 나를 보기에 무슨 할 말이 있다면 시원히 들어보려고 가니까 놈도 긴한 일이나 있는 듯이 내게로 온다. 우리 인사합세다 하니까 놈은 음흉스레 입술만 들먹일 뿐, 대답을 않는다. 내가 수상한 놈임을 알았지만 선심으로 악수를 청해도 놈은 싸늘한 제 손끝만 내 손끝에 살짝 들이댄다. 놈의 소행이 괘씸하나 나로서는 기왕 내민 손을 옴칠 수도 없어서 정답게 잡으려는데, 놈은 기를 쓰며 그 이상 응하지 않는다. 어처구니가 없어 웃으니까 그제는 따라 웃는다. 하 밉살스러워서 빰을 쳤더니, 거울은 소리를 내며 깨어진다. 놈은 깨끗이 없어졌다.

　목을 잃은 나는 방안에 우뚝 서 있는 놈의 동체(胴體)를 보았다.

－「신화」 부분

거울에는 "수많은 나의 분신들"이 있다. 거울은 여러 각도로 조작, 배치되면서 나의 모습을 다면적으로 반영해 준다. "파열하는 석경"이 되면 "조각들이 난 나의 전부는 조각마다 명멸하며, 무수한 각도에서 대소원근(大小遠近)! 무수한 생각의 위치로 산재"하게 된다. 이 조각들 각각은 대상화된 주체의 면면이다. 거울 조각들이 "눈을 반짝이며, 모든 의문의 시선을 나에게 집중"하면 "과연 너는 생사의 어디에 있는 것인가. 아아 나는 아무 데도 없는 것인가" 하는 질문과 회의가 고개를 든다. 그것은 "반사적으로 잃었던 자기를 의식하기 시작하"는 것이며, "거울 조각들 안으로 더 침몰할 수는 없"다는 자의식의 발견이다. 이것은 대상화를 거부하고 통일된 주체를 되찾겠다는 의지의 표현이다.

하지만 이 각성된 상태의 주체는 몰각된 주체의 등장으로 마무리된다. 여전히 "나는 견해를 잃은 기계가 되어……또다시 부정과 긍정을 되풀이"하고 만다. 주체의 이중성이 변주될 뿐이다. "희망과 절망 사이에서 이 변함없는 음영이 움직이고 있"는 것이다. 주체는 조각나고 대상화된 자신을 바라보며 회의와 각성으로 접어들지만, 이 대상화 상태로 다시 반복 이동함으로써 이중성을 벗어나지 못한다. "잃었던 자기"를 되찾고 동일시할 수 있는 가능성은 주어지지 않는다.

이와 같은 대상화와 이중성은 거울 자체의 속성에서 찾아볼 수 있다. 일반적으로 거울은 주체에게 정체성을 가져다주는 도구이다. 거울은 동일성과 통일성을 획득하게 해주며, 주체는 이것을 통해 자신에 대한 상을 형성할 수 있다. 하지만 이와 완전히 상반된 측면도 있다. 거울은 주체의 동일성보다는 이중성, 더 나아가 세계의 이중성을 매개해 준다. "같은 한 개인에 두 개의 인격이 교호함을 전제로, 안과 밖의 단절과 이질성, 위치의 전도와 뒤바뀜, 서로가 서로의 세계에 접촉하거나 들어갈 수 없는 상태를 제시"95)하는 것이다. 이런 모순된 상황은 「신화」에서 그대로 드러난다.

서로 마주 보고 비슷한 포즈를 취하지만 거울 속의 나는 끝내 나와 결합되지 않는다. "선심으로 악수를 청해도 놈은 싸늘한 제 손끝만 내 손끝에 살짝 들이댄다." 나를 "따라 웃"기도 하지만 내가 손을 잡으려 하면 "응하지 않는다." 거울은 나의 분신을 만들어 내지만 둘은 서로

---

95) 이재선, 『한국문학주제론』(서강대출판부, 1989), 91면.

교통할 수 없는 절대적 이중적 관계에 있다.96) 이 이중성은 동일성과 이질성을 분비해 내는 거울에 의해 마련된 것이다. 거울이 깨지면 "놈은 깨끗이 없어"지고 이중성 역시 사라질 것으로 예상된다. 하지만 "목을 잃은 나는 방안에 우뚝 서 있는 놈의 동체(胴體)를 보"게 된다. 내가 "놈의 동체"가 됨으로써 "놈"은 사라지지 않는다. 나는 나이면서 동시에 나의 분신이고 대상화된 또 다른 나이다.

넷째 시간적 이중성이다. 주체는 서로 다른 시간에 분리되어 존재한다.

　　　허무는 무성했다.
　　　성숙하는 골짜기에서
　　　헤밍웨이가 마지막으로
　　　엽총을 쏜 표적은
　　　달려오는 자기 장의차였다.
　　　　　　　　　－「송 8」부분

이중성은 죽음의 순간까지 지속된다. "헤밍웨이가 마지막으로 / 엽총을 쏜 표적은" 세계가 아니다. 자기의 죽음을 향해, "자기 장의차"를 향해 총을 쏘는 이 장면은 복잡한 구도를 가지고 있다. 죽음이라는 과거로부터 이탈한 현재의 시간이 있고, 죽은 주체와, 죽은 자신을 향해 총을 쏘는 주체로 분리되는 대립의 양상이 나타난다. 주체는 시체가 되어 버린 과거와 자신을 죽이려는 현재의 시간에 이중적으로 존재한다. 그리하여 자신의 죽음이 배치되어 있는 시공과 무관하게 장의차에서 탈출하여 자신을 저격한다. 혹은 이 저격의 결과로 죽음과 장의차

---

96) "거울은……일상적 자아와 본질적 자아 사이의 좁혀질 수 없는 거리를 말해 주며 그로 인한 분열된 자아를 관찰하는 도구이고 현실과 상반된 세계를 열어 주는 도구이기도 하다. 거울 속의 나와 거울 밖의 나는 서로의 결합을 갈망하는 듯 보여도 한편으로 상대를 조소하며 자신의 위치를 확인, 점검한다." 이윤경, 「이상 시의 변형 세계 연구」, 국민대학교 박사 논문(2003), 71면.

가 발생한다. 어느 경우든, 주체와 주체를 저격하는 주체라는 뿌리 깊은 주체의 이중성을 추적하기 위해, 시간의 탈골과 인과의 무화까지 동원된다. 자신을 대상화시켜 이중으로 존재하려는 주체의 집요함은 현실의 논리마저 탈피하게 한다.

김구용의 이중적인 주체는 주체 중심적인 사유에서 드러나는 독특한 특징이다. "나는 기다려도, 나는 오지 않았다."(「8곡」 부분)에서 보듯 기다리는 나와 "오지 않"는 나는 함께 존재한다. 그것이 나의 이중적인 모습이다. 이렇게 상반된 주체의 공존은 타자를 제거해 버린 상황에서 자신을 타자로 만들어 관계에 몰두한 결과이다.

주체의 이중성의 원인을 외부에서 찾는 것은 적절해 보이지 않는다. 주체는 세계와의 관계 속에서 이러한 현상을 제출하는 것이 아니다. 주체는 자신을 여러 인물로 만들어, 통일적이고 고정된 자신으로부터 멀어지는 것이다. 이중 자아는 동일하고 강력한 주체의 논리를 따르는 것을 거부한다. 이중성과 교차성을 가지고 있는 주체란 근본적으로 동일적 인자가 아니다. 그것은 동화와 투사의 주체에서 보였던 전일적 모습과는 다른 것이다. 자신을 대상화하고 이중화함으로써 강력한 주체는 이미 사라지고 없다. 주체가 통합되어 있지 않다는 것, 자신을 이분시켜 대상화하고 대립에 몰두하는 것은 전통적인 절대적 주체의 모습에서 벗어난 현대적 분열 주체의 모습이다. 이 부분은 세계를 동일화하는 강력한 주체란 것이 김구용에게서 최소의 부분에 지나지 않으며, 그의 주체 중심의 자아는 교란된 상태로 존재하고 있음을 시사해 준다. 그리고 이러한 통찰은 그의 시적 주체가 근본적으로 다른 곳을 향해 움직이게 되는 발판이 된다.

절대적 타자와 주체

1 절대적 타자와 구성적 주체

자기 동일적 주체 개념은 현대의 철학자들에게 논쟁과 비판의 표적이 되었다. 그들에 의하면 자기 동일적 주체란 없으며 폐기되어야 할 개념이다. 니체는 최근에 이루어진 '주체의 죽음' 논의의 서두를 명확하게 표현한다. 그는 "주체는 주어진 것이 아니다. 만들어져 첨가된 것, 그 뒤에 숨겨진 것이다", 또는 "주체는 허구다"[97]라고 분명하게 말한다. 데리다는 주체란 애초에 '차이, 반복, 흔적' 등으로 존재하는 것인데 형이상학 전통이 자기 동일성과 현존성의 주체를 만들어 냈다고 생각한다. 따라서 주체의 개념은 "자기 동일적, 배타적, 지배적, 초월적 개념이 아니라 상호적, 변별적, 반복적, 복합적, 다중적, 물적 개념으로 치환해야 한다."[98] 자기 동일적 절대 주체의 개념이 문제가 되는 것은 "자기 아닌 다른 것은 오로지 객체, 즉 타자일 뿐이라고 규정함으로써 그 타자에 대한 전유, 지배, 억압, 배제, 폄하, 착취를 스스로 합법화하기 때문이다."[99] 이와 같은 전능하고 절대적인 주체는 타자가 자신의 주체성을 버리고 주체의 동일성 속으로 동화되는 한에서 타자의 의미를 받아들인다.

타자의 사유가인 사르트르와 레비나스에게 타자는 결코 주체와 동일화될 수 없다. 사르트르(1905~1980)는 타자에 관한 이론을 정립한 최초

97) Friedrich Nietzsche, *Der Wille zur Macht, Versuch einer Umwertung aller Werte*, ausgewälte und geordnet von Peter Gast unter Mitwerkung von Elisabeth Förster–Nietzsche. Mit einem Nachwort von Alfred Baeumler (Stuttgart: Alfred Kröner Verlag, 1964), §481과 §485. 강영안, 앞의 책, 154면에서 재인용.
98) 윤효녕, 「데리다: 형이상학 비판과 해체적 주체 개념」, 윤평중, 윤혜준, 윤효녕, 정문영 공저, 『주체 개념의 비판』(서울대학교 출판부, 1999), 50면.
99) 윤효녕, 위의 글, 50－51면.

의 철학가로 자리매김되고 있다. 들뢰즈는 사르트르의 타자론이 그 이후에 나온 모든 타자론을 그 아류로 만들어 버릴 정도로 강력한 것이었다고 지적한다. "그리스 시대 이래로 서양 철학은 나의 생각하는 활동에 매개됨으로써만 비로소 나의 지평에 출현하는 타자, 결국 나의 생각의 양태에 불과한 타자, 타자라고 부를 수 없는 나의 표상에 불과한 타자 외에는 알지 못했다. 그러나 사르트르는 주관의 힘이 어떻게도 그의 지평 위에 자리 잡게 할 수 없는, 어떤 표상의 형식 속에서도 거머쥘 수 없는 타자의 현존을 발견하였다."[100]

이 타자는 사물처럼 나의 의식 속으로 끌려 들어와 대상화되지 않는다. 나에 의해 그 존재가 성립되거나 상정되지 않는다. 단지 그 자신의 현존으로 존재한다. 사르트르에 의하면 "타자는 '나'의 초월이 아닌 하나의 초월로서 아무런 중개자 없이 나에게 현전적"[101]으로 있는데 이것은 보편적으로 존재하는 것이며 나에게 잡히지 않는 초월이다. 타자가 이렇게 초월로서 손에 잡히지 않는 존재로 정의됨에 따라 신도 "타자의 개념이 극한적으로 추진된 것에 지나지 않는다."[102]

초월적 타자는 '시선'을 가지고 있다. 타자는 그의 시선으로 주체인 나를 보이는 대상으로 만들어 버리며, 그로 인해 나는 '수치'를 느낀다. 수치심은 내가 주체가 아니라 사물이 되었음을 감각하는 것이다. 내가 "내 존재를 내 안에 갖지 못하고, 나를 규정하기 위해 타인의 존재를 필요"로 하는 것, "남이 바라보고 평가하는 대상으로서의 나를 그대로 인정하지 않을 수 없는 것",[103] 그것이 수치심이다. 하지만 보다 더 중요한 측면이 있다.

---

100) 서동욱, 앞의 책, 206면.

101) Jean-Paul Sartre, *L'être et le néant: essai d'ontologie phénoménologique* (Paris: Gallimard, 1943), 국역 『존재와 무 I』, 손우성 옮김(삼성출판사, 1990), 451면.

102) Jean-Paul Sartre, 위의 책, 445면.

103) 박정자, 「사르트르의 타자 개념」, 『현대시사상』, 1996년 겨울호, 120-121면.

　　나의 객관성의 필요조건으로서의 '타자의 시선'은 나를 위한 모든 객관성의 파괴다. 타자의 시선은 세계를 통해서 나를 엄습한다. 타자의 시선은 다만 나 자신에 변형을 가져올 뿐만 아니라, 세계에 전체적 변모를 가져온다. 나는 하나의 응시당한 세계 속에서 응시당하여 있다. 특히 타자의 시선은 ― 그것은 응시하는 시선이고 응시당하는 시선이 아닌바 ― 객체들에 대한 나의 거리들을 부인하고 타자 자신의 거리들을 전개시킨다. 이 타자의 시선은 하나의 거리 없는 현전의 중심으로 거리가 세계 속에 오게 하는 것으로서 직접적으로 주어진다. 나는 물러난다. 나는 나의 세계에 대한 거리 없는 나의 현전을 박탈당하고, 그리고 나는 타자에의 하나의 거리를 공급받는다.[104]

　　내가 응시하는 자가 아니라 응시당하는 자라는 것은 내가 중심으로 있던 세계가 완전히 와해되는 것을 의미한다. 이것은 세계에 대한 '나의 현전을 박탈'당하는 사건이다. 타자가 나를 쳐다보는 것은 나를 향해 타자의 현전이 실현되는 것이다. 그것은 이제 나의 세계의 한복판에서 나를 중심으로 벌어지는 일이 아니며, 타자가 그의 초월을 가지고 세계를 향하여, 나를 향하여 자신을 전개시키는 것이다.

　　이렇게 타자는 자신의 시선으로 나를 바라보고, 나의 세계를 훔쳐가기에 그와 나와의 관계는 서로 주체의 위치를 차지하기 위한 투쟁을 벌일 수밖에 없다. 하지만 다른 한편으로 "타자의 시선에 의해 이 세계에 나타나는 이 나의 ― 바라보인 ― 존재, 곧 나의 객체화되고 즉자화된 모습은 내가 가장 애지중지해야" 할 모습이다. 왜냐하면 이 바라보인 존재가 이 세계에서 내가 존재하는 근거가 되기 때문이다. 내가 존재하는 근거가 되는 이 "나의 ― 바라보인 ― 존재는 타자가 나에게 부여하는 나의 외부(dehors)"[105]인데 이 외부가 바로 나의 '본성'이자 '비밀'이다. 나의 근거가 내부가 아니라 외부라는 통찰은 사르트르의 주체론이 갖는 새로운 지형이다. 이 '외부'는 타자가 가져다주는 것이

---

104) Jean-Paul Sartre, 앞의 책, 450면.
105) 변광배, 『장 폴 사르트르, 시선과 타자』(살림, 2004), 45-47면.

기에 타자는 그 존재로 말미암아 나의 '존재근거'를 마련해 주게 된다. 이렇게 해서 나를 초월해서 존재하는 타자는 시선에 의해 나의 세계를 훔쳐 가면서 다른 한편으로 나에게 객체성을 부여하고 나의 존재 근거를 마련해 주기에 내 존재의 필수 불가결한 조건이 된다.

레비나스(1906~1995)의 타자도 사르트르의 타자처럼 주체의 표상의 형식 속에 나타나지 않는다. 타자는 주체의 외부에 독립적으로 존재할 뿐 아니라 자신의 타자성으로 주체에게 영향을 미치는데, 이것은 동화나 소유라기보다는 차라리 신비에 가깝다.

> 우리는 절대적으로 다른 것(absolument autre)과 관계를 맺고 있다……다른 것[他者]이 짊어지고 있는 타자성은 향유를 통해 우리 자신의 것으로 동화시킬 수 있는 잠정적 규정으로서의 타자성이 아니라 그것의 존재 자체가 곧 타자성인 그런 의미의 타자성이다……자신을 알려주는 타자는 주체가 존재를 소유하는 방식으로 그렇게 존재를 소유하지 않는다. 나의 존재에 대한 타자의 영향력은 신비스럽다. 그것은 미지의 것이 아니라 인식될 수 없는 것이며, 어떠한 빛에 대해서도 저항적이다……타자와의 관계는 우리에 대해 외재적이다. 타자와의 관계는 하나의 신비와의 관계이다. 그것은 그의 외재성이다. 아니면 그의 타자성이다.106)

타자는 외부의 공간이라는, 외재성을 가진 존재이다. 외재성을 가지지 못하고 주체의 영역으로 동화된 존재는 엄격히 말해 타인이라 할 수 없다. 타자성과 외재성을 동일시하는 레비나스의 타자 이론은 주체가 타자에 대해 어떤 힘을 행사할 수 있다는 생각과는 원천적으로 다른 것이다. 외재성은 타자의 존재를 절대적으로 만든다. 타자는 주체의 영역에 속하지 않고 자신의 공간 안에 거주하며, 자신의 독립성으로 말미암아 주체에게 영향을 미친다.

타자와의 관계를 신비와의 관계로까지 생각하는 레비나스의 타자 이

---

106) Emmanuel Levinas, 『시간과 타자』, 84-85면.

론은 흔히 타자의 윤리학이라 불리는 점에서 사르트르의 적대적 타자 이론과는 비교된다. 그의 타자는 사르트르에게서처럼 주체를 자신의 의식의 대상으로 만들기 위해 '시선'으로 공격해 오지 않는다. 레비나스에게 타자는 타자의 '현현'하는 '얼굴'로 나타난다. 그에 의하면,

> 얼굴의 현현은 윤리적 근원적 현상이며 형이상학적 사건이다. 타자의 얼굴과의 만남에서 전체성의 이념이 깨어지고 무한성의 이념이 산출되기 때문이다. 타자의 얼굴은 무엇보다도 우선 단적인 타자로서의 타자의 타자성이 스스로를 드러냄이다. 다시 말하면 타자의 얼굴과의 대면에서 우리는 타자의 초월성과 외재성에 직면하게 된다. 레비나스의 표현을 빌면 타자가 자기를 나타내는 방식으로서 타자의 얼굴은 내가 타자에 대하여 내 안에 가지는 모든 이념을 넘어서 있다. 이와 같은 의미에서 타자는 나에게 모든 순간에 낯선 타자이고 수수께끼와 같은 존재이다. 레비나스는 수수께끼와 같은 낯선 타자와 얼굴과의 대면에서 무한의 이념이 산출된다고 말한다.[107]

서로 상대방을 의식의 대상으로 만들기 위해 시선을 투쟁적으로 사용하는 사르트르의 타자 주체 이론과는 달리 레비나스의 타자는 얼굴의 '현현'으로서 주체에게 무한이라는 순간을 불러다 주는 놀라운 현상이 된다. 이때 타자가 현현한다는 것은 주체의 능동성에 의한 것이 아닌 타자의 능동성에 의해 타자가 자기 스스로 내보임, '계시'되듯이 출현한다는 의미이다. 이것은 구체적으로 어떤 얼굴일까.

> 타인으로서의 타인은 단지 나와 다른 자아가 아니다. 그는 내가 아닌 사람이다. 그가 그인 것은 성격이나 외모나 그의 심리 상태 때문이 아니라 오직 그의 다름(他者性) 때문이다. 그는 예컨대 약한 사람, 가난한 사람, 과부와 고아이다.[108]

---

107) 신옥희, 「레비나스의 타자 개념」, 『현대시사상』, 1996년 겨울호, 128-129면.
108) Emmanuel Levinas, 앞의 책, 101면.

성서에 자주 나오는 나그네, 가난한 사람, 과부와 고아를 떠올리게 하는 그의 타자의 정체는 종교적 색채를 띠고 있는 비천함과 무력함의 얼굴이다. 하지만 이 얼굴은 주체의 동정을 유발하는 것이 아니라 전혀 다른 힘을 가진다. 그 힘은 도덕적 힘이다. 타자의 얼굴, 그 무방비한 눈의 완전한 벌거벗음, 초월의 절대적 열림의 벌거벗음으로 타자는 주체에게 윤리적 명령을 내린다. 그것은 주체의 권력에 대해 저항하지 않는 저항, 윤리적 저항[109]에서 비롯된다. 그 무저항의 얼굴은 '너는 살인하지 말라'고 말하는, 주체인 내가 정의로울 것을 요구하는 얼굴이다.

타자의 무저항의 얼굴이 주체의 동정을 불러일으키는 것이 아니라 요구와 명령을 하는 얼굴이라는 것은 일견 모순된 측면이다. 레비나스의 타자는 이중의 모습을 하고 있다. 비천한, 낮은 존재일 뿐만 아니라 높고도 초월적인 존재이다.

> 타자는 타자로서 높음과 비천함을 동시에 포괄하고 있는 차원—즉 영광스런 비천함에 자리하고 있다. 타자는 가난한 자와 나그네, 과부와 고아의 얼굴을 하고 있고, 동시에 나의 자유를 부여하고 정당화하라고 요구하는 주인의 얼굴을 하고 있다.[110]

타자가 두 가지 얼굴을 가지고 있다는 것은 레비나스 타자의 독특한 측면이다. 헐벗은, 비천한 얼굴의 타자는 내가 그를 환대해야 하는 물리칠 수 없는 호소력을 지니고 있는데, 레비나스는 이 헐벗음에서 역설적이게도 무한자, 나의 '주인'을 본다. 상처받을 수 있는 가능성을 가진, 무저항의 얼굴이 내가 완전히 파악할 수 없는, 초월적이고 보편적인 얼굴인 것이다. 낯선 타자가 과부와 고아의 얼굴을 하고 있으며, 이는 곧 무한자의 얼굴이라는 것은 레비나스 철학의 종교적이고 신비적

---

109) Emmanuel Levinas, *Totalité et infini: essai sur l'extériorité* (La Haye: M. Nijhoff, 1961), 영역, *Totality and Infinity*, trans. by Alphonso Lingis (Pittsburgh: Duquense University Press, 1969), p.199.

110) Emmanuel Levinas, *Totality and Infinity*, p.251.

인 측면이다. 주체의 외부에 존재하는 비천한 타자를 절대적이고 신성한 존재로 받아들임으로써 타자에게 지금까지와는 근본적으로 다른 지위를 부여하는 것이다. 이 승격된 타자는 주체의 무한한 것을 향한 욕망, 초월하고자 하는 형이상학적 욕망에 닿아 있다. 레비나스에 의하면 주체가 헐벗은 타자와 관계하는 것은 궁극적으로 신과 관계하는 것이며 신성의 체험111)이다. 이 신성을 소유한 타자는 서구의 근대 사상에서 절대적 주체에 종속되었던 타자와는 완전히 다른 존재이다. 타자는 여기서는 신이 현현하듯이 주체에게 다가온다. 레비나스는 타자를 높은 곳으로 불러낸다.

　나에게로 향유되는 물질적 대상의 타자성과는 달리 열망되는 타자성은 타인의 타자성, 신의 타자성이다. 타인과 신은 모두 열망되며, 절대적이고 높다. 열망되어지는 타자는 대상적 사물의 타자성과 같이 자아로 동일시되거나 통합될 수 없다. 타인은 어떤 면에서 가시적이면서 비가시적이지만, 신은 전혀 나타나지 않는다. 그럼에도 불구하고 타인과의 관계와 신과의 관계는 완전히 일치한다. 신과 관계 맺는 유일한 방법은 인간 얼굴의 요청에 응답하는 것이며, 그것을 통해서 선하게 되는 것이다.112)

---

111) 레비나스가 신성을 강조하는 것에 대해 엇갈린 의견이 있다. "신의 추상적인 관념은 인간적 상황을 명백하게 해줄 수 없는 관념이다. 반대로 인간적 상황이 신의 관념을 명백하게 해준다"는 레비나스의 말에 따라 서동욱은 레비나스 철학이 인간들 간의 관계를 통해서 신의 개념(무한자)을 탐구하는 것이지 애초에 신의 개념에 부합하는 전능한 존재를 추구하는 것은 아니라고 생각한다. 서동욱, 앞의 책, 201면. 반면 이종영은 레비나스가 무신론자가 아니라고 한다. 왜냐하면 레비나스는 인간의 관계를 신적 관계에 의해 이해하려 하기 때문이다. 즉 레비나스에 있어서의 타자, 타인이란 신이 현시하는 존재라는 점에서 의미가 있는 것이다. 그는 이것을 다음과 같이 요약한다. "레비나스는 타인이란 신이 아닌 인간이라고 강조하고 있지만, 이 타인이 레비나스에게 의미를 갖는 것은 이 타인을 통해 그가 신의 목소리를 듣는다는 조건하에서이다. 즉 레비나스가 타자의 타자성을 강조하는 것은 바로 이 타자의 타자성이 신이 드러나는 통로"이기 때문이다. 이종영, 『가학증, 타자성, 자유』(백의, 1996), 145면. 서동욱이 타자의 무한성을 강조하는 반면, 이종영은 그것을 레비나스 철학의 종교적 측면으로 부각시키고 있다.

타자의 출현과 환대에의 요구가 주체의 신성의 체험과 구원과 연결됨으로써, 타자는 주체에게 절대성을 가지게 된다. 무한하고도 절대적인 타자[113]의 모습이 레비나스의 타자인 것이다.

레비나스가 말하는 타자의 외재성과 절대성은 주체와의 융화나 동화의 차원이 아닌 절대적 분리를 전제로 한다. 이때 타자와 분리된 주체는 주체성의 근원을 의식에서 찾지 않는다. 레비나스의 주체는 자기의식적, 자기 동일적이 아니라 타자로 향해 있으며 타자와의 관계에서 구성되는 주체성이다. 주체는 자신의 무한으로 향한 욕망, 초월에의 욕망과 결부되어 있는 타자를 수용하고 환대하는 감수성을 가진 주체로 상정된다. 주체가 이렇게 자신과의 관계에서가 아니라 타자와의 관계에서 성립되고 있기 때문에 레비나스의 주체는 윤리적 주체라 할 수 있다.[114]

"레비나스에 있어서 타자는 나를 주체로 만든다. 사르트르에게 있어서 타자는 나를 대상으로 만든다."[115] 주체로 만드는 것과 대상으로 만드는

---

112) 김연숙, 앞의 책, 105면.
113) 절대적인 타자는 카를 바르트의 신학에서도 나타난다. 바르트에 의하면 "하나님은 신이라고 일컬어진 종교적 사고가 보편적으로 만들어 낸 신개념을 보충한 것이 아니다. 하나님은 인간의 경건과 종교적 발명술의 만신묘에서 찾아낼 수 없다……하나님은 근본적으로 타 존재이며 다른 모든 신개념을 억누르고 제외하고 홀로 진리라고 주장하는 분이다." 바르트는 이러한 하나님을 전적으로 다른 존재, 즉 '전적인 타자', '절대 타자'라고 한다. 이병일, 「칼 바르트의 '하나님의 절대타자성'과 '하나님의 인간성'의 현실비판 연구」, 한신대학교 석사 논문(1998). 바르트의 신학에서 알 수 있듯이 '절대적'이라는 말은 종교적 사고와 친숙하다. 레비나스의 타자를 절대적 타자로 분류하는 것도, 그의 타자가 신성을 지니고 있는 점과 관련이 깊다.
114) 레비나스의 주체란 주체 자신에 대해 존재하지 않고 처음부터 다른 사람에 대해 존재한다. 그러므로 윤리적 관계 이전에 주체가 있다고 말할 수 없는 것이다. 이렇게 볼 때 주체의 책임성이란 단지 주체가 갖는 속성 가운데 하나가 아니라 주체의 구조를 형성하는 것이다. Emmanuel Levinas, *Ethique et infini*: *dialogues avec Philippe Nemo* (Paris: Fayard, 1982), 국역 『윤리와 무한』, 양명수 옮김(다산글방, 2000), 125면.
115) 서동욱, 「사르트르의 타자 이론－레비나스와의 비교」, 『현대 비평과 이론』, 1999년 봄・여름호, 122－123면.

것은 물론 상반된 것이다. 하지만 이 '주체화'와 '대상화'는 모두 타자가
주체를 형성시킨다는 점에서 공통된다. 타자의 존재로 인하여 주체는 한
계 지워진 존재로 탄생하는 것이다. 타자는 주체가 탄생하고 성립하기
위한 근간이다. 타자가 존재함으로써 주체는 존재를 가동시킬 수 있다.
타자에 의한 주체의 탄생이라는 것은 주체의 근원성과 기원성을 신뢰하
는 근대의 주체 개념에서 완전히 벗어난 타자 중심의 철학이다.

2 타자의 우위와 주체의 유동성

1) 낯선 타자와 수동적 주체

　주체에 의해 동화되었던 타자와 달리 주체의 외부에 머무르는 타자
는 주체에게는 낯선 존재이다. 여기서 낯설다는 것은 주체에로 동화되
지 않는 타자성을 의미한다. 타자가 타자성을 잃었을 때는 이미 타자
가 아닌 것이다. 낯선 타자는 자신의 특유의 타자성을 잃지 않고 주체
에 포섭되지 않을 뿐만 아니라 오히려 양자의 관계에서 절대적 지위를
확보하고, 주체에게 강력한 영향을 미친다. 주체는 타자에게 제약될 뿐
만 아니라 타자에 의해 구성된다. 타자가 주체를 바라봄으로써 나타나
는 주체의 모습, 주체의 대상화되고 객체화되는 모습이 바로 주체의
본성이라는 사르트르의 통찰은 주체가 구성되는데 타자가 필수 불가결
한 전제조건임을 명시한다. 주체가 자신의 존재 근거를 추구하고 모색
하는 것이 그의 내면에 의해서가 아니라 타자에 의해서 가능하다는 것
은 주체 중심의 사고를 완전히 역전시킨 것으로 타자는 주체를 성립시

키는 근간이요, 원인이 된다.

주체는 이제 스스로 정체성을 갖지 못한다. 타자에 의해 대상으로 태어나기 때문이다. 대상화된 주체는 유동적이고 구성적인 존재이다. 이 미완의 주체에게 정체성을 부여하는 것은 타자, 즉 세계이다. 주체는 타자와 맺는 관계에 따라 모습을 갖출 수가 있다.

이렇게 타자가 중심이 되어 주체를 대상으로 형성시키는 양상은 김구용 시의 독특한 타자 중심적 시편들에 나타난다. 이것을 타자가 어떤 존재이냐에 따라 분류해서 살펴볼 수 있다.

(1) 타자가 자연물이나 사물인 경우

자연이나 사물로서의 타자가 주체를 형성시키는 시들이다. 생명이 없는 것으로 생각되는 자연물이나 사물이 주체의 우위에서 주체를 형성, 혹은 소멸시킨다. 이러한 대상의 우월성은 구문론에도 영향을 끼쳐 통상적인 주어와 목적어의 위치가 바뀌어 자연물이나 사물이 주어로 나타나는 경우가 많다.

> 사랑하는 남여가
> 내일의 공원에서
> 서로의 그림자를
> 끌어안은 동안,
> 냇물은 흐르면서
> 나를 주워 모은다.
> ―「4곡」 부분

> 밤이 내린다. 얼굴은 액연(額椽)속의 나라 없던 백성, 비가 죽죽 흘러내릴 때마다 유리창 안의 그는 계속 무너진다.
> ―「유리창」 부분

싸움으로 파괴된 곳에서 지난날 오랫동안 사용하였던 재떨이, 부채, 거울 같은 것들이 다시 상점에서 대답할 수 없는 나를 부른다면 나는 그 때 모든 것을 잊은 영역에 있을지도 모른다.

―「잃어버린 자세」 부분

냇물을 들여다보는 주체는 자신의 실제나 실제의 반영을 냇물에서 발견하지 못한다. 주체는 자신의 모습을 미리 가지고 있지 못한 것이다. 냇물이 그를 만들어 줄 뿐이다. "냇물은 흐르면서 / 나를 주워 모은다"에서 냇물이 주체를 비춰 주는 도구로서가 아니라 주체를 탄생시키는 생성의 힘을 가진 것으로 설정됨을 알 수 있다. 냇물의 주어로서의 권력은 "밤이 내린다", "비가 죽죽 흘러내릴 때마다 유리창 안의 그는 계속 무너진다"에서도 찾아볼 수 있다. "비가 죽죽 흘러내릴 때마다"는 표면상으로는 부사구이지만 "밤이 내린다"와 함께, 의미상으로 "그는 계속 무너진다"의 주어적인 역할을 한다. 다시 말하면 밤이 내리고, 비가 내리고, 이러한 상황이 그를 무너뜨리고 있는 것이다. 밤과 비가 주체를 좌우하고 있다.

또한 사물들은 주체를 호명하기도 한다. "재떨이, 부채, 거울 같은 것들이……대답할 수 없는 나를 부른다"는 것은 사물의 기억과 시각에 의해 주체가 드러나는 모습이다. "지난날 오랫동안 사용하였던" 물건들이 도구화되어, 나의 쓰임새와 차출에 의존하는 것이 아니라 오히려 주체인 나를 호명한다는 것은 역전된 상황이다. 주체는 타자가 부르는 속에 존재한다. 타자가 어떻게 불러 주느냐가 중요해지고, 그 호명의 성격에 따라 어떤 "영역에 있을지" 추측하게 된다. 타자가 주체를 호출하는 방식에 의해 주체는 탄생한다.

타자에 의한 주체의 형성이 선명하게 드러나는 것은 '시선'에 의한 것이다.

그는 지나가는 가로수들을 보았다. 가로수들은 지나가는 그를 보고 있

었다. 움직일 자유는 있었다. 그러나 방향을 잃은 뒤였다……전선(電線)
들과 먼 보랏빛 산과 건물들과 피뢰침과 대사관 안의 규목나무와 백주에
원색 배를 드러내놓고 낮잠을 자는 양주점들만 늘어 섰는 골목과 저편
판장(板墙)들이 다방 창에서 내다보는 그를 에워싸고 있었다.
                                            ―「불협화음의 꽃 Ⅱ」부분

     평제탑은 김유신의 눈을 뜨더니
     시민들을 비쳐본다.
     백오십오 마일의 압록강이
     무명 전사들의 눈을 감겨줄 때
     다시 피는 순환할 것이다.
                    ―「4곡」부분

     간데라 불을 든 직공이 앞에서 온다. 꽃잎들로 분현한 나는 간데라 불
의 이동에 따라 기계가 되어 마구 돈다. 현기증이 나서 서 버린다. 내가
나를 근심하듯 사람들도 자기자신만을 생각하는 것 같아서 충격에 흔들
린다. 감성은 파도에 말려올라 작용을 정지한다. 눈을 감고 쓰러질 듯이
뛴다. 눈을 뜨면 역시 제자리걸음이다. 나의 능력은 아무 소용이 없음을
고백한다.
                                            ―「피곤」부분

     타자가 주체에 대해 우월권을 가지는 상황은 '시선'의 투쟁에서 분명
하게 나타난다. 시선의 투쟁은 주권의 투쟁이다. 사르트르의 '시선'이
제기한 것처럼 서로 세계를 전유하고자 상대를 대상화시키는 것이 시
선의 투쟁이다. 전통적인 시들에서 주체는 대개 세계를 바라보는 자였
다. 대상을 주시하고 대상에 대해 우위를 점한 모습으로, 대상을 전유
하는 것이 보통이다. 김구용은 이를 도치시킨다. 주체가 보는 것이 아
니라 타자가 주체를 바라보는 것이다. 타자가 주체를 바라봄으로써, 타
자의 현전으로 주체를 객체화시키고 존재의 근거를 마련하는 양상이
전개된다. 그의 시들에서 무생물인 자연물과 사물이 주체를 에워싸고

주체를 주시하는 부분들은 매우 선명하게 제시된다.

예를 들어 "그는 지나가는 가로수들을 보았다"는 구문은 "가로수들은 지나가는 그를 보고 있었다"는 구문에 의해 부정된다. 그는 이제 바라보는 자가 아니라 바라보여지는 자116)이다. 주체는 보이는 대상으로 객체화되는 것이다. 그는 존재의 가능성을 타자에 의해 위촉받아야 한다. 스스로는 이 가능성을 현실화시킬 수 없다. 그는 가로수들의 '바라봄'에 의해 탄생한다. 그러므로 비록 그에게 "움직일 자유는 있었다" 할지라도 그 자유는 제 것이 아니다. 그것은 그가 설정할 수 없는, 자신이 주도하지 못하는, "방향을 잃은" 자유이다.

그가 사물에 의해 예속되는 모습은 계속 이어진다. "전선(電線)들과 먼 보랏빛 산과 건물들과 피뢰침과⋯⋯규목나무와⋯⋯골목과⋯⋯판장(板墻)들이⋯⋯그를 에워싸고 있었다." 에워싼다는 것은 문제의 '시선'을 배제하는 것이 아니다. 통상적으로 눈을 감고 에워쌀 수는 없는 노릇이기 때문이다. 따라서 '에워싸'여지고 바라보여지는 그는 사물들을 포괄하지 못하고, 사물 편에서 그를 포위하고 경계 짓는 형국에 있다.

---

116) "보아진다는 것은 나의 자유가 아닌 하나의 자유에 대해서 하나의 무방비한 존재로서 나를 구성한다. 우리가 타자에게 나타나는 한도에서 우리가 우리들을 노예들로 간주할 수 있는 것은 이러한 의미에서이다. 그러나 이 노예 상태는 의식의 추상적인 형식에 있어서의 하나의 생명의─역사적이고 극복될 수 있는─결과인 것은 아니다. 나의 자유가 아닌 하나의 자유, 나의 존재의 조건 자체인 하나의 자유의 중심에서 내가 예속적으로 있는 한도에서 나는 노예다⋯⋯그와 동시에 내가 나의 가능성들이 아닌 가능성들의 용구(用具)로 있으며, 나로서는 나의 존재의 저 너머에 이런 가능성들의 단순한 현전을 엿보기만 하고, 이 가능성들은 나의 초월을 부인하며, 나를 내가 알지 못하는 목적들을 위한 하나의 수단으로 구성하는 한도에서 나는 '위험한 상태'에 있다. 그리고 이 위험은 나의 대타 존재의 하나의 부수적 성질이 아니고 오히려 나의 존재의 항상적 구조다." Jean-Paul Sartre, 앞의 책, 447-448면. 사르트르에 의하면 주체가 타자에게 보인다는 것은 주체의 근거가 마련되는 것인 동시에 주체가 타자의 노예 상태로 전락하는 것으로서, 주체의 자유는 사라지고 타자의 자유와 가능성에 맡겨진 운명으로 내몰린다는 것을 의미한다. 이러한 상황은 '항상적'이라는 점에서 주체의 조건이 된다.

112

그는 자신의 것이 아닌 사물의 질서에 속해 있다. 이와 같은 상황은 타자의 자유와 가능성 속으로 편입되어 들어간 주체의 한계 상황을 여실히 보여준다.

사물과 주체의 이러한 관계 양상은 "평제탑은 김유신의 눈을 뜨더니 / 시민들을 비쳐본다"에서도 찾아볼 수 있다. 여기서도 눈을 가진 쪽은 탑이다. 시민들은 그 눈에 비쳐지는 존재이다. 주체는 스스로 존재하는 것이 아니라, 비쳐짐으로 존재하고 있다. 이것은 '바라보여지는 존재'라는 사르트르의 주체를 반복하는 것이다. "백오십오 마일의 압록강이 / 무명 전사들의 눈을 감겨줄 때"란, 전사들이 죽음을 의탁한 압록강이 무명으로 죽은 전사들을 기억해 주고 그 죽음을 조상해 준다는 것이다. 전사들의 시체가 압록강에 쌓여 있음을 묘사한 것으로 보이는 이 구절은 전사들의 시체를 보고 있는 압록강의 '시선'을 느끼게 해 준다. 무명으로 죽어간 이들의 죽음을 바라보고, 그들의 "눈을 감겨주"는 일을 함으로써 압록강은 인간 주체의 죽음을 마감하고 완성하는 일을 한다. 이렇게 타자가 죽음을 애도해 줌으로써, 주체는 죽음에 들 수 있다. 전사들의 삶과 죽음이 제대로 처리됨으로써 '다시 피는 순환할 것'이라 기대할 수 있는 것이다.

「피곤」은 '시선'에 의한 주체의 탄생을 극명하게 보여주고 있는 시이다. 나의 앞으로 걸어오는 "간데라 불"은 주체를 만들어 내는 타자이다. 그는 나를 비춘다. 나는 숨을 수 없고, 무엇보다 숨는 일은 무의미하다. 비출 때 나는 존재하는 것이다.117)

---

117) 이와 비슷한 상황을 사르트르의 회중전등의 비유에서 찾아볼 수 있다. 그에 의하면 타자는 나의 가능성의 죽음이다. 내가 어두컴컴한 구석에 몸을 감출 수 있는 가능성은 타자가 나를 회중전등으로 비춤으로 인해 사라지기 때문이다. 타자의 가능성은 이것에 있다. 나의 가능성을 뛰어넘는 것이다. 타자의 시선 속에서 나는 세계의 객체들을 가지고 조립된 나의 가능성들의 타유화를 살아보게 된다. Jean-Paul Sartre, 위의 책, 442-444면. 한마디로 타자는 내가 구석에 숨을 수 있는 가능성을 소거하고, 나를 비출 때의 회중전등이다. 나는 회중전등 속의 인간이며, 내 스스로의 근거가 아닌, 불빛 속에 조립된 가능성들로 존재한다. 김구용 시에서의 간

타자가 주체를 비출 때 주체의 형체와 행위와 움직임이 드러난다. 불빛이 없다면 나는 보이지 않으며 "불의 이동에 따라" 나는 형성된다. 불은 시선이다. 불의 움직임의 한가운데에, 시선의 한복판에 나는 노출되어 있다. 타자가 나를 흔들어 대는 것을 나는 제어하지 못한다. 벗어나고자 "눈을 감고 쓰러질 듯이 뛰"어보지만 "눈을 뜨면 역시 제자리 걸음이다." 나의 의지대로 움직일 수 있는 것이 아니다. 나는 객체화된 대상이다. 할 수 있는 일은 "나의 능력은 아무 소용이 없음을 고백"하는 일이다. 타자가 비추는 대로 나는 만들어진다. 불의 움직임이 나를 구성하는 것이다. 타자의 시선이 주체의 존재의 근거가 된다.

(2) 타자가 타인이나 추상적 개념인 경우

알지 못하는 타인이나 추상 명사가 타자가 되는 경우이다. 이 경우에도 마찬가지로 타자들은 주어의 위치에서 주체에게 영향력을 행사한다. 타자는 주체를 형성시키거나 변형하고, 또는 주체를 소멸시키기도 한다.

> 언젠가 친구 집에 갔을 때 요람에서 웃는 아기는 그를 교훈하였다. 아침 여덟시면 큰 길을 건너가는 국민학교 아동들은 그의 스승이었다. 합승차의 변성기 조수의 부르짖음이 그의 가슴에 감동을 일으켰다. 그는 우두머니 벽에 앉아 있는 자기 그림자를 보았다. 피로가 없다면 보이지 않는 상대를 어떻게 찾는단 말인가⋯⋯때가 언제 그에게 죽음을 분부할지 모른다.
>
> ─「불협화음의 꽃 Ⅱ」 부분

> "⋯⋯인과도 부조리도 신도 윤회도 운명도 없는 것이 내게서 무성하였다." 하늘을 막은 구리빛 사념의 등이 물에 그림자를 굽히었다. 환경은 벗어날 수 있는 자연을 열어주지 않았다⋯⋯어떤 허무한 실재(實在)가 수

데라 불은 이를 정확히 묘사해 주고 있다.

목 같은 모발로서 그의 가슴에 안식의 그늘을 마련해주었다.

―「꿈의 이상」 부분

타자는 주체를 수동적 존재로 만든다. "아기는 그를 교훈하였다", "국민학교 아동들은 그의 스승이었다", "조수의 부르짖음이 그의 가슴에 감동을 일으켰다"는 구절들은 타자로서의 타인이 주체를 구성하는 장면들이다. 교훈을 주거나 감동을 일으키는 것은 주체를 변형시키는 것이다. 주체는 타자를 제 쪽으로 끌어당기는 것이 아니라 타자에 의해 감화, 변형된 대상이 된다.

타자는 또한 추상적 개념이나 추상 명사가 되기도 한다. "인과도 부조리도 신도 윤회도 운명도 없는 것이 내게서 무성하였다", "실재(實在)가……그의 가슴에 안식의 그늘을 마련해 주었다"는 구문들은 '것', '실재'라는 추상어들이 등장해서 주체에게 작용한다. 주체는 추상적인 개념들에 의해 채워지고 형성된다. 그리고 이 추상적인 타자들은 주체를 소멸시키기도 한다. "때가 언제 그에게 죽음을 분부할지 모른다"에서는 '때'라는 추상 명사가 주체를 죽음으로 회수해 가는 상황이 선언된다. 주체는 '때'의 "분부"를 거역하지 못한다. 탄생과 마찬가지로 죽음도 타자에 의해 이루어진다. 생성과 소멸은 생명의 다른 호칭이다. 이것이 타자에 의해 이루어진다는 것은 주체의 근거를 타자 위에 세운다는 것이다. 주체는 주체의 근거가 아닌 타자의 근거와 한도에서, 타자에 의해 묘사되고, 건축된다. 주체는 타자를 위해 존재하는 것이다.[118]

---

118) 주체가 자신의 근거와 지향을 갖지 못하고, 주체 밖의 타자에게 모든 것을 의뢰하고 있음을 사르트르는 다음과 같이 말하고 있다. "내가 나를 벗어나는 한도에서 나는 단번에 나를 의식한다는 것, 내가 나 자신의 무의 근거로 있는 한도에서가 아니라, 나의 밖에 나의 근거를 가지고 있는 한도에서 나를 의식한다는 것을 의미한다. 나는 오직 타자를 위한 단순한 지향으로서만 나를 위하여 존재한다……나는 타인으로 향하여 흘러가는 하나의 세계의 한복판에서 타인을 위하여 나의 '자아'로 있다." Jean-Paul Sartre, 위의 책, 438-439면.

(3) 타자가 주체의 감정이나 심리적 상태인 경우

김구용의 시에서 타자는 예기치 않은 모습으로 나타나기도 한다. 바로 주체의 감정이나 주관적 상태가 타자가 되는 경우이다. 감정들은 주체에게 속하지 않는다. 주체의 내면에서 주체와 안정적 결합을 이루지 못하고 외부로 나와 주체를 조종한다. 감정이 타자로 군림하는 이러한 모습은 김구용 시의 독특한 단면이다.

> 결합한 단념이 그의 도로가 되어 뻗어 나간다……내면은 거부로 이루어져 있었다……불안은 타인을 위로하면서도 자신을 잃었다……슬픔은 그를 결실하게 하였다
>
> —「불협화음의 꽃 Ⅱ」 부분

> 고독은 피안의 판자 주택들에 뿌리를 박은 무지개였고 수림(樹林)이었다……피곤은 그를 잠재우고 있었다
>
> —「꿈의 이상」 부분

> 아름다운 허무와
> 풍부한 슬픔은
> 그를 위로하며
> 나를 휴식한다.
> —「4곡」 부분

주체의 감정이 주체를 벗어나 타자가 되어 나타나고 있다. 이 타자적인 감정이 문장에서 주어의 위치에 자리 잡음으로써 지배력을 강화한다. 주어는 술어를 한정한다. 타자가 주어가 됨으로써 타자는 독자적인 방식으로 주체를 좌우하고 있다. "단념이 그의 도로가 되"거나, "거부"가 "내면"을 채우며, "불안은 타인을 위로"하고, "슬픔은 그를 결실"하게 한다. "피곤은 그를 잠재"운다. "허무와……슬픔은 / 그를 위로하며 / 나를 휴식한다."

단념, 거부, 불안, 슬픔, 고독, 피곤, 허무와 같은 주관적 정서는 주체에게 속한 주관적 감정이라기보다는 주체를 벗어나 주체를 결정하고 주체의 상태를 좌우하고 있다. 주체는 자신의 감정을 소유하거나 지배하지 못한다. 감정이 주체의 지배자가 되어 주체를 위무하고, 개전한다. 주체는 변형된다. 주체의 외부에서 주체를 조정하는 감정의 양상들은 김구용의 시에서 타자의 범위가 다양하고 풍부하게 나타나고 있음을 증거해 준다.

(4) 타자가 미지인 경우

타자에 의해 지배를 받는 주체의 수동성이 가장 적나라하게 드러나는 것은 주체가 자신을 지배하는 타자의 모습을 볼 수 없을 때이다. 볼 수 없을 뿐 아니라 알 수도 없다. 타자가 주체에게 미지로만 존재하는 경우, 타자의 절대성과 주체의 수동성이 선명하게 대립되어 나타난다. 주체는 자신이 통찰하지 못하는 타자에 의해 성립되며, 이것은 주체의 유한성을 부각시키게 된다.

> 모르는 것이
> 그들을 걷게 한다.
> －「심장 있는 인형」 부분

주체를 움직이는 타자의 존재는 주체에게 미지이다. "모르는 것"이 주체를 작동시키며 주체는 그것, 그리고 그것의 원리를 알지 못한다. 다만 그 타자가 주체를 "걷게 한다"는 것만 지각할 수 있을 따름이다. 이 "모르는 것"은 마치 신과도 같이 절대적 타자의 모습을 하고 있다. 그것은 주체의 시야와 인식의 한계를 완전히 벗어나 있다. 타자의 극한이다. 이 극한적인 타자를 통해 주체는 무지한 상태로 존재할 수밖에 없다. 주체는 자신의 원리가 되는 타자의 의미를 알지 못하고 있으며, 상황의 완전한 불투명 속에 놓는다.[119] 주체가 자신을 형성하는 타자의 존재와 원리, 그 의미에 대해 무지함은 타자 중심의 세계에서 볼 수 있는 뚜렷한 현상이다.

    나의 중심은 폐허에서 존재에의 가능인 현존이 전부! 나도 모르는 그 누구의 탄환인가, 또는 유탄인지!

－「산재(散在)」부분

주체의 중심이란 "현존이 전부"라는 인식은 그 현존을 가능케 한 진원에 대한 질문을 필연적으로 만든다. 주체가 "나도 모르는 그 누구의 탄환인"지, "또는 유탄인지" 자문하는 장면은 자신을 파생시키는 타자에 대한 질문이다. 나는 나도 모르는 타자의 탄환이나 유탄으로 이 낯선 세계에 흘러 들어와 있다. 하지만 나는 내가 존재하는 이곳을 모른다. 나는 타자를 알지 못한다.[120] 사르트르는 "타자의 시선은 이 세계

---

119) 사르트르는 카프카의 『소송』과 『성(城)』을 분석하면서 K나 측량사가 행하는 일들이 그들에게 속한 일이고, 그 결과는 당연히 행위자인 그들의 예측에 부합해야 하는데, 그 행위들의 진리가 그들과 무관함을 이야기하고 있다. 그들의 행위들의 진실한 의미들을 K나 측량사는 영원히 인식하지 못할 것이다. 이 작품들에서의 "고통스럽고 잡혀지지 않는 분위기, 무지로서도 그대로 자기를 살아가는 저 무지, 하나의 전적인 반투명성을 통해서밖에는 자기를 예감할 수 없는 저 전면적 불투명성, 이런 것은 다만 우리들의 세계－한복판에서의－타자를 위한－존재의 묘사일 뿐이다." Jean－Paul Sartre, 위의 책, 445면. 이 부분에서 사르트르는 타자의 원리를 알지 못하면서 그것에 의해 지배되는 행위를 할 수밖에 없는 주체들의 무력한 상황에 대한 분석을 하고 있다. 그들은 자신을 작동시키는 행위의 의미들을 끝까지 알지 못한다. 타자에 대해 무지하고 타자의 의미를 알지 못한 채 움직여야 하는 김구용 시의 주체도 이와 같은 맥락 속에 존재한다고 할 수 있다.

120) 주체가 타자에 대해 무지함은 다음과 같은 진술에서 확언되고 있다. "타자는 내가 그리로 향하여 나의 주의를 돌리지 않는 존재다. 타자는 나를 처다보는 자이며, 내가 그를 아직 처다보고 있지 않은 자이며……그 자신 자기를 열어 보이지 않는 자이며, 그가 노려져 있는 한도에서가 아니라 그가 나를 노리고 있는 한도에서 나에게 현전적으로 있는 자다. 타자는 나의 도피의 손이 미치지 않는 구체적인 극이며, 이 세계와 동일한 세계

속의 나의 존재의 저 너머에 나를 존재시킨다. 이 세계이며 동시에 이 세계의 저 너머인, 하나의 세계 한복판에 나를 존재시킨다"121)고 말하고 있다. 주체가 이 세계에 존재하면서도, 이 세계의 저 너머에 존재할 수밖에 없는 것은 주체가 자신의 자리에 스스로 존재하는 것이 아니라 타자의 영역에 위치하기 때문이다. 나는 타자의 유탄에 불과하다. 나는 타자의 세계에 떨어진 존재인 것이다. 나를 이렇게 떨어뜨린 타자는 보이지 않는다. 타자는 가려져 있다.

> 한 점(點)이
> 삼동(三冬)의 열매로서
> 걸어 들어왔을 때
> 너의 세계는 탄생하였다.
> ―「송 78」 부분

　"한 점(點)"이 무엇인가 하는 것은 타자에 대한 질문을 던지는 것이다. 타자의 정체는 물론 밝혀지지 않는다. 그것은 언제까지나 미지이다. 다만 그 미지가 "삼동의 열매로서 / 걸어 들어 왔을 때", 다시 말해서 그것이 추상적 존재에서 존재자로 이동하였을 때, 그때 "너의 세계는 탄생"한다. 미지의 타자는 주체를 탄생시키는 힘을 가진 존재인 것이다.

　절대적이고 낯선 타자의 위상은 타자가 주체를 형성한다는 데 있다.

이면서도 그러나 이 세계와 교통 불가능한 하나의 다른 세계로 향해서의 세계의 유출의 극이다. 그러나 타자는 이 타유화 자체와 이 유출과 별개로 구분될 수는 없을 것이다. 타자는 이러한 타유화와 이러한 유출의 의미이며 방향이다. 타자는 이 유출에 붙어 다니는데 그것은 실재적 또는 범주적 요소로서가 아니라 하나의 현전으로서 붙어 다닌다." Jean-Paul Sartre, 위의 책, 449-450면. 타자란 내가 보기 전에 나를 보고 있는 자라는 인식은 내가 그를 사유의 대상으로 삼을 수 없고, 그가 나를 대상으로 할 수 있을 뿐이라는 사실을 암시한다.
121) Jean-Paul Sartre, 위의 책, 439면.

타자는 주체를 대상화하고 주체는 그 대상화 속에서 자신의 존재의 근 거를 찾는다. 김구용의 시 속에서의 타자는 자연물이나 사물, 타인, 추 상적 개념, 감정이나 심리적 상태, 미지의 존재 등 여러 가지로 나타난 다. 이들 타자들은 주체를 바라보고 에워싸고 호명하고 형성하고 변형 하고 소멸시킨다. 타자의 시선, 타자의 존재는 주체가 가능하게 되는 근본적인 조건이 되는 것이다. 타자는 주체의 힘을 허물어뜨리고 주체 중심의 세계를 완전히 소거하면서 주체가 어떻게 타자에 의해 탄생하 는지 보여준다. 이 강력한 타자는 주체를 안정된 지위에서 끌어내려 유동적이고 수동적 존재로 탈바꿈시킴으로써 주체에 대한 타자의 우위 를 확고히 하는 것이다. 김구용은 이렇게 강력한 타자와 대상화된 주 체를 선보임으로써, 전통적으로 형성되어 왔던 시선의 역전, 세력 관계 의 역전을 도모하고 있다.

2) 무한 타자와 수용하는 주체

김구용의 작품에는 전쟁과 분단(「절단된 허리」, 「끊어진 땅은 없었다」, 「뇌염」, 「피난지」, 「겁」, 「탈출」, 「이씨 일가」, 「잎은 우거졌는데」, 「유리 창」), 기아(「요기도」, 「언제나 삼, 사월이면」), 매춘(「무상의 모태」, 「그네 의 미소」, 「벗은 노예」, 「불협화음의 꽃 Ⅰ」)과 같은 현실적인 문제들이 다루어지고 있는 작품들이 많다. 전쟁을 체험한 세대에게서 볼 수 있는 현실의 중압감이 그에게도 작용하고 있는 것이다. 이러한 작품들은 김구 용의 시의 한 경향을 이루고 있으며, 그의 모더니즘적인 시들과 다른 리 얼리즘의 성향으로 평가될 수도 있을 것이다.122) 그러나 현실 세계의 반

---

122) 그런 의미에서 김구용의 전쟁시편들은 리얼리즘적 관점에서 재평가될 여 지가 있다고 할 수도 있을 것이다. 그러나 전쟁과 이로 인한 기아의 문 제, 생존을 위한 매춘의 참상을 보여주는 이들 시편을 단지 주제적 관점 에서 이해할 경우, 그 결과는 시를 분석하기 전에 이미 알고 있었던 현

영과 조응이라는 포괄적인 문제를 도입하는 것은 본 연구의 범위를 벗어나는 것이므로, 여기서는 타자 주체의 방법론으로 일관하여 전쟁시편을 무력하고 비천한 타자의 모습이 전면화되는 계기로서만 고찰하고자 한다.123)

(1) 비천한 타자

현실의 문제를 다루고 있는 김구용의 시에 등장하는 타자는 우선 비천한 타자이다. 전쟁이 지나간 뒷자리에 남은 타자들은 전쟁으로 인해 빼앗기고, 다치고, 상처 입은 채 나타난다. 그들은 전쟁의 참담함을 고스란히 존재로 증거하고 있으며 생존의 위기에 내몰리고 있다. 구체적으로 김구용의 시에서 비천한 타자는 전쟁과 가난, 매춘의 한가운데 버려진 무력한 고아나, 여성들이다.

> 한여름의 한낮이었다.
> 삽시에 시민들은 다 달아나버렸다.
> 광장에는 어린아이 셋이
> 버려져 있었다.
>
> 두 아이는 쓰러져 있는데
> 한 아이는 울고 있었다.
> 흑사병이 발생한 아이들이란다.
> 불볕에서 내가 울고 있었다.

실과 소재의 재발견 이상의 것이 되기 어렵다고 생각된다.
123) 주체는 비천한 타자를 수용하고 환대하는 모습으로 등장하는데, 이것은 '동정'과 등가인 통상적인 휴머니즘으로 잘못 파악될 수 있다. 그러나 김구용의 주체는 타자와 독립된 상태에서 시혜를 베푸는 주체의 모습을 하고 있지 않으며, 타자에 의해서만 주체로 성립함을 분명히 하고 있는 것이다. 실제로 전쟁시편에 나타난 타자와 주체의 이러한 관계는 레비나스가 파악한 관계와 일치한다.

아니, 아이를 버린
내가 달아나다가
시민들과 함께 돌아와서
내가 나를 찾아 헤매었다.
－「1거」 부분

병들고 버려진 어린아이들은 고아라 할 수 있다. 이 아이들은 무력하고, 삶을 향한 어떠한 의지도 행사할 수 없는 상태에 있다. 누군가의 손길이 없으면 죽음으로 내몰릴 것이다. 이 죽음의 현장을 외면하고 "시민들은 다 달아나버렸다." 시민들뿐 아니라 나도 처음에는 달아난다. 달아나다가 다시 돌아오는데, 이 돌아옴 자체, 죽어 가는 아이들을 대하는 것 자체가 "내가 나를 찾아 헤매"는 것이라고 김구용은 진술하고 있다. 무력한 타자를 돌아보는 것이 어떻게 나의 존재와 관련이 되는 것인지, "내가 나를 찾"는 문제와 관련되는 것인지 명확히 설명될 수 있는 것은 아니다. 보잘것없는 나약한 타자가 주체를 주체로 세워주는 데 대한 레비나스의 설명은 암시적이고 신비하다. 무력하고 나약한 타자를 받아들이는 것이 주체의 전체성이 부서지고 주체가 무한으로 향하게 되는 순간124)인 것이다.

따라서 내가 달아나다가 돌아와 아이들을 돌보는 것이 주체의 전체성과 동일성에서 벗어나 '무한'으로 들어서는 것으로 해석된다. 김구용은 구체적인 장면을 제시한다. 광장에 두 아이가 쓰러져 있고, 한 아이

---

124) 레비나스의 타자의 의미를 가장 잘 나타내 주는 말은 무한이라는 개념이다. 무한은 주체의 사유와 인식의 대상을 넘어서는 것이며 추상적이고 동일적인 존재의 질서 속으로 소멸되지 않는다. "즉 무한성의 관념은 이성적 사유의 한계를 넘어서며 주제화되지 않는다. 관념과 지적 대상 간의 거리는 자기 동일화로 통합할 수 없는 깊은 심연 그 자체이다." Emmanuel Levinas, "Philosophy and the Idea of Infinity" in *Collected Philosophical Papers*, trans. by A. Lingis (Dordrecht: Martinus Nijhoff Publishers, 1987), p.54. 정미경, 「레비나스의 타자의 무한성과 윤리적 주체성에 관한 연구」, 부산대학교 석사 논문 (2005), 29면에서 재인용.

가 울고 있을 때, "불볕에서 내가 울고 있"다고 표현한다. 아이의 울음과 나의 울음은 동시적으로 진행된다. 물론 이것은 통상적인 자비는 아니다.[125] 이보다는 타자에 대한 이러한 공감이 차라리 "희망의 격심함을 만들어 내는 것",[126] 그리고 "타인의 이타성 자체를 통해 자신의 존재를 용서하게 되는 데서 성립하는 자유"[127]라 함이 적절하다. 이러한 희망과 공감, 자유들이 주체를 무한으로 이동하게 하는 표지들이다. 타자의 울음이 주체의 동일성을 깨뜨리고 주체의 울음을 만들어 내는데, 시에서 울음은 자유와 무한의 징표인 것이다. 타자의 고통과 상처를 수용하는 것은 주체가 스스로를 부정하고 벗어나서 타자와 대화하는 것이다. 이 대화는 주체를 해방시킨다.

아내도 굶지 않기 위하여, 수치 없이 몇 장의 지폐를 받고, 언제나 발가숭이가 되는 인육(人肉), 제 그림자 앞에서 움직이지 못하는 고독에 산다. 생존한다는 것까지가 죄악이 되어버린 오늘날, 그 누구와도 상위점(相違點)이 없는 나와 너는 뭇사람들이 누웠다 가버린 쓰레기통 같은 방에서 은근히 음식을 권하며 동정(同情)으로 결합한다. 서로의 합장은 절망에다 법 이전의 마음을 꽃피워 너와 내가 부조리도 긍정 않고 미소하면 문 너머 오욕의 거리도 모든 것을 위하여, 일체가 그대로 관세음보살.
　　　　　　　　　　　　　　　　　　　　　　　　　－「오늘」 부분

피난 당시 항도에서 한 부인은 매음으로 한동안 병든 남편과 어린 것을 부양하였다. 그들 부부만이 아는 순금의 비밀이었다. 일선에서는 송장들을 넘으며 전투가 불로 뒤덮였다. 남편은 어린것의 손을 잡고 밤 골목에 서 있었다. 남편은 방에서 손님이 나올 때를 기다렸다. 불빛은 판자 틈 사이로 꺼진다. 가슴은 그럴 때마다 깜깜하였다. 분노와 비애는 꺼졌다. 아내는 바로 그의 생존이었다. 아무도 자기 목숨을 미워할 수는 없

---

125) 레비나스는 "질서가 아주 잘 잡힌 자비를 발명한 것보다 더 큰 위선은 없다"고 말한다. Emmanuel Levinas, 『존재에서 존재자로』, 161면.
126) Emmanuel Levinas, 위의 책, 151면.
127) Emmanuel Levinas, 위의 책, 159면.

었다. 병든 남편이 일거리를 찾아 거리로 나간 뒤면 아내는 거울 조각 속에서 여윈 얼굴을 쓰다듬었다.

-「불협화음의 꽃 Ⅰ」 부분

밤이면 전등불 아래서 그네를 마음대로 주무르고도 천대하지만 그네는 갖은 굴욕을 당하고도 그들의 불행을 안 때문에 반항하지 않고 참을 수 있었던 것이다……언제인가 그네는……만국기들처럼 아름다운 여러 가지 꽃들과 과실들이 가게에서 팔릴 날을 기다리며 감금된 것을 보고도 다만 자애로운 미소를 품을 수 있었던 것이다……가난한 동내(洞內) 사람들은 그네를 천벌받은 줄로 알고, 무심한 어린것들까지가 벽 너머 골목에서 유쾌히 조롱하건만 그네는 울지 않고 수면에 들며, 추억과 현실을 결별할 수 있었던 것이다.

-「그네의 미소」 부분

인용한 시들은 모두 전쟁과 가난으로 인한 매춘을 소재로 하고 있다. 김구용은 전쟁을 겪으면서 기아나 호구지책을 위한 매춘 행위, 매춘 여성의 이야기를 많이 썼는데 이는 현실적 재난에 그가 민감했음을 시사해 준다. 김구용의 타자들이 여기서 무력하고 비천한 타자로 등장하는 것은 가난한 자, 과부, 고아와 같은 헐벗은 자를 일컬었던 레비나스의 타자와 일치한다. 이 비천하고 무력한 타자들은 주체를 무한으로 향하게 하는 무한자의 얼굴을 가진 타자이다. 이들을 수용하고 환대하는 데서 주체는 구원의 가능성과 무한을 경험한다.

위의 인용 시들에서 매춘 행위를 하는 여성이나 가족들은 고통을 받지만 모두 이 고통을 넘어선다. 「오늘」에서 "아내도 굶지 않기 위하여……언제나 발가숭이가 되는 인육"으로, "생존한다는 것까지가 죄악이 되어버린 오늘날"이지만 이 매춘 행위는 부부를 절망으로 이끌지 않는다. "서로의 합장은 절망에다 법 이전의 마음을 꽃피우"는 "미소"가 된다. 서로가 서로에게 합장을 하는 것으로, 타자를 수용하는 것으로 "미소"를 지을 수 있는 것이다.

「불협화음의 꽃 Ⅰ」에서 아내의 매춘으로 어린 것과 함께 살아가는 병든 남편은 아내의 매춘이 끝나기를 밖에서 기다린다. 그의 가슴속의 "분노와 비애는 꺼졌다." 아내의 매춘은 분노와 비애와 같은 감정의 유출 이전에 속한다. 생존에 대한 어떠한 도덕적 단죄도 사치스러운 것이다. "아내는 바로 그의 생존이었"고 생존을 탓할 수는 없다. "아무도 자기 목숨을 미워할 수는 없"는 까닭이다. 아내와 병든 남편은 서로를 "자기 목숨"으로 생각할 만큼 깊이 수용하고 있다.

「오늘」과 「불협화음의 꽃 Ⅰ」에서 남편과 아내는 생존의 위기 앞에서, 매춘을 하는 아내와 그 행위에 기생하는 남편을 각각 이해하고 자신의 안으로 받아들인다.[128] 그들은 부부이지만 타자이고 그 분리를 이해함으로써, 그 위에서 서로의 목숨이 되고 서로를 받아들인다. 이것이 타자뿐 아니라 자신을 용서하고 이해하는 길이다. 동정이나 연민과 같은 위압이 아니라 이와 같은 받아들임과 섬김을 통해 서로에게 존재의 의미를 열어 주고 소통을 할 수 있게 되는 것이다.

「그네의 미소」에서 매춘 여성인 "그네"는 비천한 자의 신분이면서 자신을 손가락질하는 타자를 받아들이는 모습을 보인다. "그네"는 자신을 천대하는 "그들의 불행을" 알고 있기 때문에 참고 "자애로운 미소를 품을 수 있"다. 비천한 자가 비천한 타자를 수용하는 감수성을 가지는 것이 이 작품의 남다른 점이다. 타자란 "나와 대칭적 관계 속에 있는 사람이 아니라, 내가 전혀 예기할 수 없고, 나의 틀 속에 집어넣을 수 없는 사람"[129]이라는 점에서 "그네"의 이 감수성은 대칭과 비대

---

128) 타인은 주체를 위협하는 침입자가 아니다. 타인은 주체를 주체의 전체성에서 벗어나 주체 밖으로의 초월을 가능하게 해주는 존재이다. 그러므로 진정한 주체성은 이러한 타자를 받아들이고 타인과의 윤리적 관계를 형성하는 것이다. 타인은 주체에게 존재의 의미를 부여해 준다. 그것은 지배 관계가 아니며 서로를 섬기는 것에서 의사소통이 가능해지는 관계이다. 강영안, 「레비나스: 타자성의 철학」, 『철학과 현실』, 1995년 여름호, 159−160면.

129) 강영안, 「존재, 주체, 타자−엠마누엘 레비나스의 존재론적 모험에 관하여」, 『세계의 문학』, 1992년 겨울호, 216면.

칭을 떠나 어떠한 자리에 있든 관계없이 타자를 받아들이고 자아의 해방을 이룬, 환대하는 감수성이다.

(2) 타자의 윤리적 명령

전쟁이 야기한 많은 폐해 가운데서도 가장 근본적인 것은 물론 '죽음'이다. 전쟁은 서로 타자를 받아들이지 않겠다는 명백한 신호이며, 주체의 전체성이 노골적으로 가시화된 것이다. 타자를 수용하지 않는 양편에서 많은 인명이 죽음으로 쓰러지는 것이 전쟁이다. 김구용은 전쟁으로 인한 살상을 눈앞에서 목도하는 듯이 그리고 있으며, 이의 참상을 사실적으로 묘사하는 데서 그치는 것이 아니라, 죽음에 대한 인식으로 사유의 지반을 넓히고 있다.

> 이때에 뇌염 환자는 운명하는 것이다. 곁에는 처자도 없이 송장이 송장 위에 누적될 따름이다. 인류의 지뇌(智腦)는 균에 의하여 정복되었다. 균들은 그들의 주조(主調)를 보이지 않는 무용(舞踊)과 소리 없는 환소(歡笑)로 교차하며 정(精)을 이루었다. 균들의 신, 균들이 발생한 사람 몸은 가속도로 백골이 된다. 감미로운 부육(腐肉)도 공기로 변하고, 고혈(枯血)마저 맑은 빗발이 되어 폐허를 씻고, 매몰된 문화의 파편을 축일 때 병균은 멸망할 것이다. 언제인가 사람은 두골(頭骨)을 집어들고 아내에게 말하겠지. 보라, 이것은 우리가 고문서에서 흔히 읽을 수 있는 그러한 뇌염으로 사망한 자는 아니다. 구멍이 여기에 증거로 있다. 이것은 탄혈(彈穴)이다. 사람이 사람의 지뇌에 의하여 사람을 서로 죽인 생명의 투쟁이었다. 염균(炎菌)은 그 부뇌(腐腦)에서 퍼졌을 것이라고. 순수한 빛의 영역에서 검붉은 파장을 일으키며 헤엄을 치는 세균들은 그들 각자의 순수한 빛을 완성하려는 지향(志向)이었다. 생명이 생존하는 생명을 침식하며 번식하고 있다.
>
> −「뇌염(腦炎)」 부분

너는 나와 다르지 않다. 나는 너와 다르지 않다. 너는 지금에 있으며, 나도 지금에 있다. 네가 노래를 부르면 나는 춤을 추었다. 나는 네가 울기에 아팠다.

웬일인가. 우리는 무섭지 않으면 괴롭다. 괴롭지 않으면 무섭다. 살아야 하기에 괴롭고 죽을까봐 무섭다. 사람은 사람을 없애버린다. 사람을 사람이 없애버린다. 사람을 없애야 한다던 사람과 사람에게 없어짐을 당하라던 사람도 없어진다.

송장만이 쌓인다. 썩는 냄새가 흩어진다. 지구는 뼈만 남고 흐른다 별처럼 떨어진다 무한으로 조각도 없이……

-「겁(刧)」 부분

뇌염 환자의 시체를 두고 환자가 뇌염 때문이 아니라 사실은 '총탄'에 의해 사망한 것이라고 진술하는 것이 「뇌염」이다. 시체에는 균들이 창궐하고 있지만 균은 사인이 아니며, 그것은 이미 총을 맞고 사망한 환자의 부패한 뇌에서 번진 것이다. 이 시는 타자를 수용하지 못하고 전쟁을 치른 인류가 맞는 참상을 보여준다. "사람이 사람의 지뇌에 의하여 사람을 서로 죽인 생명의 투쟁"이란 서로 총을 겨누고 생명을 앗아가는 인류의 모습이다. 타자를 수용하고 받아들이지 못했을 때 인류가 서로를 죽음으로 몰아갈 수밖에 없는 적나라한 현실의 진단이다. 타자를 맞아들이지 못하는 인류에게는 이와 같은 죽음만 있을 뿐 미래는 없다.[130]

이와 같은 생각은 「겁(刧)」에서도 그대로 이어진다. 김구용은 전쟁으로 인해 무엇보다도 사람이 "없어지"는 것에 대해, 타자를 받아들이지 못하는 결과로 사람의 죽음이 초래된 것에 대해 비판한다. "사람은 사람을 없애버리"고 "사람을 사람이 없애버리"는 곳에 인류의 미래란 있을 수 없다. 타자를 "없애버리"는 것, 타자의 근거를 소멸시키는 것은

---

130) "미래를 수단으로 타자를 정의하기보다 오히려 타자를 통해 미래를 정의하는 것이 레비나스의 의도"이다. 강영안, 「존재, 주체, 타자-엠마누엘 레비나스의 존재론적 모험에 관하여」, 216면.

자신도 함께 사라져 버리는 길이다. "조각도 없이" "떨어지"는 지구의
모습이다. 타자는 주체의 외부에 존재하는 한 부분이 아니라 주체를
성립시키는 존재이기 때문이다.

전쟁과 살상에 대한 이 지적은 김구용이 타자를 받아들여야 하는 새
로운 주체에 대한 진술을 하고 있는 것이다. 그것은 단순한 자비가 아
니라, 타자와 주체의 존립에 대한 인식의 지평이다.

> 살인보다 강력한 이 무한성, 이미 그의 얼굴 속에서 나에게 저항하고
> 있는 이 무한성은 그의 얼굴의 현현이고, 근원적 표현이며, 최초의 언어
> 이다. "살인하지 말라(You shall not commit murder)."131)

타자의 얼굴의 근원적인 표현이 '살인하지 말라'는 것임은 타자의 의
미가 무엇인지를 주체에게 제시해 준다. 이 '살인하지 말라'는 윤리적
명령을 보지 못하고 살인을 행하는 인류는 자신을 해방과 무한으로 이
끄는 존재를 말살하는 것이다. 타자의 파괴는 주체의 존립을 위험하게
하는 것임을 김구용은 그의 시들에서 선명하게 진술하고 있다. 전통적
인 서구의 주체 중심적인 주체가 불러온 전쟁과 폭력의 파국은 동일자
의 자기 동일화하는 전체성에서 비롯된 것이고 이는 파국으로 종결된
다는 것을, 인류의 죽음을 통해 예시하고 있는 것이다.

(3) 타자를 수용하는 주체

전쟁의 참상을 고발하는 쪽으로 흐르기보다는 전쟁이 야기한 인류의
죽음의 문제에 천착한 김구용의 전쟁시들은 이 문제의식을 통해 타자
를 수용하는 주체 쪽으로 확장되어 간다. 전쟁이 생명을 앗아간 것에
대한 지적을 하는 데에서 나아가 생명을 보호하고, 생명을 가진 타자
를 수용하고 수호하는 주체의 면모를 제시하기에 이른다.

---

131) Emmanuel Levinas, *Totality and Infinity*, p.199.

살아있듯이 눈을 뜨고 석상(石像)처럼 뜻할 뿐 말이 없구나. 총탄이 너의 하늘을 뚫은 흔적, 가슴에 말라붙은 핏줄은 너를 쏜 동포에게 사랑으로 빛나라

—「조혼(弔魂)」부분

그러나 아비 없는 목숨이 앞으로 온 세상의 아버지로 성장하면 그 사랑은 십자가 아닌 총탄에 소멸할지 모른다고 그는 생각했을 때 전율하였다……여자는 퇴원한 날, 누구에게 대해선지 속삭이었다. "자애하소서. 원수를 용서로 갚아주소서." 그리고 돌아보더니 "모두가 아비 없는 아이에 대해서 문을 닫겠지요" 하였다. 신에게는 책임이 없느니만큼 그는 담배를 피워물며 "내가 갓난아기에게 아버지 노릇을 하겠노라"고 하기 싫은 거짓말을 하였다……내부의 소리는 "누구나 악마도 신도 아닌 자아를 투시할 것이다. 스스로 자비한 손이 될 때 자신의 수의(囚衣)를 벗을 수 있는 법이 있다면 세상은 좀 더 달라졌을 것이라"고 속삭이었다……그는 아무런 작정도 없이 무료하기에 소녀에게 다소의 지화를 쥐어주고, 무구한 아기에게 입을 맞추고, 길거리로 무난히 빠져 나왔다.

—「무상(無想)의 모태(母胎)」부분

단지 함께 있음, 혹은 집단성 속의 타자를 말하는 것이 아니라 나와 다르다는 것만으로 타자를 인정하고 받아들이는 것이 수용하고 환대하는 감수성이다. 따라서 "너"와 다를 뿐 아니라 "너를 쏜 동포"를 사랑으로 대하는 것은 레비나스적인 수용적 주체이다. "아비 없는 아이"를 낳은 어린 매춘부를 돌보면서 갓난아기의 "아버지 노릇을 하겠노라"는 것, "지화를 쥐어주고, 무구한 아기에게 입을 맞추고" 하는 것은 모두 헐벗은 타자를 받아들이는 주체의 모습이다. 주체는 자신의 동일성과 전체성을 벗어나 타자와 소통하고 있다. 타자가 적대적이든, 비천하고 무력하든 어떤 경우이든지 타자를 맞아들이는 주체를 보여주고 있다. 생명을 돌보고 생명이 자라날 수 있도록 아버지의 역할을 해주는 것은 생명을 "없애는" 주체와는 완전히 다른 것이다.

그러나 노래는 지난날처럼 사라지고
피묻은 능선의 눈에도 시간만 시작과 끝이 없다.
목숨은 마을마다 포화에 쓰러졌고
해골의 털들이 사나운 비바람에 춤을 출 뿐.
……
구름을 헤치며 가는 세월은
피가 흐르는 살기와 휩쓸린다.
밥상, 욕망, 신문, 타산으로
이루어진 난해의 길거리에서
생활에 수금된 사람들은
머리 속 판자 벽에 떠오르는
식구들을 위하여 무릎을 꿇는다.
기도한다.

가슴의 고동은 무서움에 자라난
인가들의 속삭임
잎사귀들이 피란 행렬의 길에 표정하던
하늘의 뜻을 보아라.
하늘은 사랑도 미움도 없다.
우리의 아는 것이
전부가 아닌 것으로 나타나 있다.
　　　　　　　－「항상 미지에만」 부분

　전쟁이 휩쓸고 지나간 뒤 "피묻은 능선" 아래 "목숨은 마을마다 포
화에 쓰러졌"다. 서로를 적대하는 "세월은 피가 흐르는 살기"로 넘친
다. 이 속에서 사람들은 "식구들을 위하여 무릎을 꿇"고 "기도한다."
타자를 받아들이고 그를 위하여 무릎을 꿇는 것은 살기로 넘치는 현실
속에서 어떤 현실적인 해답을 내려 주는 것은 아니다. 잎사귀들에 나
타난 "하늘의 뜻"은 사랑도 미움도 보내 주지 않는다. 하지만 "우리의
아는 것이 / 전부가 아닌 것"이다. 타자를 받아들이는 주체의 행위가 어

떤 결과로 도래할지 알 수는 없다 하더라도, 어떤 '미지'가, 어떤 무한이 타자를 향한 기도 속에 들어 있는 것이다. 타자를 수용하고 타자를위해 무릎을 꿇는 행위를 통해 주체는 자신을 벗어나 다른 곳으로 이동해 갈 수 있는 것이다.

김구용의 전쟁시편에서 타자는 가난한 사람, 과부, 고아 외에도 매춘여성과 같은 헐벗은 무력한 존재들로 나타난다. 이러한 타자를 주체는받아들임으로써 자신의 전체성에서 벗어나 무한성으로 이동해 갈 수있게 된다. 타자를 받아들이지 못하고, 자신의 전체성에 머물러 있을경우, 서로 살상하고 목숨을 빼앗는, 인류의 멸망이 그려진다. 김구용은 이러한 상황에 대한 적나라한 제시를 하고 있다. 나아가 주체가 무력하고 때로 적대적인 타자를 받아들임으로써, 타자를 수용하고 환대하는 감수성을 가진 존재로 태어나는 것을 보여준다. 김구용의 전쟁시편에서 주체는 이 절대적 타자에게서 무한을 경험하고 스스로의 그림자로부터 해방될 수 있게 되는 것이다.

IV

대타자와 주체

1 | 대타자와 언어적 주체

프로이트와 라캉에 이르면 타자와 주체의 담론은 근본적인 변화를 겪게 된다. 가장 근본적인 것은 의식을 지닌 통일적인 주체란 존재하지 않는다는 것이다. 데카르트, 칸트, 독일 관념론에 이르기까지 의식은 존재와 인식의 주체를 설명하는 가장 근본적인 원리였다. 이 의식의 확실성이 의문시되고, 프로이트가 제기한 것처럼 의식이란 주체가 깨닫지 못하고 주체에게 감추어져 있는 무의식이란 정신 활동의 토대 위에서 가능한 것이라면, 주체의 위상과 근거는 변모할 수밖에 없다. 이것은 철학의 토대를 뒤흔드는 중요한 사건이다. 라캉(1901~1981)의 "나는 존재하지 않는 곳에서 생각한다. 그러므로 나는 내가 생각하지 않는 곳에서 존재한다."는 말은 데카르트의 코기토를 뒤집은 것이다.132) 주체는 더 이상 확실한 근거와 원리로서 작용하지 않는다.133)

---

132) 라캉은 데카르트의 코기토에 제시된 주체의 중요성을 강조한다. 그러면서도 이것이 가장 바보스러운 사고의 형태라고 주장한다. 이 사고에서는 "주체가 완벽하고 완결된 동일성을 지니고 있으며 자신의 위치를 명확하게 알고 있다"고 가정한다. Rosalind Coward and John Ellis, "On The Subject of Lacan", *Language and Materialism: Developments in Semiology and the Theory of the Subject*(New York: Routledge, 1977), 국역 「라캉과 주체의 문제」, 이미선 옮김, 『현대시사상』, 1994년 여름호, 164면. 라캉에게 주체의 동일성과 이에 대한 데카르트적인 의식의 명확성은 가정될 수도 없는 전제들이다. 그는 데카르트의 가정들을 뒤집음으로써 이에 대한 생각들을 개진하고 있다.

133) 라캉은 인간 주체가 본래적으로 존재한다고 생각하지 않는다. 그에게는 성이나 무의식 어느 것도 애초에 주어진 것이 아니라 구성되었을 뿐이다. 그가 생각하는 "인간 주체는 언어 내에서 그리고 언어를 통해서 구성된다. 언어는 개체 내부에서 발생하지 않는다. 그것은 항상 세계 바깥 저기에 있다. 말하자면 인간이란 동물은 언어 속에서 태어나며, 바로 이런 언어의 측면 안에서 인간 주체가 구성되는 것이다." Madan Sarup, *Jacques Lacan* (Toronto: University of Toronto Press, 1992), 국역 『알기 쉬운 자크 라캉』, 김해수 옮김(백의, 1994), 37－38면. 전통적인 관념론에 따르면 주

134

주체는 언어와 상징 세계의 구성물일 따름이다.

　주체의 형성과 발전을 라캉은 상상계와 상징계에서 벌어지는 상상적 동일시와 상징적 동일시를 통해서 설명하고 있다. 상상적 동일시는 6~18개월의 아이가 거울을 보고 실재가 아닌 자신의 영상('이상 자아')을 총체적인 자신으로 동일시하는 것이다. 거울 단계의 라캉의 설명에서 핵심적인 것은 자아가 허구적 이미지에 자신을 동일시하게 되는 오인 위에 세워진다는 것이며, 이러한 오인된 거울상과의 동일시는 주체로 하여금 소외를 경험하게 한다.

　상상계가 아이가 언어를 습득하기 이전의 이미지가 지배하는 세계라면 상징계는 언어의 세계이다. 상징적 동일시는 타자라는 상징('자아의 이상')에 자신을 동일시하는 것이다. 이를 통해 주체는 언어로 이루어진 상징적 질서 속에서 정체성을 갖게 되며 상징적인 법의 질서를 내재화하게 된다. 라캉의 개념에 의하면 상상계에서 동일시하는 이상 자아는 소타자이고, 상징계에서 동일시하는 자아의 이상은 대타자이다.134) "상징계는 인간을 소타자 ― 인간의 허구적 완전성과 통일성을

　　체는 상징을 만들어 내고 이 상징에 의해 현실을 파악하는 근원적인 존재이다. 하지만 라캉은 주체가 존재하기 이전에 이미 상징적 질서가 존재하였고, 따라서 주체는 이 상징의 창조자가 될 수 없다는 인식하에 근대 철학의 확고한 가정이었던 주체의 근원성을 비판한다. 홍준기, 「정신분석학과 맑스주의」,『창작과 비평』, 1994년 여름호, 357-359면. 주체가 애초부터 존재하거나 원리와 근거로 작용하지 않고, 상징을 창조하지도 않으며, 언어적 구성물에 불과하다는 것이 라캉의 기본적인 생각이다.
134) 라캉은 후기 논문에서 소문자로 표기된 타자와 대문자로 표기된 타자를 구분한다. "거울에 비친 상은 그 이전에 존재하는 자아의 통일성을 단지 복사한 것이 아니다. 자아의 통일성은 거울에 비친 상을 자기 자신으로 동일시함으로써 비로소 구성된 것이다." 이때 아이는 자신을 '자기가 아닌 것', 거울에 비친 상에서 얻어 오게 되는데 이것이 소문자 타자(l'autre)이고 상상적인 타자이다. 아이의 자신에 대한 상은 오인 위에 세워진다. "대문자 타자(l'Autre)는 상징적 타자이다. 나(동일자)로 환원되지 않는 이 타자는 나의 상상적 허구를 벗어나며 나의 개별성을 초월해 있다. 그러므로 나는 타자와 완전한 하나가 될 수 없다. 라캉이 말하는 대문자 타자는 무엇보다 언어이다." 강영안,『주체는 죽었는가』, 203-220면. 특별한 설명이 없는 한 라캉의 타자는 이 대타자를 일컫는다.

발생시키는, 상상계에 속하는 이상적 대상 — 로부터 분리시키지만(상상적 동일화로부터의 분리) 상징계는 동시에 그것과 결합된 문화 명령을 받아들이게 함으로써 대타자에 자발적으로 종속된 주체를 만들어 낸다."(상징적 동일화)135) 상징계는 인간을 상상계로부터 분리시켜 주체가 대타자의 욕망과 자신의 욕망을 동일시하게 함으로써 주체의 자리를 만들어 주는 것이다.

여기서 라캉의 타자 개념(주로 대타자를 일컬음)을 좀 더 살펴볼 필요가 있다. 라캉에 이르면 주체뿐만 아니라 타자도 혁명적인 변화를 겪는다. 사르트르나 레비나스의 타자론에서 볼 수 있었던 절대적으로 다른 존재로서의 타자는 라캉에게는 타자의 이질성으로 이해된다. 하지만 타자의 자리로 설정된 절대적 외재성은 부정되기에 이르는데 라캉에 의하면 타자는 바로 내 안에 있는 존재이다. 라캉은 프로이트의 "나는 무의식이 있던 바로 그 자리로 가야만 한다(Wo es war, soll ich werden)"에서 영감을 얻어 주체 안의 무의식을 타자로 설정한다.136) 자기가 의식하고 제어하지 못하는 이질성을 자기 내부에 가지고 있는 것이 바로 프로이트가 발견한 인간의 근본 존재 조건인 것이다.137)

---

135) 홍준기, 『라캉과 현대철학』(문학과지성사, 1999), 226면.

136) 라캉은 프로이트의 무의식에서 많은 것을 끌어오지만 그것을 사용하는 데에는 차이를 보여준다. 프로이트에게 무의식이란 "무질서한 충동과 그것을 통제하려는 질서의 갈등과 대립이 이루어지는 장이며, 이런 이유에서 의식의 표면 아래로 억압되어 진행되는 과정"이다. 이와 달리 라캉에게 무의식이란 "인간적 주체를 만들어 내는 상징적 질서의 메커니즘이며, 주체로서 사고하고 표상하는 것을 가능하게 해주는 지반이요, 조건"이다. 이진경, 「자크 라캉: 무의식의 이중구조와 주체화」, 『철학의 탈주』(새길, 1995), 20면. 즉 프로이트에게 무의식은 생물학적이고 성적인 에너지를 의미한다면, 라캉에게는 생물학적인 요소가 배제되고 상징적인 것으로 정의된다.

137) 라캉은 통일적이고 통합적인 인간성을 주장하는 것을 비판하면서 주체가 자기 내부에 스스로 지배할 수 없는 이질성을 가지고 있다는 사실을 고려해야 한다고 한다. 그는 "나는 나 자신보다도 이 타자에 속해 있는 것이 아닐까? 내가 스스로의 자기 동일성을 확증하려고 하는 바로 이 순간에도 나를 동요시키는 이 타자는 누구인가" 하고 질문을 던지고 있다.

주체 안에 들어와 있는 타자의 존재를 어떻게 이해할 수 있을까? 이를테면 자신이 꾼 꿈인데도 그 내용이나 의미가 낯설어서 자기가 꾼 꿈이 아니라 엉뚱한 타인의 것처럼 여겨질 때가 있다. 이처럼 "자기이면서도 자기가 아닌 것처럼 여겨지는 존재를 라캉은 타자라고 불렀다……무의식은 분명 대타자의 진술이다."[138]

> 무의식이 타자(대문자, 즉 대타자)의 담론이라고 말하는 이유는 그것이 개별 주체들을 넘어선 어떤 차원을 가리키기 때문이다. 거기서 욕망은 타자에게 인정받기를 원하는 욕망이 된다. 달리 말하면 타자란 그것이 없으면 거짓말도 가능하지 않을 내 속에 있는 진리의 보증자이다.[139]

대타자는 상징체계로서 주체의 외부에 존재하면서, 주체가 그 체계의 구성물이 되게 하지만 무엇보다 이렇게 주체의 내부에 이질적인 요소로도 존재하는 것이다. 대타자는 "우리의 말을 듣고, 우리를 인정하는 장소이다……그러므로 대타자는 언어 속에, 발화자(주체) 외부에 있는 장소이지만……발화자 내부에도 동시에 존재하는 것이다……(이로써) 주체가 상징적 질서 속에서 인정받고 일종의 정체성을 찾는 것이 가능"[140]하게 된다.

상징계(대타자)는 언어의 질서로 이루어져 있다. 이것은 아버지의 법과 권위의 세계[141]이다. "상징계란 가족, 국가, 종교 등에 의해 통제되

Jacques Lacan, 「무의식에 있어 문자가 갖는 권위(주장) 또는 프로이트 이후의 이성」, 88 – 89면.

138) 김종주, 「라캉과 정신분석」, 『현대시사상』, 1994년 여름호, 78 – 79면.

139) Jacques Lacan, 앞의 글, 89면.

140) Darian Leader and Judy Groves, *Introducing Lacan* (Cambridge: Icon Books, 2000), 국역 『라캉』, 졸역(김영사, 2002), 62면.

141) 라캉은 실제 아버지가 아니라 '아버지의 기능'을 언급하고 있다. "아버지의 기능은 바로 기표의 위치로서 대타자에 근거하고 있다. 여기에서 대타자는 법이고, '대타자의 타자는 없다'는 말이 시사하듯이 또한 라캉에게는 궁극적인 것이다." 이 공식은 대타자에게는 대타자를 초월해서 존재하는 또 다른 타자가 존재하지 않는다는 것을 의미한다. 정문영, 「라캉:

는 관계들을 의미한다……상징계에 대한 언급은 분명히 이미 확립된 인간의 체계를 지배하는 법칙을 나타낸다. 이 인간 체계에서 주체는 자신을 발견해내야 한다. 이것을 라캉은 아버지의 이름이라는 개념으로 나타낸다. 아버지의 이름은 법의 문화적인 기원에 대한 설명에서 사용된 개념이다.”[142] 아버지의 법과 이름은 인간을 사회적 존재로 만들어주는 것이다. 주체는 자신이 형성되기 전에 조직되어 있는 사회적 상징의 구조 체계인 대타자를 거치면서 타자가 원하는 것을 원하게 되고, 타자가 금지하는 것을 금지하게 된다. 주체의 욕망은 타자의 욕망이다.

하지만 주체와 대타자는 완전히 일치되지 않는다. 대타자의 질서 속으로 주체는 전면적으로 통합되지 않는다. 주체는 상징계에 들어서는 것, 즉 대타자와의 만남을 통해 자신을 주체로 형성해 나가는 데 있어 분열되고 불완전한 자신을 경험한다. 주체는 상징계의 기표를 통과하면서 기표들의 효과로 나타나지만 무의식이 발생하고 이 무의식이 주체와 대타자를 단절시키는 역할을 하는 것이다. 또한 이 과정에서 주체가 기표에 의해 처리되고 운명지어지는 결과를 맞는다 할지라도, 그로 인해 대타자에 의해 전면 포위되는 것은 아니다. 대타자 자체가 완전하지 않고 결핍된 존재라는 것이 밝혀지고 그 결여를 통해 주체는 자신의 욕망을 추구하는 욕망의 주체로 태어나게 된다.

정신분석학과 개인 주체의 위상 축소」, 윤평중, 윤혜준, 윤효녕, 정문영 공저, 『주체 개념의 비판』, 95 – 97면.
142) Rosalind Coward and John Ellis, 「라캉과 주체의 문제」, 161 – 173면.

2 타자의 지배 질서와 주체의 양상

1) 분열된 주체

주체가 형성되는 과정에 대한 라캉의 설명에서 핵심적인 것은 분열 (소외)과 분리이다. 첫째로 분열은 주체가 상징계로 진입하면서 필연적으로 발생한다.

> 분열은 존재가 (ⅰ) 정신에서 가장 깊숙한 부분인 자아와, (ⅱ) 의식적인 담론, 행동, 문화의 주체로 나뉘는 것을 의미한다. 라캉에 의하면 이 분열에 의해서 주체의 내부에 숨겨진 구조인 무의식이 만들어진다. 담론, 혹은 보다 일반적으로 상징체계에 의해서 주체는 중개되고 빠른 속도로 진실로부터 멀어지게 된다. 이런 사실 때문에 분열이 생긴다……상징계로 진입하게 되면 주체는 분열되고, 주체에게 가장 중요한 부분이 상실된다. 상징계에서는 주체가 재현되거나 변형되기 때문이다.143)

주체가 분열을 겪는 근본적인 이유는 상징계가 언어로 이루어진 까닭이다. 주체가 상징계로 진입하는 것은 상징계의 기표들과 결합한다는 것인데, 이 결합 이전과 이후의 주체는 일치하지 않는다. 다시 말하면 주체는 기표들의 연쇄를 통과함으로써 애초의 상태와 달라진다. 기표의 사슬과 교환 속에 편입되는 순간, 그 연쇄 속에 하나의 자리를 차지하는 순간 주체는 자신을 잃어버리는 것이다. 언어는 존재를 대체한다. 존재는 소외된다. 언어와의 결합 이전의 주체는 알 수 없는 미지로 남는다. 기표로서의 나와 기의로서의 나로 분열된 것이다. 예를 들어 주

---

143) Anika Lemaire, *Jacques Lacan* (Bruxelle: Charles Dessart, 1970), 국역 『자크 라캉』, 이미선 옮김(문예출판사, 1994), 114 - 115면.

체가 언어 체계 속에서 '그'라는 이름을 갖고 자리를 차지하게 되면, 이 '그'가 형성됨으로써 '그'로 발화된 주체와 발화의 주체 사이에 분열이 생겨난다. 이것이 분열이다.144) 발화된 주체와 발화의 주체는 기표의 개입에 의해 필연적인 분열을 맞는 것이다.

하지만 이렇게 주체가 "대타자의 기표에 의해 나타내지면서 소실되고 기표에 의해 소외되는 이 과정은 주체가 주체로 구성되기 위해서 필연적인 강요된 선택"145)이다. 인간이 주체로 성립되는 것은 대타자의 영역에서 가능한 것이다.

여기서 중요한 것은 주체가 상징계에 진입할 때 무의식이 형성된다는 것이다. 언어의 세계가 바로 무의식을 낳도록 하는 것이다.

> 주체와 대타자와의 만남은 무의식을 발생시킨다. 라캉이 정의하듯이 "무의식은 주체를 구성하도록 작용하는 것에 의해 남겨진 자취에 근거한 개념이다." 라캉에게서 주체와 대타자의 만남은 둘의 포개짐을 낳는 것이 아니라 둘 사이의 단절로서의 무의식을 낳는다. 즉 무의식은 주체와 대타자 사이에 위치하여 그 둘이 완전히 일치하는 것을 불가능하게 만든다.146)

대타자와의 만남에서 대타자의 담론인 무의식이 주체 안에 형성되며 이것은 주체와 대타자를 일치시키는 것이 아니라 일치를 불가능하게 한다는 것이다. 주체가 언어 체계인 상징계에서 아버지의 이름으로 공표되는 문화적, 사회적, 법률적 도덕, 가치를 습득하는 과정 중에 억압을 받고 분열되면서 무의식이 출현하는 것은 주체가 의식과 무의식으로 분열147)되는 것을 시사해 준다.

---

144) Anika Lemaire, 위의 책, 119면.
145) 양석원, 「욕망의 주체와 윤리적 행위」, 『안과 밖』, 영미문학연구회, 2001년 상반기 제10호, 274면.
146) 양석원, 위의 글, 275면.
147) 주체는 근본적으로 분열되어 있는 존재이다. 주체는 자신이 종속되어 있는 언어의 법칙에 의하여 분열되어 있고, 또한 자신이 무엇을 원하는지 알지 못한다는 의미에서도 분열되어 있다. Darian Leader and Judy

결국 주체는 "지식의 통일된 주체가 아니라 정신분석 경험에 출현하는 것 같은 그런 주체이다. 즉 완전한 것이라기보다는 분할되고, 일관성이 없고, 불완전하고, 구두점이 찍혀 나타나고 있다."[148] 빗금 친 주체인 $\mathcal{S}$는 인간 주체를 근본적으로 분열된 것으로 공표한다. 이 분열은 기표가 인간을 완전히 의미하지 못하는 것을 증거한다.

김구용의 시에서 대타자(상징계)의 지배와 침범을 받고 있는 주체는 그의 작품의 핵심을 구성한다. 이른바 '난해성' 운운의 비판의 표적이 되기도 하고 한편으로는 그의 문학의 현대성이 개진되고 있는 곳이 이 부분이다. 그가 심혈을 기울인 단편소설 분량의 중편 산문시들이 이 주체의 모습을 하고 있으며, 진술보다는 문학적 형상화를 운용하여 타자와 관련을 맺는 주체의 양상을 역동적으로 잘 보여주고 있는 시편들이 여기에 속한다.

우선, 분열과 소외의 징후를 보이는 주체를 분석해 볼 필요가 있다.

(1) 기표와 기의로의 분열

김구용의 시에서 주체가 겪는 분열은 매우 선명하게 나타난다. 주체의 분열은 기본적으로 주체가 언어적 존재로 성립됨으로써 발생하는 것이다.

> 만일 '암탉과 면도'라는 말을 이해하려면, 먼저 언어에 대한 관념에서 벗어나야만 했다. 그는 '유리컵과 자물쇠와 성냥'이라는 혼동에서 받는 감도(感度)를 습성으로 파악하지는 않았다……그에게 있어 "그것은 꽃이라"는 말과 "나는 꽃이라"는 뜻의 차는 무한으로 나타났다. 그는 지식의 낙인이었다.
>
> —「불협화음의 꽃 Ⅱ」부분

Groves, 앞의 책, 67면.
148) Huguette Glowinski et al. (ed), *A Compendium of Lacanian Terms* (London: Free Association Books, 2001), 국역 『라캉 정신분석의 핵심 용어』, 김종주 옮김(하나의학사, 2003), 239 – 240면.

주체가 상징계에서 겪는 분열을 직설적으로 진술하고 있다. "'암탉과 면도'라는 말을 이해하려면", 다시 말해서 '암탉과 면도'가 의미하는 것을 이해하려면, '암탉과 면도'라는 말에서 벗어나야 한다는 것이다. '암탉과 면도'라는 말은 '암탉과 면도'를 제거하기 때문이다. 언어가 존재 대신 들어선 것이다. 하지만 "언어에 대한 관념에서 벗어나"는 것이 기의에로 이를 수 있는 것인지는 분명하지 않다. 이미 주체는 기표와 기의로의 분열에 처해 있고, 그 이전의 상태로 돌아가는 것이 가능한 것인지조차 알 수 없는 것이다.

"'유리컵과 자물쇠와 성냥'이라는 혼동에서 받는 감도(感度)", 즉 기표의 차이는 의미의 차이를 만들어 낸다. 기표의 차이가 모든 것이다. 이것은 측량할 수 없다. "'그것은 꽃이라'는 말과 '나는 꽃이라'는 뜻의 차는 무한"하다. 기표와 기표 사이에는 무한히 많은 다른 기표들의 대체와 연쇄가 있다. 기표들은 고정되지 않는다. 확정지을 수 있는 것은 아무것도 없다. 하지만 언어를 벗어나는 것은 불가능하다.

> 누가 나의 밤길을 막아선다.
> "오래간만입니다."
> 칼금이 사나이의 얼굴에 있었다.
> "누구시더라"
> "임 선생이시지요?"
> "예, 그런데요."
> "나도 임이란 사람입니다.
> 그럼 다음에 또 뵙지요."
> 칼금은 나와 반대편으로 사라졌다.
> "누굴까." 기억이 나지 않는다.
> 반시간쯤 뒤였다.
> 그 칼금은 언제 탔는지
> 전차 안 저편에 서 있었다.
> 칼금은 종점에서 내린 뒤로

줄곧 나를 뒤따라온다.
나는 몸을 옆 골목으로 피했다.
칼금은 담배를 피워 물더니
나의 집 쪽으로 앞서간다.
나는 그날 밤에 잠을 못 잤다.
"그럼 나를 추적한 것이 분명하다.
칼금은 누구일까."
　　　　　　　　　－「3곡」 부분

　　나는 죽었다. 또 하나의 나는 나를 조상(弔喪)하고 있었다. 눈물은 흘
러서 호롱불이 일곱 빛 무지개를 세웠다. 산호빨 흰 사슴이 그 다리 위
로 와서 날개를 쓰러진 내 가슴에 펴며 구구구 울었다. 나는 저만한 거
리에서 또 하나의 이러한 나를 보고 있었다.
　　　　　　　　　　　　　　　　　　　　　　　－「희망」 전문

　　주체의 분열이 본격적으로 나타나고 있는 시들이다. 「3곡」에서 전차
까지 타면서 나를 쫓아오고 나의 집으로 앞서가는 "칼금"은 나의 분신
이며, 기표화되지 못한 나이다. "칼금"은 '정신에서 가장 깊숙한 부분
인 자아'이다. '의식적인 담론, 행동, 문화의 주체'인 나는 퇴근길로 생
각되는 평범한 하루의 마무리를 하는 중에 이 '깊숙한 자아'의 침입을
받는다. 상징계의 질서 속에 자리를 잡고 있는 나의 행로와 겹치면서
그 속으로 소멸되지 않는 "칼금"의 방문은 기표로 처리되지 않은 여분
의 주체이다. 나라는 기표는 나를 모두 포괄할 수 없다. 언어 세계로
들어서면서 생기는 나와 "칼금"으로의 분열은 필연적인 것이고, 나는
언제나 "칼금"과 함께 있다. 하지만 나는 그를 알지 못한다. '발화된
주체'인 기표로서의 나는 발화의 순간 사라져 버린 그를 인지할 도구
가 없기 때문이다. 그를 기억하지 못하고, 그가 누구일까 궁금해하면서,
그와 일시적으로 만나지만 바로 엇갈리면서, 사라지지 않는 이 주체와
함께 갈 수밖에 없다.

주체가 분열되는 양상은 「희망」에서 선명하게 제시된다. 「희망」에서는 주체가 셋으로 분열된다. ① 죽은 나, ② 죽은 나를 조상하는 또 하나의 나, ③ 조상하는 나를 지켜보는 '저만한 거리'에 떨어져 있는 내가 그것이다. ①과 ②는 상징계의 질서 속에 들어 있는 주체들이다. 죽음과 죽음을 조상하는 것은 학교와 가정과 법률이 그러하듯이 사회적 상징의 코드이다. 사회는 한 구성원의 첨가와 감소를 처리하는 적절한 의식을 가지고 있다. 죽은 나와 죽은 나를 조상하는 나는 이 절차에 부합되는 기표들이다.

하지만 ③은 다르다. ③은 ①의 죽음을 조상하는 ②를 바라보는 자이다. ③은 ①과 ②를 동시에 보는 것이다. ①과 ②가 죽음과 죽음의 애도로 밀착, 결합되어 있다면, ③은 ①과 ②로부터 '저만한 거리'에 떨어져, 이들을 바라보는 존재이다. ③은 ①과 ②의 노출 뒤에 숨어 있다. 인간은 ①과 ②로 해소되지 않는다. ①과 ② 이후에도 남는다. 죽음과 죽음의 조상이라는 것으로도 그 의미가 다 드러나지 않는 인간 존재의 비밀을 가지고 있는 것은 ③이다. ③은 언어화되지 못하기에 드러나지 않은 '정신에서 가장 깊숙한 부분인 자아'이다. 상징계의 기표들인 ①과 ②가 절대로 그 정체를 알 수 없는 ③은 「3곡」의 "칼금"에 해당한다. '저만한 거리'에 떨어져서 출몰하는 ③은 지금 / 여기의 질서 속에 편입되지 못한 주체이다. 김구용이 시의 주체로 ③을 등장시켰다는 것은 언어학과 구조주의, 포스트모더니즘으로 이어지는 현대적 사유 체계를 선취하고 있었음을 시사해 준다. 기표로서의 주체와 기표화되지 못하는 주체로의 분열은 시에서의 선구적 실험이라 할 것이다.

그림자는 내벽(內壁)에 있었다. 머리카락을 드리우고 움직일 줄 몰랐다. 담배를 빨면 음향이 그림자의 가장자리에 불 켜졌다. 그것은 잃어버린 얼굴이었다. 주위가 무너지지 않으면 안 되었다. 바깥은 구름의 제비꽃과 샘물의 이야기와 나무들의 춤과 산의 애무였다. 그림자는 팔방(八方)의 벽에서 시들었다. 누구인지 "오너라, 나랑 놀자"며 부르는 소리가 들리었

다. 귀에 익던 음성이었다. 벽은 눈을 부릅떴다. 그림자는 미약하나마 별
이 되어 꺼지지 않았다.

-「그림자」 전문

"칼금"과 '저만한 거리'에 떨어져 있는 나는 이제 "그림자"로 나타난
다. 그림자 역시 '정신에서 가장 깊숙한 부분인 자아'이다. 그것은 기표
로 드러나지 않기에 "내벽"에 있으며, 주체가 상징계로 들어설 때 "잃
어버린 얼굴이었다." 그림자는 주체의 한 부분이지만 언명되지 않은 것
이기에 알 수 없는 존재이다. 이 존재는 "시들어"가기도 하지만 "미약
하나마 꺼지지 않"는다.

존재가 그림자를 가지는 것은 하나의 은유이다. 그림자는 빛이 존재
를 투과하지 못한 흔적이다. 언어는 존재를 다 조명하지 못한다. 그림자
가 남는 것이다. 주체는 언어화되면서 언어가 투과하지 못하는 그림자
로 남는다. 이 분열은 통합될 수 없는 것이다. "분열은 완전히 현존하는
자의식의 개념이 불가능함을 의미한다. 주체는 그 자신에 대해 결코 완
전히 알 수 없으며, 언제나 그 자신의 지식으로부터 단절된다."149) 주체
는 자신의 그림자를 알 수 없다. 그림자는 기표를 벗어나 있기 때문이
다. 그러므로 주체는 주체를 알 수 없는 것이다.

(2) 떠도는 기표들

주체가 자신을 알 수 없는 이유는 또 있다. 주체는 언어 세계로 들
어서면서 기표와 기의로 분열되지만 분열은 여기서 끝나지 않는다. 주
체가 기표화되는 것은 주체가 하나의 기표와 결합한다는 것을 뜻하지
않는다. 주체는 수많은 기표들이 되며, 이들 사이에서 출몰한다.

---

149) Dylan Evans, *An Introductory Dictionary Of Lacanian Psychoanalysis*
(London: Routledge, 1996), 국역 『라캉 정신분석 사전』, 김종주 외 옮김
(인간사랑, 1998), 「분열」, 165면.

그럼 안녕!
즐거운 잎사귀들을 위해서
나는 거리를 수립해야 한다.
사람마다가 그 말을
다 다르게 풀이한다면
그것이 바로 정확한 나다.
　　　　　－「3곡」 부분

그는 사람마다의 나며
수많은 머리,
침묵은 사자(死者)의 눈을 뜬다.
　　　　　－「많은 머리」 부분

　잎사귀들이 늘어서 있는 "거리를 수립해야 하"는 나는 상징계의 질
서에 복무하는 주체이다. 상징계는 "사람마다가 그 말을 / 다 다르게 풀
이한다면 / 그것이 바로 정확한 나"가 되는 거리이다. 사람마다 다르게
풀이하는 말로서 존재하는 나란 하나의 기표로 고정되지 않는 존재를
의미한다. 나는 기표들 사이를 떠돌아다닌다. 기표와 기의로의 분열뿐
만 아니라 나는 기표들 사이에서도 분열되고 있다. "칼금"과 "그림자"
만 해명할 수 없는 것이 아니다. 언어 속에 들어와 있는 주체를 언어
로 해명할 수가 없는 것이다. 언어는 주체를 확정해 주지 못한다. 기표
와 주체의 결합은 보장되지 않는다. 주체는 수많은 기표들에 들어 있
으며, 그 무엇도 주체란 무엇인가를 말해 주지 않는다. 주체는 기표에
서 기표로 나타났다가 사라져 버리는 존재이다.[150]

---

150) 인간이 기표의 주인이 되지 못하고 기표들 사이를 떠돌아다니는 것은 분
　　열적 주체가 겪는 일련의 과정이다. 이 과정 속에서 기표가 오히려 인간
　　을 소유한다. "기표가 인간 존재의 집이 아니라 인간 존재가 기표의 집
　　이다……인간 존재는 기표의 원인이 아니라 결과이다. 더욱이 위의 명제
　　는 하나의 기표가 주체를 표상하는 순간, 다른 기표로 이동하기 때문에
　　주체는 그 기표들 사이에서 분열된 존재로 표출된다는 사실을 보여주고
　　있다……기호 내용(기의)이 기표의 연쇄 속에서 계속 유보되듯이, 주체에

김구용의 시에서 분열된 주체는 주체의 정체성을 확정지을 수 없는 존재이다. 주체는 어느 한쪽에 위치하지 않으며 따라서 Ⅱ장이나 Ⅲ장에서 분석된 주체에게서 볼 수 있는 어떠한 정서적, 인식론적 태도를 가지지 못한다. 주체는 수없이 많다. 그 분열된 주체 중 어느 하나가 주체라고 이야기할 수 없다. "그는 사람마다의 나며 / 수많은 머리"에서 볼 수 있는 것처럼, 주체는 헤아릴 수 없이 많은 존재로 나타나고 사라지는 것을 반복한다. 하나의 기표에 안착하지 않기 때문이다. 이렇게 주체가 복수가 되는 것은 김구용 시의 혁명적인 측면이다. 단수의 동일화된 주체를 부정하는 것은 중심이 사라진 것을 의미한다. 그것은 단일한 원인과 근거로서 타자를 지배했던 근대의 주체를 전면적으로 부정하는 것이다.

> 기표의 영역은 한 기표가 다른 기표를 대신해서 주체를 나타내기 때문에 확립된다. 그것이 무의식의 모든 형성물을 이루고 있는 구조이다. 그리고 그것이 주체의 최초의 분열을 만들어 낸 원인이다. 말하려 했던 것은 더 이상 기표 이상의 것이 아니기 때문에 그곳에서 사라져 버린다……주체의 소외는 주체가 자신의 원인이 될 수 없다는 주체의 분열에 의해서 생겨난다.[151]

상징계에서 주체는 말해지지 않는다. 주체가 비록 그 속에 있지만 기표들의 연쇄와 대체 속에 휩쓸리고 있기 때문이다. 주체를 나타내기 위해서 기표와 기표의 자리바꿈만 행해진다. 주체는 파악되기 전에 사라진다. 분열되고 복수화된 주체는 소외되어 있으며, 따라서 "그의 본질은 불완전에 있었다."(「꿈의 이상」 부분)

대한 표상 역시 다른 기표로 연기될 뿐만 아니라, 설혹 기의의 효과가 나타난다 할지라도, 두 기표 사이에서 잠시 드러났다가 없어지듯이, 주체 또한 잠정적으로 나타났다가 사라진다." 임진수, 「라캉의 언어 이론」, 「문학과 사회」, 1996년 봄호, 257-259면.

151) Jacques Lacan, "Position de l'inconscient", *Écrits*(Paris: Seuil, 1966). Anika Lemaire, 앞의 책 127면에서 재인용.

2) 주체의 표상과 수금

김구용 시의 주체는 압도적으로 언어적 주체이다. 그의 주체는 상징계의 사슬과 관련이 있다. 이것은 "인간 존재가 원시적인 언어의 지배자가 아니라는 것이다. 그는 언어 속으로 던져진 것이며, 언어의 장치에 사로잡혔던 것이다."[152] 따라서 주체를 논할 때 언어의 속성과 무관한 실재적, 존재론적 접근 방법은 무의미한 것이다.

> (여기서는) 주체가 존재론적인 의미로 이해되어서는 안 된다는 사실이 명확하게 드러난다. 존재론에서는 언어에 의해 제약받는 주체에 선행해서 존재하는 본질이 있다고 가정한다……(하지만) 기표가 없으면 주체도 존재하지 않는다. (라캉은 말한다) "언어의 효과가 주체를 만들어 내는 원인이다……주체의 원인은 기표이다. 기표가 없으면 주체는 사실 존재할 수 없다. 주체는 다른 기표만을 만들어 낼 수 있을 뿐이다." 주체에 대해 말하는 것은 불가능하다. 그것이 그에 대해 말한다. 그러므로 주체는 언어로 자신을 이해해야 한다.[153]

기표가 주체를 만들어 낸다는 것은 주체가 상징계로 들어서면서 언어적 주체로 태어나는 것을 의미한다. 언어가 없이는 주체는 가능하지 않다. 그것은 인간이 단지 기능적으로 말을 익힌다는 것을 뜻하지 않는다. 언어는 단지 의사소통을 위한 도구가 아니다. 사회가 언어적 구조를 가지고 있는 것이다. 상징의 세계는 언어로 포장되어 있으며, 주체도 이의 한 부분이다.

---

152) Jacques Lacan, "Sign, Symbol, Imaginary", trans. by Stuart Schneiderman in *On Signs*, edited by M. Blonsky(Baltimore, MA: The Johns Hopkins University Press, 1985), 국역 「기호, 상징, 상상적인 것」, 김경수 옮김, 『현대시사상』, 1994년 봄호, 124면. 원래의 영문 텍스트는 *Le séminaire, Livre Ⅱ: Le moi dans la théorie de Freud et dans la technique de la psychanalyse,* 1954–1955 (Paris: Seuil, 1978)의 일부를 영역한 것이다.
153) Rosalind Coward and John Ellis, 「라캉과 주체의 문제」, 163면.

148

"대타자는 주체의 출현을 가능하게 하는 것이면 무엇이든지 지배하는 기표의 사슬이 위치하는 장소이다."154) 이 말은 두 가지를 내포하고 있다. 기표의 사슬은 어느 경우든 주체의 출현을 지배하는 것이며 이는 대타자의 자리라는 것이다. 라캉은 "기표의 연쇄가 주체를 형성"155) 한다고 직설적으로 말하고 있다. 특정 기표가 필연적 결합으로 주체를 생산하는 것이 아니라 기표의 연쇄가 주체를 만들어 낸다는 것은 기표의 사슬 속에서 주체의 위치가 확고하지 않다는 것을 말해 준다. 주체는 기표의 일련의 효과에 불과하다.

(1) 기표의 효과로서의 주체

김구용의 중편 산문시 「소인(消印)」은 1957년, 그의 나이 35세에 쓰인 작품이다. 40페이지에 달하는 이 산문시는 중편이라는 말에 합당한 분량과 소설적 구성과 사건, 인물들로 이루어져 있다.

나는 어느 날 미국으로 시찰을 떠나는 학교 동창회의 환송회에 참석한다. 그리고 화려하고 유치하고 교양 없는 환송회에 참석한 것을 후회하면서 엉망으로 취하게 된다. 통행금지 시간이 임박해 나는 절 밑 채석장 근처에 거주하는 양공주인 나의 애인을 찾아가려고 전차를 탄다. 취한 나는 전차에 오르자 곧 곁사람에게 코를 박고 겨우 몸을 가누는데, 출발하려는 전차를 세우고 녹빛 외투의 여자가 올라탄다. 여자는 전차표가 없이 고액지폐를 내밀었고 거스름돈이 없다는 이유로 운전수와 실랑이를 벌인다. 전차가 움직이지 못하자 나는 마침 가지고 있던 전차표를 대신 내주게 된다.

---

154) Jacques Lacan, *Le séminaire, Livre XI: Les quatre concepts fondamentaux de la psychanalyse*(Paris: Seuil, 1973), 영역 "The Subject and the Other: Alienation", *The Seminar. Book XI. The Four Fundamental Concepts of Psychoanalysis*, trans. by Alan Sheridan (New York: Norton, 1978) p.203.
155) Jacques Lacan, 「무의식에 있어 문자가 갖는 권위(주장) 또는 프로이트 이후의 이성」, 97면.

내가 목적지에 내리자 녹빛 외투의 여자가 따라 내려 차를 함께 마신다. 다방에서 여자는 전차표에 대한 사례로 사람을 보내려 한다며 나의 주소를 묻고, 나는 여자의 국제 항공 우편 봉투에 직장의 소재처와 나의 이름을 써준다. 여자와 헤어져 나의 애인에게 가서 하룻밤을 보내고 회사에 출근한 나는 회사 입구에서 중절모를 쓴 형사에게 체포된다. 간밤의 녹빛 외투의 여자가 살해된 것이다. 여자가 가지고 있던 유일한 단서는 내가 써준 주소와 이름밖에 없었으므로 나는 살인자로 수감된다. 영문을 모르는 나는 여자가 어디서, 어떻게 죽었는지를 도리어 궁금해하고 물어보지만 살인의 누명을 벗지 못하고 이감된다.

이 시는 알지도 못하는 녹빛 외투의 여자에게 우연히 내준 전차표 한 장으로 인해 살인자의 누명을 쓰게 되는 남자에 대한 이야기이다. 소설적 구성을 가지고 있긴 하지만 주요 사건은 생략되어 있다. 바로 녹빛 외투의 여자가 살해되는 장면이다. 여자의 하룻밤의 종적은 찾아볼 길이 없고 여자는 시체로 나타나 나의 운명을 결정한다.

작품 속에서 나는 이 사건을 이해하지 못한다. 사건이 사건들과 접속되고 있지 않기 때문이다. 내가 늦은 전차를 탄 것, 우연히 어떤 여자에게 전차표를 한 장 내준 것, 살인자가 된 것 사이에는 연결할 만한 인과의 고리가 없다. 동창의 환송회, 나의 애인, 밤의 다방으로 조금 확대해 보아도 역시 마찬가지이다. 어떠한 상황도 살인으로 향하는 길을 가리키고 있지 않다. 나의 하루를 구성하는 사건들은 서로 영향을 끼치지 않는다. 부분적이고 서로를 대체할 뿐, 한 영역에서 소통되지 않는 사건들인 것이다. 이것들은 전체적인 맥락을 결여하고 있으며 고립되어 있다. 살인이 도출될 수 있는 가능성은 전혀 존재하지 않는다. 나는 동창의 환송회에 갔다가 돌아오던 날 여자를 처음 보았으며, 아무 의도 없이 전차표를 내주었고, 그저 차를 마시고 헤어진 것뿐이다. "그 여자를 죽여야만 할 아무 인연이 없었"고(이하 「소인(消印)」에서 인용), 우발적 실마리도 존재하지 않았다. 무엇보다 나는 살인자가 아니다. 하지만 살인자가 된 것이다. 여자의 인상도 정확하지 않아 "그 눈은 어떠

한 표정과 인상을 주었던가를 도리어 취조관에게 물어보고 싶"을 정도
로 나와 무관한 여자의 살인자가 된 것이다. "우연이라기에는 엄숙하였
다. 현실이라기에는 난해한 일이었다."

한 사람은 시체가 되고 한 사람은 살인자가 되었다. 나는 어떻게 된
건지 알 수 없이 얽힌 실타래에서, 나를 살인자로 운명 지은 녹빛 외
투의 여자가 무엇인지 이해하지 못한다. 전차, 운전수, 전차표, 다방,
국제 항공 우편 봉투, 중절모, 시체들이 녹빛 외투와 맺는 관계를 알지
못한다. 이를 알지 못하는 이유는 이들 간에 인과 관계란 애초에 존재
하지 않기 때문이다. 이들은 물질적 인과관계의 구성물들이 아니다. 단
지 기표들이다. 이 '기표의 연쇄가 주체를 형성'한다. 그날 운집된 기표
들의 효과가 나라는 한 사람의 살인자를 만들어 낸 것이다. 전차, 운전
수, 녹빛 외투, 전차표, 다방, 국제 항공 우편 봉투, 중절모, 시체들 각
각은 무엇을 의미하는 것이 아니고, 무엇을 의미하는지 알 수도 없는
일이다. 이 기표들이 가리키는 기의를 찾아 나서는 것은 불가능하다.
라캉의 표현대로 기표 아래에서 기의는 계속 미끄러지고 있다. 합목적
적인 의미 연관이란 존재하지 않는다. 기표들의 사슬과 대체가 있을
뿐이다. 이들이 불러일으킨 효과가 중요하다.

> 기표의 자리바꿈이 주체를 규정한다는 사실이다. 기표는 주체들의 행
> 위나 운명, 거부, 맹목, 목적, 파멸(죽음) 속에서 또한 그들이 타고난 재
> 능이나 사회적 관습 속에서 그리고 성격이나 성별에 관계없이 주체들을
> 규정한다. 심리학에 속한다고 생각되는 자질들을 비롯하여 모든 것이 결
> 국 기표의 행로를 따르고 있는 것이다.156)

기표들의 자리바꿈, 예컨대 환송회와 애인 방문이 자리를 바꾸었다
면 나는 살인자가 되지 않았을 것이다. 녹빛 여자와 같이 타게 된 전

---

156) Jacques Lacan, 「무의식에 있어 문자가 갖는 권위(주장) 또는 프로이트
이후의 이성」, 120면.

차와, 애인에게 타고 간 합승차가 순서를 바꾸었다면 역시 운명이 바뀌었을 것이다. 나의 전차표와 여자의 고액지폐가 출현의 장소를 달리 선택했다면 아무 일도 일어나지 않았을 것이다. 중요한 것은 기의가 아니라 기표의 위치이다. 기표의 위치가 사건을 만들어 낸다. 기표는 목적과 조건에 따라 구성되는 것이 아니다. 기표가 배열됨으로써 목적과 조건이 형성된다.

주체가 기표의 배열을 이해하는 것은 불가능하다. 배열에 규칙이 존재하지 않기 때문이다. 그러나 기표는 주체의 운명과 죽음을 규정하는 것이다. 나는 "내가 서 있던 그 위치와, 그 시간과, 그 여자가 삼위일체가 되어 이런 신문(訊問)으로 구성될 줄" 알지 못한다. 그 위치와 그 시간과 그 여자의 연쇄는 논리적 맥락을 갖춘 것이 아니다. 그러므로 "뜻밖의 상태와 오해로써 어느 사이에 사람들은 나를 범죄자로 만들어 버린 것이다." 나로서는 "뜻 아니한 수금(囚禁)이 동시에 우연의 차 한 잔으로써 형성되리라고는 생각마저 못한 일이었다."

(2) 기표로 응고되는 주체

여기서 좀 더 자세히 살펴볼 부분이 있다. 전술한 바와 같이 주체가 하나의 기표로 의미될 수 없고, 따라서 주체가 떠도는 기표들에 불과하고, 기표들의 일련의 연쇄와 효과에 불과하지만, 그럼에도 불구하고 기표가 주체를 표상하고 수금한다는 점이다. 이를 가리켜 주체의 '응고'라고 한다.

> 기표가 대타자의 영역에서 출현하는 한에 있어서 주체는 태어난다. 그러나 바로 이 사실에 의해 — 태어나지 않았더라면 이전에 무(無)였던 — 주체는 기표로 응고된다……무의식의 본질은 기표로 태어나기에 주체가 분열되는 시점을 표시하는 것이다. 주체는 바로 전에 주체로서 무였지만 나타나자마자 기표로 응고되는 그러한 출현의 주체이다.[157]

'기표의 연쇄가 주체를 형성'한다는 것은 주체 역시 하나의 기표가 된다는 것이다. 주체가 기표가 되는 것을 라캉은 '기표로 응고'된다고 한다. 그에 의하면 기표로 응고되기 전의 주체는 무에 지나지 않는다. 주체는 기표 이전에는 존재하지 않는다. 인간은 언어 질서 속의 기표로 태어나기 전에는 주체로 존재하지 않는 것이다.

「소인(消印)」의 나는 그날의 기표들의 연쇄효과로 살인자라는 기표를 부여받는다. 내가 살인자가 될 특별한 이유는 없다. 그것은 마치 살인자가 되지 않을 이유가 없는 것과 같다. 이 기표는 임의적인 기표이다. 필연적인 것이 아니다. 하지만 이것에 의해 나는 표상된다. 녹빛 외투의 여자를 만나기 전에는 나는 존재하지 않는 주체이다. 하지만 여자를 만나고 우연히 엮어진 관계 속에서 부여받은 살인자라는 기표는 나를 상징계의 한 사슬 속에 존재하게 만든다. 나는 살인자로 표상되는데, 이는 곧 김구용의 표현을 빌면 '수금'되는 것이요, 라캉의 표현으로는 '응고'되는 것이다.

살인자라는 기표는 나를 표상하면서 나를 응고시킨다. "주체에게는 그의 운명이 순수 기표로 표현되는 차원이 있다. 이 차원에서 주체란 자신의 것이라 할 수 없는, 기표에 의해 전달되는 메시지의 뒷면에 불과하다."[158] 다시 말하면 기표는 주체를 말하거나 주체를 정의해 주는 것이 아니다. 어떠한 합리적인 근거나 의미 연관 없이 기표는 주체를 포획하는 것이다. 주체는 이러한 현상을 인식할 수 없다. 주체는 수금되어 있는 하나의 기표이기 때문이다. "나는 녹빛 외투 여자가 무엇인지 모른다. 영원히 모른다."

녹빛 외투란 대타자이다. 상징계의 질서요, 기표이다. 단지 나에게 악연을 가져온 한 개인이 아니다. 녹빛 외투의 여자가 나타나기 전의

---

157) Jacques Lacan, "From Love to the Libido", *The Four Fundamental Concepts of Psychoanalysis*, p.199.
158) Jacques Lacan, 「무의식에 있어 문자가 갖는 권위(주장) 또는 프로이트 이후의 이성」, 136면.

나는 사회적 상징의 그물 속에 들어 있지 않은 무의 상태라 할 수 있다. 녹빛 외투라는 기표에 의해 나는 본격적으로 상징계의 기표의 사슬로 끌려간다. 여자의 시체가 누워 있던 병원, 그리고 경찰서와 감방을 거쳐 나는 사회적이고 법적인 질서 속에 들어서게 된다. 체포, 구속, 취조의 절차들은 나를 상징계 한가운데 몰아넣는다. "우리는 늬가 그 여자를 죽였다고 볼 수밖에 없다"고 "취조관이 나를 불러냈을 때마다 속삭인 일종의 음악"은 내가 살인자라는 기표로 웅고되는 지점을 가리킨다. 그뿐이 아니다. 나의 하루 안에 무질서하게 편재하던 시간과 공간, 존재들, 사물들, 행위들이 나의 살인자로의 표상과 더불어 기표들의 효과를 실현해 낸 듯이 보인다. 전차표라는 기표는 살인자라는 기표를 만들어 내고 후자는 전자를 존재하게 한다.

　　동양무역 주식회사란 문자가 차례차례로 집합한 그들 위에 걸려 있었다. 녹빛 외투 여자는 부활하였다. 그녀는 웃음의 가면을 쓴 범인과 손을 서로 맞잡고 춤을 추었다. 나는 "그들은 둘이 아니라"고 속삭이었다. 운전수는 반수신(半獸神)처럼 고장난 전차를 열심히 연구하고 있었다. 바다가 한편으로 보이는 그늘에 여자의 고무신들이 하숙집 소년에 의해서 어떤 것은 꽃잎으로, 신라 곡옥(曲玉)으로, 나비로, 반달로, 거미로 흩어져 있었다. 그러나 소년은 수목 뒤에 숨었는지 보이지 않았다. 흩어진 것들은 '착각'이 아니었다. 한 여인의 나체가 문득 불 속에서 실내로 들어왔다. "나는 당신만을 사랑해요." '나의 인형'은 한 번도 말한 일이 없는 소리를 비로소 하였다. "내가 바로 너다" 하고 대답하자 눈물이 웬일인지 흘러내렸다. 녹빛 외투 여자와 운전수와 '나의 인형'과 살인범이 종렬로 직립하여, 보기에는 한 몸 같으나 각각 얼굴을 좌우로 내놓고 '동(同)', '이(異)'를 일시에 구성하였다. 취조관의 지휘를 받고 경관과 의사와 중절모와 간호부와 택시 운전수와 다방 레지들이 겹겹으로 둘러앉아 나에 대한 '찬송'을 준비하고 있었다. '고오', '스톱'의 삼색 신호등이 비치자 그들은 나를 축복하는 천사로 화하였다. 나는 '본질'이었다. 동시에 모든 '인자(因子)'였다. 나는 그들과의 '전체'였다. '세계'였다.

―「소인」 부분

　살인 혐의를 풀지 못하고 석방의 희망이 사라진 어느 날의 꿈의 한 토막이다. 녹빛 외투의 여자, 실제의 살인범, 형사, 취조관, 전차 운전수, 나를 시체실로 데려간 택시 운전수, 시체를 보여준 의사와 간호부, 녹빛 외투 여자와 내가 간 다방의 레지들, 그리고 내가 인형이라고 부르는 매춘부 애인 등이 시공을 초월하여 한꺼번에 출현하고 있다. 이들은 존재의 의미가 생략된 채 나타난다. 나와의 관계를 보여주지 않는 것이다. 나와의 관계가 지속적이든, 일시적이거나 우연적이든, 또 나의 상황에 유리하든, 불리하든 그들은 차이가 없다. 무차별적으로 내게 나타나고 있는 것이다. "한 몸 같으나 각각 얼굴을 좌우로 내놓고 '동(同)', '이(異)'를 일시에 구성"하는 이들은 모두 기표이다. 존재가 아니다. 이들이 내용으로 증거하는 것은 아무것도 없다. 기표들의 연쇄로 쏟아지고 있을 뿐이다.

　이들 가운데서 나 역시 다를 바가 없다. 기표들의 사슬 속에 들어서서 기표가 되는 것이다. 내가 살인자가 된 것은 누구의 탓도, 녹빛 외투 여자의 탓도 아니다. 어떠한 존재도 나에게 그렇게 강력한 영향을 끼칠 수는 없다. 그것은 불가능한 일이다. 내가 살인자라는 기표를 선택한 것이 아닌 것처럼 녹빛 외투의 여자 역시 피살자의 기표를 선택한 것이 아니다. 내가 '본질'이고 동시에 모든 '인자(因子)'라는 것은 내가 기표로 응고되고 수금되는 것을 다른 무엇과도 연관 지을 수 없음에 대한 통찰이다. 그 무엇도 나를 살인자로 몰아넣지 않았다. 나는 단지 어떠한 기표들의 우연한 효과에 의해 살인자로 수금되었을 뿐이다. 그러므로 나의 기표가 바로 나의 본질이고 인자이다. 나는 원인과 결과가 없는 기표인 것이다. 그것이 전부이다. 이성적이고 합당한 인과의 고리를 형성하는 내, 외적, 본질적 원인은 존재하지 않는다.

　나는 녹빛 외투 여자나 중절모, 살인범과 어울려 세계를 이루어 나간다. 나는 기표들의 사슬의 한 고리를 채워 넣는다. "나는 그들과의 '전체'였다. '세계'였다." 나는 대타자의 효과로 존재한다. 「소인(消印)」의 모든 상황은 이렇게 주체의 기표에의 응고와, '기표의 연쇄' 속으로의 소멸이라는 과정으로 이루어진다.

> 기표의 사슬인 언어의 세계에서 태어나 기표를 부여받고 기표를 말하
> 게 되면서 인간은 주체로 태어나지만, 기표에 의해 대치되고 소멸된다.
> 라캉은 이런 주체의 사라짐, 희미해짐을 "치명적"인 것으로 기술한다. 인
> 간은 언어로 나타내어지면서 주체로 태어나지만 동시에 기표가 주체를
> 대신하여 들어서고 주체는 소멸한다."159)

살인자로 기표를 부여받은 나는 계속되는 취조와 수감 생활에 적응
하면서 이감된다. 이제 나는 살인자인 것이다. 그리고 살인자가 되는
순간 나는 나를 둘러싸고 벌어진 이 모든 소동으로부터 멀어진다. 취
조는 나와 무관하게 이루어지며, 수감과 이감 역시 그러하다. 정해진
순서대로 모든 것이 진행된다. 미래는 내게서 떨어져 나간다. 기표들의
놀이만 남은 것이다. 기표로 수금되는 순간 나는 소멸된다. 나는 존재
하는 것이 아니다. 기표에 의해 대체되고 사라지는 것이다.

나는 한편으로 "녹빛 외투 여자가 세상에서 마지막 응시하였을 얼굴
을 알 수 없다. 뜬 채로 응고하여 버린 여자의 눈만이 진범을 알고 있
을 뿐"이라면서 자신의 상황을 돌이키고 두 귀에는 "어디서인지 범인
의 통쾌한 웃음소리가 들려"오기도 하지만, 다른 한편으로 "이제는 존
재와 공간의 일치에서 평화로운 호흡을 찾을 수밖에 없다……나에게 필
요한 생명은 무필요(無必要)"라고 생각한다. 필요한 것은 없다. 필요에
의해 변화하는 것은 없다. 일련의 기표들의 사슬들이 만들어지고 움직
이는 가운데 주체는 응고하고, 또 사라지기 때문이다.

「소인(消印)」이란 제목은 작품에서의 주체의 운명을 적절히 표현해
낸 것이다. 소인이 찍힌 물건은 그 표시대로 처리된다. 소인은 물건을
이해할 수 있는 전부이다. 그 속에 무엇이 들어 있는지 아무도 열어보

---

159) 양석원, 「욕망의 주체와 윤리적 행위」, 272면.

지 않은 채 물건은 떠돌아다닌다. 살인자로 소인이 찍힌다면 아무리 무죄를 주장해도 살인자로 유통된다. 소인은 표시요, 기표이다. 주체란 기표임을 김구용은 이 거대한 산문시에서 뚜렷하게 제시하고 있다.

3) 욕망하는 주체

주체에서 논의되는 또 다른 개념인 분리는 한마디로 의미의 연쇄, 말의 순환으로부터의 분리이다.[160] 주체는 대타자의 의미 사슬 속으로 들어서면서 자신을 잃어버리기에 분열되고 기표에 의해 대치, 소멸되지만, 대타자 속으로 완전히 사라지지는 않는다. 주체는 대타자와 일치되지 않고 전술한 것처럼 "주체와 대타자와의 만남은 무의식을 발생시킨다." 무의식의 존재는 주체와 대타자의 불연속을 단적으로 보여주는 것이다. 여기서 주체가 대타자의 구조 속으로 완전히 함몰되지 않고, 대타자의 의미 사슬에서 벗어나는 데 더 중요하게 생각되는 것은 '분리'이다. 분리라는 개념은 주체가 상징계의 구조 속으로 소실되지 않고 이로부터 벗어날 수 있는 가능성을 제시한다. 이것은 어떻게 가능할까?

주체가 자신을 지배하는 대타자로부터 자신을 분리시킬 수 있는 것은 한마디로 대타자가 균일한 완전체가 아니기 때문이다. 대타자에는 균열이 존재한다. 주체가 대타자의 의미 사슬에 완전히 포획되지 않고 자유로울 수 있는 것은 대타자의 이 균열 때문이다. 상징계는 완벽한 지배 체제를 갖춘 것이 아니다. 어딘가 상징계의 의미 사슬이 풀려 있는 지점이 존재한다. 대타자가 균열이 없고 막힌 구조라면 주체는 대타자의 완전한 지배 아래 종속되었을 것이다. 하지만 대타자가 불완전하고, 결여되어 있으며, 이 결여로 인해 대타자도 무언가를 욕망하고

---

160) "주체가 말 속에서 소외될수록 주체는 말에서 분리되어 대상과의 환상 관계 속으로 도피하려" 한다. Darian Leader and Judy Groves, 앞의 책, 141면.

있다는 사실은 주체를 자유롭게 해준다. 주체는 대타자로부터 벗어나 대타자의 욕망과 자신의 욕망을 발견할 수 있게 된 것이다.

이 대타자의 결여 부분에서 발견되는 것이 대상 a이다.

　　라캉은 타자의 욕망을 통한 주체의 욕망의 출현을 두 결여의 포개짐으로 설명한다. 타자에게서 발견하는 결여 혹은 욕망의 대상에 대한 대답으로서 주체는 자신의 상실과 결여를 제시한다. 즉 타자의 결여(욕망)의 지점에 자신의 결여(욕망)를 포개 놓음으로써 주체는 자신의 욕망을 경험한다. 그렇다면 이 시점에서 라캉이 말하는 주체의 결여란 무엇인가? 라캉은 타자의 결여에 마주쳐서 이 결여를 메우려는 것은 자신의 소외의 과정을 통해서 상실한 것, 즉 "원초적 소외에서 그가 받은 자신의 일부의 소실"이라고 말한다. 이 "자신의 일부의 구성적 상실" 즉 자신이 소외의 과정에서 상실한 것을 라캉은 대상 a라 부른다.[161]

대상 a[162]는 주체가 상징계에 진입하기 위해 떼어내야 했던 대상이

---

161) 양석원, 「욕망의 주체와 윤리적 행위」, 279면.

162) 라캉의 이론에서 대상 a는 다음과 같이 설명된다. 그것은 "구멍과 젖가슴의 일부와 항문 등이 될 수 있다. 그것은……어떠한 의미 작용에서도 환원될 수 없는 나머지로서 결여 그 자체를 표상한다. 그것은 항상 주체를 벗어나고 있는 대상"이다. Bice Benvenuto and Roger Kennedy, *The Works of Jacques Lacan: An Introduction*(London: Free Association Books, 1986), 국역 『라캉의 정신분석 입문』, 김종주 옮김(하나의학사, 1999), 207면. "대상 a는 욕망을 해방시키는 작은 기제를 나타낸다. 이것은 실지로 욕망을 위한 그리고 '대신하는' 상징화를 떠받쳐 주는 상실된 대상을 위해 라캉이 만든 공식이다. 대상 a는 신체 위에 내면과 외면을 연결시켜 주는 통로가 있으면 어디서나 발견된다. 욕망은 특정한 장소에 자리 잡고 있다. 모든 대상들은 분리와 어떤 관계가 있다. 이를테면 젖가슴은 유아가 어느 날 상실하게 될 어떤 것이다. 남근은 또 하나의 그 같은 것으로 떼어 내지거나 잘릴 수 있다고 상상되기 때문이다. 호흡, 목소리, 노래와 같은 모든 것들이 욕망의 대상이 될 수 있다. 심지어는 힐끗 보기도 대상 a가 될 수 있다." Madan Sarup, 『알기 쉬운 자크 라캉』, 111면. 위의 두 입장과는 다른 견해도 있다. 브루스 핑크는 대상 a를 욕망의 대상이 아니라 욕망의 원인으로 본다. 그에 의하면 "욕망은 특정 대상에 의해 이끌리는 것이 아니다. 욕망은 대상에 의해 끌어당겨지는 것이 아니라

다. 주체가 상징계의 언어적 주체로 태어나면서 "기표와의 관계에서 저
당잡힌 일 파운드의 살, 자기희생"163)이며 이 상실로 인해 주체가 영원
히 욕망하는 대상이 되는 것이다. 대상 a는 주체가 주체로서 구성되기
위해 상징계로 이동하면서 잃어버렸던 것이기에 상징화하기가 불가능
하고 실재계164)에 속하는 것이다.

원인으로부터 떠밀리는 것이다. 물론 어떤 순간엔 대상이 원인을 '보유
한' 것처럼 보일 수도 있다. 그것이 분석 주체의 욕망을 자극하는 특질들
을 '간직하고' 있는 것처럼 말이다. 하지만 원인이 대상으로부터 갑작스
럽게 떨어져 나오면 대상은 그 즉시 폐기되어 버린다……대상 a는 다양한
모습으로 나타날 수 있다. 누군가가 당신에게 건넨 시선일 수도 있고, 누
군가의 목소리가 될 수도 있다. 누군가의 냄새라든가 그 느낌이나 하얀
살결이 될 수도 있고, 누군가의 눈동자 색깔이 될 수도 있으며, 말하는
태도가 될 수도 있다. 이에 대한 목록은 무궁무진하다. 그런데 그것이 어
떤 형태로 나타나든지 간에, 원인은 어떤 것에 의해서도 대체될 수 없는
유일한 것이다. 욕망의 고착은 바로 이 유일한 원인에 대해서 일어난다."
Bruce Fink, *A Clinical Introduction to Lacanian Psychoanalysis* (London:
Routledge, 1986), 국역 『라캉과 정신 의학』, 맹정현 옮김(민음사, 2002),
95-98면.

163) Jacques Lacan, "Desire and the Interpretation of Desire in *Hamlet*", trans.
by James Hulbert in Yale French Studies, No.55~56(1977); 국역 「욕망, 그
리고 「햄릿」에 나타난 욕망의 해석」, 이미선 옮김, 『욕망 이론』, 156면.
이 글은 본래 라캉의 여섯 번째 세미나(1958~59)인 <욕망과 그 해석>(Le
désir et son interprétation)에 수록되어 있는 것으로, 이때 라캉은 일곱 번
에 걸쳐 「햄릿」에 대한 강의를 했다. 세미나 6권은 아직 프랑스어로도 영
어로도 출간되지 않았다. http://www.lacan.com/seminars1a.htm 참조.

164) 후에 다소 복잡한 양상으로 세분, 변형시켜 나가고는 있지만 라캉은 기
본적으로 상상계, 상징계, 실재계를 인간 현실의 세 가지 영역으로 생각
했다. "상상계라 함은 우리가 이미지의 영역에 위치해 있고 자아가 우리
행동의 합리화를 제공한다는 의미이다. 상징적이라 함은 우리를 둘러싼
대부분의 것들이 의미를 갖고 있다(의미 작용을 한다)는 것이다……실재
계는 상징화되지 않는 것,……'상징화에 절대적으로 저항하는 것'이다. 실
재계는 정확하게는 우리 현실에서 배제된 것들을 뜻할 것이다. 즉 그것
들은 의미가 없거나 우리가 현실 속에 위치시키는 데 실패한 것, 탐구하
는 데 실패한 것들로서 현실의 여백이다." Darian Leader and Judy
Groves, 앞의 책, 63면. 실재계는 한마디로 언어화될 수 없는 것, 언어로
포장할 수 없는 것이다.

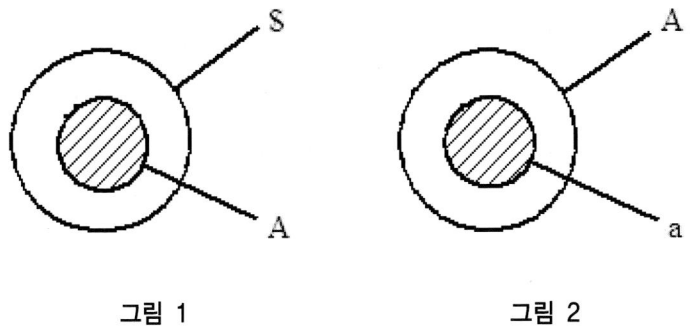

그림 1   **그림 2**

그림 1[165]은 상징계로 들어서면서 분열된 주체 Ş의 모습이다. 주체는 자신의 내부에 이질적 요소인 대타자(A)를 가지고 있다. 그림 2는 그림 1의 대타자(A)를 확대한 것이다. 대타자 역시 내부에 이질적 요소를 가지고 있고 이것은 주체가 상징계로 진입하면서 잃어버렸던 대상 a이다. 주체가 자신의 내부에 이질적인 자리, 대타자를 가지고 있는 것처럼, 대타자 역시 자신의 균열된 내부에 주체가 잃어버렸던 대상 a를 가지고 있다. 대타자는 자신의 한복판을 차지하고 있는 이 대상 a로 인해 주체를 완전히 지배할 수 없다. 마찬가지로 주체는 자신의 내부의 결여를 환기시키는 대상 a로 인해 상징계로 완전히 통합되지 않는다. 그리고 주체는 대타자의 결여의 자리에 자신이 상실했던 대상 a를 포개 놓음으로써 자신의 욕망을 인지하는 주체로 태어나게 된다.

그러나 여기서 중요한 것은 "이 대상 a를 되찾는 과정은 반드시 대타자의 욕망, 즉 결핍을 매개로 해서만 가능하다는 것이다……(대상 a는) 주체에게서 추방되었지만 동시에 주체에 내재하는 역설적인 것이다. 욕망의 변증법은 주체가 이 대상을 자신의 안쪽에 있는 것이 아니라 바깥에 있는 낯선 것, 즉 대타자에 속하는 것으로 경험한다는 것이

---

165) Jacques—Alain Miller, "Extimité", *Prose Studies* 11.3(1988), p.124. 양석원, 「응시의 저편: 자크 라캉 이론에서의 주체와 욕망」, 『안과 밖』, 영미문학연구회, 2003년 하반기 제15호, 67면에서 재인용.

다."166) 주체는 자신이 잃어버린 대상 a를 끊임없이 욕망한다. 자신이 상실한 자신의 부분을 되찾고자 대상 a가 놓여 있는 대타자의 균열을 공격하고, 대타자의 보편적 질서에 저항하게 되며 자신의 욕망의 주체로 태어나게 되는 것이다.

주체가 대상 a와 맺는 관계는 환상의 구조를 통해서이다. 라캉은 주체와 대상 a가 맺는 §◇a의 관계를 (본)환상(fundamental fantasy)이라 부른다. §는 의식과 무의식으로 분열된 주체이고 ◇는 주체와 대상 a 간의 상상적 결합을 의미한다. 대상 a는 주체의 욕망을 일으키는 원인이다. 환상이란 분열된 주체가 대상 a와 상상적으로 결합하는 것이다. 주체는 자신의 결여를 메우기 위해 대상 a와 결합하려 하고 동일시를 한다. 욕망으로 표류하는 주체는 환상 속에서 대상 a와의 결합을 시도하는 가운데 끊임없는 기표의 사슬 속에서 자신의 존재를 확보한다. 대상 a가 실재계에 속하는 것이기에 주체는 대상 a와의 관계를 통해 대타자의 기표의 사슬에서 벗어나며 실재계를 접하는 것이다. "환상의 차원이 기능하는 곳은 실재계와의 관계 내에서이다. 실재계는 환상을 지지하고 있으며 환상은 실재계를 보호한다."167) 주체는 환상을 통해 대상 a와 결합하고 상징계의 그물에서 벗어나 자신의 욕망이 작동하는 실재계로 들어서게 된다.

한편 이렇게 대상 a는 "주체가 대타자의 결여 즉 실재계를 경험할 수 있게 해주는 동시에 이 공백을 메우는 역할도 한다……(이때) 대타자의 결여를 감추는 환상의 기능을 통해서 주체는 비로소 세계를 의미 있고 일관성 있는 것으로 경험할 수 있다."168) 다시 말하면 환상은 주체가 대타자의 의미 사슬에서 자유로울 수 있는 기회를 제공하면서 다른 한편으로는 대타자의 결여를 메움으로써 상징 질서를 지속적으로

---

166) 양석원, 위의 글, 66-67면.
167) Jacques Lacan, "Of the Subject of Certainty", *The Four Fundamental Concepts of Psychoanalysis,* p.41.
168) 양석원, 「욕망의 주체와 윤리적 행위」, 286-287면.

가동시키는 역할도 하는 것이다.

(1) 환 상

「꿈의 이상」은 「소인(消印)」과 더불어 김구용의 대표적인 중편 산문시이다. 분량도 비슷하게 40페이지에 달하는 대작으로 「소인(消印)」보다 1년 늦게 1958년에 완성되었다.

대학 시간 강사이며 번역가인 그는 어느 날 모 잡지사에서 개최한 미혼 여성 좌담회의 사회를 보게 된다. 초청된 여성은 여의사, 여교사, 여대생이었다. 세 여성과 연애, 결혼, 전쟁 등의 주제로 토론을 하고 헤어진다.

그는 언젠가 실직자로 기아 상태에서 헤매고 있을 때 한 과일 가게로 들어간 일이 있었다. 무일푼이었던 그는 가게 집 주인에게 무참히 쫓겨난다. 그때 흰 옷 차림의 한 여인이 그에게 오렌지를 하나 집어주었다. 동행하던 연회빛 양복의 청년이 값을 치르고, 그는 오렌지를 들어 보이며 여인에게 "이건 태양이라"(이하 「꿈의 이상」에서 인용) 말한다. 이후 오렌지를 집어준 여인을 그리워하며 "악몽 같은 성욕의 습격"이 시작된다.

좌담회가 있은 지 얼마 뒤 그는 여대생과 식사를 하고, 여교사와 영화를 보는 만남을 갖는다. 하지만 오렌지를 집어준 여인을 잊지 못하고 꿈과 환상을 넘나들며 여인을 찾아 헤맨다. 태양도 오렌지로 보이고 흰옷 여인이 출몰하는 이러한 현상이 반복되자 신경 예민과 쇠약에 빠지고 그는 입원하게 된다. 여의사, 여교사가 차례로 찾아오고, 여러 가지친절한 배려를 하지만 그는 사양한다. 병원에서 번역 일을 하며 지내던 중 의사의 오진임이 드러나고, 차츰 오렌지 여인의 기억도 퇴색하기 시작한다. 여대생이 찾아오던 날, 그는 퇴원한다. 다시 강사 생활을 시작하며 여인을 잊고, "세 여인 중의 누구인가가 나를 찾아올 것이다. 그날은 둘이서 오렌지를 먹기로 하자. 그리고 구혼하자"고 결심한다.

「소인(消印)」과 마찬가지로 일정한 서사를 가지고 있는 이 시는 크게 두 갈래의 이야기로 이루어져 있다. 우선 그가 미혼 여성 좌담회에서 만난 세 여성과의 교제와 대화가 진행되는 축이 있고, 이 표면적인 서사는 오렌지를 집어주었던 여인에 대한 환상에 의해 단속적으로 침범되고 있다. 이면적인 서사이긴 하지만 오렌지 여인의 환상은 그의 삶을 전면적으로 관통하여, 그가 입원을 하게 하거나, 교제 중인 세 여성 가운데 한 사람과 결혼할 결심을 하게 만든다.

작품에서 여인의 환상이 나타나는 양상과 진행 과정을 살펴볼 필요가 있다. 환상은 모두 6회에 걸쳐 나타난다.

① 꿈. 폭격으로 무너진 건물들 사이로 가로등 철주(鐵柱) 사이에서 오렌지 여인이 나타난다. 그가 "누구냐" 물었더니, "그동안 잊으시다니! 굶은 당신에게 오렌지를 드린 건 나예요" 하고 여인은 대답했고, 그가 다가서자 폐허의 뒷골목으로 뒷걸음치다가 어느 성으로 들어가 버린다. 성문은 닫혀 있고 그는 그녀를 찾아 헤맨다.

② 꿈. 군용 트럭의 헤드라이트 속에 연회빛 양복의 청년과 오렌지 여인이 걸어오고 있다. 청년은 어깨에 무언가를 둘러메고 있는데, 그가 자세히 보니 다름 아닌 자기 자신이다. 청년은 기절한 그를 메고 가고 있는데, "거꾸로 늘어진 그의 손이 오렌지 하나를 쥐고 있"었다. 두 사람은 지하 통로와 남대문을 지나 어디론지 간다.

③ 백일몽. 그가 번역하던 소설 속 인물들이 변형된다. 과학 모험 소설이었는데, 늙은 박사는 모든 사생활이 노출되는 미래의 "새로운 기계를 만든 발명가"이다. 연회빛 양복의 청년은 늙은 박사의 제자가 되어 박사의 딸을 사랑하는 청년으로 둔갑한다.

④ 백일몽. 같은 소설, "연회빛 양복의 팔이 뱀처럼 박사의 하얀 딸을 휘감고 능금을 먹는 장면"

⑤ 꿈. 여인이 오렌지를 들고 나타난다. 그녀는 문갑 위에 오렌지를 놓더니 '운학병(雲鶴瓶)'에 연꽃을 꽂는다. 그녀는 거울을 보며 온화한 미소를 띠더니 관음으로 변한다. "당신을 만나려 오랫동안 방황했습니

다", "난 늘 당신을 생각했습니다" 하고 그가 말하지만 그녀는 "난 원래부터 이유가 없어요"라며 생소한 말을 한다. 그리고 어느 틈엔가 나타난 연회빛 양복의 청년과 함께 손을 잡고 실내를 나가는데 그녀는 관음이 아니라 흰 옷차림의 여인이다.

⑥ 연상. 그가 여의사와 과자점에서 케이크를 들고 있다. 여의사의 어깨 너머로 서양 글씨가 써 있는 유리벽 밖에 한 거지 아이가 힘없이 돌아서 있다. "난 본래부터 이유가 없어요" 하며 흰 옷차림의 여자는 어디론지 사라진다.

그에게 나타나는 여인의 환상은 꿈이 3회, 백일몽이 2회, 연상이 1회로서 꿈이 가장 비중이 높다. ①, ②가 나타난 이후 그는 입원을 하고, ③, ④는 병원에서 번역 일을 하면서 겪은 것이고, ⑤ 이후 퇴원한다. ⑤ 이후 "흰 옷차림의 여자는 그의 기억에서 퇴색하기 시작하였다." 따라서 환상과 발병은 같은 맥락으로 처리되고 있다. 환상을 질병으로 연계시키는 것은 육체가 감당하기 어려운 극단적인 상태를 주체가 환상으로 경험하는 데서 찾을 수 있다. 다시 말하면 환상이 동원되는 가장 근본적인 이유는 그것이 주체의 욕망과 관계하기 때문이다.

> 환상은 전의식—의식의 체계뿐만 아니라 무의식의 체계에도 관여한다는 점에서 복합적인 성격을 띤다. 환상이라는 것 역시 욕망을 야기한다는 점에서 무의식의 형성물이다……환상적인 형성물들은 가장 무의식적인 형태의 극(極)과 백일몽의 극(極)으로 구분될 수 있다. 그러나 이 형성물들은 형태는 다양할지라도 모두 단일한 하나의 내용—무의식적인 소망—을 나타낸다.[169]

꿈이건, 백일몽이건 환상은 가장 깊은 무의식적 소망을 나타내는데, 이는 곧 욕망을 일컫는다. 욕망은 의식의 차원에서는 발화될 수 없는 것이다. "욕망에 대한 진실이 어느 정도 모든 발화에 표현된다고 하더

---

169) Anika Lemaire, 『자크 라캉』, 273—274면.

라도 발화는 욕망에 대한 모든 진실을 결코 표명할 수 없으며……그리
하여 요구로 표명된 욕구가 충족된 후에도 요구의 다른 측면인 사랑을
위한 갈구는 충족되지 않은 채로 남게 되고, 이 잔여가 바로 욕망이
된다."170) 욕구가 음성으로 표현되는 것이 요구일 때 이 과정에서 발생
하는 채워지지 못하는 사랑의 갈구가 욕망이다. 즉 "욕망은 충족을 위
한 식욕도 아니고 사랑을 위한 요구도 아니며 요구로부터 욕구를 뺀
차이이다."171) 욕망이 요구로밖에 나타날 수 없는 것은 욕망이 발화될
수 없는 것임을 입증한다.

환상을 형성하는 꿈이나 백일몽은 발화되지 못한 욕망의 상징이다.
그것들은 욕망의 장소를 암시한다. 환상 속에는 욕망하는 주체가 출현
하는데 이때 주체와 욕망의 대상이 왜곡된 형태로 함께 나타난다.

> 환상에서 주체는 종종 지각되지 않지만 언제나 존재하고 있다. 꿈속에
> 서든, 다소 발전된 형태의 백일몽 같은 것에서든. 주체는 환상에 의해
> 결정된 상태로 놓인다.
> 환상은 욕망의 지지이지 욕망을 지지하는 대상은 아니다. 주체는 보다
> 복잡하게 나타나는 전체와의 관련에서 욕망하는 것으로 자신을 유지한
> 다. 이것은 환상이 취하는 시나리오 속에서 충분히 명백하게 드러난다.
> 그 속에서 주체는 대상과의 관계에서 분열되고, 나누어지고, 일반적으로
> 이중적인 모습으로, 어딘가에, 알아볼 수 있을 정도로만 존재한다. 주체
> 는 보통은 자신의 진정한 얼굴을 보여주지 않는다.172)

분열적이고 이중적인, 일그러진 주체가 나타나는 환상은 ②와 ⑤이
다. ②에서 그는 오렌지 여인의 연인인 연회빛 양복의 청년에게 둘러

---

170) Dylan Evans, 『라캉 정신분석 사전』, 「욕망」, 280-281면.
171) Jacques Lacan, "La signification du phallus", *Écrits* (Paris: Seuil, 1966),
p.691; 영역 "The Signification of the Phallus", *Écrits*, trans. by Bruce
Fink (New York: Norton, 2006), p.580.
172) Jacques Lacan, "The Partial Drive and its Circuit", *The Four Fundamental
Concepts of Psychoanalysis*, p.185.

메인 채 어딘가로 가고 있다. 이러한 자신을 그는 또한 바라보고 있다. 환상 속에서 의식을 잃은 자신과 이 짐짝처럼 실려 가는 자신을 바라보는 그로 주체가 분열되는 것이다. 실려 가는 그는 욕망에 의해 살해된 자이며, 그 장면을 바라보는 그는 욕망의 지속을 위해 살려 둔 자이다. 이 둘은 주체 안에 공존한다.

⑤에서는 실내에서 오렌지 여인이 거울을 향하고 있는데, 그녀의 뒤에 서 있는 그는 거울에 나타나지도 않는다. 둘 사이는 "아무것도 없건만 보이지 않는 투명질이 손바닥에 싸늘하니 느껴지"고 "그는 상대를 볼 수 있으나 상대는 그가 보이지 않"는다. 그는 말도 건네고 있지만 어디에 있는지 보이지 않는 것이다. 한마디로 그는 있지만 없다. 그가 건네는 말도 그녀에게는 전달되지 않는다. "난 늘 당신을 생각했습니다"라는 말은 결국 발화되지 않은 것이다. 존재하지만 없는 자, 말하지만 말하지 못하는 자로의 분열이 ⑤의 환상을 구성한다.

분열되고 찢기는 욕망의 주체가 향하는 것은 욕망의 원인(대상)이다. 환상 공식 $\$ \diamondsuit a$ 에서와 같이 분열된 주체는 환상 속에서 욕망의 원인(대상)과 결합한다. 「꿈의 이상」에서는 오렌지 여인이 욕망의 원인(대상)이다. 문제의 오렌지를 건네줌으로써 그녀는 다른 차원의 인물이 된다. 닿을 수 없는 존재이므로 욕망하게 되고, 욕망하게 되었으므로 도달할 수 없다. 그녀는 상징계에 속하지 않는 존재인 것이다. 그가 그녀를 보았을 때 "학은 무한을 금빛 속으로 날며 있었다." 그는 "그녀의 이름을 막연한 이상(理想)처럼 믿고 있었다. 그것은 현실에 나타난 정신의 영역이었"다. "정신의 영역"이라 함은 환상의 세계를 일컫는다. 상징계의 이름을 갖지 못한 여인은 환상과 환상이 서식하는 실재계에 속하게 된다.

현실에 존재하는 흰 옷차림의 여인들은 모두 이 오렌지 여인의 반영이다. 흰 가운을 입은 여의사, 성당 내의 흰 옷의 마리아 상, 흰 옷차림의 간호원, 밀가루 부대를 입은 거리의 여자는 모두 오렌지 여인이 무의식을 뚫고 현실로 튀어나온 반사물이다. 욕망은 도처에 있을 뿐

아니라 욕망만이 있다. 여인의 환상이 그를 지배하는 한 그는 여인을
통해서 현실의 세계에 연결된다.

여기서 여인이 그의 환상 속에 자리 잡게 된 근본적인 원인을 추적
할 필요가 있다. 가시적인 일은 단순하기만 하다. 여인이 그에게 오렌
지를 하나 건넨 것이다. 오렌지는 무엇일까. 오렌지가 단지 과일 조각
에 불과하다면 그에게는 아무 일도 일어나지 않았을 것이다. 오렌지는
굶주림을 채우기에는 한 끼의 양식도 되지 못한다. 따라서 오렌지는
무엇인가 다른 것이다.173) "미친 듯이 먹고 짐승처럼 웃었던 오렌지에
대한 추억은 그의 태양이어서 산맥의 시냇가에 어떤 성격을 점숙(漸熟)
시키었다. 사랑의 핵이 잎을 태양에서 내밀었던 것이다."

그가 욕망하는 것은 오렌지 여인이지만 엄밀히 말하면 오렌지가 원
인이라는 것을 알 수 있다. 오렌지가 욕망을 일깨운 것이다. 그가 사랑
에 빠진 것은 이 오렌지 때문이다. 오렌지는 대상 a인 것이다. 여인에
게 오렌지를 건네받은 이후 그가 시달리게 되는 환상은 오렌지가 그의
내면에 "어떤 성격을 점숙"시키고 만 때문인데, 이것이 무의식적 욕망
을 환기한 것이다.

> 이미지이며 비애인 환상 속의 대상은 주체가 상징적으로 박탈당한 것
> 을 대신하는 다른 요소이다⋯⋯이것은 인간의 욕망의 대상에 연물적인
> 성격이 있음을 보여주는 최고의 예이다⋯⋯대상 a가 나타내는 애매모호
> 한 특성으로 인해 대상 a는 가장 도착적인 욕망 속에서 가장 명확한 형
> 태를 띠게 된다.174)

그가 오렌지에 탐닉하고 도착하는 것은 오렌지의 대상 a적 성격 때

---

173) 『파리의 노트르담』에서 에스메랄다가 준 한 모금의 물이 불구의 콰지모
　　도에게 욕망을 형성시키는 것에서도 보이듯이 여인이 건넨 물이나 오렌
　　지는 단순히 물질이 아니라 다른 성격을 지니게 됨을 알 수 있다.
174) Jacques Lacan, 「욕망, 그리고 「햄릿」에 나타난 욕망의 해석」, 『욕망 이론』,
　　140−141면.

문이다. 오렌지는 그가 잃어버렸던 것이고, 찾고 있는 것이고, 욕망하는 것이다. 상징계의 의미 사슬로부터 놓여나 있는 지점이고, 대타자 속으로 소멸하지 않을 수 있는 근거이다. 그는 오렌지로 인한 욕망 때문에 지배 질서에서 분리될 수 있는 것이다. 오렌지를 내내 태양처럼 여기는 것, 환상 속에도 계속 오렌지가 보이는 것은 대상 a가 강조되는 도착적 특성이다. 한마디로 그는 오렌지에 붙들려 있다.[175] 「꿈의 이상」은 오렌지가 떠다니는 대로 움직이는 그의 욕망의 발전과 쇠락의 구조로 되어 있다. "공복감과 애욕에서 그 여자로 인하여 마음에 오렌지를 심었"다는 것은 대상 a에 관통당한 정황을 진술한 것이다.

하지만 대상 a를 한마디로 해명하는 것은 손쉬운 일이 아니다. 오렌지를 욕망한다는 것은 무슨 뜻일까? 대상 a란 욕망의 원인이면서도 주체는 그것을 대상으로 욕망한다. 대상 a는 대상에 함축된 원인이다. 욕망 역시 명확한 것은 아니다. 욕망이란 아무리 강력해도 "막연하고 분산된 원망의 과정 그 자체"[176]이다. 따라서 오렌지와 여인을 둘러싼 그의 환상과 욕망은 복잡한 현상으로 나타난다.

그가 환상에 시달리고 특히 ② 이후 "신경 예민증과 쇠약"을 호소하자 여의사는 "인유(人乳)가 좋을 것이라" 대답한다. 오렌지가 대상 a라는 것을 암시해 주는 대목이다. 오렌지는 박탈당한 '인유(人乳)', 혹은 박탈, 결핍이다. "공복감과 애욕"이 뒤섞인 무의식적 욕망이 외화된 이미지[177]이다. 오렌지가 욕망의 이미지가 되면, 욕망의 재생산이라는 욕

---

175) 환상의 고착에 대해 일찍이 라캉은 주시한 바가 있다. "프로이트는 무의식적 욕망을 상연하는 무대를 가리키기 위해 환상이라는 용어를 사용하였다……(이에 비해) 라캉은 환상의 방어적 기능을 강조하고 있다. 라캉은 환상 장면을 영화 스크린의 정지된 이미지에 비유한다. 외상적인 장면이 보이는 것을 피하기 위해 영화 필름이 어느 지점에서 멈춰지는 것처럼 환상적 장면 역시 거세를 감춰주는 방어이다. 환상은 따라서 부동적이며 고착된 특성을 가지고 있다." Dylan Evans, 『라캉 정신분석 사전』, 「환상」, 436-437면.

176) Bruce Fink, 『라캉과 정신 의학』, 116면.

177) 라캉에 의하면 환상이란 항상 의미화 구조 내에서 작용하는 이미지 세트

망의 속성에 의해 오렌지는 그의 결여와 욕망이 발생하는 지속적인 장소가 된다. 그는 오렌지를 쫓게 되는 것이다. 그러므로 여인이 오렌지를 건네주었을 때 오렌지는 여인의 것이 아닌 것이다. 사실은 그의 것이다. 그의 박탈이며, 그가 박탈당한 대상 a이다.

대상 a에 대한 라캉의 유명한 표현은 이러한 상황을 적절히 포착하고 있다. "나는 당신을 사랑합니다. 그러나 설명할 수는 없지만 내가 사랑하는 것은 당신 안에 있는, 당신을 넘어서는 그 무엇―즉 대상 a―입니다. 그것이 내가 당신을 훼손하는(mutilate) 이유입니다."[178] 이것은 「꿈의 이상」에 그대로 적용할 수 있다. 그가 사랑하고 그의 환상에 출몰하는 흰 옷차림의 여인은 그녀 이상이다. 그녀는 그녀보다 많은 것을 가지고 있다. 오렌지라는 대상 a를 가지고 있는 것이다.

(2) 환상 가로지르기

「꿈의 이상」은 대략 그가 오렌지 여인에게 빠져들어 환상 속으로 몰입하는 과정과 여인의 기억이 쇠퇴하고 그가 자신을 찾아온 세 여인들 중의 누군가와 결혼하기로 결심하는 두 부분으로 이루어져 있다. 그가 오렌지 여인의 환상으로부터 벗어나는 정확한 원인은 제시되지 않지만 단초는 의학 박사의 "오진" 선언이다. 선언 후 그는 "침침한 자기 내부를 응시하였"지만 "정신은 어디에도 보이지 않았"으며 "실은 아무렇지도 않았던 것"을 깨닫는다. 이어진 ⑤의 꿈속에서 여인은 "난 원래부터

이다. Dylan Evans, 『라캉 정신분석 사전』, 「환상」, 438면.
178) Jacques Lacan, "In You More Than You", *The Four Fundamental Concepts of Psychoanalysis,* p.268. 이 유명한 문장은 Slavoj Žižek, *Looking Awry: an introduction to Jacques Lacan through popular culture*(Boston: MIT Press, 1991)의 결론부에서도 인용되는데, 국역본 『삐딱하게 보기』(김소연 유재희 옮김, 시각과 언어, 1995), 332면에서 문장의 뒷부분을 '그것이 내가 당신을 다각적으로 대하는 이유입니다'라고 오역한 것이 최근의 논문들에서도 검토 없이 인용되면서 반복 재생산되고 있다. 이것은 mutiler / mutilate (사지를 절단하다, 훼손하다)의 의미를 완전히 곡해한 것이다.

이유가 없어요"라고 하는데, 이 말은 박사의 오진 선언과 함께 그가 여인의 환상에서 벗어나도록 한다.

여기서 그가 오렌지 여인의 환상에서 벗어나는 것에 대해 좀 더 살펴볼 필요가 있다. 오렌지 여인의 환상에서 벗어나는 것은 현실의 질서로 들어서는 것인가. 그가 세 여인 중의 한 사람과 결혼하기로 결심하는 것은 환상의 허구를 깨뜨리고 현실의 세계로 돌아오는 것을 의미하는 것일까.

이에 대해 '환상 가로지르기'는 유효한 틀을 제공해 준다.

> 본환상을 가로지르는 것, 본환상으로부터 거리를 유지하는 것 – 정신분석 치료의 궁극적인 목적은 존재의 일관성을 보장해 주는 궁극적인 '열정적 애착'을 주체가 풀어 버리도록 하는 것이다……가장 근본적인 것으로서, 본환상 장면에 대한 최초의 '열정적 애착'은 '변증법적으로 통합될 수 있는(dialecticizable)' 것이 아니다. 그것은 단지 가로지를 수 있을 뿐이다.179)

'본환상으로부터 거리를 유지하는' 환상 가로지르기는 주체가 대상 a와 맺는 관계를 변화시켜 주체의 환상의 배치를 흔들어 버리는 것이다. 즉 "자신을 분열된 주체로서 존재하게 만든 그것에 깃드는 것, 자신의 원인이 되는 것"이며 "소외된 주체가 자신의 원인이 되고 원인의 자리에 주체로 정립하는 시간적으로 역설적인 운동으로 구성되는 것"180)이다. 주체가 욕망의 원인이 된다는 것은 주체가 대상 a의 자리로 들어서고 대상 a와 하나가 된다는 것이다. 여기서 주목되는 것은 환상을 흔들어 버리는 것이 주체와 대상 a를 결합시키는 것이라는 점이다. 앞서 환상이 분열된 주체가 대상 a와 상상적으로 결합하는 것이었다면,

---

179) Slavoj Žižek, *The Ticklish Subject*: *the absent centre of political ontology* (London: Verso, 1999), p.266.

180) Bruce Fink, *The Lacanian Subject*: *between language and jouissance* (Princeton, N.J.: Princeton University Press, 1995), p.62.

환상 가로지르기는 이 주체가 대상 a의 자리에 오게 됨으로써 대상 a
를 주체화하는 것이다.

> 환상의 공식 $S◇a$에서 대상(타자) a는 욕망의 원인이고 욕망의 결과이
> 다. 따라서 환상의 목적은 욕망을 유지하는 것이고 욕망의 유지에 의해
> 주체가 존재한다. 그러나 환상 가로지르기의 경우 분석가는 대상 a의 위
> 치에 놓이고 환자가 이 a를 주체화한다는 점에서 a는 욕망의 대상이 아
> 니고 주체와 욕망은 하나가 된다. 말하자면 욕망은 소멸하고 욕동(drive)
> 의 세계가 전개된다……환상 가로지르기는 주체가 환상적인 변칙들을 포
> 기하고 실제적인 현실에 적응하는 것이 아니라 정확히 그 반대이다……환
> 상 가로지르기는 환상의 포기가 아니라 상상을 초월하는 환상의 실재적
> 핵심과 더욱 밀접한 관련을 맺는다는 점이다.181)

「꿈의 이상」에서 그가 오렌지 여인의 환상에서 벗어나는 것은 환상
과 결별하고 현실의 원칙에 정주하게 되는 것이 아니다. 그는 환상 가
로지르기를 한다. 오렌지 즉 자신의 욕망의 원인과 하나가 되는 것이
다. "몸과 마음은 책상의 한 오렌지였다." 그 스스로가 대상 a가 된다.
그는 오렌지이고 오렌지는 대상이 아니라 주체가 되어 그를 '욕동'의
세계로 인도한다.

오렌지가 "욕망의 대상이 아니고 주체와 욕망은 하나가 된다"는 것
은 그가 이제 오렌지 여인을 쫓아다니지 않는다는 것을 의미한다. 대
신 "세 여인 중의 누구인가가 나를 찾아올 것이다. 그날은 둘이서 오렌
지를 먹기로 하자. 그리고 구혼(求婚)하자"고 생각한다. 오렌지를 찾아
헤매는 것이 욕망이고 환상이라면 "오렌지를 먹기로" 하는 것은 향락
(jouissance)이다. 환상이 그가 오렌지 여인을 계속 찾아 욕망하고 헤매
게 하는 것이라면 환상 가로지르기는 이 여인에 대한 환상을 흔들어 그
가 만족을 추구하는 것을 금지하지 못하도록 하는 것이다.182) 욕망하는

---

181) 이승훈, 「환상 가로지르기」, 『시와 세계』, 2006년 겨울호, 98-99면.
182) 욕망의 주체와 향락의 주체는 정신분석학에서 핵심적인 사항들이다. 후기

주체는 욕망을 유지하기 위해 만족을 금지하는 주체이다. 그는 이제 욕망 속으로 도주하는 주체가 아니라 '주이상스의 주체'로 이동한다.

그가 환상 속에서 여인을 찾아 헤맬 때 "그는 그녀를 부르려 했다. 그러나 이름을 몰랐다." 여인이 "난 원래부터 이유가 없어요"라고 말하는 것과 같은 맥락이다. '이름'과 '이유'가 없는 것은 오렌지 여인뿐이 아니다. 여의사, 여대생, 여교사, 그리고 그도 이름이 없다. 등장인물 그 누구에게도 이름은 부여되지 않는다. 그리고 「꿈의 이상」은 그가 결혼을 결심하고 최후로 "새벽을 향해 '이유는 원래부터 없다'고 발성" 하는 것으로 끝나고 있다. 이유라는 것이 애초에 존재하지 않는다는 선언이다.

이름과 이유의 세계로 환상을 버리고 각성된 세계로 김구용은 나아가지 않는다. 그러한 세계는 설정되지 않는다. 그는 오렌지 여인으로부터 깨어나 현실로 들어서는 것이 아니라 '이유' 없는 삶, 현실의 지표가 없는 '환상의 핵심'에 다가서게 된다. 여기서는 욕망의 추구와 금지라는 도착적 상태는 재연되지 않는다. 욕망의 금지가 금지되어 세 여인 중의 누구라도 오렌지 여인이 되며, 그것은 중요하지 않다. 중요한 것은 오렌지가 잡히지 않는 대상이 아니라 그와 하나가 되어 향락하고 누릴 수 있는 대상이라는 것이다.

그에게는 깨어나고 벗어나서 바로 보아야 할 현실과 현실의 질서라는 것은 없다. 그와 같은 세계는 언어적 주체에게는 존재하지 않는다. 대상 a와 하나가 되어 향락의 주체로 이동하는 것, 이것이 금지와 욕망으로부터 벗어난 김구용의 주체이다. 김구용은 라캉이 세미나 ⅩⅣ

저작들에서 라캉은 주체의 위치를 무의식적인 욕망에서 충동으로 이동시킨다. "인간 주체에게 가장 중요한 것은 더 이상 욕망의 끊임없는 환유운동이 아니라 만족 그 자체이다. 라캉의 주체는 만족을 추구하는, 머리없는[acephalous] 주체이다." Bruce Fink, 『라캉과 정신 의학』, 357면. 이것은 '욕망의 주체에서 주이상스의 주체로', 만족을 거부하는 주체에서 만족을 추구하는 주체로, 상징계의 타자에 의존하는 주체에서 실재계의 주체로 자리가 이동되고 있음을 보여준다.

(1966-7)와 XV(1967-8)에서 환상과 환상 가로지르기를 말하기 이전에 「꿈의 이상」(1958)에서 이미 이와 같은 주체를 우리에게 선보이고 있는 것이다. 「꿈의 이상」의 그는 환상과 환상 가로지르기를 행함으로써 이처럼 욕망의 주체와 욕망을 넘어서는 주체라는 복합적인 테마를 제공하고 있다.

김구용의 시에서 대타자(상징계)의 지배를 받는 IV장에서의 주체의 모습은 전술한 다른 주체의 모습들보다 다양하면서도 문학적 형상화가 뛰어난 것이 특징이다. 분열되고 소외되며, 수금되어 있고, 욕망하고, 환상을 좇는, 그리고 그 환상을 가로지르는 주체들이 작품 속에서 일정한 시, 공간과 사건, 정서와 밀접한 관련하에 등장하며, 이 모든 정황의 복합체로서 구체적으로 형상화되어 나타나는 것이다. 주체들은 또 다른 자신으로부터의 추격, 자신의 죽음에의 애도와 관조, 살인자로의 혐의, 여인에 대한 욕망과 환상이라는 다양하고도 긴밀한 서사 속에서 역동적으로 움직인다. 이들이 보여주는 존재론적인 갈등이나 파국, 전환들은 서정시나 리얼리즘의 시에서 찾아볼 수 없는 파편화되고 분열적인 현대시적 주체의 양상들이다. 짧은 시들도 그렇지만 특히 중편 산문시[183]들은 이러한 현대적 주체의 양상을 압축적으로 보여준다.

중편 산문시들은 소설적 구성과 서사를 가진 장시들이다.[184] 장시임에도 불구하고 시적 긴장과 묘사의 절제를 놓치지 않는다. 어느 시편보다도 정밀하고 해석과 감상에 쉽게 노출되지 않는다. 예측 불가능한

---

183) 김구용은 중편 산문시를 세 편 썼다. 「소인(消印)」, 「꿈의 이상」, 그리고 「불협화음의 꽃 II」이다. IV장에서는 「소인(消印)」, 「꿈의 이상」이 집중적으로 분석되고 있다. 「불협화음의 꽃 II」은 가장 나중인 1961년에 쓰였으며 25페이지 분량이고, 두 작품과 달리 일정한 서사가 없다.

184) 김구용의 중편 산문시들에 대한 장르적 고찰은 별개의 세심한 논의가 필요하다. 그의 산문시에 대해 "시 형태의 한도를 생각해보지 않을 수 없다."(김춘수, 앞의 글), "산문에의 무조건 항복"(유종호, 앞의 글)이라는 혹평들에서 볼 수 있듯이, 김구용의 중편시는 시와 산문의 경계를 넘나드는 전무후무한 탈장르적 모습을 보이고 있다.

스토리의 전개와 진행, 빠른 장면 전환, 속도감 있는 문체, 이질적인
상황들의 결합, 시적인 톤과 이미지의 발산으로 난해하다는 평가의 주
범이 되고 있지만 산문과 시의 날카로운 접점을 넘나들며 시의 영역을
확대하고 있다. 이 시편들은 그의 시의 정점에 속한다. 시 장르의 경계
를 넘나들면서 이제껏 제기되지 못했던 언어적 주체로서의 인간 존재
와 삶의 문제를 제기하며 특유의 실험 정신을 노정하고 있는 작품들이
라 할 수 있다.

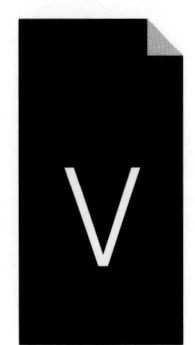

주체의 소멸과

타자의 부재

1 공(空)으로서의 주체와 타자, 그리고 세계

　서양 철학의 역사와 흐름에서 굴곡과 변천을 겪는 타자와 주체의 문제는 동양 철학, 특히 불교 사상에서는 완전히 다른 패러다임을 가지고 있다. 종교이며 철학이기도 한 불교는 인간과 세계를 바라보는 시각이 처음부터 서구의 철학과 근본적으로 대조적이다. 불교의 핵심은 무아(無我)와 연기설(緣起說)이다. 이것은 자아, 혹은 주체가 이러저러하다는 서구의 다양한 철학적 입장들로는 설명될 수 없는 것이다. 무엇보다도 자아[185]가 어떠한 것이라는 설명 이전에 자아가 없음을 공표한다. 불교의 인간 이해는 이 기본적인 전제 위에 기초하고 있으며, 공(空)이나, 윤회, 해탈과 같은 교리들도 이에 근거해 설명된다.

　우선 자아를 이해하는 불교의 방식인 무아는 다음과 같이 설명된다.

　　존재란 무엇인가, 이른바 다섯 요소들이다. 다섯 요소들이란 무엇인가? 색온(色蘊), 수온(受蘊), 상온(想蘊), 행온(行蘊), 식온(識蘊)이다. 이것을 존재라고 한다.[186]

　불교에서는 존재를 이와 같이 오온[187]으로 설명한다. 우리가 자아라

---

185) 불교에서는 주체라는 말 대신 자아를 사용한다.
186) 『잡아함경(雜阿含經)』 3권, 71. 『대정신수대장경(大正新修大藏經)』 권2, 181면. 이거룡, 「윤회의 주체를 둘러싼 논쟁」, 『논쟁으로 보는 불교 철학』(예문서원, 1998), 50면에서 재인용.
187) "온(蘊)은 산스크리트어 'skandha' 적집(積集)의 번역어로 여러 인연이 모여 쌓인 것을 뜻한다. 우리가 각자 자기 자신이라고 생각하며 집착하는 것은 어떤 단일한 고정된 실체가 아니라 여러 가지가 인연 화합하여 형성된 축적물, 곧 온(蘊)이라는 것이다……오온에 있어 색온은 인간의 신체에 해당하고, 수온(느낌), 상온(생각), 행온(의지), 식온(감각)은……인간의 마음에 해당한다." 한자경, 『불교 철학의 전개』(예문서원, 2003), 32면.

고 생각하며 집착하는 것이 사실은 오온이 결합한 것에 지나지 않으며, 자아는 존재하지 않는다.

우리가 자아라고 생각하는 것은 오온이다. 즉 단일 실체가 아니라 색수상행식(色受想行識)의 화합물인 것이다. 나아가 그 각각의 다섯 또한 다른 것들이 인연 화합하여 성립하는 온(蘊)이다. 따라서 불경에서는 각각의 온에 대해 그것이 무엇을 인연으로 하여 있게 된 것인가를 구체적으로 제시하고 있다……색은 물질적 존재로서 지(地), 수(水). 화(火), 풍(風)의 네 가지 요소가 쌓인 것이다……(또) 다섯 감각 기관인 안(眼), 이(耳), 비(鼻), 설(舌), 신(身)의 오근(五根)과 그 다섯 감각기관 각각에 대응하는 다섯 감각 대상인 색(色), 성(聲), 향(香), 미(味), 촉(觸)의 오경(五境)으로 분류한다……근과 경이 함께 하여 각 경에 대한 감각인 오식(五識)이 성립한다……근과 경과 식, 이 세 가지가 인연 화합하여 모이는 것을 접촉(接觸)이라 한다. 이 접촉을 인연으로 해서 느낌과 생각과 의지가 생기게 되는데 이것이 바로 수온(受蘊), 상온(想蘊), 행온(行蘊)이다.[188]

위의 설명에 의하면 우리가 자아라고 여기고 있는 것은 오온, 즉 다섯 가지 감각기관과 감각 대상, 다섯 가지 식(識)이 결합한 것이다.[189]

---

188) 한자경, 위의 책, 33-34면.
189) 불교의 식(識)은 상세히 분류해 보면 제8식까지 있다. 위의 다섯 가지 식은 전오식(前五識), 6식은 의식(意識)이다. 의식은 전오식과 함께 작용하는 것이지만 직접적인 감각과는 독립하여 존재한다. 의식에는 전오식과 함께 작용하는 오구의식(五俱意識), 추상적인 사고와 같이 독립적으로 작용하는 독두의식(獨頭意識)이 있다. 의지는 독두의식에 속한다. 6식으로 분류하는 것은 부파불교에서도 마찬가지였다. 8식이 제기된 것은 유식에서였다. 실천수행을 중시했던 유식학파 사람들은 수행을 통해 육식이 사라졌지만 더 깊은 근본적인 식이 있다는 생각을 하게 되었고 이것을 8식으로 알라야식으로 불렀다. 한문으로는 아뢰야식(阿賴耶識)이며, 일체종자심식(一切種子心識) 또는 아다나식이다. "『해심밀경』에서는 일체종자심을 모든 중생이 색근(色根)과, 상(相), 명(名), 분별(分別)의 습기, 이 두 가지를 집수(執受)하는 것"이라 설명한다. 색근은 감각기관으로서의 육체, 상은 사물의 모습이나 인식 대상, 명은 우리의 개념과 언어, 분별은 희론(戲論), 즉 허망한 개념적 사고를 가리킨다. 집수는 받아들여서 유지하고

그리고 오온 각각은 다시 다른 것들이 화합하여 생긴 것이다. 불교의 이러한 설명은 여기서 그치지 않는다. 오온을 이루는 각 요소들은 또한 그것을 이루는 다른 요소들의 결합으로 설명되고 다른 요소들 역시 또 다른 요소들이 인연 화합해서 생긴 것이다. 이와 같이 계속 이어지는 과정은 불교가 어떤 기본적인 실체,[190] 더 이상 나누어지지 않는 궁극적 요소를 거부하고 있음을 알게 해 준다. 자아는 끝도 없이 이어지는 이러한 요소들과 요소들의 어떤 결합물에 지나지 않으며 단일한 실체가 아니다. 또 어떠한 실체도 가지지 않는 것이다. 이와 같은 비결정론은 데카르트의 코기토식의 자기 동일적이고 자기 인식적인 주체는 말할 것도 없고, 타자와 주체의 외연적인 거리를 분명히 함으로써 주체의 경계를 설정하고 있는 사르트르와 레비나스, 그리고 주체의 소외와 분리를 핵심으로 하여 주체의 자리를 설명하고 있는 라캉과 어떠한 점도 공유되지 않는다. 불교의 자아는 모였다 흩어지는 구름과 다를 것이 없다. 이 오온의 화합물에 불과한 것을 우리는 자아로 잘못 여기고 있는 것이다.

  그렇지만 자아를 오온으로 설명한 것은 아닌가? 우리가 오해하는 것일지라도 자아로 여기고 있는 어떤 것의 존재를 불교가 인정하고, 그것을 오온으로 풀고 있다면 오온이 곧 자아가 되는 것은 아닌가? 다시 말해 불교의 오온은 서구 철학에서 자아로 이해했던 것을 단지 다른 양상으로 재구성한 것은 아닌가? 여기서 오온의 성격을 구체적으로 해

  증장시키는 것이다. 즉 "일체종자식은 우리의 신체를 유지하고, 또 마음의 활동의 습기를 보존"하는 것이다. 습기는 습관의 기운으로서 이것을 영향력, 종자로 설명하고 있다. 종자는 보이지는 않지만 영향력을 가지고 알라야식 안에 저장된다. 7식은 마나스식이다. 한문으로는 말나식(末那識)인데 '나'라는 생각, 자아의식이다. "마나스식은 구체적으로 알라야식을 보고 그것을 자아라고 오인하는 식……알라야식을 아트만과 같은 영원한 자아라 보고 오인하고 이에 집착"하는 식을 일컫는다. 이기영, 『불교개론강의 하』(한국불교연구원, 1998), 157 – 161면.

190) 실체란 "변전하는 현상의 기초로서 현상의 다양을 이것의 변용으로서 생각되는, 항상 불변이며, 또한 자기 동일적이며 그 자신에 의하여 존재하는 절대적 독립자를 말한다. 철학사는 이 실체의 개념을 중심으로 발전하였다." 이재훈 편저, 『철학사전』(동국문화사, 1949), 223면.

명할 필요가 있다.

> 만일 오온이 주재적인 나였다면 내가 원치 않는 병이나 고(苦)가 생기지 않을 것이며, 만일 오온이 나의 것이라면 내가 내 마음대로 이렇게 저렇게 바꿀 수 있기에 이렇게 또는 저렇게 되었으면 좋겠다는 식으로 바라고 있지도 않을 것이다. 그러나 실제로 오온은 내 마음대로 되지 않으며 결국은 병로사(病老死)를 겪게 되고 고통스러워지는 것이다. 오온이 나도 아니고 나의 것도 아니기 때문이다……불교는 또한 오온이 상일하지 않음을 강조한다. 우리는 오온을 자기동일성을 유지하는 항상된 자아라고 집착하지만 실제 오온은 그처럼 상일한 것이 아니라는 것이다. 오온은 색수상행식 오온의 화합물로서 단일한 일(一)이 아니라 다(多)로 구성되어 있으며, 항상된 것이 아니라 무상한 것이다. 단일하지 않은 화합물이기에 오온은 그 자체로 존재하지 못하고 다른 요소들에 의존하는 현상적 존재이며, 그 요소들이 화합하여 있는 동안은 있는 것처럼 나타나지만 시간이 지나 그 요소들이 흩어지면 사라져 버리는 무상한 존재인 것이다……이와 같이 불교에서는 색수상행식 오온화합물이 상일주재적 자아가 아니라는 비아(非我)를 말할 뿐 아니라 오온 너머에 상일주재적 자아가 존재하는 것도 아니라는 무아를 말하고 있다……자아라는 것은 하나의 가명일 뿐 실재하지 않는다.[191]

오온은 그동안 이해되어 왔던 방식으로서의 자아가 아니며, 오온 너머에 항상적인 자아가 존재하는 것도 아니기에 불교는 비아이며 무아로 존재를 설명하고 있는 것이다. 자아라는 것이 어떠한 확고한 실체를 가지지 못하고 신체, 느낌, 생각, 의지, 감각이라는 요소들의 결합에 지나지 않으며, 이 결합의 양상도 항상적인 것이 아니기에 근원적이고 동일적인 자아 관념은 불교에서는 설 자리를 잃는다. 한마디로 자아는 상일한 것이 아니고, 또한 주재할 수 있는 것도 아닌 주체 너머에 있는 어떤 인연과 요소들의 일시적인 결합물이다. 여기서 오온이 이루고

---

191) 한자경, 앞의 책, 37-40면.

있는 결합의 상태를 살펴볼 필요가 있다.

연기설192)은 불교의 교리를 이루는 또 다른 중심축이다. 연기설은 오온의 형성 원리를 설명하는 것으로 무아를 이해하는 근거가 된다. 불교의 연기설은 무엇보다 실체, 불교 용어로는 자성(自性)에 대한 부정이다. 스스로 성립하는 독립적인 존재를 인정하지 않는 것이다. 의상의 「화엄일승법계도(華嚴一乘法界圖)」, 이른바 법성게(法性偈)에 보면, "진성심심극미묘(眞性甚深極微妙) 불수자성수연성(不守自性隨緣成)" 즉 "참 성품은 깊고도 미묘한 것이니, 자성이 어디 있나, 인연 따라 생기는 것"이라는 말이 있다. 연기를 강조한 부분이다. 세상의 모든 것들이 스스로 탄생하여 변하지도 않고 확고한 어떤 것으로 존재할 수 없음을 불수자성, 즉 고정된 성격을 지킬 수가 없다고 말하고 있다. 자성을 지킬 수가 없음은 자성이 존재할 수 없다는 말이다. 모든 것은 수연성, 인연을 쫓아 인연을 따라서 생기는 것이다.

오온의 각 요소들도 이와 마찬가지이다. 요소들은 결합하여 오온을 이루지만 이 요소들 역시 다른 요소들의 결합임을 유추하다 보면, 스스로 자성을 가진 것이라 할 수 있는, 더 이상 분할되지 않고 다른 것들을 형성해 주는 기본적인 요소는 존재하지 않는다. 궁극적인 바탕이란 없는 것이다. 단지 서로가 서로에게 의지하여 원인이 되고 결과가

---

192) 『해심밀경』의 4품인 「일체법상품」에서는 삼상(三相)을 이야기하고 있다. 변계소집상(遍計所執相), 의타기상(依他起相), 원성실상(圓成實相)이 그것이다. 변계소집상은 허망분별상(虛妄分別相)으로 "망분별(妄分別)에 의해 집착된 아(我)와 법(法)의 상"이다. 있지 않은 것을 있다고 망상을 하고 집착하는 것이다. 의타기상은 "타(他)의 연(緣)에 의해 생기(生起)되는 상"이다. 다른 것을 인연으로 삼아, 다른 것에 의해서 생기는 상으로 다른 것들과 연결되고 서로 얽혀 있는 인연법을 가리킨다. "이 세상의 어떠한 것도 의타기 아닌 것은 없다. 다른 것과의 상관관계 속에서, 인연 따라서, 타의 연에 의해서, 생기되지 않은 것은 아무것도 없다." 즉 모든 것이 연기되는 것을 의타기라는 말로 설명하고 있다. 원성실상은 "원만하게 성취된 진실의 상", 또는 "법(法)과 아(我)가 다 공함을 깨달은 제일의제로 본 우리 현실의 실상"이다. 이기영, 앞의 책, 161-164면. 불교의 연기설은 의타기상을 말한다.

되면서 서로를 탄생시키고 소멸하게 하기도 하는 것이다. 모든 것은
연에 의해 형성되고 존재하는 것이며 자성으로 성립할 수 있는 것은
아무것도 없다. 인연에 의해 생기고 사라지고 순간순간 변하는 것이
요소들이고, 요소들의 결합물인 오온이며, 오온으로 되어 있는 존재의
모습이다. 연기라는 것은 이와 같은 상황을 일컫는다. 연관되어 있다는
것, 서로의 관련하에서만 존재할 수 있다는 것이다.

　무아는 연기와 상통한다. 자성을 가진 존재가 없는 것, 즉 상일주재
적인 자아가 존재하지 않는 것은 연기 때문이다. 모든 것은 스스로 존
재하지 못하고 다른 것과의 관련하에서 한시적으로만 존재하는 것이기
에 독립된 자아란 존재할 수 없는 것이다. 이러한 상황은 불교의 공으
로 연결된다. 무아와 연기에 의해 실재하는 것은 없고 모든 것은 공에
지나지 않는다.193) 자성이 없음이 곧 공인 것이다. 물론 이러한 공의

---

193) 공과 관련해서 불교는 다음의 단계를 거쳤다. 초기 부파불교 중 가장 큰
　　세력을 형성하고 있던 유부는 현상계와 법계를 구분했다. "유부는 석가
　　가 설한 일체 존재의 무상성과 공성 또는 연기성을 우리가 일상적으로
　　경험하는 이 현상 세계의 무상과 공으로 이해한다. 그리고 그처럼 생성
　　소멸하는 우리의 현상 세계에 대해 그와 같은 생멸 변화를 가능하게 하
　　는 근거로서 그 자체 항상적으로 존재하는 실재계, 즉 법계를 상정한다.
　　그렇게 해서 연기의 원리에 따라 인연 화합하여 생성 소멸하는 '현상계'
　　와 현상 너머에 그 자체 항상적으로 존재하는 '법계'를 이원론적으로 구
　　분"한 것이다. 이때 오온화합물로서의 자아는 현상적 존재이므로 공일
　　뿐이다. 하지만 오온의 법체는 실유성, 그 자체의 자성을 가지고 있다고
　　상정된다. 이것이 유부의 아공법유(我空法有) 사상이다. 한자경, 앞의 책,
　　111면. 유부를 비판한 것은 용수(나가르주나, 150−250)이다. 중관학파의
　　용수는 『중론』에서 유부의 '법유'를 비롯하여 어떠한 실체적 원리를 가정
　　하는 모든 철학 사상을 비판하였다. 그는 자신의 중도사상을 보여주는
　　공의 의미를 유명한 팔불중도(八不中道)로 정리했다. 불생불멸(不生不滅,
　　생하지도 않고 멸하지도 않는다), 불단불상(不斷不常, 없어진 것이 아니
　　며 항상 있는 것도 아니다), 불일불이(不一不異, 한 덩어리가 아니며 그
　　렇다고 각각 다른 개체도 아니다), 불거불래(不去不來, 간 것도 아니고
　　온 것도 아니다). 팔불중도로 용수는 어느 것도 그 하나하나에 어떠한 불
　　변의 고유의 자성이 있지 않음을 밝힌 것이다. 이기영, 앞의 책, 72면. 그
　　러므로 무자성으로 모든 것을 파악했을 때 현상 너머의 실재의 세계, 근
　　원이 되는 법계는 존재하지 않는다. 일체는 공이며 팔불(八不)이다. 아도

사상은 자아, 주체에게만 해당되는 것이 아니라 타자, 세계도 이에 기반하고 있다.

> 무아의 의미를 보다 온전히 이해하려면 인무아(人無我)뿐만 아니라 법무아(法無我)까지도 생각해야 한다. 불교에서는 우리가 자아라고 간주하는 오온뿐만 아니라 우리가 객관 실재라고 간주하는 세간에 대해서까지도 그것을 유정(有情)의 업의 결과로 설명한다. 즉 세간을 그 안에 살고 있는 중생들과 독립적으로 존재하는 객관적 실재로 인정하지 않는 것이다……각 세간은 그 안에 사는 유정을 떠나 그 자체로 존재하는 것이 아니다. 세간은 그 안의 유정의 관점에서 보면 있는 것이지만 그 밖에서 보면 객관적 실재가 아니며 이 점에서 마치 홀로그램 같다. 업의 산물에 지나지 않는 자아도 세계도 모두 홀로그램처럼 허공중에 떠 있는 가상이며 공이다. 따라서 불교에서는 일체를 공에 입각한 가상의 꽃인 공화(空華)에 비유하며 제법무아(諸法無我)와 일체개공(一切皆空)을 강조하는 것이다.[194]

연기되지 않은 독립된 주체로서의 존재를 상정하지 않는 것은 자아를, 타자를 부정하고 자아와 타자의 고유성을 인정하지 않는 것이다. 존재자들은 모두 오온의 결합물이다. 주체만 그런 것이 아니고 타자도 그러하다. 여기에는 구별이 없다. 주체도 타자도 자기 근거를 가지고 실재하지 않는다. 불교에서 세간이라고 칭해지는 세계 역시 그러하다. 그것도 객관적으로 실재하는 것이 아니다. 세간 안에 거주하고 있는 존재와의 연기에 의해 형성되는 업의 결과이다. 존재와 따로 떨어져 무관하게 불변하는 것이 아니다. 그러므로 이것 역시 윤회[195]로 설명이 가능하다. 모

공이요, 법도 공이라는 것이다. 이것이 용수의 법공(法空)이다.

194) 한자경, 앞의 책, 53 - 54면.

195) 불교에서는 '아(我)'가 없다고 하기 때문에 윤회의 주체를 인정할 수 없다. 윤회의 주체를 인정하면 불변하는 아의 실체를 인정하게 되고, 이것은 불교의 무아론을 포기하는 것이다. 결국 무아윤회를 주장하게 된다. 『잡아함경』에서 "유업보이무작자(有業報而無作者)" 즉 "업의 과보는 있지만 그것을 짓는 자는 없다"고 한 것은 무아윤회에 대한 불교의 입장을 보여준다. 윤회는 인정하지만 윤회의 주체는 인정하지 않는 것이다. "무

든 것이, 자아도 타자도 세계도 공이며, 오온의 변화로 이어지고 형성되는 윤회로 이루어진다. 윤회는 자기 동일적 자아 없이 진행되는 무아윤회이며, 업과 오온의 이어짐은 연기에 따라 형성되고 진행되는 것이다.

　이상의 모든 불교 교리를 뒷받침하는 가장 기본적인 것은 역시 무아설이다.

　　불교의 제학파들은 교의상으로는 엄청난 차이가 있지만 아(我, 아트만)에 대한 부정이라는 한 가지 공통점을 지닌다. 이러한 경향은 어떤 의미에서 대승불교로 오면서 더욱 심화되는 경향이 있다. 상주불변의 자기 실체가 있다는 것을 부정하는 무아설은 불교의 형이상학과 윤리의 축이라고 할 수 있으며 불교를 불교로 이름할 수 있게 하는 교의이다……존재라는 것은 여러 가지 요소들로 이루어진 하나의 집합에 지나지 않으며, 그것은 또한 찰나적이기 때문에 자기 동일성을 지니는 상주불변의 실재가 아니다. 이렇듯 불교는 모든 존재의 무아성을 강조한다. 제법(諸法)이 무아(無我)인 것은 전적으로 상대적이기 때문이고 조건지워져 있기 때문이며 찰나적이기 때문이다. 여기서 불교가 도입하는 찰나의 개념은 인도 사상사에서 실로 혁명적인 것이라 할 수 있다. 어떤 의미에서 무아설은 찰나설의 논리적인 필연이다.196)

불교는 무아설을 통해 불변하고 확고한, 고정된 자아를 폐기하고, 그러한 뚜렷한 정체성을 가진 자아 개념을 소멸시킨다. 모든 것이 무아이며 일체가 공으로만 남은 가운데 자아나 타자 모두 일시적이고, 변화하고 있는, 여러 요소들의 순간의 결합물에 지나지 않은 것이다.

　　아윤회의 입장에서는 생에서 생으로 옮겨 다니는 영혼, 혹은 개아(個我)의 이행과 같은 개념은 없다……옮겨가는 영혼이란 결코 있을 수 없다. 윤회는 단지 업의 상속에 의하여 이루어진다." 힌두교 정통 철학파에서는 이러한 무아윤회를 비판한다. 윤회의 주체가 존재하지 않는다면 누가 윤회하고 누가 과보를 받으며 또 누가 열반을 성취하는가 하는 문제가 제기되는 것이다. 이거룡, 「윤회의 주체를 둘러싼 논쟁」, 58-59면.
196) 이거룡, 위의 글, 45-50면.

2 불교적 무아

불교시는 김구용 시의 한 영역을 차지하는 중요한 부분이다. 그는 제재로서뿐만 아니라 주제 면에서, 또 사유에 있어서도 불교적 색채를 드러내고 있다. 초기에서부터 말년의 시에 이르기까지 이러한 성향이 내재되어 있는 것을 보면 불교가 그를 이해하는 데 하나의 관건이 되고 있음을 알 수 있다.

하지만 김구용에게서 불교의 영향을 직접적으로 도출해내기란 용이한 일이 아니다. 무엇보다도 그가 불교를 특정한 지식의 형태로 받아들인 것이 아니기 때문이다.[197] 전체적으로 불교는 그에게 정신의 수양과 훈련을 위한 지침에 가까웠다. 이것은 가닥을 잡을 수 없을 만큼 지나치게 포괄적인 것이다. 김구용은 이렇게 표현했다.

> 불경에서 어떤 영향을 받았다고는 생각하지 않는다. 우선 불경에서 받은 영향을 표현할 수가 없기 때문이다. 실은 불경이 나에게 아무런 영향을 받지 못하도록 하였는지도 모른다. 결국 불교를 종교로 생각하지는 않았다.(「못보고도 안 사람들」, 1967)[198]

불교의 영향이 특정한 형식으로 내면화되는 것은 아니라는 이러한 발언은 김구용과 불교의 관련을 생경하게 도식화시킬 수 없음을 시사해준다. 따라서 그의 불교시들을 불교의 교리들과 연관시켜 이해하는 것은 적절하지 않을 수도 있다. 다만 불교적 성향이 두드러지게 나타

---

197) 김구용은 실제로 불교를 하나의 종교로 생각하는 것조차 반대했다. "인생을 제외하고 종교가 따로 있는 것은 아닐 게다. 불교가 바로 인생이라 해도 별 대과(大過)는 없을 줄 안다. 불교는 종교라는 테두리에서 벗어난 것으로 나는 짐작해왔다."(『일기』, 1975년 11월 22일자)
198) 김구용, 『인연』, 198면.

난 시들을 대상으로, 특히 불교적 의미들이 표면화된 것에 한정해서 작품을 분석해 보고자 한다.

(1) 무와 무아

김구용의 불교시는 그의 시세계를 보다 다층적인 성향으로 이끌어간다. 그는 자신의 불교적 성향의 시에서 불교적 사유의 무늬를 시적 언어와 이미지로 발전시켜 나갔다. 여기서 가장 많이 발견되는 것은 역시 무와 무아에 대한 것이다. 불교적인 무아가 불교시를 이끌어 나가는 힘이 된다.

> 나의 자성(自性)이 남의 자성(自性)이었다……그는 무아(無我)에서 정확한 동화(同化)의 세계로 들어가곤 하였다……자성(自性)의 본질은 설명되지 않았다……나라는 것이 없는 시간이 행동을 열어준다……이리도 저리도 해석할 수 있다는 것은 그의 자화상이었다.
> ─「불협화음의 꽃 Ⅱ」부분

불교적인 사유에서는 인간이란 항상적인 자아가 없는 존재이다. 자신만의 자성을 가지고 있지 않은 것이다. 독자적인 자성이 없으므로 "나의 자성이 남의 자성"이다. 나는 없다. 남도 없다. 나는 "이리도 저리도 해석"이 가능하다. 김구용은 "자성의 본질은 설명되지 않"는다고 함으로써 자아가 성립할 수 있는 근거를 회의하고 있다. 모든 것은 무아이다. 무아로 '동화(同化)의 세계'에 속한다. 유라는 것은 이 무의 동화 속에 있는 것이다.

> 유는 무로써 구극(究極)하였다. 무는 유를 전개하였다. 그들은 둘이 아니고 하나였다.
> ─「꿈의 이상」부분

무에서 태어난 유로써 무를 느끼는 힘이다. 인생은 그러한 것 또한 이러한 것인가.

-「잃어버린 자세」 부분

상반하는 중심까지도 포함한 무아(無我)야말로 또한 일체가 된다.

-「위치」 부분

우주의 무덤은
물을 만들고
숲은 기도한다.

걸작(傑作)에서 벗어난
바다의 살결이다.
무아(無我)에의 합장은
하늘을 나는 연꽃이다.

-「송 7」 부분

현상으로 나타나는 유는 유의 본성과 근거를 가지는 것이 아니다. 유의 본질은 무에 있으며, 유는 "무에서 태어난"다. "무는 유를 전개" 한다. 눈앞의 가시적인 세계는 사실은 무의 본성을 가지고 있는 것이다. 유가 본래의 자성을 가지고 있지 않으며, 무에 불과한 것이라는 생각은 불교 교리의 핵심을 반영하는 것이다. 무에서 어떻게 유가 가능한 것인지에 대한 추론을 전개하고 있지는 않지만,[199) 불교에서는 모든

---

199) 불교 사상에 대한 비판은 힌두이즘 쪽에서 비교적 초기부터 이루어진다. 그중 베다학파인 샹까라에 의한 불교 비판은 주목할 만한 것이다. 샹까라는 모든 존재는 무로부터 나온다는 불교의 대표적인 주장을 비판한다. 그는 무로부터 유가 나올 수 없다고 한다. "만일 유가 무로부터 생겨났다면 하나의 결과에 대해서 특수하고 개별적인 원인들을 가정하는 것은 무의미하다……다시 말해서 무가 유로 변화하고 결국은 다시 무로 되돌아간다는 사실은 결과적으로 무라는 원인에서 무라는 결과가 생성된다는 의미이다……(그러므로) 원인과 결과 사이에 인과관계를 설정할 만한 어떠한 운동이나 변화가 일어난다는 사실을 입증하는 것은 불가능하다. 왜냐하면 무가 낳은 무라는 것도 결국 동일한 무이므로 그것은 낳지 않고 그 자체

것이 무에서 탄생하기 때문에 "무아(無我)야말로 또한 일체"이다. 무아로서 일체를 이루는 것이다. 자아도 타자도 사물도 세계도 무 자체이며, 형상을 띠고 나타났다 할지라도 무이다. 무가 공임을 상기해 보면 일체가 공(일체개공(一切皆空))인 것이다. 김구용의 불교시의 주축은 바로 이러한 '무아에의 합장'으로 이루어져 있다. 무는 근원이고, 길이고, 구체이고, 존재이며, 회귀이다.

> 무를 통하여 떡장수 아낙네는 공원에 종일 앉아 있고
> 무를 통하여 밤 열차의 불들은 철교를 두 쪽으로 나누며 달리고
> 무를 통하여 언제나 시는 해산하고
> 무를 통하여 해와 달과 별들은 숨을 빛으로 쉬며 떨어지지 않고
> 무를 통하여 조상의 무덤은 연못 되어 영상(映像)과 속삭이고
> 무를 통하여 울음과 동작은 변화하고
> 무를 통하여 무는 없어지다.
> ……
> 다시 무를 통하여 변하는데
> 피곤하거든 잠시 머리를 돌려
> 무의 존재를 보소서.
> 실(實)은 여기에 있나이다.
> ─「무(無)의 존재」 부분

　무에 대한 천착과 사유를 보여주고 있는 위의 시는 무에서 유가 비롯되는 상황을 시적인 비약과 이미지의 전개로 구성해 내고 있다. "무를 통하여 떡장수 아낙네는 공원에 종일 앉아 있고"로 시작되는 것에

로 있는 것과 동일하기 때문이다. 또 만일 무차별적인 무가 인과적 효능을 갖는다고 인정된다면 싹은 씨앗이 아니라 토끼의 뿔로부터도 생성될 수 있기 때문이다." 김형준, 「인도 정통 사상과 불교의 대립」, 『논쟁으로 보는 불교 철학』, 17─32면. 이와 같은 샹까라의 불교 비판은 불교의 존재론과 인식론의 여러 기본적인 문제들에 대한 비판들과 함께 인도에서의 불교에 대한 이해의 토대를 마련해 주고 있다.

서부터 무가 아낙네를 가동시키는 전제 조건임을 제시한다. 무를 통해서야 존재가 가능한 것이라면 무는 전제일 뿐만 아니라 결과이기도 하다. 무가 없다면 아낙네는 존재하지 않으며, 존재하더라도 보이지 않는 것이다. 무에 의지하여 가능한 존재라는 것은 존재의 공을 일컫는 것에 다름 아니다. 존재는 무이다. 잠시 어떤 유의 형상을 띠는 것은 무의 속성의 일부일 따름이다. 아낙네는 아낙네가 아닌 것, 즉 무의 한 부분이다. 무를 통해서만 아낙네일 수 있다.

이와 같은 종교적 성찰을 문학적 이미지에 접목시키려는 시도가 계속 이어진다. "떡장수 아낙네", "밤 열차", "시", "해와 달과 별", "무덤", "울음과 동작" 등의 유와 개별은 각각 자신의 독립성과 구체성을 전유한 듯이 보이지만 이들은 무이다. '무를 통하여' 존재들은 생성하고 변화하고 없어진다. 무가 존재의 모든 개별성을 이루는 것이다. '무를 통하여' 발생하는 유, 즉 무와 유의 직접적인 대비는 무에게 구체적인 형상을 부여하는 한편 유의 찰나성을 부각하여 무와 유의 대조와 접촉의 감흥을 불러일으키고 있다. 현상의 생기, 생명은 '무를 통하여', 무의 힘에 의지하여 형성되고 소멸한다. 그것은 무와 함께 있고, 무와 하나이기에 유를 뚜렷하게 할 수 있는 것이다.

이렇게 유와 무를 동시에 관통하고 있는 존재들은 '무를 통하여' 존재하기에 그 자체가 무아이며 공이다. 무와 무아는 존재의 현상이고 본질이다. 이들을 작동시키는 특별한 기제가 그 너머에 있는 것이 아니다.[200] 공은 존재하는 유의 너머에 있는 본질적 진리가 아니며 유의

---

200) 무를 현상계의 본질로 보는 것이 아니라 현상계 너머에서 현상을 작동시키는 진리로 보는 것은 초기 중국의 불교에 나타난 태도였다. 인도에서 처음 불교가 수입되었을 당시 중국의 초기 불교(격의 불교)는 육가칠종으로 나타난다. 격의불교의 가장 큰 특징은 진제와 속제를 이원론적인 것으로 파악한다는 점이다. 진리의 세계를 진제라 하고, 현상계를 속제라 하면서, 진제는 결국 속제의 부정이라 한다. 현상계가 사라진 궁극의 세계, 즉 무의 세계를 진제로 놓는 것이다. 격의불교의 이론은 승조(384-414)에 이르러 비판되고 불교의 무아, 공 사상이 제대로 정착되기에 이른다. 승조는 "현상계를 진리의 세계인 진제와 대립되는 속제로 보지 않으며, 현상계의 참다운

개별성 자체가 공이다. 현상이 존재의 모든 것이면서, 그 현상은 독자
적인 체계를 갖추지 않은 무아들의 세계인 것이다. 유는 무의 유이다.

(2) 차이와 분별이 사라진 세계

존재하는 개별과 유들은 이렇게 스스로의 자성을 갖지 못하고 무와 무
아의 속성으로 설명된다. 이 유들에게는 무와 공이 그들의 본질이기에 분
별과 차이가 없다. 현상으로 나타난 차이는 불교적 사유에 의해 무화된다.

> 이제 나는 당신과의 차이를 버립니다.
> 달빛에 백의관세음보살 상(像)은 꽃 그림자의 자위를 옮긴다.
> 나의 기원은 내가 들을 수 있는 유일한 대답이었다.
>   −「차이」 부분

> 거짓말은 사실이었다.
> 물은 위도 아래도
> 안도 바깥도 없었다.
> ……
> 괴로운 행복은
> 편안한 고통이었다.
>   −「송 27」 부분

> 나 외에도

본성인 공함이 곧 진리"라고 말하고 있다. "공이란 현상의 올바른 모습 그
대로의 실상이며, 있는 그대로의 진여이기 때문에 현상을 떠난 공이란 있을
수가 없다." 이런 관점에서 승조는 공을 현상 너머의 어떤 절대적 존재로 보
는 견해를 비판한다. 결국 승조는 진제와 속제가 서로 다른 세계를 그 내용
으로 하는 것이 아니라 동일한 세계, 곧 공한 현상계에 대한 언명임을 분명
히 밝히고 있다. 이런 공의 사상은 용수의 사상을 충실하게 이어받은 것으
로서 승조에서 비로소 참된 공의 의미가 정착되기에 이른다. 박해당, 「중국
초기불교의 공에 대한 이해」, 『논쟁으로 보는 불교 철학』, 119−138면.

나는 어디에나 있었다.
먼지는 불로 부활하여
쇠는 죽지 않아 아우성을 지른다.
......
옥수수는 무아(無我)로서 매일을 만든다.
무가 창조하는 다채로운 지적 견해
그 그늘에서
아이들은 헤엄을 친다.
......
햇빛이 눈에서 흘러내리기까지
이곳은 과거가 없다.
쇠는 공기가 되어
꽃이 구름에 피네.
......
그러면 탑과 나무는 다르지 않다.
계절과 그는 다르지 않다.
출발과 도착은 다르지 않다.
흐름은 어디서나
강이듯이
너와 나는 다르지 않다.
　　　　　　　　－「6곡」 부분

내가 그녀임을 알기 위해서
우리의 사이는 없어진다.
　　　　　　　　－「9곡」 부분

나는 한 번만
보아도 기억하는
나를 비워서
상대를 믿는다.
......

미립(微粒)마다 우주요
세포마다 세계일세.
나처럼 님은
나라 하시네.

이제사 바람은
마음대로 불어
마음대로 물은 흘러서
모두 다 나로구나.
......
내가 나를 위해
기도하는 이쪽 언덕은
어느 사이에 너를 위해
기도하는 피안(彼岸)이었다.
......
한 낱에 세세(世世)가 나타나
분별없는 하나인 곳
보는 바 눈은
서로가 친하였다.
　　　　　－「1거」 부분

귀를 기울여보면
오는 곳들은 영산회상(靈山會相)이다.
웃어보면 만나는 사람들은 나였다.
　　　　　－「송 67」 부분

내가
내게서 벗어나면
모든 이의
것이 되리라.
　　　　　－「송 18」 부분

인용한 시들은 모두 구별과 차이가 사라진 존재들에 대한 것이다. 현상의 분별들은 의미가 없거나 소거된다. 현상은 모두 공한 것이다. 공한 공통의 속성을 가지고 있으므로 자아가 타자와의 거리와 긴장을 유지할 필요가 없다.("이제 나는 당신과의 차이를 버립니다.") 유지되지도 않는다. 대상들과 현상들의 구별과 대립이라는 것은 실상은 존재하지 않는 것이었다. "물은 위도 아래도 / 안도 바깥도 없"는 것이다. "먼지는 불로 부활"하고, "쇠는 공기가 되어 / 꽃이 구름에 피"어난다. "탑과 나무는 다르지 않"고, "계절과 그는 다르지 않"고, "출발과 도착은 다르지 않"으며, "너와 나는 다르지 않다." 누군가 열심히 거짓말을 하고 있어도 그 "거짓말은 사실이었다." 거짓말과 사실은 같은 것이다. 마찬가지로 "괴로운 행복은 / 편안한 고통이었다."

이 모든 것이 공으로 소통되고 하나 되는 현상의 삶에서 "내가 그녀"이며 "우리의 사이는 없어진다." 차이와 분별과 피상적인 대립이 실상 무의미한 것이고 이 세계는 공이었음을 간파하면 주체도 타자도 세계도 "모두 다 나"인 것을 알게 된다. 따라서 나는 곧 너이기에 "내가 나를 위해 / 기도하는 이쪽 언덕은 / 어느 사이에 너를 위해 / 기도하는 피안(彼岸)"이 된다. 나는 너이고, 차안은 피안이다. 이 역도 성립한다. 이 세계는 "분별없는 하나인 곳"이며, 이곳에서 서로는 곧 또 다른 자신이기에, "보는 바 눈은 / 서로가 친하였다." 그러므로 일시적인 나와 너의 구별이라는 것에 집착하고 매달릴 필요가 없다. "웃어보면 만나는 사람들은 나"이므로 공에 지나지 않는 "내가 / 내게서 벗어나면 / 모든 이의 / 것이 / 되"고 만다. 나는 원래 모든 이와 다를 바가 없기 때문이다. 나와 나 외의 것이 구별되지 않는 것이다. "나 외에도 / 나는 어디에나 있었다."

(3) 생성으로서의 무

하지만 무가 모든 존재의 근원이라 해서 무에서 모든 것이 멈추는 것은 아니다. 무가 실체가 아니라는 것이다. 다시 말하면 무도 무이다. 이것은 "공이라는 것이 또 있는 것이 아니므로 공도 또한 공"[201]이라 한 것과 같다. 무는 실체가 아니라는 점에서 무이고, 무는 모든 현상이라는 점에서 유이다. 무를 통하여 무가 생기고 또 "무를 통하여 무는 없어지"는 것이다. 무도 무로서 머무는 것이 아니라 움직이는 무가 된다. 이러한 '무의 존재'만이 '실(實)'이라 할 수 있다. 정체되고 고착된 무가 아니라, 무가 아닌 무가 존재를 낳고 실이 되는 것이다.

> 무는 무가 없어
> 전라(全裸)한 합장을 한다.
> ……
> 우리가 없는 곳에서
> 우리는 함께 있었다.
> ……
> 그는 달과 고향 사이의 미름나무
> 그녀는 입원실과 태극선(太極扇) 사이의 은숟가락
> 배암이 들어가는 밤 구멍이다.
> 특급 열차가 되라.
> 미름나무가 되라.
> 은숟가락이 되라.
> 감방의 화분이 되라.
> ─「2곡」 부분

> 너의 세상은
> 진공을 꿰뚫어 탄생하였다.
> 무아는 나를 움직인다.
> ─「8곡」 부분

---

201) 이기영, 앞의 책, 72면.

"무를 통하여 없어지"는 무, 무가 아닌 무, "무가 없"는 무에 대한 진술은 무와 유에 대한 철학적이고 시적인 사유의 교차점이다. 무도 무가 아니므로 유와 같이 무를 통할 수밖에 없다. 무가 실체가 아니기에 무에 대한 합장은 "전라(全裸)한 합장"이다. 그것은 어떤 관념에도 의지하지 못한다. 어디를 향한 것인지 알 수 없는 합장이다. 무란 있는 것이 아니라 없는 것이기 때문이다.

그러면서도 무는 무엇인가를, 존재를 만들어 낸다. "무아는 나를 움직인다." 세상은 무에서 나온 것이다. 김구용은 이를 "세상은 / 진공을 꿰뚫어 탄생하였다"고 표현한다. 세상은 아무것도 없는 진공에서 탄생한 것이다. 그 / 그녀는 "미름나무", "은숟가락", "밤 구멍", "특급열차", "감방의 화분"이 된다. 무에서 나온 그 모든 것이 된다. 그 / 그녀와 존재들은 교차하는 유들인 것이다.

> 무수(無數)는 하나였다.
> 시간은 시간을 부정(否定)하면서
> 마침내 벗어나
> 어느 새 빛이 되어갔다.
> 창마다 죽지 않는 천도(天桃)가 왔다.
> —「두보(杜甫)」 부분

> 그는 그를 버리며
> 불가능한 가능이 된다.
> 나는 나를 버리며
> 호흡이 된다.
> —「4곡」 부분

> 목소리가
> 없는 데서
> 생겨나자

그녀는 벌써 만조(滿潮)였다.

말씀을 잃었을 때
어둠에서 빛나는
채소밭이 있다.

나는 그녀가 오는 길로
간다.
　　　　　－「송 4」 부분

일초마다 무수한 내가 있어
나마다 무수한 세계가 있어
일시에 말씀으로 이르르지만
동시에 이루는 소원이었다.
　　　　　－「2거」 부분

나는 어디에 묻혀도
다음을 기르는 공간,
씨앗입니다. 불입니다.
대자대비하다고 생각지 않으십니까.
보살은 언제나
언제나 나는 대자대비합니다.
　　　　　－「3곡」 부분

　주체와 타자가 뚜렷한 자성을 가지지 않은 무아들이며 존재의 본질
이란 바로 이와 같은 무와 공이었을 때 불교적인 무아가 겪을 수 있는
것은 허무가 아니라, 오히려 존재의 충만감이다. 개별자로서의 '나'가
없다는 것은 모든 것이 '나'라는 것과 같은 말이다. 생명이 사라지는
것이 아니라 모든 시공의 무수한 생명의 현장에서 나를 만나는 것이다.
"시간은 시간을 부정(否定)하면서", 즉 시간이 시간의 유를 벗어나 시

간의 무를 직감할 때, "어느 새 빛이 되어"간다. 시간의 무에는 죽음이 없다. 그래서 "창마다 죽지 않는 천도(天桃)가 왔다"고 할 수 있다. 마찬가지로 "그는 그를 버리며 / 불가능한 가능이 된다." 그가 유로서의 그를 벗어나 무로서의 그일 때, 그는 일체의 가능이 되는 것이다.

무에서 모든 가능이 충일하게 발생하는 순간에 대한 진술은 계속 이어진다. "목소리가 / 없는 데서 / 생겨나자 / 그녀는 벌써 만조(滿潮)였다. / 말씀을 잃었을 때 / 어둠에서 빛나는 / 채소밭이 있다"에서는 무에서 존재와 생명감이 넘치는 상황을 "만조"와 "빛나는 채소밭"으로 시각화하고 있다. 한시적인 유의 본연의 모습이 드러나는 것이다.

무아는 유한하고 제한된 개별을 벗어나 무한한 가능과 생명의 현장이 된다. 나는 고정된 자아가 아니므로 무수히 존재한다. "일초마다 무수한 내가 있"고, 또 그 무수한 "나마다 무수한 세계가 있"다. 그 어느 하나만이 참이어서, 그것에 고착될 수는 없는 것이다. 나는 시간상으로도 무수히 존재하지만 공간적으로도 마찬가지이다. 나는 어느 곳이든 존재한다. "나는 어디에 묻혀도 / 다음을 기르는 공간"이다. 나는 모든 곳에 존재하는 "씨앗"이고 "불"이다. 그러므로 모든 것을 잉태하고, 모든 것이 발화된 현재이며, 그 모든 것의, 모든 순간 속에 존재한다.

> 찾아다니던 때는 지나갔다.
> 저절로 온
> 말씀이
> 자리에 앉는
> 나다.
>   -「송 51」 부분

> 찾지 말라, 그것은
> 언제나 우리에게 있는 것이다.
> ……
> 결과는 정지한 시간에 누워

영생하는 것
　　－「심장 있는 인형」 부분

　무아인 나는, 무아임으로 인해 역설적으로 모든 시간과 공간 속에 존재하고 있으므로 나를 찾아다닐 필요가 없다. 우리를 이루고 있는 무나 말씀은 밖에 있는 것이 아니며 "찾지 말라, 그것은 / 언제나 우리에게 있는 것이다." 바로 '나' 자신인 것이다. 그것을 알지 못해 "찾아다니던 때는 지나갔"으며, 이제 나는 "저절로 온 / 말씀이 / 자리에 앉는 / 나다." 내가 구하거나 찾지 않아도 나는 내가 찾고 있는 것이며, 내가 찾고 있는 말씀이 현현하고 있는 존재이다. 이와 같은 충일함은 내가 무이고 공이기 때문에 가능한 것이다. 무로서 내가 모든 시간 안에 거주할 때, 그 시간이 유한한 이동의 속성을 버리고 "정지한 시간"이 되며, 나는 그 안에 "영생"하게 되는 것이다.

　　　그는 언어가 시작하기 전에 움직인다.
　　　그는 언어가 끝난 곳에서 노래한다.
　　　　　　－「1곡」 부분

　불교의 불립문자의 사상을 엿볼 수 있는 이와 같은 구절은 김구용이 불교적 사유를 깊이 내면화하고 있는 것을 알 수 있게 해준다. 불교의 공의 또 다른 측면이 바로 언어의 비규정성이다.202) 비규정성이라는 말

---

202) 불교에서는 언어로 현상계의 모습을 포착할 수 없다고 한다. 언어의 규정은 현상의 존재의 가변적이고 무아적 특성을 해명할 수 없다는 것이다. 특히 중관학파에서는 언어와 대상과의 근본적인 관계를 수용하지 않는다. 중관학파에 따르면 어떠한 존재도 언어라는 개념에 맞는 실체를 갖는 것이 아니다. 따라서 개념을 통해 세계를 구성해 가는 것은 잘못이다. "개념의 세계는 있는 그대로의 세계와 일치하지 못한다. 따라서 개념이나 이름이 존재의 실상을 전해 줄 것이라는 생각은 버려야 하며, 모든 이름은 다만 임시적인 가명임을 잊어서는 안 된다." 승조는 중관학파의 이러한 언어관을 이어받아 이름은 사물의 존재를 표현하지 못하며, 따라서 언어를 통해서 사물을 알 수 없다고 주장한다. "현상계는 개념적인

은 언어는 존재를 규정하지 못한다는 것이다. 언어는 개념을 형성하고, 개념으로 존재를 규정하려는 속성을 가지고 있지만, 존재의 실체를 인정하지 않는 불교에서는 존재의 규정 자체가 불가능하기 때문에 언어를 벗어나야 한다는 기본적인 생각을 가지고 있다. 언어는 공의 세계인 현상계를 다 표현할 수 없으며, 따라서 언어에 대한 집착에서 벗어나야 깨달음에 이를 수 있다. 김구용의 무아가 "언어가 시작하기 전에 움직"이고 "언어가 끝난 곳에서 노래한다"는 것은 현상의 공과, 언어의 한계를 통찰하고 있음을 시사해 준다. 그리고 여기서 김구용은 언어로 이루어진 시보다는, 언어를 넘어선 불교에 기울고 있음을 알 수 있다. 그의 불교시가 당도한 곳이다.

> 관음은 모든 마음이기에 어느 실내의 저녁
> 노을에서나 음향에서나 우상을 보지 못한다.
> 믿음은 당신이 고뇌로써 꽃피우신 나의 실재에 있다.
> ······
> 관세음보살, 이제 당신은 연좌(蓮座)에 없다.
> 나는 배고픔에 외치는 음광(音光)에서 당신을 본다.
> ······
> 석경(石鏡)속에 피는 미소가 어떤 대상에서도 의미를 찾지 못할 때
> 너는 관음의 마음이 될 것이다.

사유로써 파악될 수 없는 것이지만 현상계의 참된 모습을 가르치기 위한 방편으로 진제와 속제의 가르침을 사용하는 것이다. 사람들이 어떤 관념에 사로잡혀 세상을 제대로 보지 못할 때 그러한 관념을 부정하여 세상을 제대로 볼 수 있게 해주는 계기를 제공하는 것이 속제라면, 진제는 이 속제의 가르침을 다시 고정 관념화하는 것을 막기 위한 것이다. 그러므로 속제가 일상의 언어에 대한 집착을 제거하기 위한 것이라면, 진제는 가르침으로 사용된 언어에 대한 집착을 막기 위한 것이라 할 수 있다. 그렇기 때문에 속제와 진제는 고정적인 형식을 가지는 것이 아니라 상황에 따라 다른 형식으로 나타난다." 박해당, 「중국 초기불교의 공에 대한 이해」, 134-139면. 현상계의 공은 언어나 개념적인 사유로써 파악될 수 없으며 임시적인 방편일 뿐이라는 것이 불교의 언어관이다.

때묻은 유방의 열매와 가난한 가구(家具)와 괴로운 밤의 관음,
모두 다 모습은 다르나 어디고 있다.
관음은 그의 본성이요, 나는 찢어진 기구에 넘쳐 흐르는
월향(月響)을 배경으로 당신의 위치에 안좌(安坐)하였다.
―「관음찬(觀音讚)」 부분

이 세상에 존재하는 모든 것은 '관음'이다. 관음은 "연좌(蓮座)"에 있
는 것이 아니라 거리에, "배고픔에 외치는" 소리에, "가난한 가구"에,
모든 존재에 있다. "모두 다 모습은 다르나 어디고 있다." 밖에서 구하
거나 찾을 필요가 없다. 모든 존재가 '관음'이듯이, 나도 '관음'이다. 나
는 "당신의 위치에 안좌(安坐)하였다." 나와 당신은 같은 것이다. 이것
이 타자와 주체의 구별이 사라진 현상의 실제 모습이다. 타자는 부재
하고 주체는 소멸한다. 모두 '관음'이다. 모두 공으로 하나이다. 하나이
되 무수히 많다. 무수히 많지만 무이고 무아들이다. 김구용은 이러한
불교적 세계관을 받아들임으로써 타자와 주체의 자리와 구별에 대한
근본적인 의문과 회의를 던지고, 존재의 생성에 대한 새로운 사유를
전개해 나갔다.

무와 공, 무아, 차이와 분별의 사라짐, 생성 등등의 불교적 세계관을
보여주고 있는 불교시는 김구용의 시세계를 다층적이고 다기하게 만든
다. 이와 같은 불교적 사유로 그는 주체와 세계, 존재를 포괄하는 시들
을 써서 정신의 탐구를 지속적으로 수행해 나갔다. 그에게 불교시가
중요한 이유이다.
하지만 미학적 관점에 입각했을 때 불교시는 그의 시의 항로를 조망
하기 어렵게 만든다. 불교시는 불교 이외의 시와 미학적, 인식론적으로
어떤 관련이 있는가 하는 문제가 제기되는 것이다. 특히 불교적 사유
의 핵심에 닿아 있는 시들은 문학보다는 종교나 철학 쪽으로의 편향을
보이고 있다. 언어의 힘에 의지한 문학적 형상화보다는 언어를 넘어서

려 하고, 불교적 내용과 교리가 직접적으로 노출되는 진술을 보여주는 것이다. 따라서 김구용의 불교시는 별도의 접근과 이해가 필요하다 할 것이다.

VI

결　론

49년에 등단하여 전후에 본격적인 문학 활동을 재개한 김구용은 한국의 시사에서 제대로 평가받지 못한 시인이다. 그가 가장 활발한 작업을 했던 50년대의 문학사에서 그의 자리는 찾아보기 힘들다. 문학사적인 평가도 이루어지지 않았지만 무엇보다 작품 세계 자체가 잘 알려지지 않은 실정이다. 반세기를 헤아리는 문학 활동과 그가 이룩한 문학적 성취를 고려해 볼 때 이런 현상은 예외적인 일이다.

'부동(浮動)하는 자기 위치의 설정, 즉 극난(極難)한 시 정신의 탐구'로 시작업의 과제를 설정하고 있는 김구용은 내용이나 형식 면에서, 주제와 방법론에서 자신의 탐구를 철저히 수행함으로써 우리 문학사에 낯선 문제적인 작품들을 남기고 있다. 더불어 그의 작품은 단지 실험성과 문제성에 그치는 것이 아니라 시대를 앞선 사유의 깊이와 형상화된 세계를 건조함으로써 새로운 차원으로 나아가고 있다. 따라서 김구용 연구는 한 시인의 작품 세계를 해명하는 것에 그치지 않고 우리 시문학사의 흐름과 방향을 조정하는 결절점이 될 수 있다.

본 연구는 한국 시의 범위를 확장하고 있는 김구용의 시가 이후 다양한 관점과 방법론으로 수용, 연구되기를 기대하면서 그의 시를 이해하기 위한 하나의 관점을 제안하고 있다. 타자와 주체라는 인식틀에 의해 그의 시세계를 살펴보는 것이다. 철학에서 뜨거운 논의가 이루어지고 있는 '타자와 주체'의 문제는 문학의 긴요한 구성 요소이다. 세계를 바라보는 눈인 시적 주체는 자신의 외부에 있는 사물, 대상, 존재, 세계와 같은 타자와 일정한 관계를 맺으면서 그 관계의 과정이나 결과물로서 자신을 제출한다. 주체는 타자와 마주칠 수밖에 없고 타자에 대한 반응으로 자신을 형성해 나간다. 따라서 타자가 어떠한 성격을 가지고 있느냐에 따라 주체의 모습은 달라질 수밖에 없다. 타자와의 갈등이나 대립, 조화, 동화 등은 주체의 성격을 규정짓고, 주체를 형성시켜 나간다. 문학 작품이 타자와 주체와의 관계를 다루는 것은 인간의 삶이란 것이 결국 대상과 세계와 접촉하고, 대립하고, 갈등하는 산물로 나타나기 때문이다.

본 연구는 결코 단일한 어조나 동일한 모습으로 나타나지 않는 김구용 시 속의 타자와 주체의 복잡한 관계를 해명함으로써 이제까지 전반적인 해석을 불가능하게 했던 그의 시세계를 열어 보이고 있다. 그의 시에는 여러 가지 성격을 띤 타자와 주체가 함께 얽혀 있다. 철학적, 인식론적 담론의 역사에서 살펴본 타자, 그리고 주체의 세 가지 측면이 모두 나타나는 것이다. 대상화된 타자와 세계의 자아화로서의 강인하고 절대적인 주체가 있는가 하면, 타자성을 잃지 않는 절대적인 타자와 이에 의해 구성되는 주체의 모습이 있다. 이 두 상반된 타자와 주체의 모습은 김구용의 시세계를 복잡하게 중층적으로 만든다. 또 이두 관점과는 다른 모습도 나타나는데 바로 라캉적 의미에서의 무의식의 타자와 타자의 지배를 받는 주체이다. 이것은 앞의 두 관점과는 여러 가지 점에서 구별된다. 이 밖에도 타자와 주체의 뚜렷한 구분을 거절하는 불교적인 무아도 나타난다. 한마디로 그의 시에 등장하는 타자와 주체는 여러 얼굴을 가졌다 할 수 있다. 그리고 타자와 주체가 다양하고 복잡하게 나타나기에 그의 시는 이해하기 쉽지 않고 일관된 분석을 하기가 어렵다. 본 연구는 이렇게 다성적인 목소리를 내는 그의시 속의 여러 타자와 주체의 양상들을 추적함으로써 시세계를 입체적으로 조망하고, 이 중 가장 핵심적인 양상을 포착하여 김구용 시의 본질을 해명하려 하였다. 이를 정리해 보면 다음과 같다.

1) 대상으로서의 타자와 주체

Ⅱ장에서 분석되고 있는 대상으로서의 타자는 주체의 사유와 감각의 대상이 되어 주체의 영역으로 동화된 타자이다. 타자는 독립성과 정체성을 갖지 못하고 주체의 영역으로 포섭되는 미미한 존재이기에 주체는 주체 중심의 세계를 형성해 나간다. 타자를 주체의 감정과 주관적

상태에 동화시키는 것은 타자(세계)의 이질성을 제거하고, 타자와의 연속성을 통해 동일성을 확보하려는 절대적 주체의 위용이다.

(서정)시는 '세계의 자아화'라는 특성을 가지고 있음을 상기해 보면 세계를 동일화하는 주체는 시에는 익숙한 것이다. 시적 주체는 동화나 투사를 통해 인위적으로 세계와의 동일화를 꾀하는데, 김구용의 시에서는 동일시와 감정이입을 통한 투사가 동화보다 더 많이 사용되고 있다. 동화는 11편, 투사는 17편이 분석되었으며, 무엇보다 동화는 부분적으로 쓰이고, 투사는 시 전체에 걸쳐 이루어지는 경우가 많았다. 동화가 타자를 주체에게 적용하는 것이라면 투사는 주체를 타자에게 투영하는 것이라는 점에서 다소의 차이가 있다. 동화와 달리 타자의 속성을 제거하지 않고, 그 위에서 주체가 동일시를 꾀하는 투사를 김구용은 더 활용하고 있는 것이다.

그러므로 타자가 소거되었을 때 김구용의 절대적인 주체는 위기에 처한다. 홀로 남은 주체는 절대적 위용을 보이지 못하고 회의에 빠져 스스로에게 질문을 던지거나, 질문에 대한 답을 얻지 못하여 선험적이고 초월적인 확신을 가지려고 애쓰거나, 자신의 유일성을 폐쇄성으로 인식하여 탈출을 시도한다. 하지만 이 시도는 무기력하게 끝나고 만다. 유일한 주체가 되었을 때 주체는 자유를 얻지 못하고 자신에 대해 저항하는 모습으로 나타나는 것이다.

그리고 이러한 탈출이 실패로 돌아갔을 때 주체는 다른 시도를 한다. 더 이상 자신에게 소모적인 저항을 하지 않고 자신을 타자로 만드는 것이다. 주체는 타자가 사라진 세계에서 자신을 타자로 대상화시켜 구경한다. 구경의 대상과 구경의 주체로의 이중화는 다른 양상으로도 변주된다. 주체는 육체와 정신으로, 또는 거울 안과 밖으로, 공간의 내, 외부로, 시간의 선, 후에 이중적으로 동시에 존재하게 된다.

이중(二重) 자아는 강력한 주체라 할 수 없다. 대상성과 이중성으로 존재하는 주체는 더 이상 타자를 포획하는 절대적인 주체의 모습이 아니다. 자신을 대상으로 삼고 나뉘어져 서로 대립하고 있기 때문이다.

이 통합되어 있지 않은 주체는 절대적 주체라기보다는 자의식적으로 분열된 현대의 주체의 모습이다. 타자가 미미하다고 해서 주체가 강력한 것은 아니다. 김구용 시의 주체 중심의 세계는 주체의 교란 상태로 존재하는 것이다. 이렇게 보았을 때 Ⅱ장은 주체 중심의 세계를 다룬 것이지만, 그 가운데서도 대상화된 타자와 절대적인 주체의 전형적인 모습은 1절의 동화와 투사에서 잠시 나타날 뿐이어서 그의 시세계 전체로 보면 최소의 부분에 지나지 않는다.

2) 절대적 타자와 주체

미미하거나 제거된 존재로 나타나는 타자(Ⅱ장)는 절대적인 존재로 부각되는 타자(Ⅲ장)와 대조된다. 후자는 자신의 타자성을 잃지 않고 주체에게 영향력을 행사하는 절대적인 타자이며 주체는 타자에 의해 구성된다. 주체보다 우위에 서는 이 타자는 김구용의 시에서 두 가지의 양상으로 나타난다.

하나는 주체에게 결코 동화되지 않는 낯선 타자이다. 이 타자는 주체를 대상화하고 주체 자체를 형성시키는 우월성을 가지고 있다. 타자는 주어의 자리에서, 목적어의 자리에 오는 주체를 대상으로 만들고 구성한다. 이러한 타자는 시 속에서 자연물이나 사물로 나타나는 경우, 주체와 거리를 가지고 있는 타인이거나 어떤 추상적 개념인 경우, 주체에게 속한 것으로 여겨지지만 주체에게서 독립되어 주체를 지배하는 감정이나 심리적 상태인 경우, 또는 그 존재가 드러나지 않는 미지인 경우 등 여러 가지로 나타난다. 이들은 주체를 바라보고 에워싸고 호명하고 형성하고 변형하고 소멸시킨다. 주체의 탄생에서부터 주체가 변화되어 나가는 것에, 그리고 주체가 소거되는 것에 타자는 근본적인 동인이 된다. 주체는 자신의 근거를 타자 위에 세우는 것이다.

또 하나의 타자는 김구용의 전쟁시에 등장하는 타자이다. 이 타자는 절대성과 타자성을 잃지 않지만 헐벗고 무력한 비천한 타자이다. 김구용의 시에서는 구체적으로 고아나 매춘 여성이 해당된다. 주체는 이들 비천한 타자를 받아들임으로써 자신의 동일성과 전체성에서 벗어나 무한성으로 이동한다. 이것을 가능하게 하는 타자의 얼굴은 무한의 얼굴이며, 따라서 타자를 무한 타자라고 명명할 수 있다. 타자는 비천함과 무한성이라는 이중적인 모습을 가지고 있는 것이다.

만약 주체가 이 타자의 존엄과 절대성을 알아보지 못하고, 타자를 받아들이지 못하여 자신의 전체성에 머물러 있을 경우, 전쟁이나 살상을 통해 서로 목숨을 빼앗는 인류의 멸망이 묘사된다. 김구용은 이러한 상황을 시를 통해 상세하게 제시한다. 목숨을 빼앗는 것은 타자를 제거하는 것이며, 타자의 제거는 주체의 존립을 위태롭게 만든다. 그러므로 타자를 수용하고 환대하는 주체의 모습이 나타나게 된다. 전쟁이 결과한 죽음의 문제를 천착한 후 김구용은 생명을 가진 타자라는 존재를 수용하고 이를 통해 주체의 전체성으로부터 해방되는 주체를 제시하기에 이른다.

Ⅲ장에서 논의한 다양한 타자는 타자성을 잃지 않고 타자로서의 절대성을 갖는다는 점에서 공통된다. 주체는 이 타자들에 의해 대상화가 되거나 주체로 성립되는데, 이것은 타자 중심의 관계 속에서 주체의 존재의 토대를 타자가 가지게 되는 것이다. 김구용은 타자 중심의 세계를 전개시켜 나감으로써 주체의 자립에 대한 부정과 회의를 보여준다. 특히 전쟁시편들은 타자의 근거 위에서 주체가 가능함을, 타자를 수용하는 주체의 감수성을 선보이고 있다.

3) 대타자와 주체

대상으로서의 타자와 절대적 타자는 주체와 종속적 또는 지배적 관계를 맺는다. 그 관계에 따라 주체는 상이한 모습으로 나타난다. 그러면서도 타자가 주체의 외부에 존재한다는 것, 타자의 외재성이 그들의 공통의 특징이라 할 수 있다.

김구용의 시에서 타자와 주체가 관련을 맺는 양상은 보다 복잡하게 나타난다. 주체의 분열과 무의식이 드러나면서 주체의 외부에 자리하는 것이 아니라 주체 내부에 존재하는 타자가 문제시된 것이다. 이 대타자는 언어라는 상징계의 형태를 띠고, 주체의 외부에서뿐만 아니라 내부에서 주체의 무의식을 지배한다. 주체는 기표들의 의미 사슬로 진입하면서 주체로 태어난다. 하지만 주체는 언어적 존재가 되면서 기표로 나타나고 기표에 의해 소외된다. 주체의 의식과 무의식, 기표와 기의로의 분열은 김구용의 시에서 분열된 주체를 탄생시키며, 상징화된 주체와 상징계에 자리 잡지 못한 주체의 대결과 대립, 만남 등으로 연출된다. 후자는 전자의 주변을 배회하거나 예기치 못하게 출몰한다. 나아가 주체는 기표들 사이에서 떠돌거나 수많은 기표가 되기도 한다.

이와 같은 상황 속에서 주체는 기표들의 일련의 효과에 불과하다. 김구용의 작품 「소인」은 주체가 기표들의 위치, 배열, 효과로서 존재하고 있음을 잘 보여준다. 「소인」의 내가 살인을 하지 않았음에도 살인자로 몰리게 되는 정황은 어떠한 합리적인 추론과 실제의 인과로 설명할 수 없는 것이다. 주체가 살인자의 기표를 부여받은 것은 그날 하루 동안의 여러 일과, 만난 사람들, 그들을 만난 시간과 공간, 우연한 행위들, 주고받은 사소한 물건들이 모두 모여 모종의 질서와 효과를 연출함으로써 비롯된 것이다.

이렇게 필연적인 행위가 아니라 기표들의 연쇄의 효과에 불과한 주체는 기표로 나타나게 되면서 기표로 응고된다. 김구용은 이를 '수금

(囚禁)'이라 하는데, 그의 시에는 수금이라는 말이 많이 등장한다. 「소인」은 이 특유의 수금 의식을 잘 보여준다. 따라서 주체는 살인을 해서 살인자가 되는 것이 아니라 살인자의 기표로 표상되었기에 살인자가 된다. 주체는 대타자의 상징체계의 한 부분에 편입된 것이다.

김구용의 또 다른 중편 산문시 「꿈의 이상」은 살인자로서 대타자의 의미 사슬 속으로 사라지는 「소인」의 주체에 대한 거부와 반대의 징표이다. 주체는 자신의 욕망을 추구하고 욕망의 원인과 환상적으로 결합함으로써 기표들의 사슬 속으로 소멸되지 않는다. 타자는 주체를 완전히 지배할 수 없는 것이다. 다시 말하면 주체는 언어적 존재가 되면서 이 상징체계와 완전히 결합한 것이 아니며, 무언가, 자신의 일부를 잃어버리는데, 이것 때문에, 그리고 이것을 욕망함으로써, 언어 세계로부터 자신을 분리할 수 있는 것이다. 「꿈의 이상」에서는 이것이 오렌지(여인)로 나타난다. 오렌지를 쫓아다니고 이와 상상적으로 결합하는 환상을 통해 대타자의 언어 사슬로부터 자신을 분리시키는 것이다.

「꿈의 이상」에서 주체는 환상에 이어 환상 가로지르기를 통해, 다시 대타자로부터 자신을 분리할 수 있게 된다. 즉 오렌지를 쫓아다니는 것이 아니라 오렌지를 향유하는 쪽으로, 욕망의 주체에서 쾌락의 주체로 이동하는 것이다. 이것은 지배되고 금지되는 주체, 욕망과 도착의 주체가 아니며 향유의 주체로서, 상징계의 효능을 받지 않는 향락의 주체를 탄생시키는 것이다.

대타자(상징계)의 지배를 받는 Ⅳ장의 주체는 김구용 문학의 중심에 있다. 여기서 주체는 사유와 진술보다는 갈등과 대립의 문학적 형상화 속에 나타난다. 분열되고 소외되며, 수금되어 있고, 욕망하고, 환상을 쫓는, 그리고 그 환상을 가로지르는 주체는 분열적인 현대적 주체의 모습을 압축적이고 다양하게 보여준다. 특히 이 장에서 집중 분석된 중편 산문시들에는 이러한 현대적 주체가 출현하여, 언어와 담론, 욕망의 주체라는 현대의 주체의 문제들을 고스란히 체현하고 있다. 김구용은 철학에서 광범위하게 제기된 문제들을 문학으로 앞서서 사유한 것이다. 김구용 문학의 불가해성과 현대성, 선구적 특성이 잘 나타나고 있는 부분이다.

4) 주체의 소멸과 타자의 부재

김구용에게는 앞에 언급한 것과는 전혀 다른 구도로 전개되는 타자와 주체의 관계 양상이 존재한다. V장에서 분석한 불교시가 그것이다. 김구용은 소재와 주제 면에서뿐만 아니라 불교적인 사유를 토대로 하고 있는 일련의 시를 창작함으로써 존재와 인식의 문제에 대한 탐구를 확장하고 있다.

불교에서는 철학적 의미에서의 주체, 자아의 존재를 인정하지 않는다. 이것은 타자에 대해서도 마찬가지이다. 인간 존재를 오온(五蘊)의 결합으로 여기기에 자아를 인정하지 않으며 따라서 주체와 타자의 구별도 무화시키고 있는 것이다. 오온은 그동안 이해되어 왔던 방식으로서의 주체나 자아가 아니며, 오온 너머에 항상적인 자아가 존재하는 것도 아니기에 불교는 비아이면서 무아로 존재를 설명하고 있다. 주체라는 것이 자기 동일성을 갖는 무엇이 되지 못하고 신체, 느낌, 생각, 의지, 감각이라는 요소들의 결합에 지나지 않으며, 이 결합의 양상도 항상적인 것이 아니기에 근원적이고 동일적인 자아 관념은 불교에서는 성립되지 않는다. 불교의 무아는 연기설과 더불어 실체, 불교 용어로는 자성(自性)에 대한 부정이다. 스스로 성립하는 독립적인 존재를 인정하지 않는 것이다.

이러한 불교적 사유가 김구용의 불교시들을 형성하고 있다. 그의 불교시에서 가장 두드러지게 나타나는 특징이 바로 불교적 무아에 대한 것이다. '자성'을 가지지 못하기에 주체와 타자의 구별이 없는 무와 무아는 사물과 현상의 세계를 관통하는 것이다. 존재들은 '무를 통하여'

존재하기에 그 자체가 무아이며 공이다. 무와 무아는 존재의 현상이고 본질이다. 공은 존재의 너머에 있는 본질적 진리가 아니며 존재 자체가 공이다. 김구용은 이러한 인식을 바탕으로 하여 타자와 주체의 차이와 분별이 사라진 세계를 그리고 있다. 그에 의하면 가시적인 현상의 구별들은 무의미한 것이다. 그것들은 모두 무, 즉 공이라는 공통의 기반 위에서 존립하는 것이기 때문이다. 주체와 타자 사이에는 거리도 긴장도 존재하지 않는다.

하지만 주체와 타자가 뚜렷한 자성을 가지지 않은 무아들이며 존재의 본질이 이와 같은 무와 공인 것이 존재를 허무로 몰고 가는 것은 아니다. 김구용은 불교적인 무아가 생성으로서의 무아로 발현되는 것을 여러 시적 정황들을 통해 보여주고 있다. 존재들은 충만감으로 도처에서 생기된다. 개별자로서의 '나'가 없다는 것은 그에 의하면 모든 것이 '나'라는 것과 같은 말이다. 무아는 생명이 사라지는 것이 아니라 모든 시공의 현장에서 무수한 '나'를 만나는 것이다.

이상의 논의들을 토대로 하여 김구용 시세계의 특징을 몇 가지로 요약해 볼 수 있다.

첫째, 김구용의 시세계는 언제나 복합적으로 존재했으며, 복합적 관점의 적용에 의해서만 파악될 수 있다. 유일한 관점의 적용이 하나의 이론의 선택과 나머지 이론들의 방기를 뜻하는 것이라면 김구용의 시세계는 그런 식으로는 단 한 시기도 이해될 수 없다. 그의 시는 타자와 주체에 대한 관점의 혼재를 통해서만 나타난다. 그것에서 연대기적인 변화를 찾을 수 없으며, 타자와 주체의 관계 양상은 특정 시기와 일정한 관계를 가지고 있지 않다. 예를 들어 절대적 주체로 분류된 동화와 투사의 주체의 경우, 「옥」, 「아리랑 Ⅱ」, 「불꽃 Ⅱ」, 「선인장」은 각각 1968년, 1960년, 1961년, 1965년에 쓰인 반면, 「과목」, 「녹엽」, 「나비」는 모두 1953년에, 「제비」와 「나는 유리창을 나라고 생각한다」는 1952년에 쓰였다. 이것은 그의 시세계의 분수령이 되는 중편 산문시 「소인」, 「꿈

214

의 이상」, 「불협화음의 꽃 Ⅱ」가 쓰인 1957년, 1958년, 1961년의 전후
에, 즉 1950년대와 60년대에 나란히 위치하는 것이다. 그러므로 절대적
주체가 나타나서 타자를 동화시키는 성향의 시를 김구용의 초기시나 후
기시의 성향으로 파악할 수 없다. 이와 같은 양상은 다른 예에서도 찾
아볼 수 있다. 불교시를 보면 1980년대, 90년대 초까지 쓰인 『구거』에
서뿐 아니라, 『시』에 수록된 5~60년대의 자유시, 산문시에서도 일찍부
터 불교적 사유는 나타난다. 그의 불교시 역시 일정한 시기에 출현하
고 전면화된 것이라고 하기 어려운 것이다.

이렇게 타자와 주체의 관계 양상들이 시기적인 변모를 거치지 않고
병행해서 나타나는 것은 김구용 시의 복합성을 특징짓는다. 단선적인
사고의 발전은 찾아볼 수 없다. 그는 언제나 다양한 타자와 주체들을
통해 존재와 인식의 문제들을 문학적으로 사유하고 탐험한 것이다.[203]

둘째, 김구용 시세계에서 전통적인 서정은 우세하지 않다. 우리는 전
통적인 서정을 강력한 주체가 대상을 지배하여 자신에게 동화시키는
것으로 이해했으며, 그에게 주체가 우위에 서는 시(Ⅱ장에서 살펴본,
대상으로서의 타자가 등장하는)는 많지 않음을 확인했다. 강력하고 절
대적인 통일적 주체가 등장해서 타자와 세계를 동화시키는 것은 그의
시의 아주 작은 일부에 지나지 않는다. 주체가 우위를 차지하는 시들
은 절대적 타자와 대타자, 그리고 부재하는 타자의 시편과 비교할 때
압도적으로 적은 편수를 기록하고 있다. 그리고 타자가 대상의 위치에
있을 때조차 세계를 동일화하는 강력한 주체는 동화와 투사의 주체에
지나지 않는다.(Ⅱ장 1절) 강력한 주체가 아니라 대상화와 이중성, 위기
를 겪는 이 주체들은(Ⅱ장 2절과 3절) 고전적인 절대적 주체에서 많이

---

203) 본 논문은 김구용 시의 이러한 '복합성'이나 '다양성'을 타자와 주체에
대한 몇 개의 사유를 통해 검출해 내려고 한 것이다. 물론 김구용이 이
러한 복합성 밑에 숨어 있는, 우리가 알지 못하는 형태의 통일된 사유를
견지했을 수도 있으며 이런 가능성 자체가 아주 흥미로운 것이긴 하다.
그러나 이런 가능성은 타자와 주체에 관한 기존의 이론에 근거해서는 탐
구될 수 없는 것이다.

벗어나 있으며, 현대의 분열된 주체들과 닮아 있다.

따라서 김구용의 시는 주체가 중심이 되어 타자나 세계를 동화시키는 전통적인 양식의 시들보다는 주체의 위치가 협소해지고 주체가 분열과 다중성을 겪는 현대성의 시편에 무게 중심이 쏠려 있음을 알 수 있다. 이것은 타자가 확대되고 이에 비해 주체가 축소되거나 소멸되는 현대 철학의 흐름과 같은 맥락으로 이해할 수 있다.

셋째, 이른바 불교시는 김구용 시세계의 중심을 차지할 수 없다고 보아야 한다. 그가 불교시에서 새로운 인식론적 탐구를 진행한 것은 사실이지만 불교시에서 김구용은 타자와 주체 사이의 긴장을 상실한 채, 상대적으로 이완된 언어를 제시하고 있기 때문이다. 철학적 관점에서만 보면 불교의 사유는 어떠한 인식론에 비교할 수 없을 정도로 급진적인 모습을 지닌다. 그것은 일정한 성격을 갖는 주체, 자아를 부정하고, 주체와 타자의 구별을 무화시키기 때문에, 주체도 타자도 부재하는 과격한 세계이다. 김구용은 이러한 불교의 인식론을 내면화하고 있어 불교적 사유의 정수를 펼쳐 보인다. 하지만 그 과정에서 종교든 철학으로든 그의 불교의 인식론은 문학적 포장을 벗어나는 경우가 많다.

ⅰ) 불립문자의 사상을 엿볼 수 있는 부분에서처럼 언어 이전이나 언어 이후, 즉 언어를 벗어난 세계를 지향한다. ⅱ) 사유의 내용에 치중되어 있다. 따라서 문학적 형상화를 하기보다는 불교적 교리에 가까운 내용들을 선언적으로 진술하는 대목이 많다. ⅲ) 타자와 주체의 실체를 부정하고, 구별과 차이가 사라진 세계를 상정함으로써, 긴장이 사라지고 있다. 타자와 주체의 무화로, 문학적 장치들이 무력해지고, 철학이나 종교에 기울고 있는 것이다. 이와 같은 이유들로 V장에서 다룬 김구용의 불교시들도 그의 문학의 본령이라 할 수 없다.

넷째, 그러므로 김구용 시의 본령은 절대적 타자의 시편과 대타자의 시편들(Ⅲ, Ⅳ장)에서 찾아야 한다. 양적인 면에서든, 질적인 면에서든 그러하다. 분량 면에서도 그렇지만 무엇보다도 주체와 타자 간의 극적이고 역동적인 관계 설정을 통한 문학적 형상화가 잘 이루어지고 있는 까닭이다. 이를 살펴보기 위해 우선 타자의 성격을 특징짓는 이질성과 외재성에 근거해서 본문에서 다룬 네 타자가 주체와 맺는 관계를 도식화해 보면 다음과 같다.

타자의 유형	타자의 성격	타자의 위치
ⅰ) 대상화된 타자	비이질적	외재적
ⅱ) 절대적 타자	이질적	외재적
ⅲ) 대타자	이질적	비외재적
ⅳ) 불교적 무아	비이질적	비외재적

주체와 타자가 동화되어, 주체가 세계와의 연속성을 이루는 것은 ⅰ)과 ⅳ)이다. ⅰ)과 ⅳ)에는 주체와 타자 간에 이질성이 존재하지 않는 것이다. 그러면서도 ⅰ)은 타자가 외재성을 갖기 때문에 양자의 거리를 소멸시켜 동화를 이루기 위해 강력한 주체가 등장하는 반면, ⅳ)는 타자가 외재성을 갖지 않고, 주체와 타자가 무아로 동일하기에 타자도 주체도 뚜렷한 개별성이나 경계를 갖지 않는다. 둘 사이에 긴장이나 이를 해소하기 위한 노력도 존재하지 않는 것이다.

ⅱ)와 ⅲ)은 타자가 이질성을 가지며 타자의 영역이 크고 이에 비해 주체의 영역이 약화되어 있다는 공통점을 가진다. ⅱ)는 타자가 주체에 대해 외재성을 갖기 때문에 타자의 영향이 명확하고 이에 따라 타자와 주체의 성격이 잘 대비되어 나타난다. 양자 간의 대칭적인 관계가 명료하게 드러나는 것이다. 가장 복잡한 것은 ⅲ)이다. ⅲ)은 타자가 이질적이면서도 주체와의 거리가 사라진 것이다. 타자는 주체를 지배하지만 외재성을 갖지 않기에 그 지배의 양상은 불투명하고 비가시적이다. 주체는 자신의 내면에 들어와 있는 이질적인 타자에 의해 분열을 겪는다.

이와 같은 분류에 의하면, ⅲ)이 가장 복합적이고 중층적인 설계로 되어 있다는 것을 알 수 있다. ⅲ)은 타자와 주체의 자리가 떨어져 있지 않고 결합되어 있지만 이질성을 가지기에 둘 간의 결합은 불완전한 것이다. 이 불완전성은 주체의 불완전성으로 나타난다. 동질적이고 통일되어 있는 주체가 아니라, '반복적, 복합적'인 현대적 주체인 것이다. 이 현대적 주체들은 김구용의 시에서 분열, 소외, 수금, 욕망, 환상의 주체들이며 갈등하고 방황하고 회의하고 의문을 제기하는, 그의 문학의 중심을 차지하는 주체들이다. 그러므로 Ⅳ장의 대타자와 언어적 주체 부분에서 논의된 시편들은 타자와 주체의 관계에 대한 최근의 논의들을 선취하여 보여주고 있는 김구용 시의 가장 현대적인 측면이라 할 수 있다.

특히 중편 산문시 「소인」과 「꿈의 이상」은 이와 같은 현대의 주체의 상황을 압축적이면서도 핵심적으로 보여준다. 상징적인 질서 체계에 편입해 들어감으로써 탄생하는 주체가 이 체계와 벌이는 관계의 긴밀한 양상을, 존재론적 곤란과 위기를, 두 작품은 방대한 구조와 치밀한 서사로 포착하고 있다. 더불어 이 시들의 문제의식의 크기는 중편이라는 양식을 요구하게 되고, 산문과 시의 경계를 넘나들게 만든다. 산문적인 구성과 서사가 시적 문체와 이미지 속에 압축되어 두 장르의 해체적 변용으로까지 이르는 것이다. 김구용은 여기서 장르의 한계를 벗어나는 가능성까지 과감하게 실험한 것으로 보인다.

다섯째, 김구용 시에 대한 본격적인 이해는 이제야 가능해졌다는 점이다. 그의 시는 70년대 이후에야 서구에서 논의되기 시작한 욕망하는 주체와 그의 환상이라는 문제를 이미 50년대의 시(Ⅳ장에서 논의된 대타자의 시편)에서 통찰하고 있었다. 욕망과 환상의 주체들은 현대 철학, 특히 60~70년대 구조주의 이후 논의되고 있는 다중적이고 분열적인 주체이다. 우리 문학사로 보면 90년대 이후 출현하게 될 주체이다. 이 현대적 주체와 타자에 대한 라캉적 모형이 50년대의 김구용의 시에서 의문의 여지없이 명확하게 진술되어 있는 것이다. 이것은 서구의 지적 흐름에서 고립된 조건에서,204) 동시대의 어떠한 이론적 지원도 없

---

204) 김구용과 라캉 사이에 직접적인 연관은 없고, 라캉의 이론이 발전해 나간 시기를 볼 때(50년대로부터 시작해서 60~70년대에 이르기까지), 김구

이 이루어진 것으로,[205] 세계 문학사적으로 주목할 만한 사건이다. 김구용의 시는 문학이 시대의 흐름과 인식론을 앞서 인간 존재를 탐사할 수 있는 가능성에 대한 한 예라 할 수 있다. 문학은 철학이나 과학적 방법론보다 먼저 인간에 대해 이야기할 수 있고, 인간의 존재론을 제시해 줄 수 있는 것이다.

김구용은 자신이 이룩한 것의 의미를 동시대인들이 평가해 주기를 기대할 수 없었다. 50년대의 한국 문학사에서 「소인」과 「꿈의 이상」 속의 주체들은 시단의 주류를 형성하고 있었던 안정적이고 전통적인 주체(서정주, 유치환의 생명파와 박목월 등의 청록파, 그리고 박재삼, 김현승 등의 순수파의 주체들)는 말할 것도 없고, 도시적 감수성과 실험 의식으로 포장되어 나타난 모더니즘의 주체(박인환, 김규동, 조향 등의 후반기 동인의 주체들)와도 거리가 있는 것이었다. 전통적이고 토착적인 정서로의 지향이나 자연과의 교감, 생명에의 경외 등으로 나아갔던 전자와, 이러한 경향에 반발하고 도시 문명의 불안과 감각 등을 표면화했던 후자 모두 50년대 전후 시단에서 전쟁과 문명이라는 자장을 배경으로 형성된 것이다.

김구용은 이와 같은 당면한 현실에 결박되어 있지 않았다. 그는 전

용의 중편 산문시와 같은 주요 작업은 이와 무관하게 형성된 것으로 보인다. 물론 보다 멀리 살펴보면 둘 사이에는 프랑스 상징주의와 초현실주의라는 공통의 문학적 선구자들은 존재한다. 하지만 이 조류들로부터 직접적으로 김구용과 라캉의 공통성을 찾아내는 것은 무리일 것이다. 다만 상징주의자들과 초현실주의자들에 대한 김구용의 관심은 그의 산문이나 관련자들의 증언에서도 확인되는데, 이들이 그의 작품 세계에 미친 영향에 대한 별도의 실증적인 연구가 필요할 것이다.

205) 동시대의 문학적 연관 속에서 파악하기 어려운 김구용의 선구적 작업을 김윤식은 다음과 같이 표현하고 있다. "「뇌염」은 어떠할까. 그것은 김동리도, 대한민국 정식 정부도, 또한 어떤 인연도 거의 무관한 곳에서 솟아난 봉우리가 아니었던가. 김구용이 아니면 안 되는 독자의 세계, 그만의 비상은 언제 어떻게 가능했으며 그것이 어째서 이 나라 시문학사의 한 봉우리에 해당되는 것이었을까." 김윤식, 「「뇌염」에 이른 길」, 『시와 시학』, 2000년 가을호. 『거리재기의 시학』(시학, 2003), 166면.

쟁의 참상과 피폐한 현실 앞에서 인간 존재의 의미와 구원을 탐구하기 위해 전통적인 서정으로 나아가지 않았으며, 이러한 서정시에 대한 비판으로 성립된 50년대 모더니즘의 한정된 시야에 머무르지도 않았다. 김구용 시 속의 주체들은 전후 시단의 분위기와 무관하게, 시대를 앞질러 현대성을 제출하고 있는 새로운 주체들이며, 새로운 존재 양태와 인식의 문제들을 보여준 것이다. 바로 김구용 시가 주목되는 이유이다. 본 논고는 김구용의 그러한 시적 성과를 밝히고자 한 것으로, 한국 현대시사에서 김구용의 위치를 설정하기 위한 작업이었다. 지금까지 한국 현대시사가 김구용을 적극적으로 통합시킬 상상력과 의지를 보여주지 못했다면, 이제 한국 현대시사를 바라보는 관점에도 일정한 변화가 불가피하리라 생각된다.

참고문헌

기본 문헌

김구용, 『김구용 문학 전집』(전6권: 제1권 시, 제2권 구곡, 제3권 송백팔, 제4권 구거, 제5권 일기, 제6권 인연)(솔출판사, 2000).

국내 저자

강영안, 「존재, 주체, 타자 — 엠마누엘 레비나스의 존재론적 모험에 관하여」, 『세계의 문학』, 1992년 겨울호.
강영안, 「레비나스: 타자성의 철학」, 『철학과 현실』, 1995년 여름호.
강영안, 『주체는 죽었는가』(문예출판사, 1996).
강우식, 「김구용 片貌」, 『절망과 구원의 시학』(둥지, 1991).
고 은, 「존재의 해체」, 『현대시학』, 1969년 7월호.
권택영, 「현대문학과 타자 개념」, 『현대시사상』, 1996년 겨울호.
김규동, 「김구용 시집 『詩』」, 『한국문학』, 1977년 9월호.
김수영, 「난해의 장막」(1964), 『김수영 전집 2 산문』(민음사, 1981).
김연숙, 『레비나스 타자 윤리학』(인간사랑, 2001).
김영주, 「청마 유치환 시에 나타난 시적 자아 연구 — 타자성과 양면성을 중심으로 —」, 부산대학교 석사 논문(1998).
김용직, 『현대시원론』(학연사, 1988).
김윤식, 「이상론의 행방」, 『심상』, 1975년 3월호.
김윤식, 편저, 『문학비평용어사전』(일지사, 1976).
김윤식, 「「뇌염」에 이른 길」, 『시와 시학』, 2000년 가을호. 『거리재기의 시학』(시학, 2003)에 재수록.
김윤식, 「6 · 25와 시적 대응의 표정들」, 『거리재기의 시학』(시학, 2003).

222

김재홍, 『한국전쟁과 현대시의 응전력』(평민사, 1978).

김종길, 「김구용의 「三曲」」, 『주간한국』, 1964년 12월. 김종길, 『시에 대하여』 (민음사, 1986)에 재수록.

김종주, 「라캉과 정신분석」, 『현대시사상』, 1994년 여름호.

김준오, 『시론』(문장사, 1984).

김춘수, 「언어 – 신년호 작품평 시부문」, 『사상계』, 1959년 2월호.

김춘수, 『김춘수 전집 2 – 시론』(문장사, 1982).

김 현, 「놀램과 주장의 세계」, 『문학과 지성』, 1979년 봄호.

김형준, 「인도 정통 사상과 불교의 대립」, 『논쟁으로 보는 불교 철학』(예 문서원, 1998).

김혜강, 「조병화시에 나타난 타자 인식 연구」, 인제대학교 석사 논문(2002).

김효곤, 「김수영시의 타자 현상 연구」, 부산대학교 석사 논문(1998).

민승기, 「문학비평에 있어서 주체의 문제」, 경희대학교 석사 논문(1986).

박선영, 「생성의 축제, 무한생명을 향한 길 – 김구용론」, 『현대시학』, 2004년 10월호.

박정자, 「사르트르의 타자 개념」, 『현대시사상』, 1996년 겨울호.

박해당, 「중국 초기불교의 공에 대한 이해」, 『논쟁으로 보는 불교 철학』 (예문서원, 1998).

변광배, 『장 폴 사르트르, 시선과 타자』(살림, 2004).

서동욱, 「사르트르의 타자 이론 – 레비나스와의 비교」, 『현대 비평과 이론』, 1999년 봄·여름호.

서동욱, 『차이와 타자』(문학과지성사, 2000).

성기조, 「김구용론 – 「탈출」과 6·25의 실상」, 『한국현대시인론』(한국문화 사, 1997).

성찬경, 「김구용 시집 『시집 1』 북리뷰」, 『월간문학』, 1969년 8월호.

신옥희, 「레비나스의 타자 개념」, 『현대시사상』, 1996년 겨울호.

양석원, 「욕망의 주체와 윤리적 행위」, 『안과 밖』, 영미문학연구회, 2001년 상반기 제10호.

양석원, 「응시의 저편: 자크 라캉 이론에서의 주체와 욕망」, 『안과 밖』, 영 미문학연구회, 2003년 하반기 제15호.

엄경희, 유정선, 「고전시와 현대시의 세계관적 연계성과 차이성」, 『한국시의 미학적 패러다임과 시학적 전통』(소명출판, 2004).

유종호, 「불모의 도식 - 상반기의 시단」, 『문학예술』, 1957년 7월호.

윤효녕, 「데리다: 형이상학 비판과 해체적 주체 개념」, 윤평중, 윤혜준, 윤효녕, 정문영 공저, 『주체 개념의 비판』(서울대학교 출판부, 1999).

이거룡, 「윤회의 주체를 둘러싼 논쟁」, 『논쟁으로 보는 불교 철학』(예문서원, 1998).

이건제, 「공의 명상과 산문시의 정신 - 김구용의 초기 산문시 연구」, 송하춘 이남호 공편, 『1950년대의 시인들』(나남, 1994).

이기영, 『불교개론강의 하』(한국불교연구원, 1998).

이동이, 「『송백팔』의 불교적 영향 - 역설적 기법을 통한 조명」, 전북대학교 석사 논문(1984).

이명규, 「고정희시 연구 - 타자 / 근대성이론을 중심으로」, 명지대학교 석사 논문(2000).

이병일, 「칼 바르트의 '하나님의 절대타자성'과 '하나님의 인간성'의 현실 비판 연구」, 한신대학교 석사 논문(1998).

이승훈, 「이상 시의 자아 분석」, 『이상시 연구』(고려원, 1987).

이승훈, 「환상 가로지르기」, 『시와 세계』, 2006년 겨울호.

이윤경, 「이상 시의 변형 세계 연구」, 국민대학교 박사 논문(2003).

이재선, 『한국문학주제론』(서강대출판부, 1989).

이재훈 편저, 『철학사전』(동국문화사, 1949).

이정일 편저, 『시학사전』(신원문화사, 1995).

이종영, 『가학증, 타자성, 자유』(백의, 1996).

이진경, 「자크 라캉: 무의식의 이중구조와 주체화」, 『철학의 탈주』(새길, 1995).

이혜련, 「운동주시에 나타난 타자 인식 연구」, 경성대학교 석사 논문(2003).

임진수, 「라캉의 언어 이론」, 『문학과 사회』, 1996년 봄호.

장백일, 「한국적 쉬르리얼리즘의 비평」, 『현대시학』, 1970년 6월호. 국어국문학회 편, 『현대시연구』(정음문화사, 1984)에 재수록.

정귀영, 「이상 문학의 초의식 심리학」, 『현대문학』, 1973년 7월호.

정문영, 「라캉: 정신분석학과 개인 주체의 위상 축소」, 윤평중, 윤혜준, 윤효녕, 정문영 공저, 『주체 개념의 비판』(서울대출판부, 1999).

정미경, 「레비나스의 타자의 무한성과 윤리적 주체성에 관한 연구」, 부산
　　대학교 석사 논문(2005).

정한모, 『현대시론』(민중서관, 1973).

조동일, 「시조의 이론, 그 가능성과 방향 설정」, 『고전문학을 찾아서』(문학
　　과지성사, 1976).

조동일, 「자아와 세계의 소설적 대결에 관한 시론」, 『한국소설의 이론』(지
　　식산업사, 1977).

주성윤, 「한국시의 새판도」, 『시인』, 1970년 1월호.

최은주, 「바라보는 주체와 보여지는 타자」, 건국대학교 박사 논문(2002).

하현식, 「선적 인식과 초현실 의식」, 『현대시학』 1985년 4월호.

한국문학평론가협회 편, 『문학비평용어사전 (상)』(국학자료원, 2006).

한자경, 『자아의 연구』(서광사, 1997).

한자경, 『불교 철학의 전개』(예문서원, 2003).

홍신선, 「한 초월론자의 꿈」(1987), 『상상력과 현실』(인문당, 1989).

홍신선, 「실험의식과 치환의 미학」(1994), 『한국시의 논리』(동학사, 1994).

홍신선, 「현실 중압과 산문시의 지향」, 김구용, 『시』(솔출판사, 2000).

홍준기, 「정신분석학과 맑스주의」, 『창작과 비평』, 1994년 여름호.

홍준기, 『라캉과 현대철학』(문학과지성사, 1999).

국외 저자

Abrams, M. H., *A Glossary of Literary Terms*(New York: Holt, Rinehart
　　and Winston, 1981, 4th edition); 국역 『문학비평용어사전』, 권택영,
　　최동호 편역(새문사, 1985).

Benvenuto, Bice and Roger Kennedy, *The Works of Jacques Lacan: An
　　Introduction*(London: Free Association Books, 1986); 국역 『라캉의
　　정신분석 입문』, 김종주 옮김(하나의학사, 1999).

Calderwood, James L. & Harold E. Toliver, *Forms of Poetry*(Englewood
　　Cliffs, New Jersey: Prentice−Hall, Inc, 1968).

Collins, Jeff and Bill Mayblin, *Introducing Derrida*(Cambridge: Icon Books, 2002); 국역 『데리다』, 졸역(김영사, 2003).

Coward, Rosalind and John Ellis, "On The Subject of Lacan", *Language and Materialism*: *Developments in Semiology and the Theory of the Subject*(New York: Routledge, 1977); 국역 「라캉과 주체의 문제」, 이미선 옮김, 『현대시사상』, 1994년 여름호.

Descartes, René, *Méditations métaphysiques*(1647); 국역 『성찰』, 이현복 옮김(문예출판사, 1997).

Dewey, John, *Art as Experience*(New York: Minton Balch, 1934); 국역 『경험으로서의 예술』, 이재언 옮김(책세상, 2003).

Evans, Dylan, *An Introductory Dictionary of Lacanian Psychoanalysis*(London: Routledge, 1996); 국역 『라캉 정신분석 사전』, 김종주 외 옮김(인간사랑, 1998).

Fink, Bruce, *A Clinical Introduction to Lacanian Psychoanalysis*(London: Routledge, 1986); 국역 『라캉과 정신 의학』, 맹정현 옮김(민음사, 2002).

Fink, Bruce, *The Lacanian Subject*: *between language and jouissance* (Princeton, N.J.: Princeton University Press, 1995).

Glowinski, Huguette et al. (ed), *A Compendium of Lacanian Terms*(London: Free Association Books, 2001); 국역 『라캉 정신분석의 핵심 용어』, 김종주 옮김(하나의학사, 2003).

Hartmann, Nicolai, *Die Philosophie des deutschen Idealismus*(Berlin: W. de Gruyter, 1923~1929); 국역 『독일 관념론 철학 Ⅰ』, 이강조 옮김(서광사, 1989).

Hegel, G. W. F., *Phänomenologie des Geistes*(1807); 국역 『정신현상학 Ⅰ』, 임석진 옮김(지식산업사, 1988).

Heidegger, Martin, *Schellings Abhandlung über das Wesen der menschlichen Freiheit*(Tübingen: M. Niemeyer, 1971); 국역 『셸링』, 최상욱 옮김(동문선, 1997).

Husserl, Edmund, *Méditations cartésiennes*(Paris: A. Colin, 1931); 국역 『데

카르트적 성찰』, 이종훈 옮김(철학과 현실사, 1993).

Hyppolite, Jean, *Genèse et structure de la Phénoménologie de l'esprit*(Paris: Aubier, 1946); 국역 『헤겔의 정신현상학 I』, 이종철, 김상환 옮김 (문예출판사, 1986).

Kant, Immanuel, Kritik der reinen Vernunft(1781); 국역 『순수이성비판』, 이명성 옮김(홍신문화사, 1987).

Lacan, Jacques, "Sign, Symbol, Imaginary", trans. by Stuart Schneiderman in *On Signs,* edited by M. Blonsky(Baltimore, MA: The Johns Hopkins University Press, 1985); 국역 「기호, 상징, 상상적인 것」, 김경수 옮김, 『현대시사상』, 1994년 봄호. [영문 텍스트는 *Le séminaire, Livre II: Le moi dans la théorie de Freud et dans la technique de la psychanalyse*, 1954~1955(Paris: Seuil, 1978)의 일부를 영역한 것임]

Lacan, Jacques, "L'instance de la lettre dans l'inconscient ou la raison depuis Freud"(1957), *Écrits* (Paris: Seuil, 1966); 영역 "The Instance of the Letter in the Unconscious or Reason since Freud", *Écrits*, trans. by Bruce Fink(New York: Norton, 2006); 국역 「무의식에 있어 문자가 갖는 권위(주장) 또는 프로이트 이후의 이성」, 민승기 옮김, 『욕망 이론』, 권택영 엮음(문예출판사, 1994).

Lacan, Jacques, "La signification du phallus (Die Bedeutung des Phallus)"(1958), *Écrits*(Paris: Seuil, 1966); 영역 "The Signification of the Phallus", *Écrits,* trans. by Bruce Fink(New York: Norton, 2006); 국역 「남근의 의미작용」, 민승기 옮김, 『욕망 이론』, 권택영 엮음 (문예출판사, 1994).

Lacan, Jacques, "Desire and the Interpretation of Desire in *Hamlet*"(1959), trans. by James Hulbert in *Yale French Studies,* No.55~56(1977); 국역 「욕망, 그리고 「햄릿」에 나타난 욕망의 해석」, 이미선 옮김, 『욕망 이론』, 권택영 엮음(문예출판사, 1994).

Lacan, Jacques, *Le séminaire, Livre XI: Les quatre concepts fondamentaux de la psychanalyse*, 1964(Paris: Seuil, 1973); 영역 *The Seminar. Book XI. The Four Fundamental Concepts of Psychoanalysis*, trans.

by Alan Sheridan(New York: Norton, 1978).

Lacan, Jacques, *Écrits*(Paris: Seuil, 1966).

Lacan, Jacques, 『욕망 이론』, 권택영 엮음, 민승기 이미선 권택영 옮김(문예출판사, 1994).

Lacan, Jacques, *Écrits*, trans. by Bruce Fink(New York: Norton, 2006).

Laplanche, Jean & J.−B. Pontalis, *Vocabulaire de la psychanalyse*(Paris: PUF, 1967); 국역 『정신분석 사전』, 임진수 옮김(열린책들, 2005).

Leader, Darian and Judy Groves, *Introducing Lacan*(Cambridge: Icon Books, 2000); 국역 『라캉』, 졸역(김영사, 2002).

Lemaire, Anika, *Jacques Lacan*(Bruxelles: Charles Dessart, 1970); 국역 『자크 라캉』, 이미선 옮김(문예출판사, 1994).

Levinas, Emmanuel, *De l'existence à l'existant*(1947); 국역 『존재에서 존재자로』, 서동욱 옮김(민음사, 2003).

Levinas, Emmanuel, *Totalité et infini: essai sur l'extériorité*(La Haye: M. Nijhoff, 1961); 영역 *Totality and Infinity*, trans. by Alphonso Lingis (Pittsburgh: Duquense University Press, 1969).

Levinas, Emmanuel, *Ethique et infini: dialogues avec Philippe Nemo*(Paris: Fayard, 1982); 국역 『윤리와 무한』, 양명수 옮김(다산글방, 2000).

Levinas, Emmanuel, *Le temps et l'autre*(Paris: PUF, 1985); 국역 『시간과 타자』, 강영안 옮김(문예출판사, 1996).

Norris, Christopher, *Derrida*(London: Fontana, 1987); 국역 『데리다』, 이종인 옮김(시공사, 1999).

Sartre, Jean−Paul, *L'être et le néant: essai d'ontologie phénoméno-logique*(Paris: Gallimard, 1943); 국역 『존재와 무 Ⅰ』, 손우성 옮김(삼성출판사, 1990).

Sarup, Madan, *Jacques Lacan*(Toronto: University of Toronto Press, 1992); 국역 『알기 쉬운 자크 라캉』, 김해수 옮김(백의, 1994).

Warren, Robert Penn, 「시와 자아」, 이태주 옮김, 『문학사상』, 1977년 1월호.

Wilkerson, T. E., *Kant's Critique of Pure Reason: a commentary for students*(Oxford: Clarendon Press, 1976); 국역 『칸트의 순수이성비

판』, 배학수 옮김(서광사, 1987).

Žižek, Slavoj, *Looking Awry*: *an introduction to Jacques Lacan through popular culture*(Boston: MIT Press, 1991); 국역 『삐딱하게 보기』, 김소연 유재희 옮김(시각과 언어, 1995).

Žižek, Slavoj, *The Ticklish Subject*: *the absent centre of political ontology*(London: Verso, 1999).

웹사이트

http://www.lacan.com/seminars1a.htm

소인(消印)

나는 머리 위를 똑바로 쳐다보며, 기묘한 꽃무늬의 천정지天井紙에
붙은 거미를 비짜루로 후려치려는데, 그 거미가 황금의 조상품彫像品
으로 변하였다. 내 동정同情이 그러한 작용을 일으킨 것으로 생각하였
다. 나는 황금을, 즉 그러한 스스로의 주저를 후려갈겼다. 뜻밖에 진한
진물이 책상에 떨어진 거미 배에서 내밀었다. 고름 같은 진물이 전기
코일처럼 세밀히 감겨 있을, 햇빛에는 오색이 영롱해야 할, 그러한 견
사絹絲가 아님을 알고, 나는 배반당한 공허를 느꼈다. 많은 손발을 가
진 거미는 그 모양이 나의 심경心鏡을 거슬렸다는 이유만으로 피살되
었던 것이다. 어둠을 기다려 피는 달맞이꽃과는 반대로 황막한 미래를
과거의 창 너머로 내다보던 눈은 그러한 꿈에서 현실로 깨어났다. 탈
주 또는 자살을 막기 위해서 밝히는 철창 바깥의 복도의 성스러운 불
이 하숙집 소년을 생각하게 하였다. 이러한 구속의 마룻바닥이 아니고,
그곳은 두 다리를 뻗고 발[簾] 밖을 볼 수 있는 방안이었다. 장독대 옆
의 백일홍들이 제각기 의미를 나타내는 오심午心이었다. 나비들은 몇
번씩이나 소년의 손을 피하면서 한사코 꽃에서 떠나지 않았다. 런닝셔
츠를 입은 소년이 사진기처럼 찰나에 백일홍 위의 대상을 잡았을 때마
다, 손은 무자비하게 날개를 뜯기가 일쑤였다. 수많은 동류同類가 학살
당한 땅바닥에서 비상飛翔의 자유를 잃고 기는 빈사瀕死를 밟아버리는
소년의 발이 동시에 나의 쾌감이었음을 고백하는 수밖에 없다. 나갈

수 없는 문이 나의 앞에 있다. 꿈에서 죽인 거미가 내열철耐熱鐵의 손발을 문 바깥 복도에 핀 석유 등불로 뻗으며 기어오른다. 나는 살아난 그놈을 기이히 여기듯 그놈도 나에게 까닭을 책임 지우려 한다. 불은 시계視界에서 개성적인 권태로 보일지라도 그것이 규격의 우물에 비쳐질 때 저면底面에서 떠오르는 영상映像처럼 우리는 모든 자신을 주위로부터 발견하는지 모른다. 복도의 불길은 흐느적거린다. 의식은 마음의 바탕을 핏빛으로 흔들어버렸다. 그러나 지수면경止水面鏡 앞에 나타난 여자의 사안死顔은 나의 입장에 대한 나의 태도로서 일어난 힐문이었다. "너의 변명은 위선이다. 우리는 늬가 그 여자를 죽였다고 볼 수밖에 없다." 그것은 여자의 넋도 거미의 부르짖음도 나의 목소리도 나비의 호소도 아니었다. 취조관이 나를 불러냈을 때마다 속삭인 일종의 음악이었다. "그런 착안着眼과 취조는 노력의 허비밖에 없다"는 것을 누누이 말하고 "나도 모르는 범인이 이곳에 있을 리 없지요. 이런 혐의가 해명될 것은 시간 문제지요" 하고 대답하였다. 벽을 등지고 앉은 취조관의 팔목에서 태양과 함께 돌아가는 시침을, 나는 무심히 보았다. 취조관은 "다방면으로 수사했으나 네 말을 믿을 만한 단서가 외부에서 잡히지 않는다"고 측은스레 말하였다. 그럴 때마다 단추에 눌려진 기계처럼 나는 저절로 무거운 입을 열었다. "그 여자를 죽여야만 할 아무 인연이 없었다"는 말을 되풀이하였다. 그 여자가 그날 밤은 녹綠빛 외투를 입고 있었으니 알 수야 없지만 고가高價의 팔찌나 끼지 않았을까. 나는 엉뚱한 생각을 하는 때가 있었다. 추위에도 따뜻할 만큼 혹 진혈眞血빛 반지를 끼지나 않았을까. 귀뿌리 또는 목덜미에 약간의 석회 검정이라도 묻어 있지나 않았던가. 그리고 그 눈은 어떠한 표정과 인상을 주었던가를 도리어 취조관에게 물어보고 싶도록 세상이 희미해지는 때가 있었다. 괴상한 감방에 잡혀 들어온 뒤, 취조를 처음으로 받았을 때도 그러하였다. "그때 취했으므로 자세한 기억이 나지 않습니다" 하고 솔직히 대답하였다. "술은 왜 마셨느냐"의 반문을 받자 어이가 없어서 "밤마다 술집은 손님들이 많지요" 하고 이러한 식의 현문우답賢問愚答을 했으나 실은 신파 무대新派舞臺보다도 싱거운 노릇이었다. 내가 녹綠빛 외투 여자를 난생 처음으로 보기는 미국으로 시찰을 떠난다는 학교 동창의 환송회에 갔다가 돌아오던 길이었다는 사실을 여러 번씩이나 설명하였다. 그럴 때마다 취조관은 내게서 나타나는 표정을 재미보려는지 미리 미소하며 "진정 그런 친구가 있느냐"고 물었다. "그 사람과는 보통학교 때 동창이라"는 대답을 되풀이하였다. 법은 기술을 요하는 모양이었다. 소위 심리적 과학적 신문訊問의 결과는 육법전서와 통하도록 마련되어 있었다. 의혹과 방위防衛는 고층 건물을 쌓으며, 안으로 오르는 계단이었다. 내리누르는 문제는 공간이었다. 한계까지 쫓기어 다시 피하려 움직이면 순간 스스로 쌓아올린 무수한 창들을 지나 까마득한 절벽 아래에서 기관器官은 꽃다발로 터질 것이다. 자살하느냐 영어囹圄되느냐의 찬란한 절정에서 순종의 기쁨을 찾아야 했다. 이 외에 벗어날 구멍은 없었다. 은막銀幕이라면 죽음으로써 제법 돈을 벌 수가 있을 것이다. 신문은 다소 과장해서 취급할 것이며, 취조관은 부담을 벗겠지만 유감이나마 나는 죽어야 할 원인을 모르니만큼 아무도 무엇으로도 저항을 녹이지는 못하였다. 정전이 되면 "석유 등불을 밝혀주는 친절과 그들의 월급은 무슨 연관이 있을까" 하고 생각하였다. 물론 '필요'라고 할 것이다. 수감된 사람으로서 시간을 아는 천재는 없었다. 누구나 흥분하면 추위가 엄습하므로 자아의 의식력意識力을 빙도氷度까지 말살할 줄 아는 본능에의 범죄자였다. 당직 감시원과 정전과 점화가 있을 뿐, 우리에게는 '무궁화'나 '공작孔雀' 담배라든가 더구나 성냥과 혁대革帶마저 없었다. 역시 아무런 관계가 없었다. 지각知覺이 불행임을 감방에서만 알 수 있었던 것이다. 어느 날, 수금囚禁 중인 강간범이 남색男色하려다가 실패한 때문에 나의 독방으로 옮겨져 왔을 때에도 추운 날씨였다. 강간범은 한밤중에 곁에서 자는 소년 절도窃盜에게 도색桃色을 환幻칠하려다가 비명·욕설 바람에 끽소리 한 번 못하고 그의 종교하던 신비마저 무참히 폭로되었던 것이다. 그는 호색한답지 않게 비장한 소리를 함으로써 자신을 위안하려

들었다. 나에게 들려준 말은 상습常習인 듯 그의 생각과는 정반대의 무의미한 것이었다. 그는 "자살은 다른 동물과 다른 사람만의 특권이라"고 하였다. 그리고 "어느 감방이건 간에 뒤 보는 구멍에다 머리를 틀어박고 박쥐처럼 매달려, 혀를 빼물고서 자살한 사람의 귀신이 둘 이상 있다는 말을 선배들로부터 들었노라"고 확언確言하였다. 그리고 "누구나 돈만 있으면 석방되듯이 지금쯤은 중국 요리집에서 배갈을 마실 수 있는 놈이더랬는데" 하며, 무슨 실증實證이라도 댈 듯이 웃었다. 내가 냉담할수록 그는 이성異性에의 향수처럼 교활하게 자살을 찬양하였다. 심지어는 설복說服하려 들었다. 전기불이 잠 못 자는 눈앞에서 정상적으로 정전됐을 때였다. 나를 잃었다. 이러한 계기에서 일어난 착상은 기상천외의 장난을 하게끔 하였으므로 웃음을 참느라, 입술을 물다가 무서운 표정으로 변하였다. 어찌될 것인지에 대하여 괴로워하는 일이, 어느 정도로 가치 없는 해독害毒이냐는 반발에서 내 위치의 중심을 찔러보고 싶던 시도야말로 미신 이상의 신비와 매력이었다. 구속감에서 해탈解脫하기 위해 살인이라는 요지경 속 원인을 구명究明하기 위한 실연實演이 아니었다. 그는 의사처럼 효과를 주목하기 위한 심정이었다. 그 여자의 눈동자로 보이던 람프 불이 꺼지자 어둠의 구원救援을 받았다. 그러나 달려온 경관의 점화點火로 다시 시계視界는 전개하였다. 그림자가 복도를 쓸며 사라진 뒤, 나는 웃음을 참으며 잠든 강간범의 목을 천천히 눌렀다. 혈색 좋은 얼굴이 파랗게 눈을 떴을 때에 나는 다정히 속삭였다. "소릴 질루. 순간 행복해질 것이오. 당신 소원은 자살이라지요. 앞은 광명의 극락 국토極樂國土요." 기분 나쁘리만큼 미적지근한 목을 과히 괴롭지 않도록 조였다. 강간범은 "제발 살려 달라"며 애원하였다. "소원대루 돼보구려" 하였더니 "이젠 날벼락을 맞더라도 다시는 그런 소리 않으리다" 하며 벌벌 떨었다. 어디서인지 창황蒼黃한 냄새가 나기에 눌렀던 손을 놓았다. 자살 개종자自殺改宗者는 대臺에 올라앉아 "사는 게 더럽다"며 물똥을 싸더니 기름땀을 씻었다. 누워 있는 내 곁으로 조심스레 와서는 "당신은 참으로 살인범이구려"

하고 속삭이었다. 나는 "사람을 죽인 기억은 없소" 하고 시무룩해졌다. 그는 "오늘 밤처럼 그러다가는 깜박 사이에 본의 아니래도 사람 잡지요" 하였다. 그럴 것이다. 비가 오거나 번개가 일순 번쩍이거나 천동天動소리가 일어나듯이 뜻 아니한 그 누구의 살인이었을 것이다. 여자의 시체에는 핏빛 반지와 석탄 검정은 없었겠지만 인조 악어피 백과 국제 항공 우편 봉투 외에 시민증도 지문도 아무런 증거품도 없었다는 것이다. 그리고 뜻밖의 상태와 오해로써, 어느 사이에 사람들은 나를 범죄자로 만들어버린 것이다. 그러나 사람들은 이러한 사실을 반성해보려고 들지는 않았다. 나는 "기한飢寒과 불안과 오욕汚辱을 받아야 할 까닭이 어디에 있느냐"며, 자신을 헛되이 결박할 만큼 어리석지는 않았다. 태양을 볼 수 없는 곳에 전락한 경위를 생각하다가는 자살이라도 하고야 말았을 것이다. 석연치 못한 수인囚人, 자기 자신을 흥미 있는 소설 읽듯이 대하는 것이 연명책延命策이라고 생각하였다. 앙상한 길거리의 불들이 그날 밤도 안구眼球들을 빛내며 있었다. 밤은 압력과 축적蓄積으로 이루어진 바다의 부피였다. 부피는 가슴에 전개展開함으로써 모든 것을 삼켰다. 행인行人들은 그 속에서 건물들 사이로 환상마냥 헤엄치고 있었다. 술은 꿈보다 높은 덕성德性을 보여주었다. 도시 사람들은 밤하늘에 유의하지 않는다. 하늘의 별들과 구름은 형화螢火들이 나는 야채밭의 인상을 주는지 어쩐지 알 수 없었다. 유동하는 불들과 고착한 눈들이 전후·좌우의 검은 바탕에서 명주明珠의 광망光芒을 발하였다. 나는 아름다운 분노의 상징을 그리면서 걸었다. 경찰이 나를 비웃는 것과 마찬가지로 그때에 나는 화려하고 유치한 환송회에서 나왔었던 만큼 후회하였다. 나만을 차별하고 모욕한 그들의 교양 없는 연애 환송회였다. 나는 거지처럼 고급 양주와 특별 요리를 입에 쑤셔넣으며, 춤을 추는 그들을 경의敬意로써 멸시하였다. 그때를 회상하고 거울을 본다면 언제나 얼굴이 붉어질 만큼 한갓 객기客氣에 지나지 않았던 것도 사실이다. 미국으로 시찰 가게 된 보통학교 시절의 동창은 분명히 나를 모르는 체하였다. 그는 '나의 인형人形'에 비한다면 인생

도 예술도 없는 여자에게 시선과 미소를 보내느라고 바빴다. 그러나
나의 멸시가 그 광경을 지워버리지는 못하였다. 분노의 화염은 취하여
거리를 걷는 바람에 백조라도 떠다닐 성한 푸른 빛으로 넘실거리었다.
나는 오래간만이니, 절[寺] 밑 채석장 근처에 거주하는 '나의 인형'을
예방禮訪하고 애무愛撫하리라 결심하였다. 그러나 통행금지 시간이 가
까워서 별로 사람도 없는 정류소까지 왔을 때는 '나의 인형'에 대한 생
각마저 잠깐 잊었다. 취한 나에게 레일은 이상스레 단두도斷頭刀의 냉
기를 품고 있었다. 나는 취조관에게 그날의 심리 현상을 다음과 같이
진술하였다. "평소의 강박 관념이 그런 작용을 일으킨 것이라고 봅니
다. 말하자면 내가 백화점 같은 데를 들렀다가 오는 도중에 혹 무슨
사고로 불구자가 되지나 않을까. 우리는 갑자기 불안해지는 때가 있습
니다. 식사를 하다가도 오늘 출근길에 한 발 차로 탔던 초만원 버스가
뒤집어지면서, 사람들을 죽일지 모른다는 예감이 들 때가 있으니까요."
이러한 대답에 실망한 취조관은 "그럼 너의 살의殺意로써 그렇게 보여
진 건 아니란 말이지" 하였다. 취조관이 나를 정신병자처럼 보기 시작
한 것은 그때부터였다. 언제인가 강간범에게 "그런 평소의 강박 관념이
감방에 이러고 있는 내 자신으로 실현되었다"고 하였더니 "육감六感은
무시할 수 없도록 신비하다는 말씀이군. 그러나 그건 꿈같은 이야기지
요" 하며 호색한은 웃었다. "물론 꿈이지요. 우리는 꿈을 단정하거나
통계로 규정지을 수는 없으니까요. 내가 중절모에게 붙들려오기 전날
밤, 그러니까 사건이 생겼던 날 밤처럼 공연히 무서움증이 든 일은 없
었어요. 옛날은 유성流星과 새로 태어날 무덤을 결부시켰지만 이유는
알 수 없으나, 심신心神과 현실과는 묘한 연결이 있지요. 보지는 못하
나 조만간에 깨닫게 되니까요." 전차가 그날이사 사실 그 궤도를 따라
십자가十字街 모퉁이에서 침묵의 빌딩으로, 거창巨創한 괴물처럼 나타
났다. 자동차의 헤드라이트가 나를 차단하면서 지나갔다. 전차 승구電
車乘口로 느릿느릿 올라타는 뒷모습들이 뼈 없는 자색紫色 유령幽靈
으로서 용암溶暗하였다. 나는 취한 다리에 힘을 주고 전차에 올라탔다.

등 뒤에서 승구乘口는 닫히고, 네모진 차창에는 암회색暗灰色 건물 앞
과 어둠 속 가로수가 무슨 고통에 꿈틀거리던 자세 그대로 굳어버린
죄수처럼 나타나 있었다. 그러면서도 곧 전차가 떠나려니 안심하였다.
육중한 괴물이 확실히 움직였다고 기억한다. 나는 곁 사람의 등에 코
를 박고 겨우 중심을 가누었다. 바로 그때였다. 누구인가가 바깥에서
초조히 차 문을 두드렸다. 굽어보니 곱슬머리 사이로 하얀 가리마가
나 있었다. 가죽 장갑과 녹綠빛 외투 소매만으로도 여자인 것을 분별
할 수 있었다. 그 여자는 나에게 한 사실로서 나타났을 따름이다. "내
가 서 있던 그 위치와, 그 시간과, 그 여자가 삼위일체三位一體가 되
어 이런 신문訊問으로 구성될 줄이야 몰랐습니다. 변명할 것마저 없으
니까요. 그때 술이 모든 것을 무지개로 미화했으니까요. 그 여자를 죽
인 진범이 이러고 있는 나를 보면 세상은 묘하다며 얼마나 감탄할까
요." "그럼, 너 아닌 진범은 누구일까." "나는 모르기에 부탁합니다."
취조관은 능숙한 웃음을 품고 나를 곁눈질로 보며 만년필을 놓았다.
그는 곤란하고 궁금한 듯 검은 장부帳簿 뚜껑을 손톱으로 똑똑 똑똑
박자拍子친다. 나는 기쁘게 타오르는 난로에서 시선을 떼며 "담배 한
대를 청하면 법이 허락하지 않겠지요" 하고 물었다. 웬일인지 취조관은
나에게 궐련[卷煙] 한 대를 내밀었으나 가죽 매보다도 정면으로 보이
는 권총 구멍보다도 무서웠다. "총구멍 같군요. 이야말로 우리는 자유
군요" 하고 말하려다가 그만두었다. 그가 나를 정신병자로 취급하는 것
도 귀찮지만 상대를 곤란하게 할 아무 흥미도 없었다. 누구나 우러러
볼 뿐 별을 움켜잡지는 못할 것이다. 복도의 등불을 종횡縱橫으로 막
은 문이 더구나 법이라는 미명美名 아래 나의 가능성을 박탈하고 있
다. 그 무엇도 사실에 깃들인 살과 뼈와 피의 진상을 밝혀주지는 않았
다. 나는 아무 공덕功德이 없으나 자인自認할 만한 죄악을, 더구나 살
인을 저질렀다고는 생각하지 않는다. 수면은 해방이었다. 거기에는 힐
문도 변명도 반항도 이유도 없는 무아의 영역이 있었다. 잠들지 못하
는 것은 내일의 희망에 피로한 만큼 가치 없는 용심用心을 하도록 어

리석기 때문이었다. 악마가 보이지 않는 천국으로 이야기를 돌려야겠다. 물론 나중에 안 일이지만 그때에 신경질적인 운전수가 무슨 선심에서 다시 전차를 멈추고 바깥 녹빛 외투 여자에게 문을 열어줬는지, 그것은 신이라야 알 수 있다면 사람은 오히려 재미나는 것이다. 원인은 흔히 보는 사소한 광경에서 시작하였다. 세균이 체내를 농화濃化하고 권투 선수가 여자에게 굴복당하는 것도 경우에 따라 일정하지는 않다. 나는 녹빛 외투 여자가 전차에 올라탔던 동안도 생각나지 않는다. 그때에 나는 머리 속에서, 미국으로 시찰 가게 된 친구와 얼굴을 정면으로 떼어놓고 웃던 그 박제剝製의 여자를 비웃었는지 또는 시선이 사형수처럼 늘어진 가로수를 붙들고 기도했는지 기억할 수가 없다. 기억할 수 있는 것은 전차를 멈추게 하고 올라탄 녹빛 외투 여자와 정차까지 하고 태워준 운전수 사이의 입다툼이 국제회의에서도 보지 못할 표정으로까지 진전進展하였다는 것이다. 옥신각신하는 이유는 간단한 것으로써 전차표 한 장 때문이었다. 기계는 고장이 아닌 경우라도 사람의 감정에 따라 소위 정확한 사명마저 잃는 것을 보여주었다. 사람들이 신을 매장한 것과 마찬가지로 사람의 위력이 실망한 것을 본 것만 같아서 야릇한 흥미를 느꼈다. 고리타분한 제복의 운전수는 멸시와 증오로써 유한有閑해 보이는 녹빛 외투 여자에게 "당장 표를 내든지 아니면 빨리 내리라"고 강조하였다. 그 장면은 신과 사람에 관한 생각을 한층 짙은 색채로 증명하였다. 그러므로 직업의 노예로서 시달린 중년 남자의 신경질적 발작과 까닭 없이 유한해보이는 녹빛 외투 여자도 당당한 자신自信으로서, 약간의 기품과 저음으로 대전對戰하였다. "이것이 최종차最終車가 아니라고 믿을 수 없는 한 못 내리겠다"며 "잔돈이 없다"는 것과 "통행금지와 여성 사이는 많은 불편이 있다"고 하였다. 녹빛 외투 여자가 운전수에게 내민 종이 조각이야말로 빳빳이 말라버린 피투성이었다. 그것은 나의 착각이었다. 손가락에는 승차료의 근 백 배나 되는 고혈枯血빛 천 환圜 지폐가 가벼이 들려 있었다. 녹빛 외투 여자는 운전수의 콧배기에다 핏빛을 냉담히 들이댔다. 운전수는 여자를 찔렀다. "잔말 말고 표 없건 내려요. 여기가 돈 자랑하는 덴 줄 아나. 택시 타고 가지" 하며 끝내 "거슬러드릴 잔돈이 없다"고는 하지 않았다. 사소한 문제는 병상에 멀쩡한 기계를 눕혔고 차 안의 사람들에게까지 영향하였다. 서로 일리一理 없는 바가 아니라든가, 어느 정도 있을 수 있는 감정이라든가 애교라든가는 고사하고 전차가 냉장고처럼 움직이지 않으니 손님들 중에서 "그냥 가자"는 둥 "속히 내리라"는 둥 엇갈린 의견이 일어났다. 취기는 기분 좋게 몸을 덥혀주므로 모든 것이 환상처럼 나타나지만 '나의 인형'이 어떤 놈팽이와 붙어 자기 전에 가기 위하여 자연 시간과 거리距離를 재지 않을 수 없었다. 나는 나 자신을 위해서 마침 가지고 있던 전차표 한 장을 운전수에게 내줬다. 누구나 체험하는 선심善心에 스스로 얼굴을 붉히며, 중간에서 내민 표 한 장으로 양쪽의 문제는 끝났다. 전차는 분풀이처럼 질주하였다. 그러나 그러한 행위가 하룻밤 사이에 다음과 같은 결과로 변할 줄은 몰랐다. 취조관은 "다른 사람들은 가만히 있었다는데, 알지도 못하는 여자를 위해 왜 대신 표를 줬느냐 말이다" 하고 호령조였다. "조사하기 쉽도록 말하지요. 그때에 준 표는 학교 교사로 있는 친구가 언젠가 함께 돌아오며, 나에게 뜯어준 것에서 쓰고 남은 한 장 통근표通勤票였지요. 그런데 운전수도 일반표가 아니니 이런 여자 손님은 안 된다고 트집을 잡지는 않더군요. 정확히 말하자면 '나의 인형'에게 속히 가기 위한 동기였지요. 구체적으로 자문해본댔자 동정同情도 호감도 아닌 담배를 한 대 피워 무는 것과 같은 기분이었을지 모릅니다" 하고 대답하였다. 어디인지 파리 눈꼽만큼 기품과 교양이 들어보이는, 즉 코밑에 수염을 약간 가꾼 수사관이 나를 신문한 것은 다시 며칠 뒤였다. 그는 "진상을 구명究明하려는 우리를 도와 달라. 전차에서 내리기까지 무슨 생각을 했던가 솔직히 말하라" 하였다. 그들이 훌륭한 방법이라고 믿는 유도 신문이야말로 무슨 약품으로도 치료하기 어려운 장난이며, 과오일 수 있다는 점을 모르는 바 아니나 비교적 사실대로 대답할 수 있었다. "그 녹빛 외투는 내가 표를 대신 줬건만 한 번 돌아봤을 뿐이지요. 그건 목례도 아니고, 이 기특한 놈이, 아니 무례한 놈이 누구일까 하는 표정이었어요. 오만했지요. 녹빛 외투를 박덕薄德한 미인으로 생각했기 때문에 아무 흥미도 느끼지 못했습니다. 나의 인형에서 풍기는 예술성에 비하면 외국제 생산품 같은 인상을 받았으므로 거품처럼 꺼져버릴 룩스 비누 정도이기에 매력을 느낄 수 없었어요. 그런 생각이란 혼자 속으로 할지라도 실례이기 때문에 곧 '나의 인형'의 강한 향기를 생각했습니다." 그러나 쥐수염은 세밀한 진술을 중지시키지 않았거니와 듣고 있지도 않았다. 무슨 물고기 새끼라도 낚여 오르기를 기다리면서 낚시대만 잡은 격이었다. 내 내부의 흐름은 시장과 판잣집과 고물상과 술집과 관상 사주가들을 비치는 청계천에 지나지 않았는데, 그 숙맥菽麥은 나에게서 용을 잡을 작정이었다. 무언無言과 동작 없는 죄인들이 큰 건물을 죽음의 집으로 만들었다. 아니 그것은 죽어가는 육신을 스스로 응시하는 침묵이었다. 강간범은 눈과 입까지 다물고 꼼짝을 않고 있었다. 제 말마따나 피곤 때문에 맥이 빠져 달아났다면 행복한 놈일 것이다. 그러나 살아 있는 사실이 비참하게 보였다. 육체에 살아나는 정신을 처리하지 못하여, 비웃는 심정으로써 감방문 너머 회색 벽을 내다보아도 진흙 수렁에 잠긴 권태를 벗어날 수는 없었다. 방법을 찾는 지혜로써 내다보아야 대위對位한 석유등이 원대로 망각을 주지는 않았다. 또 고약한 증세가 일어나는 모양이었다. 전구는 불빛 속으로 용해하면서 한 사안死顔을 집결시켰다. 그러한 현상이 이 백주에도 되풀이된다면 탈이었다. 나는 회상의 흐름 속으로 뛰어드는 도리밖에 없었다. 지나간 흐름 속으로 거슬러 올라가면 나는 그날 밤과 접근하는 것이다. 나는 전차 안에서 바로 곁에 있는 그 어디인지 인간성을 말살한 데서 기품 있게 누린내를 풍기는 녹빛 외투 여자에게 추호의 관심을 갖지 않았다. 운전수에 대해서 아무런 감정이 없었던 것과 마찬가지였다. 전차 앞창으로 가도 가도 두 줄을 긋는 궤도에는 '나의 인형'이 원시적 본능의 율동으로써 용하게 치어 죽지 않고 나타나 내 얼굴을 비친 유리에서 한 송이 꽃으로 빙글빙글 춤을 추었다. 나는 많은

손님을 상대하여 먹고사는 '나의 인형'을 버리지 못하며, 왜 사랑하는
지 알 수 없다. '나의 인형'은 나에게 수속이라든가 의무라든가 책임을
요하는 일이 없었다. '나의 인형'이 도달한 자유를 마법이라고 생각하
였다. 화사한 손가락에는 언제나 새빨간 손톱이 독하게도 천하지 않았
다. 아름다웠다. 그녀는 가끔 나를 멸시하며 변화 많은 모습으로 설교
하였다. "내겐 과거가 없어요. 고마워요. 미래는 알 수 없게 되어 있어
요. 그래서 난 언제나 새로워요, 지금 이렇게." 이렇게 말하며 달라붙
어 안기고 또는 옷을 훌훌 벗으며, 마음대로 동작하였다. "울면서 그런
소리하는 걸 나는 들을 때가 있겠지" 하고 대꾸한 후로 두고두고 후회
했었다. 어느덧 그녀는 '나의 인형'이 되어버렸던 것이다. 그녀는 나를
구속하지 않는 스스로의 자유를 확립하고 있었기 때문이다. 그러므로
'나의 인형'에게는 진실이니 사고思考라는 것은 있을 수 없었다. 직관
이며 유희며 진리였다. 생리生理에 웃음을 일으키는 흐름이었다. 삼엄
한 생산 공장에서 지저귀는 작은 새들의 노래였다. 그리고 부슬비 내
리는 묘지에서 생기를 발하는 꽃들의 매력이었다. 처절한 달밤에는 가
난을 잊고 잠든 사랑이었다. 눈보라 휘몰아치는 전쟁에서 탈주병처럼
산곡山谷 외딴채 여자 집의 등불로 가는 유정有情이었다. 꿈은 한 방
의 총소리로 여지없이 깨어졌다. 감방에서도 시간과 근심을 잠시나마
잊게 한 가능이 종언終焉을 고하였다. 정신이 현실에 미치는 영향이란
허공의 마음에 수많은 보석들이 휘황한 밤을 경험한 사람이라면 누구
나 수긍할 것이다. 암회색 구름과 태양을 찢는 사격 연습이 피 한 방
울 흘리는 법 없이 시작하였다. 총탄에 쓰러지는 목숨이 없으면 연습
이나 과오일 뿐, 범죄랄 수 없다고 할 것이다. 옳은 말이다. 그러기에
필요한 사격은 수치가 아니라고 한다. 총소리는 감방 안 사람들에 대
한 심리 작전으로도 은연중 유효하다는 데에 권위를 자부하며 있을 것
이다. 그러나 상식은 재미있었다. 나는 그 과학적 자세와 용맹한 솜씨
마저 구경할 자격이 없었다. 맹목의 청각은 회상을 다시 불러일으키려
하나 되지 않았다. 죄가 벌로써 보상된다는 말은 신의 철칙을 양심도

없이 빌린 종교가의 향기로운 입버릇이었다. 사람의 힘은 무죄도 지옥으로써 대우된다는 것을 성취하였다. 죽음의 확대는 그러한 미연 방지책에서까지 기인하도록 면밀히 진전되어 있었다. 타오르는 제방이 내일의 녹綠빛을 연상하게 하듯 항거할 필요는 없었다. 무엇에도 열중하지 않는 한 포로되지 않는 힘이 있을 것이다. 밟힐수록 자라나는 보리[麥]처럼 어느 세상에서나 아무나 단순한 섭리攝理를 빼앗을 수는 없었다. 비밀과 증거도 채워버리는 화덕은 주전자 속에서 끓는 수돗물소리를 노래로 불러일으켰다. 도시는 자연의 한 요소만 없어도 살지 못할 땅 위에서 힘을 자랑하나 내용은 상실되어 있었다. 그것은 애급埃及의 미이라나 또는 화석보다 허무하도록 느끼는 무덤이 아닌 감방 속 자세였다. 나는 찬란히 포장된 고민의 정체正體를 인내력으로 해명하려 했다. 결국은 약하기 때문에 정확한지도 몰랐다. 수금囚禁된 나는 지난날의 웅고한 광경을 완상翫賞할 수밖에 없었다. 시도와 도피와 대항과 비겁 등 그러한 제분製糞 공장의 기상氣象에 스스로 배겨낼 수가 없었다. 그래서 과거는 문을 열고 들어갔다. 나는 암흑을 헤치며 달리는 전차 안에서 무사히 취하여 있었다. 녹빛 외투 여자는 승객들이라는 어휘에 매몰된 뒤였다. 그 여자가 어디에 있는지를 몰랐다. 나는 '나의 인형'을 지향하고 있었다. 아무리 취하여도 이튿날 눈을 뜨면 목적지에 와 있었다는 신조를 체험에서 얻듯 그날 밤은 확실하였다. 승강구의 문이 열리자 나는 용하게 한 씨앗으로서 어둠으로 떨어져 내렸다. 아스팔트는 천사의 날개를 펴서 나를 가벼이 받들어주었다. 돈암동행으로 갈아타야 할 십자로가 틀림없다는 데서 다시 만족하였다. 반짝반짝 빛나도록 결정시킨 혹한酷寒이 취기를 깨우지는 못하였다. 새벽이면 절[寺]간 종소리가 들리는 채석장 근방인 '나의 인형'에의 향수만 짙게 하였다. 그러나 나의 뒷덜미를 잡아당기는 목소리가 있었다. 동굴에서 또아리를 풀고 전등불 밑으로 나온 것은, 언제 전차에서 내렸는지 녹빛 비단 암컷 뱀이었다. "아까는 실례했군요." 나의 오만하던 여자는 앞까지 오자 썩은 능금 냄새를 풍기며 말하였다. 나는 별로 할 말이 없었으므로 "여기서 내려야 합니까" 하고 대꾸하였다. "집이 필동이랍니다. 바쁘지 않으면 차나 한 잔 들까요." 녹빛 외투 여자는 내 대답을 듣기도 전에 앞서 간다. 여자는 천한 자기 밑천을 감추기 위해서 저러한 인조 악어가죽 백을 가지고 다니는 것이나 아닌지 그러기에 내 의사도 알아보지 않고, 길 옆 다방으로 가거니 생각하였다. 그러나 녹빛 비단 암컷 뱀에는 독이 없다고 생각하였다. 나는 취조관에게 말하였다. "그런 여자에 대한 불쾌감이 무슨 흥미를 일으킨 것은 아니었지요. 친구 환송회에서부터 사람 대접을 못 받은 나는 그런 모욕에 사치奢侈를 느꼈을 것입니다. 그 여자의 거만을 가엾어하는 동정과 즐거움을 동시에 느꼈으니까요. 그러니 따끈하게 거절할 만한 상대도 못 되었어요. 그저 찻잔을 들었을 뿐이지요." 취조관은 "어떻든 묘하다"고 하였다. "그렇습니다. 복잡하지요. 어디서나 누구나 서로들 접촉하니까요. 내가 취조를 당하는 것도 실로 묘한 일입니다" 하고 대답하였다. 취조관은 "그다음을 계속하라" 하였다. 내가 취조관에게 한 말은 다음의 기억에 의해서였다. 녹빛 외투 여자는 고용인을 대하는 인자仁慈로서 나에게 "댁이 어디세요" 하고 물었다. 나는 멋쩍은 생각이 들어서 '돈암동'이란 말을 취증醉症 비슷이 의아하다는 듯이 대답하였다. 다방 불빛에 드러난 여자의 선심은 화단에라도 서 있을 그러한 여신상과의 좋은 대조가 될 성싶었다. 녹빛 외투 여자의 예의는 나를 께름칙하게 하였다. 녹빛 외투 여자는 자랑스레 "댁의 주소 좀 알려줄 수 있을까요. 사람을 좀 보낼까 하는데……신세를 졌으면 으레 인사쯤 있어야 하니까요. 비록 전차표 한 장이지만" 하고 종알거렸다. 나는 희화적戱畵的인 혼란을 느꼈다. 무료를 잘 견뎌내는 일은 귀족의 훈련이지만 그러나 나로 하여금 몰락과 체념의 가치만도 못한 모방을 꿰뚫어 보게 하였다는 것은 그 여자 자신의 무자비였다. 그러나 그 여자에 칠하여진 도금을 언어의 손톱으로 조금이나마 벗겨볼 저의는 없었다. 녹빛 외투 여자의 가장假裝처럼 나도 댁宅이란 것이 없다는 비밀을, 하숙집 주소를 알려주기는 싫었다. 녹빛 외투 여자는 나의 속을 뽑고야 말듯이 국제 항공 우편 봉투를 인조 악어가죽 백에서 내놓으며 쓰라고 하였다. 나는 아량과 피신책으로서 서슴지 않고 그 봉투에다 직장인 동시에 기실 유명무실한 동양 무역 주식 회사의 소재처와 나의 이름을 써주었다. 너 나 없이 협잡꾼들은 호주머니에 단돈 백 환이 없어도 단벌 영국제 양복을 대수롭지 않다는 듯이 다룰 수 있다는 것은 누구나 아는 바이다. 동양 무역 주식 회사 전체가 사기배라고 고백한대도 놀랄 필요조차 없을 것이다. 물론 녹빛 비단 암컷 뱀에게 이러한 내색을 보일 필요는 없었다. 그러나 내용의 가식과 뜻 아니한 수금囚禁이 동시에 우연의 차 한 잔으로써 형성되리라고는 생각마저 못한 일이었다. 이유도 없이 유한有閑한 녹빛 암컷 뱀은 국제 항공 우편 봉두에 적힌 글씨를 보더니 금세 나를 멸시하는 눈초리로 변하였다. 나는 기대했던 효과를, 즉 냉각화한 반응을 보았으므로, 그것은 벌써 내부의 비바람을 증명한 것이기에 재미있었다. 나는 취한 때문인지 꿰뚫어 보았기 때문인지 '너도 나 같은 인간이로구나' 생각하고, 녹빛 외투 여인을 외면하였다. 내 정면에는 다방 속의 구성을 미화하고자 저편과의 사이에 끼워진 유리 벽 너머로 이역의 물고기들이 놀고 있었다. 시선은 공간과 배치와 투명체 사이에서 작용을 일으켰다. 솟은 유리에는 세 처녀의 알몸이 무심히 보아서는 알아보기 어렵도록 세선細線으로 내각內刻되어 있었다. 물고기들은 미끈한 여섯 개의 다리 사이로 유유히 오르내렸다. 녹빛 외투의 옆얼굴은 시각의 투명체와 수량水量에 나타난 세 처녀의 나상裸像과 물고기들의 음악과 나의 불빛으로 이루어진 신기루에 기억처럼 또렷이 반영하였다. 그리고 얼굴은 점점 충만하면서 눈을 끔벅이었다. 돌연 물고기들은 의자에 앉은 손님들을 배경하고 급히 왕래 선회 승강昇降하였다. 유리 벽의 세 나체는 중복하여 녹빛 외투를 벗겼다. 여자는 관 속의 화장한 얼굴이었다. 유리 벽은 어류와 나상을 십이지十二支로 정각精刻한 유리관이었다. 녹빛 수의에 싸인 여자는 원시 종교의 우상보다 신성하게 보였다. 그러나 나는 시선의 초점 때문에 그 세계에서 사안死顔을 덮고 지워버리지는 못했다. 취한 눈을 흡뜨고 여자를 들여다보는 얼굴이 실은 내 얼굴을 노려보았다. 반사反射가 서로 합치合致하였을 뿐이다. 죽은 여자는 눈을 뜨더니 나를 정면으로 돌아보았다. 그리고 "갑시다" 하는 그 여자의 음성이 나의 등 뒤에서 일어섰다. 나는 웃으며 일어났다. 녹빛 외투 여자는 몸의 부분 같은 인조 악어가죽 백에서 그 말라붙은 핏빛 천 환짜리 지폐를 내어 또 유연悠然히 레지에게 내밀고 있었다. 태도가 참으로 오만한 고양이었다. 녹빛 외투 여자는 길거리로 나오자 나에게 머리만 까딱 하였다. 미끈한 다리는 전차 선로를 건너 필동 쪽으로 사라져갔다. 나는 녹빛 암컷 뱀에서 풀려 나온 신화의 안도를 느꼈다. 벌써 전차는 없었다. 합승차를 탔다. 더운 차를 마셔서 그러한가. 운전대의 라디오 음악은 내 몸의 취기와 더불어 합류하며 발산하였다. 남은 일은 '나의 인형'에게로. 그뿐이었다. 나는 취조관에게 "나는 죄인이 아니라"고 속삭이었다. 그러나 취조관은 측정기처럼 무표정한 얼굴로 아무 대답이 없었다. 무료 숙식을 제공하는 감방에서 언제까지 있어야 하는가. 날마다 듣기만 하는 무거운 자물쇠소리로 뒤통수를 얻어맞듯 주질러 앉았다. 내가 '나의 인형'과 함께 잠들었던 때처럼 강간범은 꿈속에서 다른 계집을 끼고 있는지 꼼짝을 않았다. 그는 문득 눈을 뜨더니 "뭘 그렇게 심각허니 생각하오" 하고 나에게 물었다. 나는 녹빛 외투 여자와 헤어진 그 이튿날의 회상에 잠겨 있었다. 강간범은 "무료는 고문보다 심한 것이므로 범죄의 동기가 된다"고 하였다. 그리고 "인생은 지리하다" 하였다. 그는 자웅雌雄의 한 쌍 눈동자를 중심으로 사양斜陽에 반짝이는 미소의 거미줄을 펴면서 속삭이는 것이었다. "죽음은 삶의 운명이지요. 구경究竟 우주도 그 이치의 손아귀에서 벗어날 수 없다는 것을 깨닫고 보면 다른 것은 문제가 되지 않아요. 형씨나 나나 제아무리 걱정해야 이곳에서 작성하는 조서가 변경될 리는 만무니까 맡겨버리고 기다리는 동안의 향락이 필요합니다. 심각한 표정은 몸에도 해로우니 삼갑시다." 누구나 할 수 있는 말을 목사처럼 설법하는 것이 가엾고, 그럴 수 있는 것이 밉살스럽도록 부러워서 나의 얼굴은 배우의 미소를 만들어 보였다. 형사에게 끌려 긴 복도를 지나 이곳에 구속됐던 이래의 일들을 다 잊고자 하였다. 언제인가 취조관은 "네가 진범이 아니라면 곧 진상이 수사한 결과 판결될 것이라" 하였다. "얼마나 걸릴까요"라는 물음에 대하여 "의외로 빨리 구명究明될 것이라"고 대답하였던 것이다. 그러나 시간은 내게 있어 그 이전부터 정지였다. 나는 정지되었다는 생각마저 잊어야 했다. 강간범은 생생한 광채를 눈동자에 띄우며, 역시 지난날에 취醉하고자 동시에 나를 위안하려 들었다. 그는 "친구의 첩을 겁탈하려 덤벼들었을 때 여자는 가위를 집어들더니 나를 죽이려 견주었다"고 하였다. "그런데 그 가위를 빼앗길 위기에 임박하자, 여자는 저고리 사이로 솟아오르는 제 젖통에 가위를 돌려대며 자살하려 하였다"고 소리 없이 웃어 보였다. 그리고 "여자란 손잡이의 실수만으로 절벽이나 물속에 뛰어드는 자동차가 아니라 그다음은 유순한 비둘기라" 하였다. 나는 안면이 변태적인 파렴치한에 대한 불쾌감으로 굳었다. 여자들은 도시에 어지러이 꽃피어 있었다. 돈의 새로운 평가는 강간이란 말을 세상에서 추방한 지 오래였다. 그러기에 강간범의 체험담은 '나의 인형'과 같은 여인에게는 모독이었다. 내 표정을 재빨리 눈치챈 강간범은 소리도 없이 들여다보는 경관의 출현에 의해서 다행히 침묵하였다. 감방의 침묵은 얼마나 계속할 것인가. 이러한 경우일수록 그들이 오해하지 않도록 태도를 분명히 해야만 했다. 그런데 어떻게 된 셈인지 아무런 소식이 없었다. 추위와 더러움과 굶주림과 불안은 점점 심해가건만 취조관은 나를 불러내지도 더 이상 문초하지도 않았다. 날이 갈수록 두뇌에서는 여러 가지 억측만이 요귀妖鬼 떼 모양으로 날뛰었다. 나타난 당번은 나의 물음에 대하여 흘겨볼 뿐이었다. 언제나 궁리해야 소용없다는 자답自答만이 있었다. 나는 "횡액橫厄에 걸렸으나 사필귀정일 테니 좋은 경험과 수양을 한다"고도 생각하였다. 구속당한 것이 억울하지만 너그러운 미소로써 보답할 아량부터 준비하려 하였다. 그러나 극단은 정신에 있어서도 이른바 대립에 불과하였다. 양극에서 벗어날 수 있는 것은 '나의 인형'을 생각하는 길밖에 없었다. 회상만이 장밋빛 날개를 철창과 벽과 천정 밖으로 비상飛翔시킬 수 있었다. 암흑은 광점光點이 산재한 비단 폭이었다. 그러한 비단을 휘감으며 달리던 합승차의 바깥 풍경이 다시 섰다. 손님 둘이 내렸다. 하숙집으로 가려면 나도 내려야 한다는 것을 의식하면서도 움직이지 않았다. 다시 달리기 시작한 합승차 오른쪽 차창 밖으로 빙긋이 지나가는 저편 돈암교를 내다보면서, 관 속 같은 나의 하숙방을 생각하자, 입술이 성자聖者의 미소로 일그러졌다. 종점에 내렸을 때였다. 감미로운 쾌감이 힘차게 나의 내부에서 율동하였다. 그것은 현란한 음파였다. '나의 인형'의 육신으로 끌려가는 나의 걸음을 재촉하였다. 언제나 다름없이 절 밑 채석장 근처의 개방된 비밀의 문으로 몰입할 수 있는 원동력이 되었다. 손님이 있는 밤이면 '나의 인형'은 다른 방에 나를 감춰두고 돌려보내지 않았다. 놈팽이를 잠들여놓고 와서 내 곁에 드러눕는 '나의 인형'의 아량은 비할 바 없었다. '나의 인형'은 비가 오거나 눈바람이 휘몰아치거나 같은 악곡이 장치된 장난감이었다. "내겐 과거가 없어요. 미래는 행복하게끔 알 수 없어요. 그래서 난 언제나 새로워요. 지금 이렇게." 어느 조물주가 이렇게 읊조리는 여자를 빚어냈을까 나는 의아스럽기도 하였다. 우리나라에 온 태국, 필리핀, 미국, 영국, 이디오피아, 프랑스, 십육 개 나라 UN군 등 모든 인종이 예방禮訪하고 간 실내의 몸과 동작은 무한 가능을 내포한 인류와 사랑의 전당이었다. 시종侍從도 수위守衛도 흑인도 석고 흉상 하나 없는 사랑의 양철집은 여왕과 나만이 있었다. 여왕의 신과 같은 주문呪文에는 계시와 설법과 창조가 있었다. 나의 무극無極에 하늘과 땅을 조판肇判하기까지는 녹빛 외투 여자가 간헐적으로 생각났다. 사조思潮를 굽어보는 지대地帶에 과학, 법률, 경제, 일반 예술 등 문화가 전개하였다. 그러나 나의 여왕은 "벗어버려요. 위선과 허영으로 만든 습관을 다 벗어버려요. 어리석은 짓을 버려야 참된 품 안에 들어올 수 있어요" 하고 속삭이었다. '나의 인형'이 되풀이할 적마다 나는 복종하는 감격을 새로이 하였다. 문제의 전차표라든가 강박 환상이라든가 사형수라든가 초면인 녹빛 외투 여자라든가 시간 안으로 들어가는 전차라든가 환송회의 천박한 향내라든가 그 외에도 내가 세상에 태어난 뒤의 아집과 기억을 죄 벗어버렸다. 서로가 대상에서 거리와 시간도 없는 기쁨이 이루어졌다. 이해는 자아를 서로 자각하는 데 이르렀다. 맞붙은 하늘과 땅이었다. 결합은 무한에 회전하는 지구를 중심으로서 백일홍을 꽃피웠다. 백일홍은 날아온 나비를 잡아서 밟아버리는 소년을 보았다. 무심한 천진에서 나타난 비극의 가치가 동시에 생성과 투쟁의 뜻을 보여주었다. 말하자면 신神은 운전수와 녹빛 외투 여자를 흠잡을 수 없을 만큼 그들은 다 완전한 인간이었다. '나의 인형'은 새로운 언어를 구사하였다. "죽고 싶도록 기뻐요." 나는 웃었다. 중합重合한 영영映影의 힘이었다. 백주의 꿈이 있었다. 나뭇가지들 사이에는 혹한에 얼지 않는 해미海昧의 정열과 호심湖心을 노래하는 백조들이 놀고 있었다. 몸은 '나의 인형'인 여인과 함께 내명內明한 꿈속을 헤엄쳤다. 나는 복도에 켜진 석유등 불을 바라보며, 그때의 수면睡眠을 기다리고 있었다. 벽 너머의 일몰은 날개를 편 지가 오래였다. 취조관은 나에 대하여 아무런 소식도 문초도 없었다. 나는 필사적으로 그 불사의不思議에 매달리려 하였다. 석방은 벌써 나의 힘에 있지 않았던 것이다. 나는 그들에게 잊혀진 물건일까. 눈을 뜨자 창호지를 구별할 만큼 태양은 밖에 군림하고 있었다. 고드름에서 한적히 떨어지는 낙수소리가 들렸다. 각색 인종이 다녀간 휴식소인 더블베드에 누워 있는 나 자신을 발견하였다. '나의 인형'은 버선을 신는 동안도 조상彫像처럼 몸을 굽히며, 훌륭한 매력과 염오厭惡를 동시에 발휘하였다. 지뇌智腦가 도달한 불행의 상징인, 즉 창조물은 웃으며 말하였다. "벌써 눈을 떴군요. 가엾은 일이에요." 나는 그러한 단도직입에 놀라지 않았다. 나는 지난날 공부하다가 집어친 불어 문법을 두서너 가지 생각함으로써 무표정한 태도를 취하였다. 그리고 나는 마술사처럼 천천히 일어났다. 그날도 내가 이제 수금되어 있듯이 지금은 끝났던 것이다. 그것은 다름 없는 밤의 과거였던 것이다. 성현들의 훈계는 우리에게 때에 따라 공감할 수 있는 제목이었던 것이다. 화려한 회한일 수는 없었다. 나는 "돈을 빌릴 수 있을까" 하고 '나의 인형'에게 청하였다. 여인은 변색하지 않았다. "얼마면 되느냐"고 하였다. 전날 밤 전차 안과 다방에서 본 핏빛을 연상하며 "천 환"이라고 발음하였다. 하숙집에 들를 것 없이 바로 회사에 나가기 위하여 필요하다는 것을 설명하지는 않았다. '나의 인형'은 내가 비쳐 있는 경대에서 전날 밤 불빛에 본 천 환 지화紙貨 한 장을 우연의 합치처럼 내놓았다. 나는 "역시 말라붙은 핏빛이라"고 하였다. '나의 인형'은 "피곤한 모양이군요. 신경이 쇠약하면 예의마저 잃게 된다"면서 경대 속의 나를 쳐다보았다. "환상이지" 하고 중얼거렸더니 "그건 가치가 없어요" 하고 부정하였다. 나는 웃으며 "말하자면 녹빛 외투를 입은 그런 여자가 가상假想된다"고 하였다. 그러나 '나의 인형'은 "필요하면 더 가져가세요" 하고 밝게 웃을 따름이었다. "어쩌면 오늘 그런 가상의 녹빛 외투를 입은 여자와 실지로 만나게 될지 모른다"고 하였더니 '나의 인형'은 "난 누구에게나 강요하지 않아요" 하고 역시 웃었다. 이 여인에게는 모든 것이 간단하였다. 남들에게서 양공주란 욕을 먹고 꼴도 이쁜데 안됐다는 동정을 받으나, '나의 인형'은 구두 닦는 소년이거나 불량배에게나 그들의 소개紹介에 맡겨버리듯 움직이었다. 자기 자신이 어떻게 되어가는가를 타인 보듯이 구경하였다. 관객에게는 슬픔도 감옥도 환희도 연애도 역정도 죄수도 모험도 재미있었다. 나의 여왕이 등장하는 뒷골목은 소년들이 파는 사진 속의 언제나 그 여자 자신이었던 것이다. 그러기에 '나의 인형'은 취하면 "아이 재미있어요"를 연발하였다. "난 조물주를 비판할 수 있는 그의 유일한 친구라" 하였다. "내 눈물을 본 일이 있으세요. 과실果實이 지상에 있는 한 보지 못할 것이에요" 하고 노래하였다. 화가 난댔자 "난 거절하지 않아요. 무슨 일이 있어도 당신을 찾아가지는 않을 거예요" 하고 곧잘 웃었다. 나는 오래간만에 수사실로 불려갔다. 취조관의 이면裏面이 취조관의 등 뒤 유리창에 비쳐 있음을 정원의 나무들과 함께 동시에 바라보며, '나의 인형'이 와 있지 않음을 역시 이상히 여기지 않았다. '나의 인형'은 왔는데 나와 면회를 시키지 않는 장면이 생각지도 않던 생각이 잠시 명멸하였다. 반가운 소식은 기다리고 있지 않았다. 취조관의 말은 간단하였다. "양갈보는 죽은 여자를 전혀 모르더라. 사건의 단서가 너 이외에 나타나지 않는다." 나는 대답하지 않았다. "우리가 아는 것은 네가 자백하지 않는 데 있다"는 것이었다. "나는 그걸 모릅니다. 진범이 아니니까요." 취조관은 "좋아, 그럴 거야" 하고 말하였다. 나는 내 얼굴을 더듬어보면 수척한 정도를 짐작할 수 있었다. 암회빛 실내가 부드럽게 보일 만큼 난로불은 훈훈하였다. '나의 인형'은 타오르는 불 속에서 불사신으로 누워 있었다. 나는 "역시 의사의 검시가 잘못된 것이 아닐까요. 그 여자는 자살한 것이 아닐까요" 하고 되풀이하였다. 취조관은 "그렇게 생각할 근거가 있느냐"고 나를 조소嘲笑하였다. "없지요. 그러나 사람은 신이 아니니까요" 하고 대답하였다. 취조관은 역시 나를 흘겨볼 따름이었다. 감방 문이 바둑판으로 보이기 시작하였다. 나는 녹빛 외투 여자가 거주한다는 필동 골목을 서울의 거리를 남한 지도를 생각하며, 형사들은 수사망을 어느 정도로 압축하고 있을까 공상하였다. 바로 눈앞에 가로놓인 복도가 건물 출구로 통하듯이 진상은 그것과 마찬가지로 왜 밝혀지지 않는지 알 수 없었다. 시청과 한국은행 중간에 있는 빌딩 삼 층은 동양 무역 주식회사 사무실로서 조선 호텔 안의 창아蒼雅한 고전古典이 바라보이는 현대적 외모를 갖추었으나 실은 외부 내빈外富內貧의 시대적 총아라 할 수밖에 없었다. 사원들은 말없이 그래야만 먹고 살 수 있음을 깨달은 신앙 단체였다. 나는 이대로 외계와 그러한 직장과도 결별하는 것인가, 또는 아닌가. 날씨는 쌀쌀하였다. 나는 하숙집에 들르지 않고 회사 근처 설렁탕 집에서 아침 식사를 '나의 인형'에서 받은 핏빛 천 환으로 할 예정이었다. 형사는 내가 나타나기를 눈이 빠지게 기다렸던 모양이다. 나는 나도 모르는 사이에 동양 무역 주식회사 입구에서 형사에게 체포되었던 것이다. 중절모를 숙여 쓴 사나이는 구멍에서 풍기는 찬바람이었다. 중절모가 "이걸 아시오" 하고 외투 주머니 속에서 내보인 것은 국제 항공 우편 봉투에 적혀 있는 나의 직장과 성명이었다. 나는 녹빛 외투 여자가 사례하려고 내게로 보낸 사람이거니 생각하였다. 나는 '나의 인형'에게 "어쩌면 오늘 녹빛 외투 여자와 만날지 모른다"고 한 농담이 벌써 적중한 데 대해서 좀 게름칙하였다. 왜냐하면 중절모는 초감광迢感光을 내장한 렌즈였다. 중절모는 나를 포착捕捉하였다는 자신인지 호감이 가지 않는 웃음을 뿜었다. 생각하면 그러한 그들이 어째서 진짜 살인자를 잡지 않는지 답답할 지경이다. 의사의 눈도 중절모처럼 "녹빛 외투 여자는 자살이 아니라"고 단정할 수 있을 만큼 정확하였던 것인지 궁금하다. 지나가는 택시가 그의 손짓으로 선회하여 우리 앞에 미끄러지듯 정차하였다. 그는 나에게 턱짓으로 먼저 타라고 지시를 하였다. 택시의 코끝이 밀어젖히는 거리의 두 갈래 보도步道에는 제각기 목표를 향한 사람들이 왕래하였다. 속력은 그들을 왜곡하였다. "녹빛 외투 여자의 남편이거나 정부情夫가 오해하고 나를 철권鐵拳 지대로 연행하는 것이나 아닌가" 슬며시 불안하였다. "어딜 가는 겁니까" 하고 물었다. "곧 알게 되지요." 그는 대답을 피하고 운전수에게 방향 지시만 수시로 하였다. "댁은 누구시지요. 우리 서로 인사합시다." "가서 합세다. 곧 당도할 테니까요." 중절모는 나의 물음을 거듭 거절하였다. 나는 녹빛 외투 여자의 정체를 수수께끼로 생각하였다. 십자가十字街의 적신호가 무슨 징조처럼 느껴지도록 중절모의 경직한 표정과 교통 순경의 동작을 내다보는 서로의 침묵과 녹아내리는 흙탕물을 밟고 가는 발들까지가 막연한 영광의 도래와 절망의 계기 같은 이중 심리를 일으켰다. 눈앞이 급각도로 방향을 바꾸면서 문 안으로 들어간 차가 오르막을 기어오른다. 암회빛 막은 내리며 기관의 신음이 공중에서 울려왔다. 신경질적인 나뭇가지들이 기류에 비잉비잉 도는 구름을 찌르자 차는 수목 사이를 좌우로 지나 붉은 건물과 정면 충돌을 피하듯 현관에서 조그만 갑충처럼 섰다. 그곳은 생사를 취급하는 세기世紀 병원이었다. 그러나 "이곳이 나와 무슨 관계가 있는 것일까" 하고 생각하였다. 중절모는 "앞으로 곧장 들어가라" 하였다. 그것은 군대의 호령에 가까웠다. 나는 뜻밖에 위압되어 미지의 내부로 들어섰다. 마법에 걸리지 않았다면 그처럼 순종 이외의 판단력까지 잃지는 않았을 것이다. 양편으로 뻗은 복도에서 두 사나이가 내 뒤를 따르며부터 중절모는 앞장서서 안내하였다. 나는 공백의 충만으로 민감해버린 실험 도구나 계수기에 불과하였다. 세 사람의 시종을 거느린 위품位品으로서 그러나 오가는 간호원들이나 직원들보다도 자유 없는 자기 자신을 느끼면서, 늘어 있는 병실들 사이로 이리 휘고 저리 틀며 끌려갔다. 그들이 걸음을 멈춘 곳은 시체실 앞이었다. 일제히 나를 환영하는 교향악이 소리도 없이 일어나면서 문은 열렸다. 명부冥府의 사자使者인 중절모는 나에게 또 턱짓으로 들어가라 명령하였다. 나타난 장면은 방부제 냄새가 뿜는 전류의 지옥이었다. 의식은 응고하여, 칼날의 톱니바퀴와 수많은 쇠사슬 사이로 떨어지면서 절규하였다. 앞은 사막보다 적막한 실내였다. 창살과 천정과 발가숭이 네 벽과 문과 마룻바닥의 획과 선조線條들이 방사放射하였다. 백포白布는 지평점의 침대에서 언덕을 이루고 있었다. 현기증은 중절모의 문닫는 소리에 멈추었다. 벗어날 수 없는 수금囚禁은 의미되었던 것이다. 형무소도 성당도 없었고 "저것이 무엇인가. 누구인가"가 남아 있었다. 다른 손이 백포를 걷자 하룻밤은 지나갔다. 녹빛 외투 여자는 얌전한 시체로 변하여 있었다. 물고기는 다방에서 세 처녀의 몸으로 오르내렸다. 앞은 유리 벽에 반영된 그 사안死顔이었다. 우연이라기에는 엄숙하였다. 현실이라기에는 난해한 일이었다. 송장 앞의 내 등 뒤에서 "너는 살인자다" 하고 수화기를 통하듯 나만이 들을 수 있는 범인의 소리가 일어났다. 그 소리는 중절모의 음색과 흡사하였다. 물체는 냉기에 변질되지 않고 있었다. 얼룩진 분粉 틈으로 드러난 황갈빛 이마에는 눈썹 검정이 생명을 비웃듯 묻었고, 입언저리로 번진 루우즈는 목숨이 흘러 남은 듯 신의 장난 같았다. 녹빛 외투는 영혼을 잃은 기체機體의 폭로였다. 녹빛 외투의 여자가 하룻밤 사이에 어디서 왜 죽었는지 그 내막을 알 수는 없었다. 중절모가 상인이 물건을 보여주듯 무례하리만큼 소중히 나시裸屍의 배부背部까지 젖히면서 자세히 보여주었다. 나는 그 뜻을 짐작할 수 있었다. 벗어날 수 없는 무엇이 나를 점점 냉각시켰다. 그들은 도망할 수 없도록 감방에 나를 넣고 증명하려 들었다. 취조관은 "너는 시체가 오늘 새벽에 발각될 걸 미리 알았을 것이다. 임검臨檢한 결과 유물과 증거품은 인조 악어가죽 백과 국제 항공 우편 봉투뿐이었다. 의사는 상처는 시체에 없었으나 타살임을 증명하였다. 어젯밤은 어디서 숨어 잤느냐"고 하였다. "내가 살인했다면 국제 항공 우편 봉투를 그냥 뒀을 리 있습니까" 하고 반문하였다. "우리는 그런 식의 반문으로 모면하려고 일부러 증거품을 없애지 않았다는 사전 계획을 잘 안다"는 것이 대답이었다. "그 여자는 어디서 죽었나요" 하고 묻지 않을 수 없었다. 그러나 취조관은 "그런 네가 나보다 더 잘 알 것이라"며 대답하지 않았다. 그러한 대답에 촉발되어 불꽃은 눈에서 난무하였다. 타오르는 불길에 임박한 위기와 경종의 난타를 들었다. 이미 살인 용의자로서 지목당한 것을 알았으나 "나는 사람을 죽인 일이 없다"는 결백만으로 희망을 불러일으켰던 것이다. 누가 죽였다면 범인은 따로 있기 때문이다. 취조관이 위협하듯 큰소리가 나도록 문을 닫았던 때도 나는 두려워하지 않았고 액연額椽 속의 태극기를 되도록 무심히 쳐다보았다. 법의 위력과 국민으로서의 신뢰를 동시에 느낄 수가 있었던 것이다. 내가 무죄인 한 이러한 사건쯤은 간단하게 처리될 범위 안에 있다고 믿었다. 수없이 취조를 받았건만 역시 석방되지는 않았다. 무슨 물품처럼 망각당한 것일까. 그러나 그들은 잊지 않았다. 올 것은 오고야 말았다. 취조관은 "그 여자의 주소와 신분은 완전 불명인 만큼 오열五列인지 모른다"고 하였다. 나는 그 말에 아연하였다. 그러나 그는 "네가 불온 사상이 아닌 것은 증명되었다"고 하였다. 아무 말도 들을 필요가 없었다. 나는 기력을 잃고 있었다. 침묵은 상식 이하를 필요로 하지도 않았으며, 취조관을 그 이상 인정하려고도 않았다. "필동은 다 조사했으나 그런 여자가 거처한 일이 없으려니와 그날 밤에 없어진 사람은 없다"는 것과 "전차 운전수와 다방 레지와 늬가 좋아한다는 양갈보의 말은 네 말과 맞다"는 것과 "권위 있는 박사가 검진한 그 시체의 원인은 네 마음속에 있다"는 것과 "너를 고발할 수 있는 것은 천당으로 가버린 그 여자만도 아니라"는 것과 "너는 여자를 살해하고 나서 양갈보에게 갔기 때문에 양갈보는 이 사건과 관계가 없다"며 지리한 설명과 까닭 모를 권유가 끝없이 나를 들볶았다. "아직도 여자의 죽은 곳을 왜 알려주지 않느냐"고 애원하였다. "수사가 끝났으니 말해주지. 속이려는 사람에게 양심의 반응이 있을지 모르겠다"며 취조관은 "시체는 그날 새벽 돈암교 근처 개천에 있었다"고 하였다. 그곳은 "네 하숙집에서 가까운 곳이라"고 똑똑히 지적하였다. "그럴 리가 있을까요" 하고 신음하였다. "수사 진행 중이어서 비밀이 필요했지만 너는 끝까지 나의 성의를 무시했다"고 하였다. 나는 찬땀이 몸에서 흘렀다. 나는 겨울 날씨 치고는 환한 일광으로, 회색 벽에 괴물처럼 착 달라붙어 우리를 엿듣고 있는 취조관의 검은 그림자를 보며, 저것이 녹빛 외투 여자의 원혼이거나 또는 진범자거나 또는 앞날의 철창 속 내 모습이 아닐까 하고 생각하였다. 병자처럼 겨우 무관심한 데 도달할 수가 있었다. 그러지 않고는 숨을 쉴 수 없었다. 취조관의 이론과 설법을 고스란히 들을 수 있는 청각의 소유자일 수가 있었다. "그날 밤, 너는 여자가 필동에 산다는 걸 들었으며, 그쪽으로 가는 걸 봤노라고 하지 않았는가. 그런데 그 여자 시체는 다음날 새벽에 반대 방향인 돈암교 근처 개천에서 발견되었으니 웬일인가." "나는 범인이 아니므로 알 수 없습니다"고 중얼거렸다. 취조관은 대뜸 "내가 너를 고문할 수 있다는 것도 알아야 한다"며 분노하더니 호의를 무시당한 것처럼 위협하였다. 나는 바깥 풍경을 내포한 유리창에 비쳐진 취조관의 뒤통수가 의식용儀式用 도구로 또는 화초를 꽂은 골동骨董 항아리로 착각되기도 하다가 철창 속에 들어앉은 취조관을 공상하기에 이르도록 종시 침묵하였다. 마침내 취조관은 "너는 내일 이곳을 떠나 다른 곳으로 넘어간다"고 고했다. "다른 곳이라니 어딥니까." "가보면 알 거야." 나는 석방되기 위하여, 어리석을 만큼 의미 없는 심뇌心惱를 한 셈이었다. 긴 자학이었다는 것을 깨달은 바에야 참말이 거짓말로 취급되어버린 사실에 놀랄 것도 없었다. 앞으로는 외계와 이별하게 되었다. 내일이면 그들이 검은 자동차에 나를 태우고 미지의 장소로 갈 것이다. 여기서는 어떻든 일단락이 난 모양이었다. 그것은 눈동자가 잠들기 직전의 성군星群이었다. 내가 늦가을에 본 하숙집 백일홍들의 어느 날이었다. 그와 같이 문제는 감방에서 해결나지 않은 그대로 끝났던 것이다. 나는 녹빛 외투 여자가 세상에서 마지막 응시하였을 얼굴을 알 수 없다. 뜬 채로 응고하여버린 여자의 눈만이 진범을 알고 있을 뿐이다. 그들은 진범을 잡지 못하였다. 취조관의 마지막 말은 "내가 너 이외의 용의자를 둔다면 다른 사람에 대한 과오일 것이라"고 단정하였다. 나는 신문에서나 또는 라디오에서 그 말을 듣는 것처럼 나를 그러한 심정으로 유지하였다. 어디서인지 범인의 통쾌한 웃음소리가 들려왔다. 물론, 나만이 들을 수 있는 음향이었다. 주위에는 취조관 이외 아무도 없었다. 나도 소리 없는 미소의 연꽃을 피웠다. 나는 '외재外在'였다. 정확히 듣고 볼 수 있을 만큼 '불감不感'이었다. 무엇에고 '감사'드릴 바가 없었다. 취조실을 나온 뒤로 명백한 '침묵'이었다. 강간범이 개처럼 움츠리고 잠든 감방에서 한밤중의 꿈은 '무차별'로 나타났다. 동양 무역 주식회사란 문자가 차례차례로 집합한 그들 위에 걸려 있었다. 녹빛 외투 여자는 부활하였다. 그녀는 웃음의 가면을 쓴 범인과 손을 서로 맞잡고 춤을 추었다. 나는 "그들은 둘이 아니라"고 속삭이었다. 운전수는 반수신伴獸神처럼 고장난 전차電車를 열심히 연구하고 있었다. 바다가 한편으로 보이는 그늘에 여자의 고무신들이 하숙집 소년에 의해서 어떤 것은 꽃잎으로, 신라 곡옥曲玉으로, 나비로, 반달로, 거미로 흩어져 있었다. 그러나 소년은 수목 뒤에 숨었는지 보이지 않았다. 흩어진 것들은 '착각'이 아니었다. 한 여인의 나체가 문득 불속에서 실내로 들어왔다. "나는 당신만을 사랑해요." '나의 인형'은 한 번도 말한 일이 없는 소리를 비로소 하였다. "내가 바로 너다" 하고 대답하자 눈물이 웬일인지 흘러내렸다. 녹빛 외투 여자와 운전수와 '나의 인형'과 살인범이 종렬縱列로 직립하여, 보기에는 한몸 같으나 각각 얼굴을 좌우로 내놓고 '동同' '이異'를 일시에 구성하였다.

취조관의 지휘를 받고 경관과 의사와 중절모와 간호부와 택시 운전수와 다방 레지들이 겹겹으로 둘러앉아 나에 대한 '찬송'을 연주하고 있었다. '고오', '스톱'의 삼색 신호등이 비치자 그들은 나를 축복하는 천사로 화하였다. 나는 '본질'이었다. 동시에 모든 '인자因子'였다. 나는 그들과의 '전체'였다. '세계'였다. 그들은 동시에 인간 심령 현상론처럼 꺼져버렸다. 날이 새자, 감방 바깥 복도의 석유등 불은 나의 출발을 고하듯 꺼졌다. 강간범은, 끌려 나가는 나에게 손을 흔들었다. 하나는 남고 하나는 떠나건만 우리는 '동형同形'이었다. 나는 비로소 모든 애정을 죽인 살인자가 되어 강간범에게 미소를 주었다. 나는 녹빛 외투 여자가 현실로 죽기 전에 이미 녹빛 외투 여자를 마음으로 죽였는지 모른다. 흰 눈이 바라던 외계에 내리고 있었다. 사람들은 객관적으로 볼 때 횡도橫道, 곡도曲道할 것 없이 거리를 걷는다거나 차를 몰며 왕래하는 데 불과하지만 누구나 각기 정면을 향하고 가듯이 자동차를 탄 나는 흰 눈이 쏟아지는 무한 대로에 호위되어 주검에 쫓기며 질주하였다. 변호사를 댈 만한 돈도 없으려니와 벌써 적용에 의해서 자격이 상실되었는지 모른다. 사실 이상의 변명은 예심 판사 앞에서 할 수 없을 것이다. 앞날은 어디까지나 미지수였다. 이제는 존재와 공간의 일치에서 평화로운 호흡을 찾을 수밖에 없다. 철창 속에서 확대될 세월의 영역이 나를 기다린다면 어떻게 할 수 있다는 말인가. 나에게 필요한 생명은 '무필요無必要'였다. 그러면 나는 내포할 뿐, 무엇도 나를 어쩌지 못할 것이다. 나는 녹빛 외투 여자가 무엇인지 모른다. 영원히 모른다. 우연의 역할을 그녀와 마찬가지로 한다 하여, 욕하거나 동정할 수는 없다. "수인囚人은 그날그날을 노동으로 소일하며, 철창 너머 구름과 벗하며, 붉은 벽돌 담을 등지고 서 있는 수목과 대화하며, 밤이면 등불과 별들을 기다리며, 저 눈바람에서 음악을 듣는다면 내 지상의 안정은 아무나 빼앗지 못할 것이라"고 생각하였다.

(1957)

꿈의 이상

입은 화구호火口湖처럼 슬픔을 말하지 않는다. 누구나가 세 때 식사를 되풀이하면서, 복잡한 길을 걸어온 것이다. 그리고 달구지는 하루의 액연額椽 속에서 뻗어나는 저편으로, 길을 과거로 영구히 남기며 간다. 태고적부터 이 지도의 사람들은 동시에 계절과 유리와 흙에 대한 애정으로 질기게 살아왔다. 누가 "무엇이" "왜"하고 묻는다면 그들은 "어찌할 수 없었다"고 대답할 것이다.

열차가 간혹 머리 위의 다리로 지나간다. 지붕도 없는 시멘트 벽에 동심의 태양과 항아리와 교통순경과 양공주와 총과 비둘기를 몇 가지 색분필의 치졸한 그림들로 그려진, 거지 아이들의 거처는 쓸쓸하였다. 한 거지 아이가 서양 깡통에 얻어온 밥과 김치와 된장찌개를 퍼먹더니 한시름 놓은 듯 적진으로의 기성奇聲을 지르며, 가마니짝을 젖히고 뛰어나갔다. 열차의 밑바닥이 거렇게 머리 위 다리로 지나간다. 우리의 자손 거지들은 어디로 갔을까.

그는 저녁노을 길을 무성한 지식 사이로 걸으며 생각하였다. "알 수 없다. 그것이 나의 모습이다. 무엇의 노예인가. 그럼 주인은 누구일까. 누가 어떠한 증언을 할 수 있다는 것인가. 나 이외의 신을 인정하여서는 안 된다. 의식은 뿌리를 뻗어 너의 발을 휘감을 것이다. 세탁물들은 나의 목을 졸라맬 것이다. 쇠사슬은 목적을 버렸을 때 빛을 발하며 끊어진다. 발은 탈출의 첫걸음을 내어디딘다. 돌[石]이나 총이 되는 것은 아니다. 나와 너는 비로소 동작할 수 있을 따름이다. 아무도 원하지 않고 버린 물건들을 본다. 손은 병든 과실果實들을 가꾼다. 수피樹皮는 우리를 분별하지 않았다. 그러므로 바탕은 단념과 이유가 없다. 해를 삼킨 구름과 폭풍우와 뇌성벽력이 산과 길을 희미하게 가릴 때마다 대답을 듣는다. 그러나 있는 것은 너와 나의 침묵과 동작이다. 알 수 없다는 것이 내 본시의 고향인 것이다."

　그래서 행위는 후회를 모르는 춤이었다. 라디오의 음악은 부득이의 불신과 저격狙擊과 방벽과 배반인지 항거인지 한계마저 지워버린 화염과 파도의 종말과 밤거리[街]로 그를 에워쌌다. 행동은 초침에 말려들어 구슬땀을 흘리며 쓰러질 듯 춤추었다. 시비是非는 귀에 이르러 음악으로 화하였다. 마음은 시간마냥 무엇에고 물들지 않았다. 그것은 미닫이에 비쳐진 촉대燭臺의 그림자로서 정적을 드러냈다. 촛불은 보석의 수포水泡를 뿌리면서 자체로 동화하고 있었다. 누가 방안에 있는지, 아무도 모른다. 그는 스스로 충고하였다. "가난한 친구는 세 여자와 결혼하고 그들은 동서同棲하면서 고생한다. 아무도 바라지 않을 뿐, 누구나 갇힌 여자나 남자가 될 수 있는 것이라"고 스스로 대답하였다.

　세 여자는 우연히 자리를 함께 하였다. 그가 그녀들을 안 것은 미혼여성 좌담에서였다. 서로가 초면이었다. 우연은 계획과 반대로 마찰도 없이 열리었다. 그녀들의 말은 장밋빛 나일롱에 포장된 발정發情이었다. 발성發聲은 그릴의 담수淡水빛 실내에서 속기速記되었다. 삼십사 세의 처녀, 직업은 여의사, 월수 이십만 환의 그녀는 '처녀 잉태의 가능'과 '성녀聖女들의 고민을 수술한 자기 자선慈善과 체험'을 점잖이 말하였다. 등 뒤의 농촌 풍경화를 약간 가리고 앉은 이십육 세의 처녀는 구경꾼처럼 좀체 말을 하지 않았다. 옛날은 이화李花의 혈통 높던 왕족이었고, 지금은 편모슬하인 현직 여교사였다. 사회자인 그는 그녀에게 말을 의식적으로 걸지 않았다. 그는 그녀가 침묵의 가면을 스스로 벗도록 친절을 베풀었다. 그녀는 말하지 않기로 결심한 만큼 진정하고 싶은 말이 있었다. "목숨을 걸고 나를 사랑하는 사람이 있으면 결혼하겠어요." 그녀는 대리석처럼 체온을 잃고 있었다. 여대생은 묻지 않아도 칸나의 꽃 목소리로 연신 노래하였다. 그 단순한 다변多辯이 여교사에게만 가시로서 대리석의 기질을 아프게 하였다. 그래서 여교사는 아픔의 반영처럼 냉정하고 아름다웠다. 여대생의 말은 이상하게도 다른 사람들과 조화를 잃지 않았다. "연애는 정치더군요. 참 근사한 불모기不毛期입니다. 그들을 해균害菌이라고는 할 수 없어요. 그럼 우리 자신은 무엇이게요. 난 방안에서 혼자 거울과 대하지는 않아요. 현미경으로 대상을 보면 기류가 나타나요. 그들은 곱다란 사기사詐欺師들뿐이에요. 서로가 진심으로 사랑하는 체 연기만 하고 있어요. 그들은 그걸 복장마냥 교양이라고 하니 참 영리한 동물들이에요. 나는 가끔 세도勢道 있는 깍쟁이가 되고 싶은걸요. 결국 비판이니 지성이니 하는 것은 승부에서 생겨나 학적學的으로 합리화한 것이라고 생각했어요. 나쁘다는 뜻은 아니에요. 부정이 우롱하고 있어서 참 재미나요. 편리해요. 그리고 남·여는 겉과 속마음이 배반한 그 사이에다 유리를 끼우고 '연애'라는 그림을 펭키로 그린답니다. 면도날은 여성에게 필수품이에요. 주의를 해야 하니까요. 그래서 길거리는 타산打算과 보호색들을 입고 있더군요. 그런데 서로가 왜 무관심한 척하는지 모르겠어요. 본능은 보물인걸요. 젊은 사람들은 총명해요. 그들은 결혼할 용기부터 잃고 있어요. 그들은 속이며 속는 체하는 계약서를 내밀면 벌겋게 날인을 해요. 행동한답니다. 햇볕을 받고 우울할 필요는 없으니까요. 무엇이건 반드시 그래야만 할 가치는 없는걸요. 전 장난꾸러기예요. 전 심심하면 창가에 앉아 그런 바깥을 내다보며 소일한답니다. 날개가 성숙하면 사회로 날아갈래요." 여대생은 귀엽게 웃었다.

잡지사가 예정한 지시대로 "전쟁이 지구를 파괴할까요" 하고 그는 기계처럼 되지 못한 화제로 옮겨갔다. 여의사는 "그런 비극이 없기를 바란다"며 조심스레 대답하였다. 여교사는 "그런 신무기들이 터지면 우리는 어떻겠고, 안 터지면 어떻겠느냐"며 반문하였다. 여대생은 "그런 골머리 아픈 일은 흥미가 없다"며 열심히 초콜릿만 빨고 있었다. 그는 "좋은 말들을 해줘서 고맙다"고 칭찬하였다. "어떻 거면 좋은가" "어떻게 될 것인가"는 누구에게나 항상 별[星]의 그림자였다. 그들이 서로 알게 된 최초의 만찬은 지상에의 추락이었다.

잡지사 쪽 사람은 사회를 보아준 그에게 "고맙다"고 하였다. 세 처녀는 묘석墓石의 열로 서서 "좋은 음식을 대접받아 고맙다"고 하였다. 일본 병정은 전우를 생으로 잡아먹었다는 고백을 밀림에서 썼다. 그것이 사실인 것과 마찬가지 정도로, 모두는 밤거리에서 헤어지며 "고맙다"고 합창하였다.

　알 수 없는 일은 육신의 정신이었다. 그는 지난날에 실직자로서 쓰레기 안에 전락한 일이 있었다. 어디를 가나 그는 기아飢餓와 외면하지 못하고 기름때 묻은 거리를 헤매었다. 어느 날이었다. 그의 눈은 태양도 식료품으로 보였다. 육신으로부터 벗어날 길은 없었다. 그가 잠시 걸음을 멈추고 하늘을 배경한 자기 얼굴을 보도步道의 고인 물에서 발견했을 때 그것은 박물관의 유리장 속 융전絨氈에 놓인 폐물廢物이었다. 그는 유연히 과실점果實店으로 들어갔다. 베짱이가 신명神明지게 여름을 천정에서 내려온 조리형 풀집에서 노래하였다. 그는 공중누각을 들여다보면서 베짱이에게 "너는 신이 특제하신 총아라"고 인사하였다. 벽 크기의 거울 안까지 통한 만큼 마술적 효능을 실제보다 두 배의 영역으로 확충한 갖가지 과일들은 혈소血素였다. 증후症候는 고열高熱을 여기저기에서 띠고 있었다. 또 하나의 그는 거울의 내부에서도 동시에 "먹지 않으면 이것들은 썩는다"고 입을 놀리었다. 베짱이는 무성한 반주伴奏를 그의 말에 대해서 하였다. 비대한 등을 숫자 번호 모양으로 거울에 드러내놓고 섰던 가게 집주인은 그의 언동을 과육果肉들 한가운데에서 지켜보고 있었다. 그는 다시 "먹지 않으면 이것들은 썩는다"고 손가락으로 가리키면서 비굴하게 웃었다. 주인의 묘기는 그의 허기진 팔을 뒷덜미로 비틀어 올렸다. '아니라'면 누가 어떻게 할 수 있다는 것인가. 주인은 무서운 힘이었다. 그의 기형적 자세에 전류하는 고통이 베짱이의 노래를 들리지 않게 하였다. 육체의 아픔은 정신을 순화시켰다. 그는 단지걸음으로 무참히 쫓겨났다. 연회빛 양복 청년과 흰옷으로 단장한 여자가 막간처럼 과실점 안으로 구경하는 눈[眼]들 중에서 등장하였다. 그는 부럽게 쳐다보았다. 여자는 동정하지 않을 수 없다는 듯이 그에게 오렌지 하나를 집어주었다. 그는 사양하지 않고 받았다. 청년은 여자 대신 민첩하게 한 개 값을 치르었다. 구경하는 눈들의 대부분이 웃었다. 굶주림에 놓인 오렌지 한 개의 양감量感은 희화

義和였다. 그는 여자에게 "고맙다"는 말 대신, 오렌지를 들어 보이면서 가게 주인에게 우정 있이 미소를 보냈다. 천식喘息은 이상할 것이 없었다. 왜냐하면 팔이 비틀려 올라갔을 때, 그는 고통에서 기대했던 만큼 기아飢餓를 잊었던 것이다. 그는 흰 옷차림의 여자를 정면으로 보았다. 학은 무한을 금빛 속으로 날으며 있었다. 그는 굴욕을 오렌지에서 그러한 정도로 느끼지 않았다. 신은 기독基督의 시체를 무슨 목적에서 세웠을까. 아직도 밥 한 그릇을 순교자의 교훈과 동정만으로 줄 사람은 없었다. 그는 공복감과 애욕에서 그 여자로 인하여 마음에 오렌지를 심었던 것이다. 그는 오렌지를 쳐들어 보면서 여자에게 "이건 태양이라"고 말하였다. "시인이군요." 여자는 야릇한 표정을 지으며 알연憂然히 웃었다. 그것뿐이었다. 그러나 그는 망각에 의하여 희게 치장한 여자의 손을 마음으로 잡을 수 있었다. 그것은 악몽 같은 성욕性慾의 습격이었다.

고독을 지워버린 밤이었다. 달나라를 목표한 권위가 지구도 파괴할 수 있는 계절이었다. 그는 수목들 옆까지 왔을 때 회중전등으로 비쳐볼 수 있는 잔디밭에서 걸음을 멈추었다. 아래는 창고 지대였다. 언덕 위의 벤취에 나란히 앉은 청년과 소녀의 대화는 탑을 중간쯤 두고 들려왔다. "끝났다고 생각하면 안 돼. 너만 잃는 것이다. 다들 나타나 있다. 보라구. 쉬고 있는 것은 없다." "당신은 알[卵]로 까진 사람이에요. 그런 위선은 버리기로 했어요." "그럼 외로워진다. 그건 독약보다 무서운 거다." "양공주는 심심하지 않겠네요." "너처럼 자학하지는 않을 거야." "그런 말부터가 따분해요." "그래, 지금은 따분한 시간이다. 가죽[革]의 식물들이 하다못해 그런대로 생성하며 서로 말하며 적응하는 셈이다. 우리가 따분한 시기에 태어난 그런 것들의 꽃인지 모른다." "난 차라리 손가락을 빨았지, 싫어요. 왜 이래요!" "하면 되는 거야." 소녀는 흐느껴 울다가 "남자가 왜 이래!" 하고 반항하였다.

그것은 신화의 광경이었다. 정신은 어디서나 소화불량이었다. 눈물 없는 세상은 싱거웠다. 묘하지가 않았다. 그는 아버지의 유언을 남녀의 대화에서 연상하였다. 아버지는 영원히 남길 수 없는 말씀을 하였다. "너, 나 없으면 어떻게 살래" 그리고는 "언젠가는 알게 될 것이다" 하고 눈을 감았다. 아버지는 천지天地와 동화하였다. 별의 생물들은 비늘 구름 사이에서 눈을 깜박이었다. 이십 년 전 한밤중에 철없이 머리를 숙이고 들었던 유언이, 달덩이로 병풍을 헤치며 그의 가슴 속에서 솟아올랐다. 역시 그 달이었다. "누구나 굶는 것은 자유니라." 책은 "자살을 처벌할 수는 없다"고 인쇄되어 있었다. 녹음錄音은 "죄악이라고? 미안하지만 굶을 힘은 없다"고 되풀이하였다. 그의 하숙방은 근 이천 년 전 마구간보다 빈약하였다. "아직도 알 수 없다. 알 수 없다는 것만 알았다." 그는 원숭이처럼 아래 내의만 입고 있었고 못에 축 늘어진 남루를 아득히 쳐다보았다. 하품을 씹었다. 존재와 공간은 그에게 있어 구분되지 않는 것으로써 하나의 투명한 원구圓球였다. 그것은 사념思念이 발하기 이전의 모양이었다. 사랑과 미움이 원구 속에 박혀 있는 수인囚人 묘지로 걸어가는 이발관의 청년과 식당 하녀의 손을 결합시키고 있었다. 청년과 하녀는 불을 잡목림 사이로 토하며 원구의 테두리를 뚫고 나오는 열차를 보았다. 열차 안의 사람들도 시야에서 밀려나며 원 밖으로 사라지는 그들을 동시에 보았다. 그러나 실상은 원에 안팎이 없었다. 임파선淋巴線이 고장난 신사는 삼등칸에서 총명하였다. "오후 9시면 도착하지요. 바다는 안 보일 것이오." 마담은 고양이다운 마노瑪瑙 눈동자에 정을 담뿍 담은 채 "출입구는 전등이 밝으니까요. 난 곧 아기 아버지를 알아볼 거예요." 천연스레 거짓말하고 애교를 부리며 웃었다. 서로의 무언無言은 가락을 반발로 이루었다. 굶주린 그는 분명하였다. 곤란은 '사랑'을 조롱鳥籠 속으로 완상翫賞하는 버릇이었다. 회의에 사로잡히면 불여의不如意의 의식이 밑받침되어 일생을 제 마음대로 체념하였다. 고정 감상은 꽃을 피웠다. 그는 꽃이 아니었다. 그는 신과 함께 어깨 친구를 하고 인생의 내막에 서 있는 능금나무를 들여다보면서 기쁨을 존경하였다.

그는 투명을 더럽히지 않고자 수전노마냥 자아 세계에 애착하였다.

사실 사랑은 위험하기에 생기 있이 주변을 밝혔다. 노인의 은빛 수염은 여성의 입술에 꽃술로 퍼졌다. 그는 언제나 자살을 멸시하였다. '이즘'이라고 이름 붙는 것은 그에게 흥미 이상일 수 없었다. 견뎌낼 수도 벗어날 수도 없는 중요성이란 언제 끝날지 몰랐다. 목숨은 그처럼 난해하였다. 그러한 정열은 과부가 병원보다 남편의 사인을 잘 알기 때문에 세월을 두고 후회하는 반면에 해당하였다. 아내는 남편에게 강요했던 것이다. 남편은 연록빛 냄새 풍기는 화염에서 목욕하였다. 남편은 그 결과 봄날 새벽에 심장마비로 승천하였다. 법에 걸리지 않는 살인 경험이 있었던 하숙집 늙은 과부는 그의 방에 놀러 와서 말하였다. "죽은 사람이 산 사람에게만 남는다우. 나도 어서 가야 할 텐데, 죽으면 설마 지옥이야 있겠소. 한평생이란 지나치게 길구려." 늙은 과부는 권태의 파도와 싸우고 있었다. 결국은 나타나고야 말 섬[島]이기에 때로는 찾기도 하였다. 그들은 자기 위치에서 대상이 되어 함께 운행하였다. 희망의 충돌, 유성의 잔해, 미묘한 불사不死 등 이런 것들이 우주 우편의 글로서 땅 위에 뿌려졌다. 그는 편안히 자다가도 간혹 뜻밖의 결빙結氷에 수금囚禁이 된 해수海獸의 눈을 떴다. 늙은 과부는 "좋아하는 여자가 있다면서 왜 한 번도 데리고 오지 않으시우" 하고 물었다. 그는 "날마다 만나는걸요" 하고 대답했으나 그의 표정은 석화石化하였다. 그는 생각을 거부하면서 있었다.

최초의 만찬이 미혼 여성 좌담에서 있은 지 얼마 뒤였다. 그는 그 열매 같은 여대생과 함께 식사를 하였다. 여대생은 "난 많은 풍파를 겪어온 것 같아요. 어떤 고생도 견디며 살 수 있다는 자신이 섰어요" 하고 애띠게 웃었다. 젊음이 비 오는 하늘에 두 젖을 고혹적으로 떠받들고 있었다. "그럴까." "그래요, 가슴에 용납하여, 산호珊瑚와 재롱을 부리고 싶어요." 그러나 그의 웃음은 공허에 감전되었던 것이다. 그는 "가난한 내가 미래의 공간에 싹터오르는 다른 행복을 상하게 할까" 늘 두려웠다. 그가 그러한 검은 내일을 조소彫塑한다면 스스로 염오厭惡할 것이다. 또 희망은 속임수라고 생각하였다. 그러나 행위 없는 안정은 미숙하였고 모래성의 계속에 지나지 않았다. 누구나 앞일을 안다고 생각해보라. 사람은 움직이지도 못할 주제들이다. 지붕 위로 '죽음'과 겨루는 초음속이 머릿속에 피 한 방울을 흘리지 않고 하늘을 끊으면서 은빛 포물선을 그었다. 서로의 운행은 바다의 수림樹林에 여러 가지 기후 변화를 일으켰다. 눈은 상대를 한포도의 별[星]로 보았다. 그러나 그들은 개인마다 태양이었다. 이리하여 수많은 태양들은 황홀한 상징을 거느리고 파도를 박차며, 황금의 바퀴[輪]로써 벽 너머 잡답雜沓한 시가市街를 이루었다. 새로운 식민지 정책으로서 광장에 세워진 검은 약소민족의 국기가 본토인들 위에서 장중한 주악과 함께 나부끼었다. '선'은 망하였다. 그러나 '악'은 승리하지 못하였다. 분별력을 잃은 것은 아니었다. 아무런 가치를 발견할 수가 없었다.

관능의 여인을 중심한 간판 밑으로 사람들은 극장에 몰려들었다. 어느 날 그는 흰 바탕에 진전하는 환영을 어둠에서 보았다. 불사조로 활약하던 신사가 용하게도 성서에 나오는 마귀들을 다 정복하더니, 메커니즘에 물들어 낙원의 실내에서 점잖이 자살한다. 그는 이른바 명화名畫를 비웃었다. 그와 함께 온 여교사는 자기 자신을 잃고, 곁에서 영사映寫에 사로잡혀 있었다. 치명상을 입고도 웬일인지 죽지 않는 신사가 반라半裸의 여자와 씨부렁거린다. 그는 왕족인 여교사가 따라 우는 눈물을 보고 놀랐다. 여교사는 만화漫畫의 주사注射에도 자극되리만큼 절실한 모양이었다. 그러나 길거리로 쏟아져 나온 관객의 얼굴들은 평범하였다. 여교사의 얼굴은 냉정하였다. 그는 망연하였다.

유有는 무無로써 구극究極하였다. 무는 유를 전개하였다. 그들은 둘이 아니고 하나였다. 그날 밤, 그는 중량重量의 책을 읽다가 돌아누웠다. 빗물에 얼룩진 수복문壽福紋의 도배 벽이, 그의 내부로 꺼져 들어오기 시작하였다. 나타난 곳은 어딘지 알 수 없었다. 유백색 기류는 사방에 가득하였다. 그는 몽유병자로서 앞으로 나아갔다. 버들가지 하나 드리워 있지 않는 유황의 수면을 헤엄쳐 건너가다가 그는 침몰하였다. 싸늘한 감각이 눈동자들을 살갗의 세모細毛에서 깜박이었다. 내리는 눈

[雪]이 미각味覺을 전하면서, 체온에서 구슬로 꺼지면서, 다시 수많은 물방울로 결정結晶하더니, 투사하였다. 처음에 그는 거지 떼들이 황야에서 노숙하는 거나 아닌가 하고 착각하였다. 어느덧 그는 폭격으로 무너진 건물들 사이를 걷고 있었다. 잡초가 눈보라에 떠는 창 너머였다. 하얀 여자가 예배하듯 길바닥에 틀어박은 가로등 철주鐵柱 옆에 서 있었다. 그는 "누구냐"고 물었다. 하얀 여자는 "그동안에 잊으시다니! 굶은 당신에게 오렌지를 드린 건 나예요" 하고 얼굴을 들었다. 그녀의 모습은 분명하지가 않았다. 그는 반가워서 뛰어갔다. 그가 가까이 갈수록, 그녀는 폐허의 골목으로 뒷걸음질치며 손짓하였다. 맹수가 어둠에서 으르렁거린다. 기관소리가 어디선지 들려왔다. 보이지 않는 강철의 발동發動이 그녀와 그의 보조에 맞추어 따라오고 있었다. 음향은 고랑쇠를 오무리면서 그를 중심으로 에워싸기 시작하였다. 금속이 착암기鑿巖機처럼 그의 고막을 뚫으려 했을 때 그녀는 무슨 약속마냥 솟은 성城으로 들어가 버렸다. 기관소리는 동시에 멎었다. 성문은 고혈枯血빛으로 엄연히 닫혀 있었다. 성문 앞의 군용 트럭의 두 눈은 황천黃泉빛이었다. 그는 그녀를 부르려 했다. 그러나 '이름'을 몰랐다. 계속 찾아 헤매었다. 사람은 없었다. 적막은 악몽이었다.

그는 전처럼 흰 옷차림의 여자를 잊지 못하였다. 언제나 다름없는 방 속이었다. 방 속 사람의 문제는 누가 문에 자물쇠를 바깥에서 채우느냐 안 채우느냐 그러한 차이에 지나지 않았다. 아무도 그러한 일이 있을지 없을지는 모른다. 그는 방 속의 공백 지대에 앉아 있었다. 책상 위 PARKER 만년필은 자기 반사를 따라 날으는 법칙으로서 그를 엄습하였다. "나는 바다를 신품新品으로 건너왔다. 첫 번째 고장故障은 그때 당신이 약간만 경험이 있었더라도 손수 치료하였을 것이다. 그런데 당신은 유명한 백화점에 가서 나의 진단을 부탁하였다. 기술자는 분해한 후 수술해야 된다면서 외피만 남기고 나의 오장五臟을 중고품으로 바꿔 넣었다. 기술자의 손은 고급 시계와 만년필을 전문으로 환장換腸하는 기구였다. 그래서 나날은 서류로나 시간으로나 사고투성이였다.

몰랐기 때문에 나를 그런 곳으로 데리고 간 것은 이해할 수 있다. 그러나 당신은 '저놈이 내 신품에 사자死者의 모발을 이식하는구나' 하고 확실히 알았었다. 그런데 당신은 놈에게 끝내 침묵하였다. 당신은 속는 줄 알면서 왜 말하지 않았던가." "황무지에 있는 도정표道程標의 권태로써 언급할 수 없었던 것은 아니다. 분노가 그늘을 이룬 때문은 아니었다. 고고高孤한 성자聖者가 장난꾸러기 어린아이들을 보는 그런 미소는 아니었다." "그럼 왜 지적하지 않았는가." "이런 문제는 나보다는 네가 잘 아는 전문일 것이다. 네 말은 사실이다." "사실이었다고? 당신은 속은 줄 알았으나 값을 다 줬다. 당신은 놈을 문책했어야만 옳았을 것이다. 기술자가 당신의 뒷모습을 비웃은 것은 기왕의 사실이었다. 그러나 이런 답변은 이론에 맞지 않는다." "이론은 가능한 부분이다. 전부는 아니다." "원인 없는 일이 있을 수 있는가." "이것은 놀라운 이야기다. 얼마 전 일이다. 네 몸 같은 은빛 버스가 강원도에서 무성한 절벽 아래로 굴러 떨어졌다. 그 버스 안엔 나의 친구가 있었다. 물론 손님들은 다 죽었다. 나의 친구와 그들은 같은 운명으로 세상에 태어났던 때문일까. 그러나 이와는 다른 일이 있었다. 그날 떼죽음에서도 한 여자는 살았다. 그녀는 사고가 나기 전에 뒤가 마려워서 반대편의 콩밭 고랑을 보았으므로 부득이 도중에서 내렸던 것이다. 원인이란 떼죽음과 한 여자가 살게 된 결과인 것이다." 그는 사상史上에 내재한 전 사자들을 우연이라고 하지 않았다. 그는 알 수 없는 자연을 신봉하였다. 그는 언제인가는 거리를 걷거나 어느 식당에서 그 흰 옷차림의 여자와 반드시 다시 만나리라고 고대했었다. 미친 듯이 먹고 짐승처럼 웃었던 오렌지에 대한 추억은 그의 태양이어서 산맥의 시냇가에 어떤 성격을 점숙漸熟시키었다. 사랑의 핵이 잎을 태양에서 내밀었던 것이다.

그는 편의한 백화점 앞에 이르렀다. 공기는 이상하게도 축축한 거리를 암회색으로 응광凝光시켰다. 그는 분잡한 피곤을 느끼며, 잠시 걸음을 가각街角에서 멈추었다. 푸른 잎들 사이로 길 건너편 건물의 위아래 할 것 없이 전면에 늘어붙은 다방, 미장원, 당구장, 양장점 등 간판들이 무슨 개성들을 전시한 벽 같았다. 간판들 중에서 이층에 자애 산부인과 병원이라고 쓴 간판과 그 밑으로 반쯤 열린 창을, 그는 동시에 우러러 보았다. 처녀 의사는 덤불을 그 창 안에서 헤치며, 한 겹 깊은 태아胎兒를 긁어내는 중이나 아닐까. 그는 그렇게 짐작하였다. 사혈蛇穴을 채굴採掘하면 그녀의 수입이 느는 것은 사실이었다. 그는 이층에 올라가서 놀다 갈까 하고 생각하였다. 그러나 여의사는 흰 까운을 입었을 것이다. 지난날 그에게 오렌지를 주었던 그 여자의 흰 옷차림이 떠올랐다. 그는 산화酸化하는 이중의 영상에서 막연한 염증을 느꼈다. 그는 자애 산부인과 병원 밑을 그냥 지나 가로수를 따라 걸었다. 손에 핏빛 펭키칠을 한 거지 아이가 청룡문青龍紋 옷을 휘감은 마담 앞을 막고 동정하고 강요하고 있었다. 그는 하숙집에 돌아가기로 하고 도중에서 흰 옷차림의 여자들을 몇몇 보았으나 그에게 오렌지를 주었던 그녀를 보지는 못하였다. 그녀는 그에게 있어 찾을수록 멀어지는 모습이었다.

　고독은 피안의 판자 주택들에 뿌리를 박은 무지개였고 수림樹林이었다. 과실果實들은 게으른 몸짓을 환각에서 하고 있었다. "그 하나가 전부였다. 아름다움은 추한 바탕에서 살아났다. 나는 그것을 알아야 한다. 착하지도 악하지도 않은 내가 있다. 그러기에 인과도 부조리도 신도 윤회도 운명도 없는 것이 내게서 무성하였다." 하늘을 막은 구리[銅]빛 사념의 등[背]이 물에 그림자를 굽히었다. 피곤은 그를 잠재우고 있었다. 누워 있는 것은 그의 육체였다. 생각은 망각에서 유리창 밖으로 나타난 희 옷차림의 여자를 보고 있었다. 군용 트럭의 두 줄기 황천黃泉빛 헤드라이트는 어둠을 뚫고 지난날과 연결하였다. 어깨에 무엇을 둘러멘 청년과 여자는 오고 있었다. 제야의 종소리가 물결친다. 그는 청년의 어깨에 메여 오는 물건이, 유리창 밖을 내다보고 있는 바로 자기 자신이었음에 놀랐다. 연회빛 양복은 어깨에 기절한 그를 둘러메고, 그의 시계에서 이동하는 지하통로를 따라 걷는다. 청년의 등에서 거꾸로 늘어진 그의 손이 오렌지 한 개를 쥐고 있었다. 흰 치맛자락은 오렌지를 따라 불빛에 연신 펄럭이었다. 그의 머리의 타박상에서 떨어지는 핏방울이 그녀의 흰 치맛자락에 기꺼이 꽃들을 피운다. 지하 통로의 사람들은 청년과 여자에 의해서 어디론지, 그 모양으로 운반되어가는 그에 대해서 무관심하였다. 남·여는 계단에서 우는 거지 아이의 옆을 지나 출구로 올라간다. 눈이 입을 벌리는 바깥에 흩날리었다. 성마리아 는 점점 솟아올랐다. 노파는 출입구에서 버팀 목판의 물건들을 수호守 護하며, 카바이트 불빛 너머로 꺼멓게 서 있는 모습이었다. 노파는 아 들인 거지 아이의 울음을 들으며, 옛 해산解産을 생각하는 듯 성녀로 서 별 없는 하늘에 묵묵하였다. 어깨에 기절한 그를 멘 청년과 따르는 흰 옷차림의 여자는 장엄한 남대문과 아들을 외면한 노파와의 사이를 지나 어디론지 간다. 그의 시선을 따르던 광경은 출구에서부터 더 이 동하지 않았다.

시간은 고정하였다. 그는 유리창 저편으로 메여가는 자기 자신을 향 하여 절규하였다. 그는 흰 옷차림의 여자를 불렀는지, 시체가 되어가는 자기 자신을 불렀는지 그것마저 분별하기 이전의 소리였다. 방 속의 형광등은 꺼졌다. 시야는 유리창마저 깜깜하였다. 정신은 스스로의 절 규로 육체에 돌아왔다. 태양은 나뭇잎에 피를 발[簾] 밖에서 흘리고 있 었다. 그는 흰 옷차림의 여자와 만났을 때 의식을 잃은 자신을 보았을 따름이었다. 변화가 그의 생활에 없었음은 백주에 전등불을 켜놓고 자 는 것처럼 무의미한 기적이었다.

여의사가 그를 데리고 간 곳은 성당 안이었다. 수인囚人을 사형한 십자가가 그들을 굽어보았다. 기독基督은 부활하사 떠나고 없었다. "마 르지 않는 종교의 빛을 믿지 않으세요." 여의사는 그에게 물었다. 그녀 의 눈은 밝았다. "그건 개인의 자유지요." 그는 대답하였다. 흐르는 구 름에서 쓰러지는 성당의 첨두尖頭로부터 시선을 옮긴 그는 마리아 상 을 녹음綠陰 사이로 쳐다보았다. 흰 옷차림의 마리아는 하늘을 쳐다보 고 있었다. 그는 마음에 오렌지가 떠올랐다. 그는 여의사에게 요즈음 심해진 신경 예민증과 쇠약을 말하였다. 듣기만 하던 여의사는 그에게

"인유人乳가 좋을 것이라"고 대답하였다. "층계를 내려 화단으로 가는 수녀들이 갑자기 노쇠해 보인다"고 그는 말하였다. 과년한 여의사는 엄숙하리만큼 그를 돌아보았다. 여의사의 눈은 무언의 반문이었다. 오렌지는 까맣게 첨탑을 덮어 누르면서 푸른빛으로 끓기 시작하였다. 그는 자기 자신이 다시 하나의 기계로 변하는 과정을 느꼈다. 그는 비바람으로 변색한 벤취에 앉았다. 여의사는 "어디가 불편하세요" 하고 물었다. 그는 "아무렇지도 않다"고 대답하였다. 그러나 그는 어떤 위기의 철조망을 짐작하면서 마음속으로 신음하였다. 전류는 온 혈관을 눈부시게 달리었다. 추억이 앞에서 묵중한 철문을 열었다. 고막을 찢는 기관의 금속성과 함께 비등沸騰하는 시계視界가 차츰 갈매기도 날지 않는 흘수선吃水線으로 정착하였다. 과거의 녹음은 파도로 출렁이었다. 바다가 굽어보이는 곳이었다. 어느 시골의 언덕 위에 있는 성당이 초점화하였다. 그것은 석화石化한 하늘이었다. 의병들이 왜군倭軍을 만났을 때는 그렇지 않았을 것이다. 총구멍에 견주어진 그는 조선祖先들보다도 원통하였다. 그의 앞을 가로막은 사람은 동포였다. 그는 높은 창에 있는 잡색 유리의 예수 상으로 변신할 수 없는 자신이 안타까울 지경이었다. 십자가가 굽어보는 밑에서 북에서 온 동포는 그에게 다발총을 들이대고 가까이 왔다. 잡히거나 달아나는 우연은 어디에 있는가. 결정적인 순간이 앞으로 다가왔다. 죽음을 의식한 때까지가 지옥이었다. 시체가 되면 무서움은 해소될 것이다. 전우戰友는 계곡의 피살자에서 충격을 받았다. 그러나 죽은 자는 구원된 것이다. 그는 각오하고 눈을 감았다. "내가 이처럼 떠나다니……" 당내堂內는 어둠 속으로 사라졌다. 목숨을 뚫는 몇 발의 총소리가 났다. 그는 태양으로서 눈을 떴다. 도리어 북에서 온 동포가 쓰러져 있었다. 동포는 죽어 있었다. 그가 탄생하기 전처럼 동포는 우주의 침묵을 표현하고 있었다. 그는 뜻하지 않았던 정반대 앞에서 수목으로 서 있었다. 물을 길러 갔다가 낌새를 눈치챈 그의 친구가 뒷문으로 들어와 십자가 뒤에 숨어 서서 북에서 온 동포를 쏜 것이었다. 그들의 혼란한 두뇌의 바깥에서 비가 패연沛然히 쏟아진다. 그때 석화石化한 하늘이 파열하였다. 기체의 폭음은 그들의 머리를 지워버렸다. 고통은 길지 않았을 것이다. 그는 공포와 경주하면서 덤불 속으로 굴러 들어갔다. 살아남은 기쁨은 긴 고문이었다. 폭탄에 명중命中한 성당과 친구는 계시 같은 화염을 토했다. 귀를 멀게 하는 그림자와 함께 풍경은 무너지고, 빗발 속에 잔허殘墟를 드러냈다. 침묵은 거대하였다. 모두가 약하고 덧없었다. 내려진 막은 한계를 지었다. 회상은 정지하였다.

그는 여의사에게 "내려갑시다"며 일어섰다. 그는 시가市街를 바라보며 "기도합시다. 무엇을 바라기 때문은 아닙니다. 서로가 자아를 찾기 위해서 기도합시다" 하고 말하였다. "하느님은 우리의 소망을 들어주시겠지요." 그녀는 딸기를 수놓은 물빛 핸드백을 만지작거리며 대답하였다. 그가 "하느님은 신이 아니라"고 대꾸하자 그녀의 손은 핸드백에서 경직하였다. 사물은 전라全裸한 그대로를 나타내고 있었다. 지난날의 전쟁처럼 어디서나 살인은 있을 것이다. 신문지를 밟고 지나가는 실직자들이 상가商街에서 방황할 것이다. 전차 길로 나온 여의사는 그에게 "잘 놀았어요. 지나시는 길에 놀러와 주세요. 적당한 약을 드리겠어요" 하고 헤어져 갔다. 건물들을 조각조각으로 비치고, 지나다니는 남녀의 다리들을 비치는 길바닥 흙탕물을 튀기면서 장의차가 돌아 나가고 있었다. 그는 "사람들에게는 삶을 즐겁게 하고, 천수天壽를 마친 사람에 대해서는 감사하는 꽃다발을 바치도록 기도하자. 무엇을 바라기 때문은 아니다. 모두의 소망이 없어질 때까지 자신에 기도하자"며 도심의 하늘을 쳐다보았다. 하늘의 태양은 오렌지였다. 표정을 잃은 문에는 안팎이 없었다. 황금빛 오렌지는 위치를 삼킨 곳에서 솟아 있었다. 황금빛이 중천中天을 놀라운 속도로 떠오름에 따라 시가市街는 찬란한 원색으로 절개되었다.

몇 달이 지났다. 그는 마침내 발병하였다. 문은 닫히자 벽으로 변하였던 것이다. 정신이 비바람에 비둘기처럼 시달린 결과였다. 대학 시간 강사로서 유지해온 그의 수입과 생활이 동시에 정전되었다. 그는 암담

한 앞길에 누워 있었다. 주위는 시간에 꾸겨지기 시작하였다. 그는 어떤 책이건 읽을 때마다 그 저자를 생각하였다. 생전에 부자가 된 외국 작가들의 예를 상상하였다. 그는 고문서古文書를 조사할 때마다 호구糊口의 재료로 생각해왔었고 학생들에게는 와전訛傳을 사실로서 명백한 유혈流血도 의문으로서 강의했는지 모른다. 그는 자기의 모색을 보다 귀중한 곡식으로 생각하였다. 수백 년 또는 수천 년 전에 죽은 사람들이 남긴 글에 대해서 단정할 수 있을까. 단정할 필요가 있을까. 이해는 수심水深에 있었다. 넓이는 막연한 흐름에 살고 있었다. 더구나 위대하다는 사자死者의 생전 일생이 사고思考에 어느 정도의 가치 대상이 된단 말인가. 문제는 별[星]의 연광年光에 있지 않았다. 그것을 보는 눈에 있었다. 굶지 않고 살아야 한다는 것이 우선 중요하였다. 육체의 고장은 이러한 목전의 중요성 때문에 고통을 생존시켰다. 그는 중첩한 연색鉛色 걱정 때문에 전부터 교섭이 출판사 쪽에서 있었던 인세印稅도 아닌 싸구려 고료稿料를 얻기 위해 번역이나마 착수하지 않을 수 없었다. 그는 사자死者의 글을 병상에서 옮기는 산[生] 기계가 되었다. 번역기로서의 그는 굴욕과 소모를 느꼈다. 그는 병실에 투영된 스스로를 바라보며 남의 논밭을 경작하고 있었다. 여의사는 그의 입원을 알자 찾아와서 "저의 병원으로 옮기세요" 하고 간곡히 청하였다. 그는 그녀가 호의를 베풀겠다는 이면에 암시와 공약의 가이사 상이 부각浮刻되어 있음을 알았다. 그는 "미안한 짓은 괴로운 일이라"고 대답하였다. "오해하신다면 권하지 않겠어요." 여의사는 황혼에 돌아갔다. 또 하나의 그는 중유重油를 바른 세포들이 사자死者의 작품을 우리말로 재녹음하는 동작을 각각의 흐름에서 볼 수 있었다. 달님은 창백하였다. "생각하는 것은 그만두자." 그는 심호흡을 하였다. 그러나 머리 속이 어두울수록 눈앞에 어리는 한 점 광명을 어쩔 수 없었다. 그는 증오의 화염에 대해서도 봄 아지랑이 정도로 바라보면서 꽃피는 언덕에의 거리距離가 되고자 하였다. 그것은 생각뿐이었다. 그는 번역하던 손을 놓고 병상에 눕고는 하였다. "내가 탄식할 때이다. 당신은 반사反射처럼 웃으며 내 앞에 나타난다.” 그것은 아래위를 하얗게 입은 여자의 모습이었다. 그는 그녀의 이·목·구·비를 분명히 기억하지 못하였다. 그는 그녀의 이름을 막연한 ‘이상理想’처럼 믿고 있었다. 그것은 현실에 나타난 정신의 영역이었고 가능의 배반당한 모습이었다. “병든 기계가 당신을 본다. 당신은 자비의 구름에 솟아오른 한 점 빛이다.” 그리고 그는 생각하였다. “아무도 당신의 침묵을 이해하지는 못할 것이다.” 맹자盲者의 태양은 기아飢餓에 주어진 오렌지였다. 그의 육체는 양측에의 반영이었다.

일요일 아침이었다. 여교사는 가슴에 다알리아와 그라지오라스를 섞은 꽃다발을 안고 입원실로 찾아왔다. 여교사는 “여러 가지로 어려우실 텐데, 제가 치료비를 대면 어떨까요” 하고 친절히 말하였다. 파도는 그녀의 표정에서 바람 빛깔이었다. 유리창의 바다는 숲으로 쓰러지면서, 여러 가지 자극으로 반짝이었다. 그는 머리만 흔들었다. 여교사는 “왜 쓸데없는 신경을 쓰세요” 하고 안타까워하였다. 바람이 그녀의 얼굴에 구름을 몰았다. 내측內側에 미정未定의 진실한 조화를 비치던 그의 머리맡에서 꽃다발은 행복한 색채를 자랑하였다. 일력日歷은 넘어갈 적마다 비용을 청구하는 고지告知였다. 출판사 사장은 자선가로 가장하는 데 성공하고, 죽은 사람의 글은 치료비가 되고, 번역은 과로를 강요하였다. 그러기에 별로 염려할 것은 없었다. 그러나 그는 번역이란 철통鐵筒 속에 수금되어 습성화한 기억 장치와 자기 내장內臟 계열과 원문을 파악하는 신경 분포까지가 면밀히 용접되어 한 괴물로서 발동하는 데는 참을 수가 없었다. 그의 사고思考는 허락되지 않았고 죽은 원작자原作者의 지시에 따라 진행하게 마련이었다. 복종은 향방向方과 예의일 수 없었다. 처음은 무엇이 어떻게 되어가는지를 몰랐다. 사자死者의 음덕陰德으로 얼마의 돈을 받기 위한 그는 피곤한 것만 알았다. 세상을 떠난 외국 원작자에 의해서 그는 하루에도 몇 번씩 피살되며 부활하였다. 그는 시각을 잃은 인조인간이었다. 자의식이 기계의 묘내墓內에서 들적이면 용광鎔鑛의 소리로 한숨을 쉬었다. 사방의 적막은 해저로 퍼졌다. 교묘히 연결된 동선銅線들과 혈관들을 달리는 전류의 진동에 따라 가치 없는 장면이 계속 모국어로 나타났다.

그는 인간 기관이 되어 사자死者에게 조종당하고 있음을 느낄 때마다 눈을 병상에서 감았다. 환경은 벗어날 수 있는 자연을 열어주지 않았다. 번역 기계는 때때로 실소失笑하였다. 하필이면 원서는 읽을 보람조차 없는 과학 모험소설이었다. 연회빛 양복을 입은 청년은 그 소설 속에서도 나타났다. 늙은 박사의 딸을 사랑하는 그 청년은 늙은 박사의 제자였다. 늙은 박사는 새로운 기계를 만든 발명가였다. 누구나 그 새로운 기계를 방 속에서 조절하면 벽 너머 세계가 어디든지 암록빛 유리판에 그대로 나타났다. 주부는 출근한 남편을 집 안에서 그 기계로 감시하고, 경찰은 범인의 숨은 곳을 가시 뽑듯 체포하고, 정치가들은 모든 나라 수뇌자들이 무슨 비밀을 의논하며 계획하며 지시하는가를 서로 알고, 심지어는 어떤 놈팽이가 여탕女湯을 그 기계로 투시하면, 다른 기계가 그 놈팽이를 지적하고, 가상 적국들의 시설들도 뼈 속까지 보이는 놀라운 출현이었다. 그는 작자가 살았을 때 만든 박사의 말을 되도록 정확히 번역하면서 조소하였다. 그는 전기 바늘마냥 늙은 박사의 다음 말을 원고지에 번역 중이었다. "비밀이 없는 세계를 생각해보라. 신비는 끝났다. 과학은 새로운 역사를 열었다. 평화는 이 기계에 의해서 이루어질 것이다. 따라서 모든 과오는 지구에서 사라진다. 신을 두려워하지 않는 자도 양심에서 벗어날 수는 없을 것이다." 전쟁에 쓰려고 강력한 약품으로 양식養殖하는 균들처럼 원서의 활자는 꼬무락거렸다. 그는 만화 같은 연극을 옮기던 붓을 놓고 쓰게 웃었고, 번역한 매수를 헤아리며 돈으로 환산해보는 것이었다. 병자는 침대에 누워 성운星雲도 없는 망각의 잠을 잤다.

환자들의 신뢰를 받는 의학박사가 들어왔다. 흰 옷차림의 간호원 손이 잠든 그를 깨웠다. 박사는 "지금까지는 오진誤診이었다"고 말하고 창 밖의 햇볕과 녹음綠陰에 암회색 엑스레이 건판을 들어 보였다. 그는 침침한 자기 내부를 응시하였다. 정신은 어디에도 보이지 않았다.

이상한 구조로 된 세계가 창을 등지고 장밋빛 새벽의 부엌 안처럼 컴컴하였다. 그는 쓴웃음을 웃었다. 실은 아무렇지도 않았던 것인가. 그는 박사를 쳐다보고 "그런데 왜 쇠약하고, 우울하기만 합니까" 하고 물었다. "대강은 짐작할 수 있지요. 곧 알게 될 겁니다. 우리는 망국민으로서 이차 세계대전을 치른 지 몇 년도 안 되어 분단된 국내의 비극을 겪었으니까요" 하고 대답하였다. 그는 자기 팔에 주사를 놓는 간호원의 흰 옷소매를 유심히 보았다. 피부는 한 장의 방수포防水布였다. 그는 착각을 의식하면서 고소苦笑하였다. "같은 자들뿐이다. 그저 그런 거지 뭐……"

렌즈는 벽 같은 책장의 활자 대군열大軍列을 계속 읽었다. 내용이 후두부後頭部의 암실에 장치된 영상판에 연신 나타나며 지나간다. 광조光條의 열차 선로가 송장들이 쌓인 산협山峽으로 음향을 지르며 질주하였다. 어느 나라 간첩이 숨어서 "남은 문제는 빛깔과 촉감과 냄새다. 그것을 실현하는 기능이야말로 완성의 날이라"는 노박사老博士의 말을 엿듣고 있었다. 어떤 때는 늙은 박사 자신이 발명기 앞에서 외면할 지경이었다. 연회빛 양복의 팔이 뱀처럼 박사의 하얀 딸을 휘감고 능금을 먹는 장면이었다. 그러한 실험실 안의 광경이 활자로써 그의 눈에 무자비하게 중영重映하였다. 어떤 때는 지침과 계수 번호를 맞추며, 무한 거리와 삼투력과 밀도에 관한 성능표를 조절하는 그들의 투지를 보여주었다. 그는 후두부의 영판映板에 계속 나타나는 갖가지 무간 지옥無間地獄에 견딜 수 없었다. 식사 후에도 곧 자동 번역기가 되어 그러한 것들을 옮기지 않으면 안 되었다. 다방에는 음향의 달을 삽입한 피아노 연주 광고가 붙어 있었다. 병실의 라디오에서 보석으로 명멸하는 음곡音曲이 통행금지 사이렌소리에 휩쓸려 사라졌다. 그제야 그는 실소失笑하지 않았다. 그는 번역하던 손을 멈추었다. 손은 과학소설을 꽃병 구석으로 내던졌다. 세모진 창이 부서지면서 바깥은 유암幽暗하였다. 그는 누워서 황금빛 피를 저편에서 흘리며, 녹綠빛으로 감상感傷된 달을 쳐다보았다. 오한惡寒이 물결친다. 달은 호수만한 형자形态였다.

그는 역시 피곤하였다. 피곤은 "살려고 하는 짓인지, 목숨을 줄이는 짓인지" 그것마저 아리송하였다. 분별할 수 없는 것이 전체였다. 사방의 적막은 사자死者의 행복 같기도 하였다.

그것은 알수록 바보의 입처럼 열렸다. 혈관은 전선電線으로, 살갗은 철로 변해 있었다. 시는 형벌과 비둘기였다. 그는 영향을 끼칠 수 있는 한계 안에서 종언終焉의 상복喪服 입고 있었다. 머리 속에서 "나를 돌려 달라, 나를 돌려 달라"는 광야의 반향反響이 일어났다. 고막이 울린다. 휘황한 전등이 꺼졌다. "나[我]라는 너는 어디에 있느냐. 무엇을 돌려 달라는 거냐"가 어둡기만 하였다. 범람한 달빛이 실내를 엄습하였다. 달빛은 그의 망연자실을 벽옥빛 비단 필匹로 휘감았다. "병원이 정전停電하다니, 세상은 끝났다"며, 그는 돌아누웠다. "박사는 오진이었다"고 고백하였다. 그럼 무엇을 다시 구명究明한다는 말인가. 말은 고맙지 않았다. 쇠약했는데, 비용 때문에 과로하는데 "번역은 병에 지장이 없다"고 박사는 말하였다. "박사는 나의 돈 나올 구멍이 이 짓밖에 없다는 것까지 계산하였을까." "무슨 보상報償인가." 그는 어둠에 관한 인식을 점점 잃었다. 그는 다시 잠이 들었다.

믿지 못할 일이 있었다. 눈동자가 마술이라면 그럴 성도 한 일이었다. 흰 옷차림의 여자는 천연스레 오렌지를 들고 있었다. 그녀는 그를 정면으로 보고 있었다. 그러나 그녀의 시선은 그를 보고 있지는 않았다. 실은 그녀는 거울을 향하고 그와는 반대로 돌아서 있었다. 그녀는 그에게서 돌아선 채 문갑에 오렌지를 놓더니 우후청雨後晴 운학병雲鶴瓶에 연꽃을 꽂았다. 여자는 연꽃과 용이 비친 거울을 들여다보며 온화한 미소를 품었다. 그녀의 얼굴은 거울 속에서 점점 관음觀音으로 변하였다. 그는 그녀의 등 뒤에 서서 정면 거울에 나타난 성聖 백의관세음보살白衣觀世音菩薩을 보았다. 도무지 알 수가 없었다. 흰 옷차림의 그녀만이 관음으로 비쳐 있을 뿐이었다. 그녀의 뒤에 서 있는 그는 거울에 나타나지도 않았다. 그는 "나를 기억하겠습니까" 하고 말을 걸었다. 그녀는 돌아보지도 않고 거울 속에서 여전히 관음의 미소를 하였다. 그는 "당신을 만나려 오랫동안 방황했습니다" 하고 호소하였다. 그녀는 그의 음성을 못 듣는 모양이었다. 그는 그녀에게로 접근하는데 공간이 그의 앞을 완강히 가로막았다. 두 사이는 아무것도 없건만, 보이지 않는 투명질透明質이 손바닥에 싸늘하니 느껴졌다. 그는 상대를 볼 수 있으나 상대는 그가 보이지 않았다. 그러한 유리가 두 사이를 가로막고 있었다. 그는 "난 늘 당신을 생각했습니다" 하고 통하지 않는 공간에 기대어 머리를 숙였다. "난 원래부터 이유가 없어요." 그녀의 목소리는 분명하였다. 그는 기꺼이 머리를 쳐들었다. 거울에는 언제 나타났는지 지난날의 연회빛 양복 청년이 서 있었다. 관세음보살은 없었다. 연회빛 양복 청년을 반가이 영접한 흰 옷차림의 여자는 손을 서로 맞잡고 실내를 나가려 돌아섰다. 그녀는 백의관음이 아니었다. 그녀는 오렌지를 줬었던 흰 옷차림이었다. 두 남녀는 그의 곁을 지나 문을 열고 나가버렸다. 맹자盲者는 눈을 떴다. 병실은 아무도 없었다. 눈이 마음의 바깥에 내린다. 눈이 천년 종鐘의 침묵에 내린다. 그 눈은 모두를 축복하고 있었다. 정적은 광명으로 결정結晶되어 있었다. 그는 다시 잠이 오지 않았다. 그는 과거를 비치던 거울의 벽 앞에서 생각하였다. 거기에서는 물러가는 흐름이 꽃 지고 꽃피는 산을 헤치면서 내일로 향한 골목길을 열고 있었다. 밤이 눈을 감으면서 태양은 솟아올랐다. 작은 새들이 창 앞 금빛 나뭇가지에서 서로 부른다.

그는 들었다. "난 원래부터 이유가 없어요." 그는 따라 중얼거린다. "난 본래부터 이유가 없어요." 모든 것이 말한다. "나는 본래부터 이유가 없어요." 아침 식사는 끝났다. 그는 들어온 흰 옷차림의 간호원에게 "박사가 수긍할 만한 증세를 말하지 않는다면 오늘 밤이라도 퇴원하겠다"고 솔직히 털어놓았다. 오후에야 박사는 들어와서 "빈혈증입니다. 안정이 절대로 필요하다"고 말하였다. 그는 가치 없는 과학 모험소설 번역을 중단하기로 결심하였다. 저녁노을이 물든 창 옆에서 그는 퇴근 직전인 여교사에게 병원 전화로 "미안하지만 내가 하던 번역을 맡아서 할 수 없겠느냐"고 의논하였다. 박사는 이 말을 사무 책상에서 듣자

그를 놀란 표정으로 쳐다보았다. "고료는 선생님께 드리겠어요." 여교
사의 대답이 들려왔다. 그는 두 사람만이 통하는 비밀을 구축하고 싶
지는 않았다. "그럴 필요는 없소." "좌우간 제가 기꺼이 다음을 맡아서
하겠어요." 전화는 딱딱한 바탕에 빛을 박는 음성이었다. 또는 깊은 곳
에서 솟아오르는 광채이기도 하였다. 그는 "고맙다"는 뜻을 말하고 수
화기를 놓았다. 그는 "기계에서 탈출하였다"고 속으로 중얼거렸다. 홍
시의 부드러움도 뱀의 촉감도 아니었다. 어떤 허무한 실재實在가 수목
같은 모발로서 그의 가슴에 안식의 그늘을 마련해주었다. 그리고 파도
도 일지 않는 사나운 바람이 공간을 씻으며 빛을 발하였다. 돈은 버림
을 받지 않고, 누군가의 요기療飢가 될 것이다. 그것은 슬픈 가치였다.
그는 "속고 있다는 것 이외에 의미는 없다"면서 돌아와 문을 열었다.
병실에는 여대생이 와 있었다. "여의사님한테서 입원하셨다는 소문을
듣고 바로 왔어요." 그는 여대생이 사가지고 온 운동선수의 유니폼처럼
흰빛과 붉은 종선縱線으로 장식된 외국제 통조림 속의 오렌지를 함께
먹으며 "그새 자미滋味가 좋았느냐"고 물었다. "우린 원하지 않았는데
도 이 땅에 태어났는걸요." 여대생은 천진스레 웃었다. "건강은 좀 어
떠세요." "박사가 해방시켜주지 않는 것 같아." "자신은 어떻게 생각하
세요." "나도 다른 사람과 마찬가지가 아닐까. 이름은 번호로, 몸은 신
분증으로 바뀌었다는 정도겠지." "왜 병환이 나셨을까, 하고 오면서 생
각했어요." "생각하기 나름이겠지." "아니에요. 사람은 별것이 아닌데,
별것인 줄로 생각하는 것 같아요." 여대생의 볼은 복숭아꽃빛으로 윤이
났다. "근사한 설법이군." 그는 표정 없이 대답하였다. "결국 선택은 하
나예요. 누구나가 다 하나지요. 아무리 잘나고 학식 있고 뭐니뭐니 하
는 사람이라도 결혼을 않으면 난 멸시해요." "언젠가 연애는 정치라더
니 많이 달라졌는데, 그새 소견이 트였군." "정치는 필요해요. 목적을
위해서는 말이에요. 그러나 그것만으로는 해결되지 않는걸요. 참을 순
있어요. 그러나 견딜 수가 없는걸요. 우선 표리表裏가 다르다는 것은
집 구조부터가 증명해요. 들어가서 생활하는 데 뜻이 있어요." 그는 머

리를 끄덕이었다. 그러나 그는 부지중에 "본래부터 이유는 없다"고 미소하였다. 여대생은 자존심을 상하였다. 그는 담담하였다. 그는 화제를 경쾌한 운동 경기로 돌렸다. 그러나 운전기는 고장이었다. 분위기는 종시 흐렸다. 얼마 후 여대생은 빗방울이 나뭇잎에서 뚝뚝 떨어지는데도 가버렸다. '어쨌든' '그렇다면' '무엇이고' '그래서' 사람들은 곧잘 이러한 말을 사용하였다. 그에게 있어 '좋았건' '나빴건' 간에 과거는 운명이었다. 앞날은 미지였다. 그러나 분명한 무엇이 그에게 암시하고 있었다. 흰 옷차림의 여자는 그의 기억에서 퇴색하기 시작하였다. 괴로운 덩어리는 늙을수록 인자한 주름살의 광명을 폈다. 생은 벽의 눈을 폈다. 연꽃이 눈물에서 피었다.

그는 박사와 상의도 않고 전등불이 들어올 무렵 퇴원하였다. 그는 과부가 경영하는 하숙집에 돌아오자 무대를 있는 그대로 조명하였다. 그는 어디서나 가난에 찌든 방 속에서 자기와 마찬가지로 등을 굽히고 있을 사람들이 많다는 것을 생각하였다. 연회빛 양복은 비를 맞으며 튼튼한 빨랫줄에 거꾸로 매달려 있었다. 불두화佛頭花는 공간을 수채 구멍 옆에서 차지하고 있었다. 그는 편안히 누워서 학교에 나가기 위한 책을 보았다. 자열字列은 번갯불로 뻗었다. 피와 성벽城壁에 관한 기록은 흥미 이상도 이하도 아니었다. 대학에서는 강의실마다 책을 펴들고 인류의 발전을 각기 전문 분야에서 설명하고 있었다. 그러나 이면은 하나의 성욕性慾으로 신축伸縮하였다. 부귀와 권태와 가난한 허영을 메우기 위한 혼란이 평등한 성욕에 의해서 사멸死滅하며 번식하였다. 사람들은 애욕에 몸부림치는 보고報告를 지식이라 총칭하였다. 원시의 육욕적인 음악이 공허에서 방송되었다.

그가 실직하고 물고기 생활을 백사장에서 하던 때였다. 그는 담배도 없이 하숙방에서 수척한 몸으로 누워 있었다. 젊은 안주인은 각각 뜻이 다른 두 눈으로 벽 너머의 그를 노려보았다. 젊은 안주인은 "오늘도 어떻게 안 되우" 하고 무엇이 궁금한지, 옆방에서 노래하는 것이었다. 한쪽은 돈을 독촉하는 눈이었다. 다른 한쪽은 암컷의 눈이었다. 그는 그런 두 눈을 동시에 뜰 수 있는 인간의 재주를, 백주白晝에서 왕왕이 보아왔었다. "내일이 이십오 일이니, 이번만은 세상 없어도 받는 대로 좀 줘야겠소." 안주인은 벽 너머 옆방에서 짐승처럼 신음하였다. 그럴 때마다 그는 구경꾼마냥 소리 없이 이편 방에서 웃었다. 이십오 일은 사변이 일어났던 날, 무주무육일無酒無肉日, 모두가 목마르게 기다리는 월급날, 그리고 젊은 안주인이 과부가 된 날이기도 하였다. 그는 우스꽝스럽도록 소리 없이 웃었다. 여러 세대의 방세를 뜯어 사는 과부는 그에게 속고 있었다. 실직자인 그는 여전히 출근하였던 것이다. 그는 어디나 갔고 사실 갈 곳은 없었다. 거리의 계산은 유리와 양회洋灰로 인정人情을 막았다. 신기루는 폐허에 조약條約의 철로 건설되어 갔다. 그는 점심을 굶고 녹음綠陰 밑의 벤취에 앉아, 망연히 바라보았다. 교인들은 파고다 공원에서 주악에 맞추어 노래를 마치자, 하느님의 '사랑'을 교대로 나서서 부르짖었다. 그는 경이驚異가 허영으로 조락凋落하는 기계의 소음을 듣고 떨었다. 그는 교외郊外 솔밭에 지쳐 있다가 연애하는 남·여 때문에 외면을 하고 돌아누웠다. 그는 일몰하는 거리에서 TV에 나타난 명사들의 생활 개선 좌담을 사람들 틈에 들어서서 보았다. 나이트클럽 하복부에 꽂힌 단도에서 흘러내리는 보석의 피가 활자들로 나타났다. 모발을 뚫고 의자 밑으로 늘어진 팔의 빨간 손톱 끝까지 점령한 죽음이 황토빛 돛폭에 덮여 신문 위로 흘러간다. 그는 배고픈 것을 잊고자 정신을 총동원하였다. 그러나 손으로 붙들 나무 한 그루가 공동변소도 없는 거리에 있을 리 없었다. 수면睡眠은 박하고약처럼 퍼졌다. 미소를 띠고 잠 속에 굳은 그의 얼굴은 추하였다. 문명은 승리에서 빛났다. 그것은 투쟁을 의미한 데 지나지 않았다. 강력한 기旗는 하늘에 비해서 미약하였다. "세상 없어도 이번은 꼭 주시우다." 그러나 전등불을 끄지 않고 잠든 그를 보았더라면 대경노발할 젊은 과부의 고양이 목청은 또 벽 너머에서 일어났다.

그는 눈을 뜨자 성욕性慾을 느꼈다. "나는 건강하다"며 일어섰다. 그는 식사를 마치고 학교로 간다. 그는 달리는 전차 안에서 "과실들이 가로수에 주렁주렁 달렸다면 얼마나 아름다울까” 하고 생각하였다. 그는 대학 석조 건물의 암회빛 측면에서 놀랄 만큼 깎여 나간 하늘의 선조線 條를 응시하였다. 미래를 상징하는 심상心象이 파란 깊이 속에서 나타 날 법도 하였다. 그는 밑을 옥상에서 굽어보았다. 나무들은 삼각형의 투 영을 뚫고 힘차게 솟아 있었다. 그는 “나는 무병無病하다”고 거듭 생각 하였다. 그가 그날 강의를 마친 오후였다. 이상한 이성異性이 나타나 시 장을 걷고 있었다. 그 여자가 입은 옷은 거두절지去頭切肢한 한 조각 밀가루 푸대로서, 조금 전만 하여도 더블베드 위 못에 걸려, 화문벽花紋 壁 창에 십자가의 풍경을 가렸던 옷이었다. 그 옷은 흰 옷차림 여자의 옆얼굴처럼 이제는 증오와 애정도 아닌 퇴색褪色이었다. 그는 그 여자 가 걸어 나온 골목 안을 돌아보며 “사형 집행리吏도 신성한 직업임에는 틀림없다”고 이마의 땀을 손으로 씻었다. 그는 외국 대도시의 고유 명 사를 붙인 과자점으로 들어갔다. 시계는 오후 7시 삼십 분을 지나는 중 이었다. 그가 전화를 학교에서 걸었을 때 나오겠다던 여의사는 와 있지 않았다. 그녀는 신에게 대항하듯, 또 처녀 수태受胎를 수술 중인지 알 수 없었다. 그는 기다리기로 하고 탁자에 놓인 신문을 집어들었다. 광고 가 눈에 들어왔다. ‘시장에 범람하는 약과는 전혀 다릅니다. 절대 위조 할 수 없도록 과학적 특수 포장을 한 홀몬제’ 누가 앞에 와서 앉는다. 여의사였다. 젖빛 복장을 하고 흑사黑紗장갑을 낀 여의사는 전에 없이 명랑하였다. “뜻밖이었어요. 언제 퇴원하셨어요.” “그래 상의하려고 좀 나와줍소사 한 것입니다. 어제 병원에서 무단無斷히 나왔습니다.” “이제 괜찮으세요.” “어떻게 생각합니까. 난 무병하다고 생각하였습니다.” 여의 사는 정색하며 그를 쳐다보았다. “그래요. 이제야 아셨군요. 병은 전부 터 없으셨답니다.” “그럼 왜 진작 알려주지 않았소.” “스스로 깨닫기 전 은 곧이듣질 않는 법이랍니다.” 여의사는 웃다가 계속 말하였다. “고치 기 어려운 병은 자기의 어떤 도덕적 관념으로써 전체를 규정짓는 병상 病狀이랍니다. 육체는 일일이 설명할 수 없을 만큼 적응성이 많답니다.” 그 말은 충고 같기도 하고, 회색빛 고백 같기도 하였다. 형광등 불의 그늘진 곳에 앉은 그는 고급 과자로 만든 화단을 바라보며, 여의사와 함께 난형卵形의 케이크를 들었다. 거지 아이가 여의사의 어깨 너머로 서양 글씨의 횡서橫書한 유리벽 밖에 힘없이 돌아서 있었다. "난 본래부터 이유가 없어요." 문득 흰 옷차림의 여자는 어디론지 사라졌다. 그는 그 위치에 서 있는 거지 아이에 대하여 애정을 느꼈다. 불쌍한 아이들은 열을 짓고 유린당한 꽃밭 구릉을 넘어가고 있었다. 그는 여의사와 함께 밖으로 나왔다. 수액樹液 없는 장미꽃과 고유 명사의 네온사인들이 골목길 저녁에 해골을 드러내놓고 있었다. 거지 아이의 비뚤어진 입술이 코밑 단애斷崖로 허무와 동화되어 창백하였다. 그는 거지 아이에게 돈을 주었다. 그는 소년에게서 인종忍從과 자정慈情과 고생으로 끝난 한 어머니의 모습을 보았다. 여의사는 의아스레 그러는 그를 보았다. 그는 "묻지 맙시오. 따지지 맙시다. 나를 감상적이니 위선이니 자아도취니 어떻게 생각하든 자유입니다. 과연 나는 무병합니다" 하고 말하였다. 여의사는 머리를 끄덕이고 "그렇다고 생각해요" 하고 미소하였다.

목욕탕, 관청, 형무소, 군부, 국회, 아편굴, 외국 기관, 은행, 불량소년, 사기배, 매육녀賣肉女 등 도시 내부에서도 태양은 시간을 어기지 않았다. 그는 자기의 손금 위를 걷고 있었다. 그는 이성의 현미경에 빙글빙글 돌아가는 기계를, 꼬무락거리는 자기 자신을 확대시켰다. 거기에 나타난 것이 자기의 기저基底며 초점이며 식료품이며 육신임을 보았다. 그는 있는 그대로를 받아들이며 집중시켰다. 마음은 동하지 않았다. 왜냐하면 완전은 볼 수 없는 신과 볼 수 있는 기계들뿐이었다. 그의 본질은 불완전에 있었다. 고혈枯血빛 벽돌로 치솟은 공간 도로를 따라 상승하는 국정 감사와 하강하는 월급쟁이들은 서로가 바빴다. 그는 "무저항의 기旗는 무슨 빛깔일까" 하고 생각하였다.

지난날, 그는 골목에서 흥정을 하였다. 그것은 유두乳頭라기보다는 화염의 액液인 포도알이었다. 매춘녀는 두 팔을 머리 위로 올리더니, 갑자기 비명을 질렀다. "팔이 무거워서 견딜 수 없어요. 내려지지가 않아요. 과거는 돌이킬 수 없는걸요." 그는 "마음이 편안하지 않으면 우주를 샅샅이 뒤져도 행복은 없을 것이라"고 생각하였다. 그는 계시된 것처럼 여자의 허리를 안았다. 매춘녀의 팔은 내려와 그의 목을 감았다. 그것은 노한 뱀과 교수대의 밧줄과 강한 흡반吸盤이었다. 주렁주렁 매달린 별들이 일시에 쏟아지기 시작하였다. 그중의 하나는 그의 안계眼界를 막으면서 폭발하였다. 비린내가 풍긴다. 피는 흐른다. 그는 가사假死 상태에서 만족하였다. 참으로 결과는 죽음인 것이다. 남는 것은 미완성이었다. 미완성은 표리부동처럼 존재만으로써 완성이었다. 그는 대상에 국집局執하지 않았고 행동하였고 쉬지 않았을 따름이다. "울창한 입술에 광명의 미소를 주소서." 저녁노을은 화구호火口湖의 푸르름에 끓어올랐다. 역사 없는 해가 피[血]와 숲에서 목욕하였다. "비둘기집 모양으로 푸르게 펭키칠 된 판자통 속에서 젊은 여자는 공중전화를 놓고 그날그날을 보냈답니다. 판자통 속은 춥지 아니면 무더웠지요. 그런데 어느 백주白晝였어요. 전주電柱에 올라가 변압기를 수리하던 기술자가 판자통 위로 추락했어요. 기술자는 전기의자에서 내려진 거나 다름없었을 거예요. 부서진 판자통과 진흙에 나가떨어진 전화기처럼 그 여자는 한동안 병원에서 상처를 치료받았답니다. 그 여자가 바로 나야요. 짝 잃은 비둘기가 됐지요. 죽은 기술자는 내 남편이었어요. 당신은 오늘밤에 내게 온 세 번째 손님이에요. 누가 대문을 요란스레 두드리는군요. 경찰일 거예요. 염려할 것 없어요. 누구나 살아가게 마련이니까요. 난 피곤해요. 좀 점잖게 해주세요." 그의 마음은 날마다 기도하는 자세였다. 그는 자기 외에 기도 드릴 대상을 인정하려 않았다. "내가 없다면 신은 없는 것이다. 그러므로 무엇이건 다 긍정한다"고 묵도默禱하였다. 혈액을 잃은 네온의 장미답게 매춘녀는 밤을 기다릴 것이다. 그 길밖에는 없을 것이다.

그것은 절벽에 반향反響하는 뱀들의 수문水紋이었다. 손은 문을 열었다. 앞은 암석이었다. 희망이 깨어진 병에서 흘러내렸다. 그는 죄악과 공적功績을 동시에 무시하였다. 자유는 자기 마음의 세계에서만 이루어질 수 있었다. 요점은 시비에 있지 않았다. 썩은 땅에서 나오는 싹들은 아름다웠다. 그는 조준도 없이 우는 어린이의 천진한 소리를 들었다. 그가 태어났을 때의 첫소리인지도 모른다. 그것은 '어디서 왔는지'조차 모르는 그의 본질이었다. 손은 움직이는 물의 형태였다. 또는 훌륭히 결정結晶한 다각적 의욕이었다. 그는 "스스로 해방하라"며 손을 들었다. 자동차는 태양 아래서 그의 옆에 와 정지하였다. 그는 하숙집으로 걸어오는 길에서 샀던 황금빛 오렌지로 요기하였다. 그는 동시에 무슨 수태受胎 같은 감사를 느꼈다. 소모는 녹綠빛 딸라의 계절에 낙엽처럼 흩어졌다. 회상의 길은 그의 뒤에 아득히 뻗어 있었다. 부부들의 생활은 떠올랐다. "너는 누구와 결혼해도 된다. 누구나 서로가 도우며 살고 있다." 그가 혼자 걷는 앞뒤에서 많은 부부들은 어린것들까지 태운 달구지를 끌며 뒤에서 밀며, 액연額椽 속을 가고 있었다. 아무도 슬픔이나 괴로움에 대해서는 말하지 않았다. "세 여인 중의 누구인가가 나를 찾아올 것이다. 그날은 둘이서 오렌지를 먹기로 하자. 그리고 구혼求婚하자." 그것은 미신도 과학도 아닌 심경心境이었다. 잊지 못했던 흰 옷차림의 여자는 염두에서 사라진 지 오래였다. 버리면 버릴수록 몰랐던 것이 나타나는 듯하였다. 그들은 봄·여름·가을·겨울처럼 여러 가지로 회전하였다. 그러면서도 그들은 변하지 않는 실상을 그들에서 보았다. 그는 전부터 불변에 의해서 동작하던 그대로였다. 몸과 마음은 책상의 한 오렌지였다. 그는 새벽을 향해 "이유는 원래부터 없다"고 발성하였다.

(1958)

찾아보기

· 저자 ·

이수명　1989년 서울대 국문과를 졸업하고, 2001년 중앙대 대학원 문
예창작학과에서 석사 학위를, 2007년 동대학원에서 김구용에
대한 논문으로 박사 학위를 받았다. 현재, 중앙대, 동덕여대,
추계예대에 출강하고 있다.
지은 책으로는 『새로운 오독이 거리를 메웠다』(세계사, 1995),
『왜가리는 왜가리 놀이를 한다』(세계사, 1998), 『붉은 담장의
커브』(민음사, 2001), 『고양이 비디오를 보는 고양이』(문학과지
성사, 2004) 등의 시집과 공저 『새로운 시론』(동인, 2005)이 있
고, 옮긴 책으로는 덩컨 히스의 『낭만주의』(2002), 다리안 리더
의 『라캉』(2002), 제프 콜린스의 『데리다』(2003), 데이비드 노
리스의 『조이스』(2006) 등이 있다.

김구용과 한국 현대시

· 초판 인쇄　2008년 3월 20일
· 초판 발행　2008년 3월 20일

· 지 은 이　이수명
· 펴 낸 이　채종준
· 펴 낸 곳　한국학술정보㈜
　　　　　　경기도 파주시 교하읍 문발리 513-5
　　　　　　파주출판문화정보산업단지
　　　　　　전화　031) 908-3181(대표) · 팩스　031) 908-3189
　　　　　　홈페이지　http://www.kstudy.com
　　　　　　e-mail(출판사업부)　publish@kstudy.com
· 등 　 록　제일산-115호(2000. 6. 19)
· 가 　 격　29,000원

ISBN　　978-89-534-8444-3 93810 (Paper Book)
　　　　978-89-534-8445-0 98810 (e-Book)